Im Herzen der Koralleninsel

Das Buch

Finschhafen auf Deutsch-Neuguinea, 1890. Nach ihrer Ankunft muss die junge Lehrerin Isabel Maritz erfahren, dass ihr Verlobter, ein Missionar, vor kurzem gestorben ist. Berthold von Faber, ein Kolonialbeamter, und seine Schwester Henriette kümmern sich in den ersten Tagen um Isabel. Um zu wissen, wie ihr Leben als Missionarsfrau ausgesehen hätte, zieht sie bald darauf nach Simbang, wo ihr Verlobter gelebt hat. In der Missionsstation lernt sie den deutschsprachigen Papua-Mischling Noah kennen, der als Dolmetscher arbeitet und ein Geheimnis aus seiner Vergangenheit macht. Obwohl sie nicht weiß, was sie von dem jungen Mann halten soll, fühlt Isabel sich von ihm angezogen, und auch Noah scheint ihre Gefühle zu erwidern.

Doch wenig später wird Noah eines Mordes verdächtigt. Auf seiner Flucht nimmt er Isabel als Geisel – und diese ist hin- und hergerissen zwischen Entsetzen und Zuneigung. Wird sie den beschwerlichen Weg durch den Urwald überleben?

Die Autorin

Inez Corbi, geboren 1968, studierte Germanistik und Anglistik in Frankfurt/Main. Nach ersten Erfolgen als Schriftstellerin widmet sie sich inzwischen vollständig dem Schreiben. Sie lebt mit ihrem Mann bei Frankfurt am Main.
www.inez-corbi.de

Von Inez Corbi sind in unserem Hause bereits erschienen:
Das Lied der roten Erde
Im Tal des wilden Eukalyptus

Inez Corbi

Im Herzen der Koralleninsel

Ein Südseeroman

gut Lesbar

List Taschenbuch

Besuchen Sie uns im Internet:
www.list-taschenbuch.de

MIX
Papier aus verantwortungsvollen Quellen
FSC® C083411
FSC
www.fsc.org

Originalausgabe im List Taschenbuch
List ist ein Verlag der Ullstein Buchverlage GmbH, Berlin.
1. Auflage Dezember 2013

Umschlaggestaltung: ZERO Werbeagentur, München
Titelabbildung: © Nectarinia Gouldae from ›Tropical Birds‹, 19th century (colour litho), Gould, John (1804–81)/Private Collection/The Bridgeman Art Library (Vogel); © New York Harbour, 1850 (oil on canvas), Lane, Fitz Hugh (1804–65) / Museum of Fine Arts, Boston, Massachusetts, USA/Gift of Maxim Karolik for the M. and M. Karolik/Collection of American Paintings, 1815–65/ The Bridgeman Art Library (Schiff und Meer); © getty images/Dea Picture Library (Hand, Blüten und Blätter);
© Fine Pic®, München (Karte, Fond und Bullauge)
Satz: LVD GmbH, Berlin
Gesetzt aus der Sabon
Papier: Holmen Paper Hallsta, Hallstavik, Schweden
Druck und Bindearbeiten: CPI books GmbH, Leck
Printed in Germany
ISBN 978-3-548-61171-6

Meinem Vater

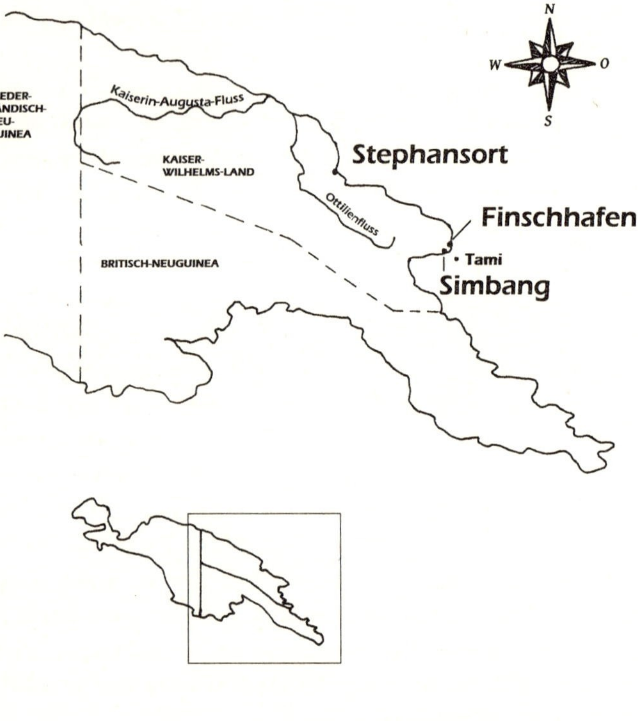
N
W
O
S
NIEDER-
LÄNDISCH-
NEU-
GUINEA
Kaiserin-Augusta-Fluss
KAISER-
WILHELMS-LAND
Stephansort
Ottilienfluss
Finschhafen
Tami
Simbang
BRITISCH-NEUGUINEA

1.

Kaiser-Wilhelms-Land, Neuguinea, 1890

Conrad hatte ihr nicht zu viel versprochen. Dieses Fleckchen Erde *war* das Paradies, wenn auch auf eine wilde, ungezähmte Art. In der Morgendämmerung, die den Himmel wie mit feuerfarbenen Pinselstrichen überzog, hielt Isabel sich an der Reling fest und starrte hinüber auf die Spitze der Halbinsel, die die *Ottilie* jetzt ansteuerte. Hinter einem schmalen Uferstreifen stiegen in langen Ketten gewaltige Gebirge auf. Düster, majestätisch, erhaben. Das war also Kaiser-Wilhelms-Land, von manchen auch Deutsch-Papua genannt. Die zweitgrößte Insel der Welt, nördlich von Australien gelegen. Seit hier vor sechs Jahren die deutsche Flagge gehisst worden war, gehörte der nordöstliche Teil Neuguineas zur deutschen Südsee. Ein Platz an der Sonne, wie der Kaiser es nannte. Und sonnig war es in der Tat. Sonnig, heiß und unglaublich schwül. Keine noch so leichte Brise wehte über das Wasser. Selbst jetzt, am frühen Vormittag, fühlte Isabel sich bereits wieder klebrig und verschwitzt, dabei hatte sie sich doch erst vor wenigen Minuten in ihrer Kabine gewaschen.

Sechs Wochen war sie unterwegs gewesen. Die meisten Passagiere waren in Soerabaya auf Java von Bord gegangen, um von dort nach Australien zu reisen. Auch Isabel hatte die Reise dort einen Tag unterbrechen müssen, bevor sie auf die *Ottilie* hatte wechseln können.

Die See war ruhig, die Sonne glitzerte auf dem Meer wie von tausend Diamanten und stach in den Augen. Isabel beobachtete einen Vogel, der mit kräftigen Flügelschlägen knapp über der Wasseroberfläche dahinflog. Dann wandte sie sich ab und zog die hinaufgerutschten Ärmel ihrer leichten Bluse wieder hinunter. Jetzt, da sie das Ziel ihrer weiten Reise fast erreicht hatte, überfiel sie die lange unterdrückte Angst erneut. Was, wenn Conrad doch nicht so freundlich wäre, wie er in seinen Briefen klang? Wenn sie ihm nicht gefallen würde? Wenn ihr schwaches Bein ihn doch abstoßen würde? Nein, versuchte sie sich selbst Mut zu machen. Das würde nicht passieren. Auch wenn sie ihren Verlobten noch nie gesehen hatte – aus seinen Briefen hatte stets so viel Wärme, so viel Verständnis gesprochen. Er würde sie mit offenen Armen hier aufnehmen, ganz so, wie er es immer wieder geschrieben hatte. Und in wenigen Tagen würde sie nicht mehr Fräulein Maritz, sondern Frau Conrad Felby, Missionarsfrau, sein.

Sie griff nach ihrer aufwendig mit gestickten Rosen verzierten Handtasche und zog den Umschlag heraus, der sie kurz vor ihrer Abreise aus Zirndorf erreicht hatte. Neben einem Brief enthielt er auch eine schwarzweiße Photographie von Conrad, die er noch in Deutschland hatte anfertigen lassen. Sie zeigte einen jungen Mann von Ende zwanzig, mit ebenmäßigen Zügen, den Blick entschlossen in die Ferne gerichtet. Er trug den strengen schwarzen Lutherrock der evangelischen Pastoren, die vollen Haare waren zurückgekämmt, und ein dunkler, leicht gekräuselter Bart umrahmte wie ein Kranz das stille, ernste Gesicht. Ein hübsches Gesicht, wie Isabel fand.

Ein letzter Blick noch, dann steckte sie die Photographie sorgfältig wieder in ihre Handtasche. Die Küste war nun ganz nah. Ein Strand, an dem ein paar Palmen wuchsen. Eine

Ansammlung einfacher, auf Pfählen errichteter Hütten, daneben einige dunkelhäutige Männer, die ein Kanu mit einem seitlichen Ausleger ins Wasser zogen. Isabel hob den Arm und winkte zaghaft. Sie senkte ihn wieder, als keiner der Männer ihren Gruß erwiderte, und ihre Beklommenheit wuchs. Ob das ein schlechtes Omen war?

Ein hölzerner Landungssteg, der auf Stelzen ins Hafenbecken ragte, kam in Sicht, dahinter erkannte sie ein paar einfache Bretterhütten. Eine kleine Straße verlor sich zwischen den Büschen und Palmen am Strand. Isabel konnte einige helle Dächer durch das allgegenwärtige Grün leuchten sehen – wahrscheinlich Finschhafen, der Hauptsitz der Verwaltung von Kaiser-Wilhelms-Land und das Ende ihrer Reise.

Ihr Herz schlug schneller. Bald würde sie von Bord gehen und ihrem Conrad zum ersten Mal leibhaftig gegenüberstehen. Ihre Hände wurden feucht, und sie wischte sie an ihrer Bluse ab, unter der das Korsett plötzlich viel zu eng schien.

Sie spürte den Schiffskörper erzittern wie vom Fieber geschüttelt, die Schiffsschraube sirrte unangenehm, als der Dampfer die Fahrt verlangsamte. Das türkisfarbene Wasser sprudelte und schäumte weiß, die Turbinen röhrten. Eine Schar bunter Vögel flatterte kreischend auf; Isabel sah ihnen nach, wie sie im dichten Tropenwald verschwanden. Neben und hinter ihr erklangen die Stimmen der anderen Passagiere, die sich nun ebenfalls an Deck versammelt hatten; aufgeregtes Reden war zu hören. Bis auf zwei ältere Engländerinnen, die bereits in Port Moresby auf der britischen Seite Neuguineas ausgestiegen waren, reisten nur Männer auf dem kleinen Überseedampfer. Hauptsächlich Kolonialbeamte, Pflanzer und ein paar Abenteurer, wie sie den Gesprächen bei der Pflichtveranstaltung des gemeinsamen Abendessens hatte entnehmen können. Während der langen Wochen auf See hatte Isabel sich mit niemandem angefreundet. Selbst in ihrer Kabine war sie allein gewesen, denn eine Reisegefährtin hatte im letzten Moment kalte Füße bekommen und die Überfahrt abgesagt.

Rasselnd verschwand die Ankerkette im Wasser. Von der Landungsbrücke legte eine kleine Dampfpinasse ab und näherte sich der *Ottilie*, um die Passagiere an Land zu bringen.

Am Pier stand eine Handvoll Menschen. Vereinzelt hörte Isabel freudige Ausrufe, und auf dem Schiff wie auch an Land begannen die Leute zu winken und Hüte zu schwenken, als sie Freunde oder Verwandte erkannten. Isabel reckte sich und blickte angestrengt zum Land hinüber. Sie sah einen großen, kräftigen Mann in hellem Anzug und mit Tropenhut, an seiner Seite eine zierliche Gestalt, wahrscheinlich seine Frau. Isabels Beine wurden weich, als sie den Mann daneben erblickte. Auch er trug einen hellen Anzug, und sein Gesicht verschwand fast vollständig hinter einem dunklen Bart. Das musste Conrad sein! Großer Gott, wie lang und dünn er war!

Plötzlich wurde die Angst in ihr übermächtig, und unter ihrem fest geschnürten Korsett blieb ihr die Luft weg. Sie ließ die Reling los, raffte ihren langen dunkelblauen Rock und eilte hinter den freudig winkenden Passagieren leicht hinkend über das Deck. Ungelenk kletterte sie die Treppe ins Zwischendeck hinab, tauchte in das Dämmerlicht und ging mit hastigen kleinen Schritten zu ihrer Kabine am Ende des Gangs. Schnell jetzt, schnell! Es kam ihr vor, als würge sie jemand. Selbst als sie die Kabinentür hinter sich geschlossen hatte und allein war in der vertrauten Enge, löste sich der Druck nicht. Sie glaubte zu ersticken, riss fast die Knöpfe ihrer Bluse ab, als sie das Kleidungsstück mit zitternden Fingern öffnete und schließlich ablegte. Hektisch zog sie an den Schnüren und zerrte an den Häkchen ihres engen Korsetts, das ihren Körper in eine sanduhrförmige Form presste. Als es sich endlich lockerte, lehnte sie sich mit einem erleichterten Aufatmen gegen die Kabinenwand und ließ Luft in ihre Lungen strömen.

Sie kam sich unendlich klein und verloren vor. Da hatte sie allen Nörglern und Bedenkenträgern getrotzt, war allein um die halbe Welt gereist, und nun hatte sie Angst, ihrem Bräutigam gegenüberzutreten. Aber das war ja nicht anders zu erwarten gewesen. Fast glaubte sie die Stimme ihrer Mutter zu hören. »Du willst zu den Wilden reisen und einen Missionar heiraten? Ausgerechnet du?« Dabei hätte sie doch froh sein sollen, dass ihre jüngste Tochter endlich ihr Leben in die Hand genommen hatte.

Isabel atmete tief durch. Ja, sie würde hier ein neues Leben anfangen. Ein neues, ein besseres Leben.

Wenn da nur nicht die Angst wäre. Wie würde es wohl sein, wenn Conrad sie anfasste? Wenn er sie küsste? Bis auf einen unschuldigen Kuss unter Nachbarskindern, als sie elf Jahre alt gewesen war, hatte sie noch nie jemanden geküsst. Und wie würde es erst sein, wenn sie verheiratet waren und Conrad sein Recht als Ehemann forderte? Sie schluckte und zwang sich, stattdessen an das zu denken, was daraus erwachsen mochte: Dass sie vielleicht bald Mutter werden würde. Bei dem Gedanken an ein kleines Mädchen oder einen kleinen Jungen wurde ihr warm ums Herz. Dafür würde sie alles ertragen.

Fast musste sie über sich selbst lächeln. Da reiste sie in ein Land, in dem angeblich noch Kannibalen hausten, und sie fürchtete sich vor dem Zusammensein mit ihrem Zukünftigen! Dabei hatte niemand sie zu irgendetwas gezwungen. Aus freiem Willen hatte sie dieser Verlobung mit einem ihr fast gänzlich Unbekannten zugestimmt.

Lieber Gott, bat sie stumm, *erweise mir Gnade und steh*

mir bei. Steh uns bei. Schaffe Harmonie zwischen uns. Dann wird alles gut.

Sie hörte Schritte auf dem Deck und das Rufen der Seeleute. Ihr stolpernder Herzschlag beruhigte sich, das kurze Gebet hatte ihr Kraft gegeben. Jetzt würde sie sich ihrem neuen Leben stellen können. Sie warf einen flüchtigen Blick in den Spiegel. Herrje, wie blass sie aussah! Die kastanienbraunen Haare, die sie unter dem Hütchen zu einem einfachen Knoten hochgesteckt hatte, waren an den Schläfen schon wieder verschwitzt. Sie kniff sich in die Wangen, um ein wenig Farbe hineinzubringen, dann schnürte sie ihr Korsett zu, diesmal etwas weniger eng, und legte die Bluse wieder an.

*

Ihre ersten Schritte auf der hölzernen Landungsbrücke waren so unsicher, dass sie zu fallen glaubte. Der feste Boden schien zu schwanken nach all den Tagen auf See. Die Überfahrt von Java war unruhig gewesen. Zu Anfang hatte ihr die Seekrankheit sehr zu schaffen gemacht, und Isabel hatte kaum etwas essen können – aber das kam zumindest ihrer Taille zugute, die seitdem wenigstens ein bisschen geschrumpft war, wenn auch bei weitem nicht so viel, wie sie es sich gewünscht hatte.

Immer mehr Menschen bevölkerten den Pier. Nackte Kinder mit buschigen Krausköpfen liefen umher, dunkelhäutige Männer mit nicht mehr als einem Tuch um die Hüften halfen, Koffer, Taschen und andere Gepäckstücke an Land zu bringen. Auch Isabels zwei Koffer wurden von dunklen Händen ergriffen und, ehe sie etwas einwenden konnte, auf die Landungsbrücke getragen. Isabel blieb neben ihrem Gepäck stehen, umklammerte den Bügel ihrer Handtasche und sah sich hilfesuchend um. Als die beiden Männer in den hellen Tropenanzügen, die sie vorhin schon erblickt hatte, zögernd auf sie zukamen, versuchte sie zu lächeln, aber ihr Herz klopfte so laut, dass ihr ganzer Körper zu vibrieren schien.

»Fräulein Maritz?« Der große, massige Mann hatte seinen Tropenhut, den eine schwarz-weiß-rote Kordel zierte, abgenommen und unter den linken Arm geklemmt; der Ärmel seiner leichten Jacke war in Höhe des Ellbogens umgeschlagen, der Unterarm fehlte. Ein Lächeln ging über sein Gesicht, als Isabel nickte. »Herzlich willkommen in Finschhafen. Ich freue mich sehr, Ihre Bekanntschaft zu machen. Ich bin Berthold von Faber, der stellvertretende Leiter der Station Finschhafen.« Mit einer leichten Verbeugung ergriff er Isabels Finger zu einem angedeuteten Handkuss.

Sie senkte den Blick, Hitze flutete in ihre Wangen. So hofiert zu werden war sie nicht gewöhnt.

»Sehr erfreut, Herr von Faber«, murmelte sie. Ihre Hand lag schlaff und klebrig in seiner. Waren ihre Finger so schweißfeucht, oder waren es seine?

»Ach, Berthold, nun gib Fräulein Maritz schon frei und lass das arme Kind doch erst einmal ankommen!« Die Frau in dem vornehmen Kleid, die sie schon vom Schiff aus gesehen hatte, klopfte Herrn von Faber mit einem zusammengelegten Fächer leicht auf den rechten Arm. »Henriette Thilenius«, stellte sie sich vor und reichte Isabel die Hand. »Bertholds Schwester. Ich freue mich sehr, wieder einmal ein weibliches Wesen in diesem Junggesellenrefugium zu sehen.«

Herrn von Fabers Schwester war eine Schönheit und so zierlich, wie ihr Bruder massig war. Sie war nicht mehr jung, vielleicht Mitte oder Ende dreißig, aber sie hielt sich kerzengerade, und ihre Taille hätte ein Mann mit seinen Händen fast ganz umfangen können.

Isabel murmelte eine Erwiderung – und verstummte dann, als ihr Blick zu dem großen, dünnen Mann ging, der sich bislang im Hintergrund gehalten hatte und der jetzt zu ihnen trat. Seine dunklen Augen blickten sie freundlich an, und was sie von seinem Gesicht unter dem dicht wuchernden Bart erkennen konnte, war knochig, fast schon ausgezehrt. Er wirkte ganz anders als auf der Photographie, die sie nun schon so oft angesehen hatte. So viel älter. Conrad war doch erst achtundzwanzig – dieser Mann sah aus wie vierzig.

»Conrad?«, flüsterte sie fast ohne Stimme.

Das Gesicht hinter dem Bart verzog sich zu etwas, das Isabel nicht deuten konnte. War es Bedauern? Schmerz?

»Nein«, sagte der Mann dann. »Nein, das bin ich nicht. Ich bin Pater Paul Lorenz. Gott zum Gruß, Schwester Maritz.«

Sein Händedruck war warm und trocken. Isabel nickte verwirrt. Und gleichzeitig erleichtert darüber, dass diese hagere Vogelscheuche nicht ihr Conrad war. Von Bruder Lorenz hatte Conrad ihr geschrieben; er war einer der vier Missionare der Station Simbang.

Jetzt schlug er die Augen nieder. »Bruder Felby konnte ... leider nicht kommen«, sagte er leise.

Ihr Herz sank. Dieser Anfang war alles andere als vielversprechend. War Conrad ihrer schon überdrüssig geworden? Hatte er sich etwa doch gegen sie entschieden?

»Er ist vergangene Woche am Schwarzwasserfieber erkrankt.«

»Am Schwarzwasserfieber?«, wiederholte Isabel. Diesen Namen hatte sie noch nie gehört.

»Eine besonders schwere Form der Malaria.« Bruder Lorenz blickte sie traurig an. »Es tut mir unendlich leid, Schwester Maritz. Bruder Felby ist vor vier Tagen gestorben.«

Der Aufschrei erstarb in ihrem Mund. Das weiße Rauschen schien plötzlich von überall her zu kommen. Die Menschen vor ihren Augen flimmerten, und der Sonnenschein war auf einmal entsetzlich grell. Immer heller wurde es, immer heller. Sie spürte schon nicht mehr, wie sie auf dem Landungssteg zu Boden sank.

*

Zuerst war da der Geruch. Leicht süßlich, wie ein Parfüm von unbekannten Blumen. Er wehte an Isabel vorbei, flüchtig wie eine Sommerbrise, kitzelte ihre Nase und verschwand wieder in der Dunkelheit.

Dann Stimmen. Leise, geflüsterte Stimmen. Ein Mann? Eine Frau? Sie sprachen miteinander.

Weitere Geräusche. Ein leises, aber stetiges Auf- und Abwogen, ein Rauschen, regelmäßig wie Meeresbrandung. Das Schnarren von Zikaden, wie ein unermüdliches Konzert. Das nervtötende Surren eines Insekts, heller werdend, verstummend, dann erneut einsetzend.

Etwas wurde ihr an die Lippen gehalten. *»Dringim, misis«*, hörte sie jemanden sagen. Der Geschmack einer kühlen, süßen Flüssigkeit auf ihren Lippen, ihrer Zunge. Schlucken.

Unter sich spürte sie eine weiche Unterlage. Wo war sie? Mühsam öffnete sie die Augen und schloss sie gleich wieder. Sie blinzelte und öffnete abermals vorsichtig ein Auge. Sie lag in einem Bett, und der Himmel über ihr war diesig und neblig. Die Augen fielen ihr wieder zu.

Als sie erneut die Lider aufschlug, war die Helligkeit einem dämmrigen Zwielicht gewichen. Nur der Nebel war noch da. Sie zwang sich wach zu bleiben, die Augen offen zu halten. Ihr Blick huschte hin und her, suchte nach einem Fixpunkt, bis sie einen fand: Auf ihrem Handrücken saß eine Mücke. Sie war klein und schmächtig, kaum länger als einen halber Zentimeter, der Kopf duckte sich tiefer als der Hinterleib, als würde sie sich verbeugen, und fuhr eine Art Rüssel aus. Im nächsten Moment verspürte Isabel ein Brennen. Sie zog die Hand zurück, und die Mücke verschwand.

Es war kein Nebel, sondern ein feingewebtes Netz aus Baumwolle, das das ganze Bett wie ein Zelt umgab. Hier und da waren winzige Flickstellen zu sehen. Ein Moskitonetz. Nun, offenbar hatte es seinen Zweck nicht ganz erfüllt.

Unter dem Netz war es stickig; je länger Isabel das feine Gewebe anstarrte, desto schlechter bekam sie Luft. Und ihr war schrecklich warm. Sie schlug das Laken, das ihren Körper bedeckte, nach unten. Obwohl sie nur ein leichtes Nachthemd trug, war sie nassgeschwitzt. Sie blickte an sich hinab. Was hatte sie da überhaupt an? Das war keines ihrer Nachthemden. Es war aus cremefarbener Seide, mit einem zarten Spitzenbesatz am Ausschnitt und an den Handgelenken, und es spannte ein wenig an den Schultern.

Wer immer ihr dieses Nachthemd angezogen hatte, schoss es ihr plötzlich siedendheiß durch den Kopf, hatte sie auch ausgezogen. Und sie unbekleidet gesehen. Trotz des langärmeligen Hemdes kam sie sich nackt vor.

Erst dann kehrte die Erinnerung zurück. Die Ankunft in Finschhafen. Die vielen fremden Eindrücke. Conrad! Schlagartig fiel ihr wieder die furchtbare Nachricht ein, die Bruder Lorenz ihr überbracht hatte.

Und wo war sie hier überhaupt? Sie gab ein leises, erschöpftes Schluchzen von sich und drehte den Kopf. War sie allein?

»Ist da jemand?«, fragte sie zaghaft.

Hinter dem zeltartigen Moskitonetz erhob sich ein Schatten.

»*Yu na slip?*«, hörte sie eine tiefe Frauenstimme fragen. Dann hoben zwei dunkle Hände das Netz an, und ein braunes, fülliges Gesicht erschien und begann, auf sie einzureden.

Erschrocken zog Isabel die Decke wieder über sich. Die schwarze Frau hievte ihren gewaltigen Körper nun ganz unter das Moskitozelt und zog das baumwollene Netz hinter sich wieder zu. Isabel konnte zunächst kaum etwas von ihrem Wortschwall verstehen, doch dann glaubte sie einzelne Wörter zu erkennen, die vage an Englisch erinnerten.

»*Do you speak English?*«, fragte sie hoffnungsvoll. »Oder ... vielleicht sogar Deutsch? Wo bin ich hier? Bitte ... verstehen Sie mich?«

Die Frau sah sie ruhig an, dann nickte sie. »*Wetim, misis. Lukluk misis.*« Damit verschwand sie.

Hatte sie das richtig verstanden? Wollte die Frau jemanden holen? Vorsichtig setzte Isabel sich im Bett auf und zog die Decke bis fast hoch zu den Schultern. Ihr Handrücken juckte von dem Mückenstich.

Schon nach kurzer Zeit hörte sie Schritte, dann trat jemand ins Zimmer und schob das Moskitonetz zur Seite: Henriette Thilenius.

»Ach, wie schön, dass Sie wieder aufgewacht sind, Fräulein Maritz«, sagte sie und ließ das Netz hinter sich sinken. »Wir haben uns große Sorgen um Sie gemacht, als Sie am Hafen umgekippt sind, aber Doktor Weinland meinte, das sei nur die Hitze und der Schock gewesen. Wie geht es Ihnen?«

»Ich fühle mich noch etwas schwach, aber es wird schon«, gab Isabel zurück. »Wo bin ich hier?«

»In unserem Haus, das heißt im Haus meines Bruders.«

»Dann ist das Ihr Nachthemd?«

»So ist es. Ich wollte Ihre Sachen nicht ohne Ihre Zustimmung auspacken. Ich hoffe, es passt?«

»Ja, danke. Frau Thilenius, ich möchte mich –«

»Henriette«, unterbrach Frau Thilenius sie. »Bitte, meine Liebe, sagen Sie Henriette zu mir. Ich habe hier doch so wenig weibliche Gesellschaft. Und vielleicht darf ich Sie Isabel nennen?«

»Sehr gerne.« Isabel schwirrte der Kopf. Es war alles noch zu neu und zu viel, dennoch war sie froh über Frau Thilenius' – Henriettes – Gesellschaft.

»Ist es wahr? Ist Conrad wirklich … tot?«

Henriette schenkte ihr einen kurzen Blick, dann nickte sie, einen leicht verkniffenen Zug um den Mund, der wohl ihr Bedauern ausdrücken sollte. »Ja, meine Liebe, so leid es mir tut. Das Fieber verschont hier nur wenige, und manche trifft es besonders schwer.«

Isabel drängte die Tränen zurück. Das hier war nicht das Paradies, von dem Conrad ihr so viel erzählt hatte. Das hier war ein schreckliches Land, und sie würde zusehen, dass sie so schnell wie möglich wieder nach Hause zurückkehren konnte.

»Ich bin furchtbar müde«, murmelte sie. »Am liebsten würde ich weiterschlafen.«

»Sie haben zwei Tage lang geschlafen, meine Liebe. Es wird Zeit, dass Sie aufstehen! Aber zuvor müssen Sie dringend Ihre erste Dosis Chinin zu sich nehmen. Sie wollen doch nicht gleich an Malaria erkranken? Kiso!«, rief Henriette. *»Bringim kinin!«*

»Yes, misis«, erklang es von irgendwo hinter dem Netz, und schon entfernten sich die schlurfenden Schritte.

Henriette warf einen Blick über die Schulter. »Die Schwarzen arbeiten recht ordentlich, aber man muss sie ständig antreiben.«

Isabel fühlte sich ein wenig unbehaglich. Sie war es nicht gewohnt, mit Dienstboten umzugehen; daheim in Zirndorf hatten sie keine Angestellten gehabt. Henriette Thilenius dagegen sprach mit einer Sicherheit, die langjährige Gewohnheit verriet.

Die füllige Papuafrau mit Namen Kiso kam zurück und brachte ein Glas Wasser und einige Tabletten, von denen Henriette zwei in das Glas gab, die daraufhin zu einem weißen Pulver zerfielen.

»Trinken Sie das. Es ist sehr bitter, aber unerlässlich, wenn Sie von der Malaria verschont bleiben wollen.«

Isabel griff pflichtbewusst nach dem Glas. Es roch fruchtig nach Zitrone – offenbar hatte Kiso dem Wasser noch etwas Limettensaft beigegeben.

»Halten Sie sich die Nase zu, und dann in einem Zug hinunter damit«, riet Henriette. »So mache ich es immer. Manchmal gebe ich auch noch etwas Gin dazu, wie die Engländer, aber das haben wir heute nicht im Haus.«

Es war nicht ganz einfach, mit der Hand an der Nase zu trinken, und als es Isabel schließlich gelang, war der bittere Geschmack dennoch so scheußlich, dass sie sich um ein Haar übergeben hätte. Hastig presste sie sich den Handrücken auf den Mund.

»Ich weiß«, sagte Henriette ungerührt. »Man möchte es sofort wieder ausspucken.« Sie nahm das leere Glas an sich. »Ruhen Sie sich noch etwas aus, meine Liebe. In zwei Stunden erwarten Berthold und ich Sie zum Abendessen.«

*

Das Chinin könne unangenehme Nebenwirkungen haben, hatte Henriette erklärt, bevor sie gegangen war. Jetzt lag Isabel auf dem Bett und versuchte, noch etwas zu schlafen. Es gelang ihr nicht. Alles drehte sich. Sie hatte ein Bein über die Bettkante gehängt, einen Fuß auf dem Boden, und versuchte gegen den Schwindel und die Übelkeit anzukämpfen. In ihren Schläfen hatte sich ein hartnäckiger Schmerz festgesetzt. War das jetzt jedes Mal so, wenn sie Chinin nehmen musste? Oder war die Dosis zu hoch gewesen?

In den Schwindel und die Übelkeit mischten sich Geräusche. Erst glaubte Isabel, es wäre Wellenrauschen oder Vogelgezwitscher, bis sie begriff, dass es eine Stimme war. Offenbar stand Henriette fast direkt vor ihrem Fenster und sprach leise mit jemandem. Isabel wollte zwar nicht lauschen, aber sie war schließlich auch nicht verpflichtet, sich die Ohren zuzuhalten. Außerdem tat ihr die Ablenkung gut.

»Du solltest nicht hierherkommen!«, hörte sie Henriette jetzt auf Deutsch flüstern. Sie klang aufgebracht. »Ich habe doch gesagt, nicht hier! Berthold kann jeden Moment zurückkommen.«

Einige Sekunden vergingen. Offenbar gab Henriettes Gesprächspartner ihr eine Antwort, aber sosehr Isabel auch die Ohren spitzte, sie konnte nichts davon verstehen. Sie vermochte nicht einmal zu erkennen, ob Henriette mit einem Mann oder einer Frau sprach.

»O nein!«, vernahm sie dann wieder Henriettes erregtes Flüstern. »So einfach ist das nicht! Was glaubst du, wer –« Sie verstummte, als Schritte zu hören waren. »Schnell, er darf dich hier nicht sehen!«, hörte Isabel sie noch zischen, dann war es still. Gleich darauf erklang Herrn von Fabers tiefe Stimme. Sie hörte sich tröstlich vertraut an, und zu ihrer Erleichterung bemerkte Isabel, dass ihr nicht länger übel war. Auch der Schwindel war fast verschwunden, und sie spürte, wie die Erschöpfung wieder nach ihr griff. Dankbar glitt sie hinüber in einen leichten Dämmerschlaf.

2.

Das Speisezimmer war eleganter, als Isabel erwartet hatte, und nach der neuesten kolonialen Mode eingerichtet. Auf einer niedrigen Kommode stand eine Vase mit einer geschmackvollen Kombination bunter Orchideen, und hinter dem Esstisch, der mit feinem Porzellan gedeckt war, erblickte sie einen ausladenden Schaukelstuhl. An der Wand hing eine Landkarte, die Neuguinea zeigte. Die große Insel erinnerte mit ihrer langgezogenen Form entfernt an die Gestalt eines sitzenden Vogels, Finschhafen befand sich etwa in Höhe der Schwanzfedern. In diesem fernen Teil der Welt tummelten sich gleich drei europäische Nationen: Die westliche Hälfte befand sich schon lange in holländischer Hand, den Ostteil hatten vor sechs Jahren Briten und Deutsche unter sich aufgeteilt. Scitdem war in Deutschland das Tropenfieber ausgebrochen. In den Zeitungen und Amtsblättern wurde immer wieder von der neuesten deutschen Kolonie am anderen Ende der Welt berichtet, wo es stets warm und sonnig war und wo die Menschen angeblich wie im Paradies lebten.

Auch Isabel hatte sich begeistern lassen von den Verlockungen der Ferne und dem idyllischen Leben unter Palmen. Begierig hatte sie jeden noch so kleinen Bericht über Kaiser-Wilhelms-Land aus den *Neuesten Mittheilungen* aufgesogen. »Die Temperatur ist außergewöhnlich regelmäßig und gleichmäßig«, hatte es da geheißen, »die Jahresmittel-Temperatur beträgt an der Küste 26 Grad Celsius. Gemüse aller Art gedeihen sehr gut, dasselbe gilt für Rindvieh und Pferde, Schweine und Ziegen und alles Geflügel. Das Klima bei Finschhafen ist außerordentlich angenehm und auch dem Nord-Europäer sehr zuträglich. Die einzige Krankheit, von welcher allerdings 75 Prozent der im Lande weilenden Deutschen heimgesucht werden, ist die Malaria, die jedoch nur selten tödlich verläuft und ihre Keime in dem sumpfigen Boden und verwesenden Holz- und Pflanzenresten hat, daher denn auch wohl dem fortschreitenden Anbau weichen wird.«

Und nun war Conrad dieser Krankheit erlegen, und all ihre Pläne und Hoffnungen waren zunichte.

»Wie geht es Ihnen, Fräulein Maritz?« Aus Herrn von Fabers Worten sprach ehrliche Sorge, und sein fülliges Gesicht verzog sich zu einem Lächeln, als er Isabel entgegenging. In leichten Wellen legten sich seine dunkelblonden, am Ansatz schweißfeuchten Haare um seine Stirn.

»Viel besser, Herr von Faber.« Isabel unterdrückte ein Grinsen, als sie sah, dass unter der silbergrauen Weste ein Zipfel seines Hemdes hervorlugte, der offenbar seiner Aufmerksamkeit entgangen war.

»Das freut mich sehr. Und ... Sie sehen wirklich bezaubernd aus, wenn Sie mir das Kompliment erlauben.«

»Danke«, murmelte sie, während ihr die Hitze ins Gesicht schoss. Auch wenn sie sicher war, dass er nur höflich sein wollte.

Sie hatte die Haare zu einem festen Knoten zusammengefasst und ihr vornehmstes Kleid in hellem Veilchenblau angezogen, das mit weißen Passen abgesetzt war, dennoch kam sie sich entsetzlich plump und ungelenk vor. Ihren linken Ärmel hatte sie mit einem schwarzen Band versehen, um ihre Trauer auszudrücken, denn dunkle oder gar schwarze Kleidung trug man in den Tropen nicht. Henriette sah dagegen elegant wie immer aus, in einen Traum aus hellgelber Seide gehüllt, dessen Rock über dem Gesäß mit einer Tournüre aufgebauscht war, die ihre schmale Taille höchst vorteilhaft betonte. Ihr blondes Haar fiel in weichen Ringellöckchen in ihre Stirn und war im Nacken zu einem kunstvollen Chignon gebunden. Sie wirkte vollkommen beherrscht. Nichts deutete auf ihre vorhin im erregten Flüsterton geführte Unterhaltung hin. Mit wem sie wohl geredet hatte? Oder hatte Isabel sich das alles doch nur eingebildet?

»Etwas zu trinken?« Einhändig goss von Faber Gin ein, wobei er ein wenig verschüttete, und reichte ihr dann das Glas. Isabel bemühte sich, nicht auf die Stelle zu sehen, wo seine linke Hand gewesen wäre.

»Danke.« Sie nahm das Glas. »Ich ... Vielen Dank, Herr von Faber, dass Sie mich hier aufgenommen haben während meiner ... Unpässlichkeit. Das war ausgesprochen freundlich von Ihnen.«

»Oh, aber ich bitte Sie! Ich freue mich, dass wir helfen konnten. Und bitte, bleiben Sie, so lange Sie möchten. Es tut gut, ein junges, frisches Gesicht hier zu sehen. Henriette, so ist es doch?«

Isabel warf einen schnellen Seitenblick auf seine Schwester. Irrte sie sich, oder glitt für einen Moment ein säuerlicher Ausdruck über die sonst so gefasste Miene?

»Berthold hat recht«, sagte Henriette. »Sie sind hier herzlich willkommen. Aber setzen Sie sich doch.«

Das Essen war eine eher steife Angelegenheit. Kiso trug die Speisen auf. In einer großen Schüssel schwamm eine undefinierbare Masse von Fleischbrocken in einer braunen Sauce – Schildkrötenragout, wie Herr von Faber erklärte. Dazu wurden Rettichsalat und Kartoffelbrei aus Süßkartoffeln gereicht. Es schmeckte nicht schlecht, wenn auch ungewohnt. Ihr Gastgeber griff beherzt zu, seine Schwester begnügte sich mit wenigen Happen. Isabel zwang sich ebenfalls zur Zurückhaltung, obwohl ihre Übelkeit vergangen und sie hungrig war.

»Zu Hause schmeckt es doch am besten«, erklärte von Faber, während er sich zum zweiten Mal aus der Schüssel bediente. »Die meisten der Kompagnie-Angestellten essen allerdings kostenfrei in der Speiseanstalt. Leider zeichnet sich das dortige Essen durch kulinarische Eintönigkeit aus. Es gibt kaum etwas anderes als süße Kartoffeln und Dosenfleisch, und das ist auch noch von schlechter Qualität.« Er schüttelte den Kopf und verzog das Gesicht. »Ich habe es einmal probiert – nicht zu empfehlen. Auf dem Teller zerfällt es in eine trockene Masse zäher Fäden und schmeckt wie ein Stück altes Schiffstau, das man in Stearin gekocht hat. Auf der Speisekarte heißt das dann ›Kabelgarn‹.«

Isabel lächelte. Herr von Faber war ein netter Mann und gab sich sichtlich Mühe, damit sie sich wohl fühlte. Tatsächlich entspannte sie sich allmählich ein wenig.

Der Mückenstich auf ihrem Handrücken juckte. Sie legte das Besteck zur Seite und kratzte sich unauffällig. Dennoch entging ihr nicht der flüchtige Blick von Henriette, die in vollendeter Anmut neben ihr saß.

»So, liebe Isabel«, sagte sie, kaum dass sie sich den Mund abgetupft hatte, »nun müssen Sie uns aber ein bisschen von sich erzählen. Ich brenne vor Neugier! Wie kommt eine junge Frau wie Sie dazu, nach Kaiser-Wilhelms-Land zu reisen, um hier einen Missionar zu heiraten?«

»Henriette, ich glaube nicht, dass Fräulein Maritz …«

»Nein, nein«, beeilte sich Isabel zu sagen, obwohl sich etwas in ihr sträubte. »Sie haben mich hier so gastfreundlich aufgenommen, da ist es Ihr gutes Recht, etwas über mich zu erfahren.«

Berthold von Faber lächelte sie verlegen an; sie konnte ihm

ansehen, dass auch er Antworten wollte. »Was Ihrem Verlobten zugestoßen ist, tut mir sehr leid.«

»Danke, das ist sehr liebenswürdig. Kannten Sie ihn denn?«

»Ja, wenn auch nur flüchtig. Wir Deutschen sind hier alle mehr oder weniger miteinander bekannt. Er war ein netter junger Mann.«

»Nun ja, vielleicht ein wenig zu still für meinen Geschmack«, wandte Henriette ein. »Vermutlich hätten Sie gut zu ihm gepasst – Sie scheinen mir auch so eine Stille zu sein.« War das etwa ein Vorwurf? »Wo haben Sie sich kennengelernt?«

Isabel schoss erneut das Blut in die Wangen. Herrje, würde sie diese Schüchternheit wohl jemals ablegen?

»Wir … wir kannten uns nicht richtig. Nicht persönlich. Nur über Briefe.«

Stockend begann sie zu erzählen. Von ihrer Kindheit als jüngstes von fünf Kindern des Pastors von Zirndorf. Wie der Vater ihr eines Tages erzählt hatte, dass die Missionare aus dem nahe gelegenen Neuendettelsau heiratswillige Frauen suchten, die bereit seien, ihren Männern in die junge Kolonie von Kaiser-Wilhelms-Land zu folgen. Und wie sie schließlich den ersten Brief eines gewissen Conrad Felby aus Simbang erhalten hatte, dem sie sofort zugetan war. Sie schrieben sich öfter, bis Isabel schließlich einwilligte, seine Frau zu werden.

»Eine sehr mutige Entscheidung.« Herr von Faber nickte anerkennend und fuhr sich mit einem Taschentuch über das schweißglänzende Gesicht. »Ich bewundere Sie dafür.«

Daran ist nichts Bewundernswertes, dachte Isabel und konnte sich gerade noch zurückhalten, den Kopf zu schütteln. Sie war schlichtweg geflüchtet aus der Heimat, die ihr in letzter Zeit wie ein Gefängnis erschienen war.

»Aber wieso haben Sie sich überhaupt darauf eingelassen?«, fragte Henriette. »In Deutschland gab es doch sicher genug fesche Mannsbilder, die Sie heiraten wollten?«

In der plötzlichen Stille war der Regen, der auf das Dach trommelte, überlaut zu hören.

Isabel schluckte. »Nein«, sagte sie leise. »Niemanden.«

Das stimmte nicht ganz. Den einen oder anderen hatte es schon gegeben. Aber keiner von ihnen wollte eine Frau mit ihrem Makel heiraten. Sie zögerte, dann gab sie sich einen Ruck und erzählte weiter. Sie fasste sich kurz, ging nur flüchtig ein auf die vielen Wochen, die sie im Bett hatte verbringen müssen, als sie als Achtjährige an Kinderlähmung erkrankt war, und die langen Jahre, die sie Schienen an den Beinen hatte tragen müssen, um ihre geschwächten Gliedmaßen wieder zu stärken. Sie hatte wieder richtig laufen gelernt, aber ihr rechtes Bein blieb ein wenig verkürzt und schwächer.

»Tatsächlich?« Herr von Faber sah sie erstaunt an. »Das ist mir überhaupt nicht aufgefallen.«

»Das ist ... sehr freundlich von Ihnen«, erwiderte Isabel. Sie glaubte ihm kein Wort. Jeder mit Augen im Kopf musste es doch sofort bemerken.

»Bei mir liegt die Sache natürlich etwas anders. Eine fehlende Hand lässt sich weniger gut verbergen.« Er hob den Armstumpf und offenbarte dabei einen frischen Soßenfleck auf seiner Weste. »Wollen Sie wissen, wie ich sie verloren habe? Es war in Deutsch-Südwest.«

Isabel war überaus dankbar, dass er mit seiner Geschichte von ihr ablenkte. »Haben Sie etwa mit einem Löwen gekämpft?«

Er lachte. »Nein, aber vielleicht sollte ich allmählich eine entsprechende Geschichte erfinden. Jeder erwartet, dass es ein Löwe war, der mich angefallen hat und dem ich heldenhaft gegenübergetreten bin. Zu meiner Schande muss ich jedoch gestehen, dass es kein wildes Tier war, sondern eine lächerliche kleine Wunde, die ich mir beim Zeltaufbau zugezogen hatte. Nun, ich will Sie nicht mit der ganzen gruseligen Geschichte erschrecken. Am Ende mussten sie mir jedenfalls den halben Arm abnehmen, und ich schied aus dem Dienst als Kolonialoffizier aus.« Er nahm einen tiefen Schluck aus seinem Glas. »Wenig später bin ich bei der Neuguinea-Kompagnie gelandet. Mein Schwager und meine liebe Schwester wollten mich begleiten, und hier sind wir nun.«

Herr von Fabers Schwager? Das hieß also, Henriettes Mann? Was war mit ihm? War er womöglich ebenfalls verstorben? Isabel überlegte, ob es angebracht war nachzufragen, als Henriette ihr zuvorkam.

»Mein Mann«, sagte sie mit ausgewählter Betonung, »befindet sich schon seit längerer Zeit auf einer Forschungsreise. Kiso«, wandte sie sich dann an die schwarze Frau, die wie ein Schatten im Hintergrund gewartet hatte, »du kannst jetzt das Dessert auftragen.«

Kiso hob den Kopf, machte aber keine Anstalten, den Raum zu verlassen. »*Mi no save, misis.*«

Henriette verdrehte die Augen, dann sagte sie langsam: »*Bringim switpela kaikai.* – Sie wollen unsere schöne deutsche Sprache einfach nicht verstehen«, erklärte sie kopfschüttelnd, als Kiso verschwunden war.

»In welcher Sprache sprechen Sie mit ihnen?«

»Es nennt sich Tok Pisin, ein grässlicher Plantagen-Jargon, der sich wie ein Lauffeuer fortpflanzt. Ein Kauderwelsch aus Englisch, Deutsch und ihren Eingeborenensprachen.«

Isabel nickte interessiert. »Wie bedankt man sich?«, erkundigte sie sich, und Henriette erläuterte es ihr.

Als Kiso kurz darauf zurückkam und kleine Schüsseln mit

Ananaskompott verteilte, blickte Isabel sie an. *»Tenkyu«*, sagte sie und glaubte, in Kisos schwarzen Augen Freude aufblitzen zu sehen, bevor diese wieder die Lider senkte.

»Wenn Sie möchten«, wandte Henriette sich an Isabel, »kann ich Ihnen eine kleine Liste mit den wichtigsten Wörtern und Regeln geben, die ich vor Jahren von einem der Herren Missionare erhalten habe. Die Sprache ist von äußerst einfacher Struktur und sehr leicht zu lernen. Zumindest so weit, dass sie einen verstehen.«

»Ich glaube kaum«, mischte sich ihr Bruder ein, »dass es Fräulein Maritz interessiert –«

»Oh, doch«, widersprach Isabel. »Das würde es. Ich bin ... ich war ... nämlich Lehrerin. In Deutschland.«

»Tatsächlich?« Henriette betrachtete sie prüfend. »Nun, hier leben hauptsächlich alleinstehende Männer und nur sehr wenige deutsche Familien – nur für den Fall, dass Sie sich zum Bleiben entschließen. Hier gibt es leider so gut wie keine weißen Kinder. Nur ein paar Mischlingskinder und natürlich die der Eingeborenen. Aber die wollen Sie sicher nicht unterrichten.«

»Wer weiß?« Isabel fühlte sich plötzlich herausgefordert. »Ich hatte gehofft, nach ... nach ...«, sie schluckte, dann fasste sie sich und sprach weiter, »nach meiner Heirat als Lehrerin weiterarbeiten zu dürfen. Schließlich sind wir hier nicht in Deutschland.« Dort hätte sie nach ihrer Eheschließung ihren Beruf aufgeben müssen, denn Lehrerinnen mussten ledig sein. »Auch Conrad schrieb, hier würden Lehrkräfte gebraucht.«

Henriette sah sie einen Augenblick regungslos an. »Nun, wie auch immer. Sie müssen jetzt erst einmal überlegen, wie es mit Ihnen weitergeht. Ob Sie überhaupt hierbleiben oder wieder zurück nach Deutschland reisen wollen. Nicht wahr, meine Liebe?«

Als Isabel nickte, fing sie Herrn von Fabers Blick auf, dessen Ausdruck sie für einen Moment an ein verträumtes Schaf erinnerte.

*

Isabel sah das Meer zwar nicht, aber sie konnte es hören; ein ständiges leises Rauschen, einem gleichmäßigen Atmen vergleichbar, das sie nun schon seit vier Tagen begleitete. Aus dem geöffneten Fenster, vor dem ein leichter Gazevorhang hing, wehte der schwere, tropische Geruch fremder Blüten hinein. Die ausgefransten Blätter eines Kasuarinenbaums streiften mit leisem Rascheln am Rahmen entlang, von irgendwoher erklang das Zetern einiger streitender Kakadus.

Isabel saß vor der Ankleidekommode im Gästezimmer und schloss für einen Moment die Augen. Sie fühlte sich nicht gut. Ihr war erneut leicht schwindelig und übel, woran das Chinin schuld war. Vor ihr stand das Glas, das sie vor wenigen Minuten geleert hatte. Eine feine weiße Spur zog sich vom Glasboden bis zu seinem Rand, wo sich die Chininreste abgesetzt hatten.

Noch immer wusste sie nicht, was sie tun sollte. Aber sie musste eine Entscheidung treffen. Und die hieß: hierbleiben oder abreisen. Abreisen wäre natürlich die einfachste Möglichkeit – einmal ganz davon abgesehen, dass sie über so gut wie keine finanziellen Mittel verfügte. Die Reise hierher hatte die Neuendettelsauer Mission bezahlt – ob sie auch für die Rückreise aufkommen würde? Aber möglicherweise könnte Herr von Faber ihr das nötige Geld vorstrecken. Irgendwie würde sie es schon schaffen, es ihm zurückzuzahlen. Noch hatte sie Zeit: Das nächste Schiff nach Soerabaya, von wo aus sie dann einen Reichspostdampfer zurück nach Deutschland nehmen könnte, ging erst in fünf Wochen.

Aber wollte sie das überhaupt? Wollte sie zurück nach

Deutschland – und damit ihr Scheitern eingestehen? Bei ihrer Abreise hatte sie gehofft, ihr altes Leben hinter sich lassen und hier, am anderen Ende der Welt, neu anfangen zu können. Mit einem freundlichen Ehemann, der auf ihren Charakter sah und nicht auf ihr schwaches Bein. Nachdem sie es endlich gewagt hatte, Conrad davon zu schreiben, hatte sie die Wochen bis zu seinem nächsten Brief in ständig wachsender Nervosität verbracht. Als dann seine Antwort gekommen war, hatte sie vor Freude geweint: Er sehe nicht ihren vermeintlich makelhaften Körper, hatte er geschrieben, sondern ihr Herz, und das sei wunderschön. Außerdem habe ja auch der hochwohlgeborene Kaiser einen verkürzten Arm, sie befinde sich also in bester Gesellschaft. Und dann hatte er sie gefragt, ob sie ihn heiraten wolle.

Und nun war dieser wunderbare Mensch tot. Sie blinzelte die aufsteigenden Tränen fort – sie hatte genug geweint in den vergangenen Tagen. Erneut griff sie nach den wenigen Seiten Papier vor sich, die Henriette ihr gegeben hatte. Handschriftlich waren dort eine Reihe der wichtigsten Ausdrücke der hiesigen Pidgin-Sprache aufgelistet. Henriette hatte recht gehabt; die meisten Worte kamen aus dem Englischen oder Deutschen und waren leicht zu lernen, wenn man sich erst einmal an die eigenwillige Schreibweise gewöhnt hatte.

Moning, las Isabel halblaut. Guten Morgen. *Apinun* – guten Nachmittag. *Gutbai* – auf Wiedersehen. *Hauskuk* – Küche. *Kaikai* – Essen.

In ihrem Mund war noch immer ein bitterer, ekliger Nachgeschmack. Im Nebenzimmer sang Kiso leise vor sich hin. Ob sie die Gelegenheit nutzen sollte, ihr neu erworbenes Wissen anzuwenden?

Sie räusperte sich, um ihre Stimme klar zu bekommen, dann rief sie: »Kiso?«

Sie hörte Schritte, und dann stand die schwarze Frau auch schon vor ihr. »*Misis?*«

Isabel nahm all ihren Mut zusammen. »*Kiso, mi laikim … sampela wara?*«, sagte sie stockend. Könnte ich etwas Wasser haben?

Kisos dunkles Gesicht verzog sich vor Freude. »*Yu save long tok pisin, a?*«

»Nein, nein«, wehrte Isabel ab. »Ich … ich lerne noch. Ich spreche nicht. *Mi … mi no save long … tok pisin.*«

Kiso schüttelte den Kopf. »*Wara? Mi bringim mobeta.*« Damit verschwand sie.

Isabel sah ihr nach. *Mobeta?* Hatte sie richtig verstanden? Wollte Kiso etwas Besseres bringen? Offenbar war es so, denn als die Frau nach wenigen Minuten zurückkam, trug sie ein Glas mit einer trüben Flüssigkeit.

»*Wara bilong kokonas*«, erklärte sie und reichte Isabel das Glas. Wasser von der Kokosnuss.

Das süße Getränk schmeckte herrlich und vertrieb tatsächlich den bitteren Geschmack, den die Medizin auf ihrer Zunge hinterlassen hatte.

Als sie die tiefrote Hibiskusblüte in Kisos Hand sah, wollte sie erst abwehren, ließ es dann aber doch zu, dass die schwarze Frau sie ihr hinter das Ohr steckte. Im Spiegel konnte sie sehen, dass die leuchtend rote Blüte wie ein riesiger Blutstropfen in ihrem braunen Haar erschien.

Kiso trat einen Schritt zurück und betrachtete ihr Werk.

»*Naispela misis*«, sagte sie zufrieden. Hübsche Herrin.

*

Finschhafen war mehr eine Ansammlung einfacher Hütten und Häuser als ein wirklicher Ort. Vor fünf Jahren gegründet, machte es auf Isabel den Eindruck, als stünden noch immer die unausgepackten Überseekisten herum. Hier wohnte der Großteil der deutschen Bevölkerung, zumeist Beamte und Kaufleute. Die meisten der ausnahmslos einstöckigen Häuser standen zum Schutz vor Überschwemmungen auf hohen, schlanken Pfählen und waren aus vorgefertigten, aus Deutschland importierten Holzelementen erbaut. Fast alle trugen sie ein Dach aus Wellblech – der geringeren Einsturzgefahr wegen, wie sie von Herrn von Faber an diesem Morgen erfahren hatte. Zuweilen wackele die Erde hier ein wenig, aber bis auf etwas zersprungenes Geschirr habe es noch keine größeren Schäden gegeben.

Nach dem Frühstück an diesem Sonntag hatte ihr Gastgeber sein Versprechen eingelöst. Zu dieser frühen Stunde, bevor der heiße Mittagsdunst aufsteige und solange die Tropengewitter noch fern seien, sei die beste Zeit für einen Spaziergang für ihn und die beiden Damen, hatte Herr von Faber befunden. Kaum waren sie jedoch auf die Straße getreten, war ihnen Hans von Kosse begegnet, der nach einer kurzen Begrüßung sofort das Gespräch an sich gerissen und seitdem nicht mehr zu reden aufgehört hatte.

»Und Sie sind also Leiter der Versuchsplantage? Das ist sicher eine sehr verantwortungsvolle Aufgabe«, sagte Isabel höflich, als er eine kurze Pause machte. Sie raffte ihren langen Rock, um einer der vielen Pfützen auf dem schlammigen Weg auszuweichen. Herr von Kosse reichte ihr hilfreich den Arm.

»Ach was«, erklärte er grinsend. »Man hat mich lediglich dazu gemacht, weil ich bei meiner Ankunft hier ein Buch im Gepäck hatte, das sich hochtrabend *Tropische Agrikultur* nannte. Und da sie keinen Besseren fanden, stellten sie eben mich ein.«

Isabel sah ihn fragend an, unsicher, ob er sie auf den Arm nehmen wollte.

Der junge Mann strahlte sie unter seinem Schnurrbart an. »Ich schwöre, das ist die Wahrheit. Dabei will in diesem Malarialoch außer Radieschen so gut wie nichts wachsen. Oder ich mache etwas falsch, was aufs Selbe hinausläuft. Nun ja, immerhin nimmt die Speiseanstalt mir die Dinger ab. Mögen Sie Radieschen?«

Sie bejahte und wollte noch mehr erwidern, als sie sah, dass ihnen drei Frauen entgegenkamen – keine Papua, wie Isabel an der milchkaffeebraunen Hautfarbe und den ebenmäßigen Gesichtern erkannte. Sie trugen nichts weiter als ein paar fransige Blätterröcke, die knapp unter ihren Knien endeten, die lockigen schwarzen Haare hatten sie mit bunten Blüten geschmückt. Ihre schlanken Körper mit den bloßen Brüsten bewegten sich mit lässiger Selbstverständlichkeit. Sie wirkten so ... natürlich. Ganz anders als Isabel und ihre Begleiter in ihren weißen Kleidern und Anzügen.

»Ah, drei Damen aus Samoa«, bemerkte Herr von Kosse, während er flüchtig seinen Strohhut lüftete. »Sie wissen sicher, Fräulein Maritz, dass Samoa Verbindungen zu Deutschland hat?«

Isabel nickte. Seit dem vergangenen Jahr wurde das Königreich Samoa gemeinsam von Deutschland, den USA und Großbritannien verwaltet. Außerdem war Samoa fast jedem Deutschen durch das Hamburger Handelshaus Godeffroy, das seit Jahrzehnten den Südseemarkt beherrschte, ein Begriff.

»An diesen Anblick müssen Sie sich auch gewöhnen«, raunte Henriette ihr zu, die wirkte, als könne keine Hitze dieser Welt ihr etwas anhaben. Kein einziger Schweißtropfen verunstaltete ihren makellosen Teint. Sie verzog voller Verachtung den hübschen Mund. »Diese Frauen haben weder Anstand noch Moral. In dieser Aufmachung hier herumzustolzieren – einfach schamlos!«

Die beiden Herren schienen diese Meinung nicht ganz zu teilen – jedenfalls bemerkte Isabel, dass Herr von Kosse recht unverhohlen und Herr von Faber zumindest flüchtig große Augen machte.

Als die Frauen vorüber waren, schien sich von Kosse wieder auf Isabel zu besinnen. »Kennen Sie denn schon unsere Speiseanstalt?«

»Ja«, erwiderte sie etwas einsilbig. »Herr von Faber hat mir bereits davon erzählt.«

Sie versuchte, sich mit der Hand unauffällig Luft zuzufächeln. Eine Dame schwitzt nicht, war ihr von ihrer Mutter eingebläut worden. Aber ihre Mutter war noch nie in den Tropen gewesen. Nach dem gestrigen Regen war der Himmel noch immer bedeckt, und obwohl es noch lange nicht Mittag war, lag eine erdrückende Schwüle über dem Ort, während sie langsam an den einfachen Häusern im Kolonialstil mit ihren tiefgezogenen Wellblechdächern vorbeiflanierten. Normalerweise wäre jetzt Gottesdienstzeit. Aber Finschhafen hatte noch keine eigene Kirche; das einzige Gotteshaus stand in der Missionsstation von Simbang.

»Sie müssen unbedingt einmal in der Speiseanstalt vorbeikommen«, fuhr von Kosse fort und strich sich über seinen blonden Schnauzer. »Hat der gute von Faber Ihnen auch erzählt, dass wir dort einen Trinkclub gegründet haben? Wir haben ihn ›Zum blutigen Knochen‹ getauft.«

»Wie originell«, gelang es Isabel einzuwerfen.

»Nicht wahr? Kommt von der Flagge der Neuguinea-Kompagnie. Haben Sie sich das rätselhafte Wappentier darauf schon einmal näher angesehen? Angeblich soll es ja einen schwarzen Löwen mit einer roten Fackel darstellen, aber für die meisten sieht es aus wie ein Hund, der einen blutigen Knochen trägt. Daher auch der Name des Clubs, der natürlich nur Angehörigen der ersten Klasse offensteht.«

»Sie haben verschiedene Klassen in der Speiseanstalt?«

»So ist es, das muss alles seine deutsche Ordnung haben. Unser Club ist sehr beliebt. Dort sitzt die Elite der hiesigen Kolonialbeamten, trinkt sauren Wein und spielt Karten. Was soll man hier auch anderes machen? Für drei Jahre sind die meisten hier verpflichtet, und es gibt kaum weiße Frauen. Sie beide«, sagte er mit einer leichten Verbeugung in Isabels und Henriettes Richtung, »bilden da eine löbliche Ausnahme. Und irgendwie muss man die Zeit ja –«

»O mein Gott!« Isabel schreckte zurück, als sie mitten im Schlamm der Straße einen großen roten Fleck sah, und griff hilfesuchend nach dem nächstbesten Arm. Er gehörte Herrn von Faber. »Ist das etwa Blut?«

»Keine Sorge, Fräulein Maritz«, beruhigte dieser sie. »Das ist nur der Saft der Betelnuss. Die Einheimischen kauen sie und spucken sie oft auf höchst widerwärtige Weise auf den Weg.«

Sie atmete erleichtert auf. Durch den Ärmel seines Tropenanzugs hindurch spürte sie die feuchte Wärme seiner Haut und löste ihre Hand wieder von ihm.

»Schauen Sie«, sagte er und blieb vor einem schlichten hölzernen Gebäude stehen, an dem ein Schild mit dem Reichsadler und der Aufschrift »Kaiserlich Deutsche Postagentur« prangte. »Finschhafen hat zwar noch nicht viel vorzuweisen, aber immerhin haben wir eine Poststation. An diesem Stationsgebäude wurde der erste Briefkasten von Kaiser-Wilhelms-Land aufgestellt. Und seit drei Jahren sind wir dem Weltpostverein angegliedert.«

Isabel erinnerte sich. Von hier aus hatte auch Conrad seine Briefe an sie versandt.

»Das dort«, fuhr von Faber fort und deutete mit dem Kopf zu einer Gruppe asiatisch aussehender Arbeiter, die im Schatten einiger Palmen offenbar ihren freien Tag verbrachten und von denen jeder einen langen schwarzen Zopf trug, »sind übrigens Kulis, Fräulein Maritz. Chinesische Tagelöhner.«

»Die einheimischen Kanaker sind nämlich nur schwer zum Arbeiten zu bewegen«, mischte sich Herr von Kosse erneut ein. Isabel sah, wie Berthold von Faber die Augen verdrehte. »Und so hat die deutsche Reichsregierung in ihrer unerschöpflichen Weisheit entschieden, Arbeiter aus China zu importieren und auf den Feldern arbeiten zu lassen. Das Problem ist nur: Sie sterben so schnell. Diese chinesischen Kulis sind von einer geradezu hysterischen Feinfühligkeit. Die kleinste Kleinigkeit, die geringste Provokation verschnupft sie, und schon bringen sie sich um.«

»Wie bitte? Sie scherzen, Herr von Kosse.«

»Aber mitnichten. So ein Chinese legt nicht viel Wert auf sein Leben. Wenn ihm das Essen nicht schmeckt, hängt er sich auf. Wenn ihm das Opium entzogen wird, stößt er sich ein Messer in den Leib. Wenn es regnet, bringt er sich um.«

»Aber das ist ja fürchterlich!«

Berthold von Faber zog ein Taschentuch hervor und tupfte sich über das Gesicht. »Nehmen Sie den jungen Mann nicht zu ernst, Fräulein Maritz. Sicher gab es hier und da ein bedauerliches Ereignis, aber das waren Einzelfälle.«

Isabel schenkte ihm ein zerstreutes Lächeln. Allmählich wurde ihr das alles zu viel, und sie wünschte sich sehnlichst, jetzt alleine zu sein.

»Wäre es wohl möglich«, bat sie, »mir jetzt den Friedhof zu zeigen?«

»Aber natürlich, Fräulein Maritz. Kommen Sie, hier entlang.« Herr von Faber deutete schräg nach vorne in Richtung Hafen.

»Ach, ich muss Ihnen ja noch von meiner Käfersammlung erzählen«, nahm von Kosse seinen Redefluss wieder auf.

»Sie sammeln Käfer?«, fragte Isabel, nur mäßig interessiert. Inzwischen ging ihr der Mann gehörig auf die Nerven. Andererseits: Wie oft hatte sie selbst sich schon gewünscht, ähnlich überzeugt von sich zu sein.

»Nun ja, jeder sammelt hier irgendetwas, und wenn es nur Erfahrungen sind. Einfach nur, um die Tage herumzubringen. Aber hören Sie: Ich hatte ein paar Käfer gesammelt und leichtsinnigerweise viel Aufhebens darum gemacht. Irgendwann erhielt ich dann einen Landesbefehl, ich müsse meine Sammlung seltener Spezies an eine wissenschaftliche Gesellschaft abliefern. Und da man sich einem Landesbefehl nicht verweigern darf, befand ich mich in einer ziemlichen Zwickmühle. Aber dann kam mir eine Idee.« Er gluckste. »Hören Sie zu, jetzt kommt das Beste!«

»Achtung, Fräulein Maritz«, wies Herr von Faber sie in diesem Moment auf eine weitere große Pfütze mitten im Weg hin und reichte ihr die Hand zur Stütze.

»Von Faber, verderben Sie mir nicht die Pointe!«, rügte von Kosse mit mildem Spott. »Also: Ich ließ mir von einem Zimmermann einen Kasten mit Glasdeckel bauen und begann, eine Spezialsammlung zusammenzustellen. Na, können Sie sich denken, was ich tat?«

»Ich ahne es …«

»Wahrscheinlich liegen Sie richtig mit Ihrer Ahnung, Fräulein Maritz. Ich fabrizierte nämlich Käfer. Sehr nette Käfer. Ich nahm irgendein größeres Ungeheuer und klebte ihm einen blauen und einen roten Flügel auf. Dann griff ich zu einer Nadel und setzte ihm dreizehn Beine mehr ein, als die Natur für nötig befunden hatte, ihm zu geben.«

Jetzt musste Isabel doch lachen. Die Vorstellung eines derart missgestalteten Käfers war zu komisch.

»Moment, Moment, es geht noch weiter! Als Nächstes erfand ich Insekten, die mit dem Bauch nach oben wandelten und die ihre Fühler am Hinterteil trugen. Außerdem tauchte ich Tiere in Leim und bestreute sie mit Glassplittern, was einen ausgesprochen lieblichen Gesamteindruck hervorrief. Aber mein Kabinettstück war eine ganz neue Spielart, die – man glaubt es kaum – zwei Köpfe hatte!«

Inzwischen waren sie an einem niedrigen Lattenzaun angekommen, den ein Tor aus Holzbalken unterbrach, und blieben stehen. Während Herr von Kosse sich von Henriette zu seinem gewagten Tun beglückwünschen ließ, blickte Isabel über das Tor. Der kleine Friedhof lag am sumpfigen Ufer des Hafens, vom Wasser nur durch Mangrovenbäume und Wurzelgewirr getrennt. Es war Ebbe, ein leichter Verwesungsgeruch lag über dem Ort.

»Und dann«, fuhr von Kosse fort, »spießte ich sie in Reih und Glied in dem Kasten auf.«

»Ich nehme an, die wissenschaftliche Gesellschaft war angemessen beeindruckt?«, warf Isabel ein.

»Nun, es war, das muss ich zugeben, ohne mich selbst zu loben, eine großartige Sammlung. Der Herr, der sie mir abnahm, um sie nach Berlin zu senden, riss die Augen nicht wenig auf. Aber leider, leider ist noch keinerlei Beschreibung meiner wunderbaren Käfersammlung erschienen. Sicher nur, weil die entomologische Abteilung des Museums noch immer daran arbeitet. – Aber ich sehe, wir sind am Ziel angelangt. Sie nehmen es mir nicht übel, meine Damen, wenn ich Sie hier verlasse? Friedhöfe stimmen mich immer so sentimental.«

»Ein wirklich netter junger Mann.« Henriette sah ihm hinterher, wie er strammen Schritts die durchweichte Straße entlangging. »So wortgewandt. Und genau in Ihrem Alter, Isabel. Wussten Sie, dass er ein Enkel unseres verehrten Reichskanzlers Bismarck ist?«

Das wusste Isabel nicht. Allerdings änderte es nichts an

ihrer grundsätzlichen Abneigung gegen den Vielschwätzer.

»Bismarck ist nicht mehr Reichskanzler«, erwiderte sie, ohne auf das andere einzugehen. »Er ist vor kurzem zurückgetreten.« Sie zögerte, dann machte sie einige Schritte in Richtung des Gräberfeldes.

»Gehen Sie nur, Fräulein Maritz«, sagte Herr von Faber. »Wir warten hier.«

»Das war taktlos, Henriette!«, hörte Isabel ihn gerade noch flüstern, als sie bereits durch das hölzerne Tor ging. »Die Ärmste hat gerade ihren Verlobten verloren, und du versuchst, sie zu verkuppeln!«

Henriettes Antwort verstand sie nicht mehr.

3.

Kristallklares Meerwasser schwappte mit leisem Klatschen an den Rumpf des langen, schmalen Kanus. Isabel versuchte, sich so wenig wie möglich zu bewegen, um keine Unruhe in das Boot zu bringen, in dem sie nah an der Küste entlangfuhren. Bruder Lorenz, der ihr gegenübersaß, lächelte ihr beruhigend zu – zumindest vermutete sie das, denn unter dem Gestrüpp von Haaren, das seine untere Gesichtshälfte umgab, konnte sie seinen Mund kaum erkennen.

»Keine Sorge, Schwester Maritz«, sagte er. »Sie sind hier so sicher wie in Abrahams Schoß. Jeffari ist ein guter Kanufahrer.«

Isabel lächelte etwas gequält zurück. Als sie sich entschieden hatte, die Missionsstation zu besuchen, war sie davon ausgegangen, dies auf dem Landweg zu tun. Simbang lag schließlich nur wenige Kilometer von Finschhafen entfernt. Bruder Lorenz hatte sie allerdings darüber aufgeklärt, dass der Wasserweg schneller und bequemer sei. Sie konnte sich gerade selbst davon überzeugen: Dichtes Gebüsch wuchs fast überall bis nah ans Wasser, und der Weg, den sie manchmal im grünen Dickicht erblickte, war zum Teil überwuchert von Ranken und Schlingpflanzen.

Zumindest machte das Kanu trotz seiner geringen Größe einen recht stabilen Eindruck, und der Ausleger an einer Seite mochte hoffentlich verhindern, dass es kippen würde.

Isabel konnte den dunkelbraunen, schweißglänzenden Rücken des vielleicht fünfzehnjährigen Jeffari sehen, der unbeirrt paddelte. Über ihm schwang ein kleines, aus Blättern geflochtenes Segel im leichten Wind.

Neben Bruder Lorenz saß noch ein zweiter Junge, ungefähr drei Jahre jünger als Jeffari. Er hatte offensichtlich Mühe, Isabel nicht gar zu unverhohlen anzustarren.

»Sabiam, unser Hausjunge«, hatte Bruder Lorenz ihn vorgestellt, als er mit ihr zum Landungssteg von Finschhafen gegangen war, wo die beiden Jungen mit dem Kanu gewartet hatten. »Er spricht ein paar Worte Deutsch – wenn auch bei weitem nicht so viel, wie er sollte. Sabiam, sag guten Tag zu Schwester Maritz.«

»Guten Tag, *sista*«, murmelte der Junge fast unhörbar.

»Guten Tag, ihr beiden. *Nem bilong mi ... emi* Isabel Maritz«, stellte sie sich den zwei Knaben daraufhin in stockendem Pidgin vor.

Bruder Lorenz hob erstaunt die Brauen. »Schwester Maritz, was höre ich! Wie herrlich, dass Sie bereits ein wenig Tok Pisin sprechen! Das wird Ihnen so manches erleichtern.«

Sabiam hatte verschämt gegrinst und seine Füße angesehen, bis Bruder Lorenz zum Aufbruch gerufen hatte.

»Sehen Sie nur, wie wundervoll hier alles ist?«, fuhr dieser nun in seiner Lobeshymne auf die einheimische Flora fort. »Die herrliche Natur, die Wärme, das klare Wasser? Es kommt einem doch geradewegs so vor, als habe Gott hier den Garten Eden geschaffen und schon ein paar braune Menschenkinder hineingesetzt.«

Isabel nickte zaghaft. In ihrem Magen saß ein Kloß, und sie blickte angestrengt in Richtung Land, um nicht ständig daran denken zu müssen, dass nur ein dünner Holzboden sie von den Fluten des Pazifik trennte. Die Vorstellung, hier ins Wasser zu fallen, ängstigte sie, und krampfhaft hielt sie sich mit beiden Händen an ihrer Reisetasche fest. Im Gegensatz zu den meisten ihrer Altersgenossen hatte sie nie in einem der Flussschwimmbäder ihrer Heimat schwimmen gelernt. Anfangs hatten es die Schienen an ihren Beinen verhindert, und später hatte die Mutter ihr davon abgeraten. Eine Frau müsse nicht unbedingt schwimmen können, hatte sie stets gesagt.

»Schauen Sie«, sagte Bruder Lorenz und deutete aufs offene Meer, wo Isabel ein großes Kanu mit rechteckigem Segel erblickte. »Das sind die Seefahrer der Insel Tami. Sie kommen oft zum Handeln nach Simbang. Die Mission denkt darüber nach, auf Tami eine Zweigstation zu errichten.«

Nicht weit davon entfernt tuckerte eine Dampfpinasse. Die Weite des Ozeans in Verbindung mit dem schwankenden Kanu ließ Isabel schwindeln. Schnell drehte sie den Kopf wieder zum Land.

Entlang der Küste erblickte sie überall dasselbe Bild: Ein schmaler Strand, an dem sich Bananenpalmen mit mächtigen Blättern im Wind bogen, dichter Dschungel und dahinter bewaldete Hänge, hinter denen sich weitere, höhere Hügelketten erhoben. Es kam ihr wie eine halbe Ewigkeit vor, dabei konnte höchstens eine gute Stunde vergangen sein, als ein Fluss eine Bucht in die Küste schnitt und Jeffari das Kanu an Land steuerte. An der Flussmündung lagen das Dorf und die nach ihm benannte Missionsstation Simbang. Nahe am Strand, der hier etwas breiter war, standen die Häuser der Missionare, wie Bruder Lorenz ihr erklärte – einfache Hütten aus Holz, Palmwedeln und Flechtwerk, zum Schutz vor dem Wasser auf einen Meter hohe Stelzen gebaut. Jeffari und Sabiam sprangen ins gut knietiefe Wasser und zogen gemeinsam das Kanu an Land, dann halfen sie den beiden Weißen aus dem Boot. Isabels Schuhe versanken in feinem hellem Sand, der Geruch von Fisch, Rauch und feuchtem Grün lag in der Luft.

Ihre Ankunft war nicht unbemerkt geblieben: Eine Gruppe von Eingeborenen hatte sich am Strand versammelt und scharte sich um sie. Die Männer waren höchstens so groß wie Isabel, die Frauen kleiner. Alle trugen sie einen kurzen Pflock durch die Nase. Isabel sah viel kaffeebraune, nackte Haut, bei den Männern verhüllt von einem roten Lendentuch, bei den Frauen von raschelnden, knielangen Baströckchen, blickte in dunkle, unbewegte Gesichter, denen keine Regung anzusehen war, und wäre am liebsten im Boden versunken. Diese vielen Menschen schüchterten sie ein – in Finschhafen hatte sie nur einzelne Einheimische gesehen, wo diese fast wie Fremdkörper inmitten all der weißen Europäer gewirkt hatten. Hier in Simbang kam sie sich selbst wie ein Fremdkörper vor, und als könnte sie sich dahinter verstecken, presste sie ihre Reisetasche wie zum Schutz an sich. Ihr restliches Gepäck hatte sie bei Herrn von Faber gelassen.

»Haben Sie keine Angst, Schwester Maritz«, erklärte Bruder Lorenz ihr und nickte freundlich hierhin und dorthin. »Sie sind nur neugierig. Diese Menschen haben kaum jemals eine weiße Frau gesehen.«

Isabel versuchte sich an einem vorsichtigen Lächeln, und tatsächlich: Eine der Frauen, die wie alle anderen nackte Brüste zur Schau stellte und ihr krauses Haar kurzgeschoren trug, entblößte rötliche, betelsaftgefärbte Zähne und lächelte zurück. Dennoch atmete Isabel auf, als sie unter all den dunklen, fremden Gesichtern ein europäisches entdeckte. Bruder Laumer, wie er sich ihr sogleich vorstellte, trug wie Bruder Lorenz einen langen Bart, war aber von weitaus kräftigerer Statur, und sein Gesicht über der haarigen Manneszierde strahlte rosige Freundlichkeit aus. Isabel schätzte ihn auf Mitte dreißig.

»Ich freue mich sehr, Sie kennenzulernen, Schwester Maritz«, sagte er, während er Isabels Hand herzlich schüttelte. Bei seinem vertrauten fränkischen Dialekt fühlte sie sich gleich heimisch. »Und ich soll Ihnen ausrichten, dass Bruder Schwarz es bedauert, nicht zu Ihrer Begrüßung kommen zu können. Er leidet heute sehr unter dem Wechselfieber. Aber morgen geht es ihm bestimmt wieder besser.«

»Oh, ja, das hoffe ich doch. Richten Sie ihm bitte meine besten Genesungswünsche aus.«

Ein wenig abseits der übrigen Dorfbewohner drängte sich eine Gruppe dunkelhäutiger Halbwüchsiger. »Das sind unsere Kostschüler«, erklärte Bruder Laumer, der Isabels Blick bemerkt hatte. »Jetzt, am Nachmittag, haben sie keinen Unterricht, dennoch hat jeder hier seine Aufgabe.« Er klatschte in die Hände und rief etwas in einer fremden Sprache, woraufhin die Schüler sich zögernd zerstreuten.

Die beiden Missionsbrüder ließen es sich nicht nehmen, Isabel herumzuführen, während Sabiam hinter ihnen herlief und ihre Reisetasche trug. Auf Isabels Vorschlag, die Tasche irgendwo unterzustellen, schüttelte Bruder Lorenz den Kopf.

»So gern wir unsere braunen Brüder auch haben, man muss aufpassen wie ein Haftelmacher, will man nicht von ihnen bestohlen werden. Diese Naturkinder haben wie wir ihre Licht- und Schattenseiten. Sie wissen sehr gut, dass Stehlen unrecht ist, und doch tun sie es immer wieder. Sie glauben ja nicht, Schwester Maritz, wie oft schon etwas aus unserer Vorratshütte entwendet wurde. Seit einigen Monaten haben wir deshalb ein Schloss davor. Aber kommen Sie, lassen Sie sich unsere bescheidene Mission zeigen.«

Im Vergleich zu Finschhafen mit seinen Straßen, Häusern,

der Poststation und der Speiseanstalt sah Simbang noch reichlich wild und ursprünglich aus. Hohe Palmen und Schraubenbäume erhoben sich zwischen den drei, nein, vier palmgedeckten Pfahlhäusern am Rand einer dem Urwald abgetrotzten Lichtung. Gegenüber, auf der anderen Seite der Lichtung, stand ein weiteres Gebäude aus Holz; die Schule mit den Schlafgelegenheiten für die Kostschüler, wie ihr Bruder Laumer erklärte. Die Kirche, nur wenige Schritte daneben, war ein einfacher Bau aus einem Holzgerüst, das man mit geflochtenen Matten umkleidet hatte. Das Dach war mit getrocknetem Gras gedeckt.

Ein lautes Zetern drang durch das auf- und abschwellende Meeresrauschen und den Wind, der durch die Baumwipfel strich. Isabel hob den Kopf. Nein, das war kein Zetern, da rief jemand ihren Namen! Ja, jetzt konnte sie es ganz deutlich verstehen: »Isa! Isa!« Es klang krächzend, wie jemand, der heiser oder stark erkältet war.

Ihr Herz tat einen Sprung, und für einen kurzen, schwirrenden Moment glaubte, hoffte sie, die Nachricht von Conrads Tod sei falsch gewesen, und er würde soeben aus einer der Hütten treten und sie …

Es war natürlich nicht Conrad. Auf dem Wedel einer Bananenpalme ganz in ihrer Nähe saß ein schneeweißer Kakadu, dessen Kopf ein hellgelbes Federbüschel schmückte. Und aus seinem gekrümmten Schnabel kam immer wieder: »Isa! Isa!«

»Sehen Sie, Schwester Maritz«, Bruder Lorenz deutete auf den Vogel, »das ist Koki. Bruder Felby hat ihn aufgezogen und ihm einige Worte beigebracht.«

»CooooRRad«, machte der Vogel jetzt wie zur Bestätigung. »CooooRRad! Isa! Isa! Guten Tag!«

Isabel wusste nicht, ob sie lachen oder weinen sollte. Der sprechende Vogel war lustig, aber die Vorstellung, dass Conrad ihm ihren Namen beigebracht hatte, erfüllte ihr Herz mit Trauer. Wieder musste sie an sein Grab denken, das sie vor zwei Tagen besucht hatte, der niedrige Grabhügel bereits von einem feinen moosigen Flaum bedeckt. Danach hatte sie eine seltsame Unruhe gepackt, bis sie beschlossen hatte, nach Simbang zu gehen. Sie musste endlich wissen, wo Conrad gelebt und gearbeitet hatte, wollte den Ort sehen, der fast ihre Heimat geworden wäre. Herr von Faber und seine Schwester hatten ihr angeboten, sie zu einem kurzen Besuch in die Missionsstation zu begleiten, doch Isabel hatte dankend abgelehnt. Sie wollte sich selbst ein Bild machen, und dazu gehörte, dass sie einige Tage dort bleiben würde. Womöglich würde sie dann besser mit allem abschließen können und sich darüber klarwerden, was sie nun mit ihrem Leben anfangen wollte.

Sie drängte die aufsteigenden Tränen zurück, die ihr bei den Gedanken an Conrad gekommen waren, und trat einen Schritt auf den Vogel zu. Er war drollig anzusehen, wie er da auf seinem Wedel von einem krallenbewehrten Fuß auf den anderen stieg und sie mit kohlschwarzen Augen unverwandt ansah.

»Na, du.« Vorsichtig hielt sie dem Tier die Hand hin. »Du bist ja ein Hübscher.«

Der Vogel legte den Kopf schräg und richtete seine gelbe Federhaube ruckartig auf.

»Passen Sie lieber auf, Schwester Ma–«

Aber da ruckte der scharfe Schnabel des Vogels auch schon vor und biss sie in den Zeigefinger. Es war eher der Schreck als der Schmerz, der sie aufschreien ließ.

Bruder Lorenz war untröstlich. »Das tut mir furchtbar leid, Schwester Maritz! Der Vogel ist sonst nicht so angriffslustig, aber seit Bruder Felby von uns gegangen ist ... Außerdem kennt er fast nur Männer, und ... Oje, Sie bluten!«

»Ist schon gut, Bruder Lorenz«, beruhigte Isabel ihn. Aus der Spitze ihres Zeigefingers quoll tatsächlich ein wenig Blut – der kräftige Vogelschnabel hatte ganze Arbeit geleistet.

»Kommen Sie, ich kümmere mich darum!«, sagte Bruder Lorenz. »Und dann zeige ich Ihnen, wo Sie wohnen werden.«

*

Die Hütte, die man ihr zur Verfügung stellte, war wie alle Gebäude hier auf Pfählen errichtet worden. Auf einer Leiter aus dünnen Baumstämmen stieg Isabel hinter Bruder Lorenz und Sabiam hinauf, die Hand mit dem verbundenen Finger raffte ihren langen Rock, mit der anderen fasste sie die Sprossen. Die beiden Räume – ein Schlaf- und ein Arbeitszimmer – waren mit Kisten und einfachen, selbstgebauten Möbeln ausgestattet und machten einen freundlicheren Eindruck, als es von außen den Anschein hatte. Es gab sogar eine schmale Veranda, auf der zwei Bambusstühle und ein kleiner Tisch standen.

Es war Conrads Hütte gewesen. Bis kurz vor seinem Tod, so erzählte Bruder Lorenz, hatte Bruder Felby hier gearbeitet und sogar begonnen, für seine junge Braut eine Ankleidekommode zu bauen.

»Es sollte eine Überraschung für Sie sein«, verriet er ihr mit traurigem Blick auf die halbfertige Konstruktion aus Bambushölzern in einer Ecke des hinteren Zimmers, in dem auch ein einfaches breites Bett mit zurückgeschlagenem Moskitonetz stand. »Er hat sich so auf Sie gefreut.«

Der aus Holzplanken bestehende Boden war mit geflochtenen Grasmatten ausgelegt, die an manchen Ecken so angefressen und löchrig aussahen, als hätte jemand daran genagt.

»Wir befinden uns hier in einem ständigen Kampf mit der tropischen Feuchtigkeit. Die Häuser halten nicht lang. Schauen Sie, hier.« Bruder Lorenz deutete in eine Ecke des Arbeitszimmers, wo die aus rohen Hölzern gezimmerte Wand feucht und aufgequollen aussah. »Das ist die Regenseite. Und was die Feuchtigkeit nicht zerstört, das erledigen die weißen Ameisen. Holzfressende Termiten«, erklärte er auf Isabels fragenden Blick. »Sie sollten daher immer darauf achten, dass die Dosen mit Wasser gefüllt sind.«

Jedes der Tischbeine stand in einer verbeulten leeren Konservendose, an denen noch Teile der Etiketten zu sehen waren. »Corned Beef«, konnte Isabel an einer lesen, und »eingel. Kürb.« auf einer anderen.

Bruder Lorenz entschuldigte sich schon bald mit dem Hinweis, er habe noch einige Sachen zu erledigen, er freue sich aber, sie nachher bei einem kleinen Abendessen wiederzusehen. Sabiam, der ihm wie ein Schatten folgte, hielt noch immer Isabels Reisetasche umklammert. Ein scheues Lächeln glitt über sein dunkles Gesicht, als sie sich bei ihm auf Deutsch fürs Tragen bedankte und ihn bat, die Tasche auf einem Stuhl abzustellen. Dann huschte er hinter Bruder Lorenz hinaus.

Lange stand Isabel am Fenster und betrachtete die kleine Lichtung mit den hohen Palmen, hinter denen die Hütten des Eingeborenendorfs zu sehen waren, dann drehte sie sich um. Sie kam sich wie ein Eindringling vor, als sie nun allein durch die beiden Räume ging, in denen sie für die nächsten Tage wohnen würde – so lange, wie sie wollte, wie Bruder Lorenz ihr versichert hatte.

Die Räume, die ursprünglich ihr neues Zuhause an Conrads Seite darstellen sollten.

Sie schluckte, als sie näher an den aus Bambus und Holzlatten gefertigten Schreibtisch trat und dort, in einem Rahmen aus dünnem Rohr, die Photographie entdeckte, die sie Conrad von sich geschickt hatte – in hochgeschlossener weißer Bluse mit einer kleinen schwarzen Brosche am Kragen, die Haare zu einem ordentlichen Knoten aufgesteckt.

Neben ihrem Bild lag eine dicke Mappe, die mit einem großen Stein beschwert war. Sie nahm den Stein herunter und öffnete den Deckel. Ein paar Schreibhefte waren darin, alle ordentlich beschriftet und durchnummeriert. Isabel blätterte ein paar Seiten auf. Sie waren leicht gewellt von der feuchten Luft und eng beschrieben in Conrads akkurater Handschrift, die sie so gut kannte. Es handelte sich um Übersetzungen kurzer Texte wie Gebete oder Bibelsprüche in die Eingeborenensprache Jabim, die hier gesprochen wurde, sowie Wörterlisten, Notizen und Sprachbeobachtungen. Mit einem Kloß im Hals strich sie über eine der langen Listen, dann klappte sie das Heft zu und verstaute alles wieder in der Mappe.

Auf dem Schreibtisch wie überall auf den Möbeln lag feiner, pudriger Staub. Hier war offenbar schon länger nicht mehr geputzt worden. Gleich morgen, beschloss Isabel, würde sich das ändern. Aber nicht heute. Auf einmal fühlte sie sich erschöpft. Erschöpft und mutlos. Langsam ließ sie sich auf einem der Stühle der Veranda nieder. Alle drei Möbelstücke wiesen Nage- und Knabberspuren auf – vermutlich hatte Koki sich hier ausgetobt.

Als hätten ihre Gedanken ihn gerufen, erklang schon bald »Isa, Isa!« von irgendwoher, und »CoooRRRad!«. Dann landete der weiße Kakadu auf der Lehne des freien Bambusstuhls und lief dort hin und her, während er immer wieder kreischte und zu ihr hinübersah.

Diesmal behielt Isabel ihre Hand bei sich. Das heisere Kreischen tat ihr in den Ohren weh, dennoch beugte sie sich vor und sah das Tier an.

»Nun, Koki, was meinst du: Ob wir wohl Freunde werden?«

Offenbar war der Vogel nicht davon überzeugt, denn nach einigen Minuten des gegenseitigen Taxierens flog er unter lautem Gekreisch davon, setzte sich in eine Palme und begann, einen ohnehin schon ausgefransten Wedel zu zerrupfen.

Isabel lehnte sich zurück. Noch immer fühlte sie sich unwohl, ein leichter Schauer kroch wie mit Spinnenbeinen über ihre Haut, sie fröstelte. Wann hatte sie eigentlich das letzte Mal Chinin genommen?

Aber sie fühlte sich gar nicht fiebrig, ganz im Gegenteil – ihr war auf einmal richtiggehend kalt. Entsetzlich kalt. Das konnte doch gar nicht sein, es war sicher über dreißig Grad im Schatten! Dennoch hatte sie plötzlich das Gefühl, als würde sie von Kopf bis Fuß in Eiswasser sitzen. Nur mühsam gelang es ihr aufzustehen. Ihr war schwindelig, und als sie von der Veranda zurück ins Innere der Hütte trat, wurde ihr schwarz vor Augen. Sie versuchte noch, sich am Schreibtisch festzuhalten, dann kam ihr auch schon der Boden entgegen.

Sie erwachte auf dem Fußboden, ein paar lose Fasern des Mattengeflechts stachen in ihre Wange. Ihr Kopf glühte, aber ihre Glieder zitterten vor Kälte, und in ihrem Mund war ein bitterer Geschmack. War sie tatsächlich ohnmächtig geworden?

Das Korsett war aber auch viel zu eng geschnürt! Sie versuchte, sich aufzusetzen, aber es dauerte, bis es ihr endlich gelang. Und noch länger dauerte es, bis sie mit bebenden Händen ihre Bluse aufgeknöpft und die Schleifen und Haken an ihrem Korsett gelöst hatte. Ihr Brustkorb dehnte sich, und erneut überfiel sie Schwindel. Ein paar Atemzüge lang blieb sie noch auf den Grasmatten sitzen, dann kämpfte sie sich hoch und wankte ins Schlafzimmer, wo sie sich, halb angekleidet wie sie war, auf das Bett legte, mit Mühe das fadenscheinige Moskitonetz drapierte und dann die leicht muffig riechende Leinendecke über sich zog.

Nur einen Augenblick. Sie würde nur einen Augenblick hier liegen bleiben, dann ginge es ihr bestimmt gleich wieder besser.

Die Kälte kroch in ihren Körper und breitete sich dort aus. Ihre Zähne klapperten, obwohl sie sie zusammenbiss, sie fühlte sich hundeelend und fror und bebte unter der Decke, wie sie noch nie zuvor gefroren hatte. Aber sie musste aufstehen und sich frisch machen. Die Missionsbrüder erwarteten sie doch zum Essen …

Nach dem Zittern kam das Schwitzen. Hatte sie sich eben noch frierend in die Decke gehüllt, so warf sie sie bald von sich, als Hitze in ihre Glieder schoss und ein heftiger Schweißausbruch ihren Körper badete. Ihre Haut schien zu verbrennen, alles an ihr war heiß und fiebrig. Und zum ersten Mal, seit sie in dieses Land gekommen war, sehnte sie sich nach ihrer Mutter, nach einer ihrer Schwestern oder sonst einem vertrauten Menschen, der ihr über die Stirn strich und beruhigende Worte zu ihr sprach.

Doch niemand war hier. Sie war allein. Krank und einsam in einem fremden Land. Sie hätte gern geweint, aber sogar dazu war sie zu erschöpft. Nur schlafen wollte sie, nur schlafen …

Sie schreckte auf. Es war Nacht geworden, die Zikaden sangen, und der milde Schein einer Petroleumlampe beleuchtete die Umrisse des bärtigen Mannes, der leise im Zimmer umherging.

»Bruder Lorenz, sind Sie das?«, murmelte sie. »Was ist …?«

»Sprechen Sie nicht, Schwester Maritz. Sie müssen sich nur ausruhen, dann geht es Ihnen bald wieder besser.«

»Was … fehlt mir denn?«

»Es ist das Wechselfieber«, sagte er. Durch das Moskitonetz konnte sie ihn kaum erkennen. »Verursacht durch die ungesunden Dünste, die hier aus den Sümpfen aufsteigen. Wussten Sie, dass es deswegen Malaria heißt? Von *mala aria*, der schlechten Luft. Seien Sie froh, dass es Sie so früh erwischt hat.«

»Froh?«, wiederholte Isabel schwach.

»So ist es. Es heißt, je früher das Fieber kommt, desto schwächer wird es ausfallen. Ruhen Sie sich aus, Schwester Maritz«, hörte sie noch wie aus weiter Ferne. »Ruhen Sie sich aus.«

Und das tat sie. Erneut fielen ihr die Augen zu.

Einmal, als sie mitten in der Nacht aus ihrem Dämmerschlaf aufschreckte, glaubte sie, eine Gestalt an ihrem Bett zu sehen.

»Conrad?«, hauchte sie.

»Schlafen Sie weiter, Schwester Maritz«, flüsterte Bruder Lorenz' Stimme. Gleich darauf spürte sie die wohltuende Kühle eines frischen, feuchten Tuchs um ihre Waden. Sie war zu erschöpft, um sich diese intime Berührung zu verbitten – eigentlich durfte kein Mann ihre Beine sehen, schon gar nicht ihr schwaches Bein. Aber es fühlte sich so gut an …

Und schon sank sie wieder hinüber in die fiebrige Umarmung der Krankheit.

*

Gellendes Vogelgeschrei schrillte wie ein Alarm durch Isabels Gehirn, hinter ihren Lidern pochte es. Sie schlug die Augen auf. Sonnenlicht schien in den Raum, durch das helle Netz sah sie alles wie durch einen feinen Nebel. Koki saß auf der hölzernen Umrandung ihres Bettes, zupfte am Moskitonetz und fand offenbar, dass es für sie Zeit zum Aufstehen war.

Vorsichtig richtete sie sich auf. Noch immer trug sie ihr gelockertes Korsett mit der geöffneten Bluse darüber und den langen Rock. Sie fühlte sich noch ein wenig matt, aber die große Schwäche in ihren Gliedern und die Fieberschauer waren verschwunden. Die ganze Nacht hatte sie in diesem Dämmerzustand zwischen Wachen, Schlaf und Traum gelegen. Sie erinnerte sich nur noch an die schreckliche Hitze, die in ihrem Körper getobt hatte, an Schwitzen und Zittern und ein Gefühl von Krankheit. An Bruder Lorenz, der ihr Wadenwickel anlegte. An unruhige Träume von Conrad und den Missionsbrüdern.

Ein dringendes Bedürfnis riss sie aus ihren Erinnerungen. Noch leicht zittrig schlug sie das Moskitonetz beiseite und stand auf. Koki flatterte durch das geöffnete Fenster davon. Ein hastiger Blick unter das Bett zeigte ihr, dass dort kein Nachttopf stand, und auch sonst war keiner zu finden, wie eine kurze Suche ergab. Sie würde zum Abtritt gehen müssen. Auch wenn sie völlig verschwitzt war – sich waschen und die Wäsche wechseln konnte sie später. Jetzt musste sie erst einmal den Forderungen ihres Körpers nachgeben.

Schnell schloss sie Korsett und Bluse, richtete flüchtig ihre Haare und machte sich dann daran, rückwärts die wackelige Leiter aus der Hütte hinabzusteigen. Sie atmete auf, als sie wieder auf festem Boden stand, dann eilte sie zu dem hinter ein paar Bäumen stehenden Abtritt. Bei Herrn von Faber war dieser Ort wesentlich luxuriöser gewesen; er hatte sogar ein Wasserklosett.

Der Wald war schon voller Leben. Durch die dampfende Luft des Morgens klang der Gesang der Zikaden, über ihr in einer Bananenpalme zeterten und zwitscherten ein paar bunte Vögel. Weiße und bunt gefleckte Orchideen mit kleinen Blüten wanden sich in Spiralen um einen Baumstamm. Ein Windhauch fuhr raschelnd durch die Palmenkronen, und vom Strand her waren die Schreie von Seevögeln und das leise Rauschen der Brandung zu hören. Es war wunderbar friedlich, geradezu paradiesisch.

Bis sie sah, dass die Tür des Vorratsschuppens, einer Pfahlhütte aus vorgefertigten Brettern mit einem Wellblechdach, offen stand.

Sie ging ein paar Schritte näher. Als Bruder Lorenz ihr gestern das Dorf und die Missionsstation gezeigt hatte, war diese Tür mit einem eisernen Schloss abgesperrt gewesen, da war sie sich ganz sicher. Hatte er ihr nicht erzählt, dass es immer wieder zu Diebstählen kam? War dort etwa jemand eingebrochen?

Hilfesuchend sah sie sich um. Niemand war zu sehen, nur aus der kleinen Missionskirche erklang der Gesang der Morgenandacht. Sollte sie Alarm schlagen? Aber womöglich hatte nur einer der Brüder vergessen, die Tür wieder zu schließen.

Sie atmete tief durch, dann kletterte sie zögernd die Leiter zum Vorratsschuppen hinauf und schaute durch die geöffnete Tür. Leise Geräusche waren zu vernehmen, etwas wie ein Rascheln und Kratzen. Ein Tier?

»Ist da jemand?«, fragte sie, aber es kam so gedämpft aus ihrer Kehle, dass sie sich selbst kaum hörte.

Sie trat einen vorsichtigen Schritt näher, hinein in den Schuppen, und lugte um die Ecke. Und sah einen Einheimischen, mit dem Rücken zu ihr und nur mit einem roten, bis zum Knie reichenden Lendentuch bekleidet, der soeben ein Bündel auf seine Schulter lud.

»Halt, stehen bleiben!«, entfuhr es ihr, vor Schreck und Empörung auf Deutsch. »Was tust du da? *Yu … yu mekim wanem? Slipim!*« Leg das hin!

Ob er ihr geradebrechtes Pidgin verstand? Viele der Eingeborenen von Simbang sprachen nur das hiesige Jabim. Sie musste unbedingt nach Hilfe rufen! Hoffentlich war jemand in der Nähe, der ihr helfen konnte!

»*Help! Stilman!*«, kam es krächzend aus ihrer Kehle. Hilfe, ein Dieb!

Der Mann ließ seine Beute sinken und drehte sich gelassen um. Er sagte kein Wort, sah sie nur an und trat auf sie zu.

Er war jung, ungefähr in ihrem Alter, mit ebenmäßigen, fein geschnittenen Zügen, die nur wenig von der landestypischen Physiognomie aufwiesen. Seine schwarzen Haare waren in eine Vielzahl fingerlanger, bleistiftdünner Strähnen gedreht, die störrisch in alle Richtungen abstanden, und für einen flüchtigen Moment glaubte sie seine Augen blau schimmern zu sehen. Doch so ansehnlich er auch war – es war kaum zu leugnen, dass er hier eingebrochen war und ihre Vorräte stehlen wollte.

Isabel wich einen Schritt zurück, ihr Herz klopfte laut. O Gott, was tat sie nur hier? Wenn er sie jetzt angreifen würde …

»Bleib … bleib stehen! *Stopim!* Oder … *no* … *no* …«

»*No wanem?*«, fragte er, weniger drohend als vielmehr amüsiert.

»Oder … *no* … *mi holim* … *wanpela polis!*«

»*Wanpela polis?*«, wiederholte er. »Was wollen Sie denn damit ausdrücken? Dass Sie die Polizei holen wollen? Dann ist das nicht richtig. *Pela* benutzt man nur, wenn etwas gezählt werden kann. Polizei ist ein Begriff, der ohne Zählung steht.«

Isabel starrte ihn mit offenem Mund an. Nur verzögert registrierte sie, dass er Deutsch mit ihr gesprochen hatte. Ohne den Hauch eines Akzents.

»Sie sind … Deutscher?«, fragte sie verblüfft – und kam sich im nächsten Moment ausgesprochen dämlich vor. Auch wenn er keinen dieser hässlichen Nasenpflöcke wie die Jabim trug: Besonders deutsch sah er wirklich nicht aus.

»Nun ja, nicht ganz«, sagte er dann auch. »Aber das ist eine lange Geschichte. Ich heiße Noah.« Er streckte ihr die Hand hin.

Isabel zögerte. Nur weil er Deutsch sprach, hieß das nicht, dass er kein Dieb war. »Was tun Sie hier?«

Er ließ seine ausgestreckte Hand wieder sinken. »Zumindest nichts stehlen, wie Sie glauben. Genau das Gegenteil ist der Fall: Ich bringe etwas.« Er deutete auf ein Regalbrett, wo Isabel jetzt einige Vogelkadaver und eine ihr unbekannte, kinderkopfgroße Frucht erkannte. »Ich habe ein paar Tauben für die Mission geschossen.«

Er nahm die Frucht, die Isabel entfernt an eine Ananas erinnerte, und reichte sie ihr. »Können Sie das kurz mal halten?« Dann griff er nach einem Gewehr, das aufrecht am Regal lehnte, und hängte es sich an einem Lederriemen über die Schulter. »Nach Ihnen.«

Die schwere Frucht in einer Hand, trat Isabel aus der Hütte und kletterte ungelenk die Leiter hinab. Verschwitzt, ungekämmt und in zerknitterter Kleidung, fühlte sie sich zutiefst unwohl. Allerdings war dieser junge Mann mit seinem roten Lendentuch auch nicht wirklich angemessen gekleidet. Was ihm allerdings nicht das Geringste auszumachen schien. Während er die Tür mit dem eisernen Schloss absperrte, wagte sie einen flüchtigen Blick. Er war hochgewachsen, sein Körper – Isabel kam nicht umhin, es zu bemerken – schlank und wohlgeformt, und seine Haut war von einem hellen Braun mit einem leichten Bronzeton. Wie schwarzer Tee mit einem Schuss Milch. Seinen linken Oberarm umschloss ein Band aus winzigen Kaurimuscheln, in dem ein kurzer knöcherner Dolch steckte, und um den Hals trug er einen kleinen Beutel.

»*Mi bai singautim polis*«, sagte er, sobald er auf festem Boden stand.

»Wie bitte?«

»Das wäre die richtige Formulierung«, erklärte er, während er den Schlüssel in dem Beutelchen verstaute. »Sofern Sie immer noch die Polizei holen wollen.«

Isabel spürte, wie sie bis unter die Haarwurzeln errötete. »Nein, nein – das wird wohl nicht nötig sein.« Der Anblick seiner nackten Haut war ihr unangenehm, und jetzt schwappte auch noch eine weitere Woge von Hitze durch ihren Körper. Ob sie wieder Fieber bekam? Vor lauter Scham wusste sie nicht, wohin sie schauen sollte. Sie sah kurz in sein Gesicht und senkte dann wieder den Blick zu Boden, bis sie nur noch seine bloßen, staubigen Füße vor sich hatte. Dann räusperte sie sich.

»Herr ... Noah, ich wollte –«

»Nur Noah, mehr nicht«, unterbrach er sie.

»Es ... es tut mir leid, dass ich Sie fälschlich beschuldigt habe«, beendete sie ihren Satz.

»Schon vergessen, Fräulein Maritz.«

Vor Überraschung blickte sie nun doch auf. »Sie kennen meinen Namen?«

Er lächelte und zeigte dabei zwei Reihen weißer Zähne – offenbar schien er sich nichts aus dem Betelkauen zu machen. »Conrad hat mir von Ihnen erzählt. Und mir Ihr Bild gezeigt.«

»Mein Bild?« Für einen Moment war sie wie vor den Kopf gestoßen, dann begriff sie. »Sie ... Sie haben mit Conrad zusammengearbeitet!«, entfuhr es ihr. »Ich meine natürlich ... mit Bruder Felby.«

Jetzt fiel ihr wieder ein, dass Conrad in einem seiner Briefe einen jungen Dolmetscher erwähnt hatte, der ihm bei den Übersetzungen in die Jabim-Sprache half. Erneut blickte sie auf. Sie hatte sich nicht getäuscht: Er hatte tatsächlich blaue Augen. Ein dunkles, ins Indigo gehende Blau. Zusammen mit seiner helleren Hautfarbe, seinen eher europäischen als papuanischen Gesichtszügen und dem fließenden Deutsch legte das alles nur einen Schluss nahe: Er war ein Mischling, ein sogenannter Halbweißer, Nachkomme eines weißen Vaters und einer einheimischen Mutter. In den Kolonien kam es immer wieder vor, dass europäische Männer eingeborene Frauen ehelichten.

»Ihr Vater ist Deutscher?«, fragte sie, bevor sie sich zurückhalten konnte.

»Möglicherweise«, erwiderte er zu ihrer Überraschung. »Zumindest spricht einiges dafür. Ich kenne meine Eltern nicht.«

»Das tut mir leid.«

»Wieso? Sie können doch nichts dafür. Ich bin ein Findelkind, hier in Simbang aufgewachsen. Paul – ich meine, Pater Lorenz – hat mich aufgezogen.«

Ein durchdringendes Geschrei unterbrach ihn. Er drehte sich um und deutete auf eine Palme schräg hinter Isabel, wo der weiße Kakadu auf einem Wedel saß. »Sehen Sie, wer da sein Frühstück haben will? Das kleine Biest ist ganz wild nach Pandanusfrüchten. Koki, sei nicht so ungeduldig!«

Aus der Frucht, die Isabel ihm reichte, brach er ein paar kleine, feste Samenkapseln ab und streckte zwei davon Isabel entgegen.

»Nehmen Sie. Wenn Sie sie ihm hinhalten, wird er Ihnen aus der Hand fressen.«

»Lieber nicht«, gab sie kopfschüttelnd zurück und wackelte mit ihrem bandagierten Zeigefinger. »Er hat mich gestern schon gebissen.«

Noah hob die Schultern und stieß dann unvermittelt einen kurzen, scharfen Pfiff aus. Lautes Gekrächze und »Isa, Isa«-

Rufe ertönten, dann kam der Kakadu mit langsamen Flügelschlägen herangeschwebt. Noah verzog kurz das Gesicht, als der Vogel auf seiner nackten Schulter landete und ihm dabei die Krallen in die Haut bohrte, hielt aber still, als das Tier begann, den Kopf mit der Federhaube an seiner Wange zu reiben. Leise sprach er mit ihm, in einer tiefen, rollenden Sprache, die Isabel nicht verstand, und hielt dem Tier eine der grüngelben, pfenniggroßen Samenkapseln hin. Koki beäugte sie mit seitlich geneigtem Kopf, öffnete den gekrümmten Schnabel und nahm den Leckerbissen geradezu vorsichtig aus Noahs Fingern. Dann flog er davon, um sich gleich darauf in seiner Palme niederzulassen, wo er seine Beute mit einem Fuß festhielt und geschickt mit dem Schnabel zu bearbeiten begann.

Isabel lächelte – und legte hastig die Hand auf ihren Bauch, als ihr Magen ein ungebührliches Knurren hören ließ.

Auch Noah hatte es offenbar gehört. »Sie haben sicher noch nicht gefrühstückt«, sagte er. »Möchten Sie vielleicht mitkommen und mit mir und den Kostschülern essen?«

»Oh, nein. Nein, danke. Das ist sehr nett von Ihnen, aber ... ich muss mich unbedingt frisch machen und ...« Sie verstummte. Sie empfand es als unpassend, einem Mann zu erzählen, dass sie sich neu ankleiden musste.

»Das brauchen Sie nicht«, widersprach er. »Sie sehen auch so schon reizend aus.«

Erneut stieg ihr die Hitze ins Gesicht. Dass er sich nach dem peinlichen Missverständnis von vorhin jetzt erneut über sie lustig machte, war entschieden zu viel. »Nein, wirklich nicht«, gab sie eisig zurück. »Auf Wiedersehen.«

Ohne ihn eines weiteren Blickes zu würdigen, drehte sie sich um und schlug eilig den Weg zu Conrads Hütte ein, wohl wissend, dass er sie dabei beobachtete. Die Aufregung verkrampfte die Muskeln ihres schwachen rechten Beins und ließ sie in ein leichtes Hinken fallen, sosehr sie sich auch bemühte, es zu verhindern.

Sie war so damit beschäftigt, ihren Gang nicht gar zu ungeschickt aussehen zu lassen, dass sie fast schon Conrads Hütte erreicht hatte, bis ihr etwas auffiel. Ihre Schritte wurden langsamer.

Was hatte Noah da gerade erzählt – er sei ein Findelkind und hier aufgewachsen? Sie schüttelte den Kopf. Die Missionsstation Simbang war doch erst vor fünf Jahren gegründet worden. Kurz nachdem in Kaiser-Wilhelms-Land die deutsche Flagge gehisst worden war.

Sie runzelte die Stirn. An Noahs Geschichte konnte etwas nicht stimmen.

4.

Es war heiß. So heiß, dass Isabel unter ihrer hochgeschlossenen Bluse der Schweiß lief und sie befürchtete, sie könne unangenehm riechen. Das Korsett klebte ihr am Leib, dabei hatte sie die Schnüre gar nicht sonderlich fest gezogen. Einzig die leichte Brise, die vom Meer heranwehte, machte die Hitze ein wenig erträglicher. Isabel fühlte sich erstaunlich wohl – und das trotz ihrer nächtlichen Malariaattacke. Sie saß zusammen mit den drei Brüdern der Missionsstation Simbang an einem einfachen Tisch in dem Pfahlhaus, das ihnen als Gemeinschaftsraum diente, vor sich die Reste des von Sabiam zubereiteten Mittagessens. Obwohl es an Salz fehlte, hatten der frische, über offenem Feuer gegrillte Fisch und die gerösteten Taroknollen vorzüglich geschmeckt.

Isabel strich sich eine verschwitzte Haarsträhne, die sich aus ihrem Knoten gelöst hatte, hinter das Ohr. Heute hatte sie auch Bruder Schwarz kennengelernt, einen ebenfalls langbärtigen Mann mittleren Alters, dem das hellbraune Haar am Kopf klebte und der reichlich grimmig dreinschaute. Gerade erging er sich über zwei jüngere Kostschüler, die seiner Meinung nach zu faul waren.

»Die beiden sind noch jung«, warf Bruder Lorenz ein. »Gib ihnen Zeit, dann werden sie schon anfangen zu lernen.«

Die Kostschule war Bruder Lorenz' Herzenskind. Um die frohe Botschaft unter ihren »braunen Landsleuten«, wie er sie nannte, zu verbreiten, sei es wichtig, bei der Jugend anzusetzen. Er hoffte darauf, nicht nur die Kinder von Simbang zu erreichen, sondern auch die weiter abgelegen lebenden. Zu diesem Zweck hatte er neben dem Schulsaal einen Wohnflügel erbauen lassen, in dem bis zu dreißig Knaben wohnen und schlafen konnten, damit sie nicht jeden Tag den weiten Weg bis in ihre Dörfer zurücklegen mussten.

Anfangs sei es schwer gewesen. »Die ersten Schüler, die wir hier hatten, wollten bezahlt werden dafür, dass sie in die Schule gingen«, erinnerte er sich. »Und als sie merkten, dass sie nichts bekamen, verschwanden sie wieder.«

»Ich weiß noch«, fiel Bruder Laumer lächelnd ein, »wie wir einmal in ein Dorf gingen, um die Kinder zur Schule zu führen. Aber sobald wir vorne zur Tür hineintraten, huschten sie hinten unterm Dach wieder hinaus.«

Auch Isabel lächelte.

»Erst im vergangenen Jahr hat sich das geändert«, fuhr Bruder Lorenz fort. »Eines Tages erschienen nämlich gleich fünfzehn Knaben auf einmal bei uns und erklärten, sie wollten zum Lernen und zum Arbeiten bleiben. Sie kamen aus den südlichen Küstendörfern, die wir in den vergangenen Monaten mehrmals besucht hatten, und konnten daher nicht täglich nach Hause gehen. Sie können sich vorstellen, Schwester Maritz, was für eine Freude das für uns war! Endlich hatten wir eine reguläre Schulklasse, und ich muss sagen, dass sich die Knaben wirklich gut entwickeln. Jetzt haben wir zudem ein paar junge Zöglinge, die uns für verschiedene Hilfsdienste zur Verfügung stehen, und müssen nicht jedes Mal im Dorf betteln, wenn wir einen Boten oder Träger brauchen. Und die Schüler lernen nicht nur etwas und erfahren die frohe Botschaft, sondern haben auch Gelegenheit, sich am Nachmittag etwas zu verdienen.«

»Dann zahlen Sie ihnen doch etwas?«

»Kein Geld. Aber man kann ihnen die größte Freude mit einem Stück Metall machen. Wir haben eine ganze Sammlung von Hobeleisen und ausgewalztem Bandeisen, aus denen sie dann nützliche Geräte herstellen. Bis vor kurzem kannten unsere braunen Freunde nämlich kein Metallhandwerk, aber nun sind sie ganz versessen auf Eisen. Sie haben schnell gelernt, dass Äxte oder Messer aus Eisen besser schneiden als solche aus Stein. Ein Gewinn also für beide Seiten. Die Kinder erhalten Eisen, wenn sie zur Schule kommen, und wir können ihnen Gottes Wort vermitteln. Inzwischen hat sich diese Praxis herumgesprochen, so dass wir jetzt vierundzwanzig Schüler haben, von denen sich die meisten für zehn Monate verpflichtet haben. Jeffari und Sabiam gehören zu ihren.«

»In welcher Sprache unterrichten Sie?«

»Auf Jabim«, erklärte Bruder Lorenz mit einem etwas schiefen Lächeln. »So gut es eben geht. Wir haben zwar die Hoffnung, dass wir ihnen irgendwann einmal unsere schöne deutsche Muttersprache beibringen können, aber dazu fehlt es uns an Zeit und ihnen an Geduld. Nur die Knaben, die als Hausboy arbeiten, sprechen ein wenig Deutsch. So wie Sabiam. Wie oft habe ich mir gewünscht, der Tag habe mehr Stunden. Dann hätten wir mehr Zeit für die Arbeit in der Schule und für die Mission, für das Sprachstudium und den Gemüsegarten.«

Isabel zögerte. Einen besseren Moment, um ihre Bitte vorzutragen, würde sie kaum finden. Sie räusperte sich. »Verehrte Brüder«, sagte sie und wurde rot, als sie merkte, dass sich ihr alle drei bärtigen Gesichter zuwandten. »Sie haben mich hier so freundlich aufgenommen, und ich möchte Ihnen gerne einen kleinen Teil dieser Freundlichkeit zurückgeben. Meinen Sie, ich ... ich könnte mich irgendwie nützlich machen, solange ich hier bin?«

Bruder Schwarz sah etwas sauertöpfisch drein. »Ich wüsste nicht, wie –«

»Möglicherweise«, fiel ihm Bruder Laumer ins Wort. »Wenn ich mich recht entsinne, dann sprach unser lieber heimgegangener Bruder Felby davon, dass Sie das Harmonium spielen können.«

»Ja, das kann ich.« Zumindest etwas, das sie beherrschte. Viele der Stunden, die ihre Geschwister mit Fangen, Verstecken oder Eislaufen verbracht hatten, hatte sie an den Tasten gesessen und geübt.

»Nun, wir haben hier in der Mission ein kleines tragbares Harmonium. Vielleicht möchten Sie uns beim nächsten Gottesdienst darauf begleiten?«

»Herzlich gern.«

Bruder Lorenz faltete seine Hände und zwinkerte sie über seinem Bart an. »Und wenn Sie schon fragen, Schwester Maritz – vielleicht hätten Sie Lust, uns bei der Sprechstunde zu helfen, die wir gleich abhalten werden? Wir kümmern uns nämlich nicht nur um das seelische Wohl unserer Schützlinge, sondern auch um ihren Leib, so gut wir es eben vermögen.«

»Ich fürchte, ich wäre Ihnen dabei keine große Hilfe«, wehrte Isabel ab. »Ich bin keine Krankenschwester. In Neuendettelsau habe ich nur den einfachen Spitalkurs gemacht.«

In dem mehrwöchigen Kurs für angehende Missionsfrauen waren neben Krankenpflege auch einfache Behandlungen gelehrt worden, denn in Kaiser-Wilhelms-Land gab es kaum Ärzte.

»Das ist doch wunderbar – mehr hatte ich gar nicht erwartet. Ich bin sicher, Schwester Maritz, Sie wären eine hervorragende Krankenschwester. Die eingeborenen Frauen und Mädchen sind uns weißen Männern gegenüber sehr zurückhaltend. Bei einer Frau werden sie womöglich etwas aufgeschlossener sein.«

»Nun, wenn Sie wirklich meinen …«, stimmte Isabel zögernd zu. »Und – wie verständige ich mich mit den Frauen?«

»Noah wird für Sie übersetzen. Ach, daran habe ich noch gar nicht gedacht – Sie müssen ihn ja noch kennenlernen.« Er blickte suchend um sich. »Maximilian, Theodor, hat einer von euch heute schon Noah gesehen?«

»Ich glaube, das ist nicht nötig«, sagte Isabel, bevor die anderen antworten konnten. »Wir sind uns heute Morgen bereits begegnet.«

»Ach ja? Ich hoffe, er war …« Bruder Lorenz räusperte sich. »Ich meine, ich hoffe, er hat sich anständig benommen?«

Sie biss sich auf die Lippen und nickte. Ihr wurde unangenehm heiß, als sie an den heutigen Morgen mit seinem peinlichen Missverständnis dachte, als sie den jungen Mann für einen Dieb gehalten hatte. Und an seine freizügige Bekleidung. Dennoch plagte sie die Neugier, und nach kurzem Zögern stellte sie die Frage, die ihr seit dem Morgen auf den Nägeln brannte: Wie es sich mit Noahs Behauptung verhielt, angeblich hier aufgewachsen zu sein.

Bruder Laumer schmunzelte. »Da hat der gute Noah Ihnen einen Bären aufgebunden, Schwester Maritz. Sie dürfen nicht alles glauben, was er erzählt.«

Hatte sie es doch geahnt – es gab sicher eine einfache Erklärung. »Woher kommt er? Und wieso spricht er so gut Deutsch?«

»Das, Schwester Maritz, ist uns allen ein Rätsel«, sagte Bruder Lorenz achselzuckend. »Ich sehe, nun sind Sie vollkommen verwirrt, und so kann ich Sie natürlich nicht stehenlassen. Nun, ein bisschen Zeit haben wir noch, bevor unsere nächsten Pflichten rufen. Sagt Ihnen der Name Otto Finsch etwas?«

»Ja, natürlich. Ein deutscher Forschungsreisender. Nach ihm ist Finschhafen benannt.«

»So ist es. Und außerdem hat er Noah hierhergebracht. Vor gut fünf Jahren.«

Isabel sah ihn fragend an.

»Herr Finsch war damals mit dem Dampfschiff *Samoa* auf dem großen Kaiserin-Augusta-Fluss unterwegs, um die einheimische Bevölkerung, die Flora und die Fauna zu erforschen. Sie müssen bedenken, dass dieses paradiesische Land gerade erst im Begriff war, von unseren Landsleuten erkundet zu werden. Nun, Herr Finsch legte also immer wieder am Flussufer an und besuchte verschiedene Eingeborenenstämme. Die meisten nahmen ihn freundlich auf, bewirteten ihn und seine Reisegefährten, zeigten ihnen ihre Dörfer und tauschten Bandeisen, Stoffe und Perlen gegen ihre Kunstgegenstände.«

Isabel nickte. Von Finschs Buch »Samoafahrten«, das vor kurzem erschienen war, hatte sie schon gehört.

»Eines Tages gelangte Herr Finsch zu einem neuen Stamm. Dort lief das übliche Procedere ab: den Häuptling begrüßen und Geschenke verteilen, bis man die weißen Männer in das Dorf einlud. Doch dann glaubte Finsch seinen Ohren nicht zu trauen, als neben all den unverständlichen Brocken der fremden Stammessprache plötzlich ein paar stockende deutsche Worte an ihn gerichtet wurden.«

»Deutsche Worte?«, wiederholte Isabel ungläubig.

Bruder Lorenz nickte. »Ja, Herr Finsch war mindestens genauso überrascht wie Sie jetzt. Der Junge, der ihn angesprochen hatte, mochte um die fünfzehn Lenze zählen. Finsch hatte nicht sofort Gelegenheit, diesem Rätsel nachzugehen, da der Häuptling die Forscher sofort mit Beschlag belegte. Erst am Abend, bei einem großen Festessen zu Ehren der weißen Besucher, gelang es ihm, etwas Licht in das Dunkel zu bringen und mit dem Jungen, der sich Asemou nannte, zu reden. Anfangs musste dieser immer wieder nach Worten suchen, doch sein Deutsch wurde schnell besser, als erinnerte er sich wieder daran. Er erzählte, vor einigen Jahren hätten ihn Männer dieses Stammes aus dem Wasser gezogen, halbtot in einem Kanu treibend. Aber wie er dorthin geraten sei oder woher er käme, daran habe er keine Erinnerung. Alles vor diesem Tag sei wie aus seinem Gedächtnis gelöscht. Finsch wollte es erst nicht glauben, aber die Dorfbewohner bestätigten es.«

Isabel sah ihn bestürzt an. Das war ja noch unglaublicher als die Geschichte mit dem Findelkind. »Und dann hat Herr Finsch ihn mitgenommen?«

Bruder Lorenz nickte. »Der Junge machte sich bald unentbehrlich. Da er sowohl Deutsch als auch die Stammessprache beherrschte, kam es zu einem regen Austausch von Gütern – Finsch erhielt fast mehr, als er auf der *Samoa* unterbringen konnte. Und als er nach einigen Tagen die Rückreise antreten wollte, bat der Junge, ihn mitzunehmen. Die Wege des Herrn sind manchmal unergründlich. Finsch war überzeugt davon, dass hier Gottes Werk geschah, und so überzeugte er die Zieheltern des Jungen mit vielen Geschenken, ihn gehen zu lassen.« Bruder Lorenz zupfte eine Gräte von seinem Hemd. »Als Herr Finsch in Simbang ankam, wohnten er und seine Besatzung für ein paar Tage bei uns. Wir sprachen viel, natürlich auch über den Jungen. Herr Finsch war sich nicht sicher, ob er ihn mitnehmen sollte nach Deutschland, denn auch wenn er Deutsch sprach, so war er doch offensichtlich ein in diesem Land geborener Mischling, der Nachkomme eines Deutschen und einer einheimischen Frau. Ich schlug ihm schließlich vor, den Jungen hier zu lassen. Schon auf der Flussfahrt hatte er seinen Stammesnamen abgelegt und nannte sich jetzt Noah, nach unserem biblischen Patriarchen. Diesen Namen hatte ihm Finsch gegeben, weil der Junge zwei Geckos mit auf die *Samoa* gebracht hatte. Außerdem offenbarte er großes Sprachtalent: Schon in den ersten Tagen in Simbang gelang es ihm, sich mit den hier lebenden Jabim zu verständigen – schneller, als wir es in all den Wochen, die wir schon hier lebten, vermocht hatten. Inzwischen spricht er die Sprache fließend.«

»Und bis jetzt weiß niemand, woher er kommt? Und warum er Deutsch spricht?«

»So ist es. Dieses Rätsel hat sich nie geklärt.« Bruder Lorenz sah auf die Lichtung, wo sich immer mehr Dorfbewohner versammelten. »Ich könnte noch stundenlang über all das reden, aber Sie sehen es ja selbst – man verlangt nach mir.«

*

Die alte Warika hielt still, als Isabel den Verband aus Palmblättern vorsichtig ablöste. Noah sah, dass Isabels Hände dabei leicht zitterten. Dennoch – obwohl sie bezweifelt hatte, von großem Nutzen zu sein, schlug sie sich gut. Besser als er selbst; die blutende Wunde, die sie jetzt freilegte, ließ in seinem Magen ein flaues Gefühl entstehen.

»Wie ist das passiert?«, fragte Isabel jetzt, und Noah gab die Frage auf Jabim weiter.

Leise, mit gesenktem Kopf, schilderte Warika, wie sie sich an einem dornigen Strauch verletzt hatte, und er übersetzte ins Deutsche.

»Sollte sich das nicht besser Bruder Lorenz ansehen?«, fragte Isabel ihn.

Er schüttelte den Kopf. »Warika wollte nur zu Ihnen.«

Dennoch sah sie fragend auf. Paul Lorenz saß einige Meter weiter entfernt unter einer Palme und verband das Bein eines Mannes, während fast die gesamte männliche Dorfbevölkerung Betel kauend oder Tabak aus Kalkpfeifen rauchend um die beiden herum hockte.

»Kommen Sie zurecht, Schwester Maritz?«, rief Paul zu ihr hinüber, und Isabel bejahte nach kurzem Zögern.

Sie war noch immer ausgesprochen zurückhaltend, aber nicht mehr ganz so verkrampft wie heute Morgen. Noah unterdrückte ein Lächeln, als er sich an ihren erleichterten Blick erinnerte, mit dem sie ihn vorhin flüchtig gemustert hatte. Seine jetzige, westliche Aufmachung mit Hemd und Hose war ihr offenbar bedeutend lieber als das *laplap*, das er ohnehin nur trug, wenn er auf der Jagd war.

»Haben wir eine Pinzette?«, fragte sie leise.

Er wühlte in der aufgeklappten Medizintasche der Mission zwischen Scheren und Zahnzangen und reichte ihr schließlich das Gewünschte. Nach ein paar weiteren Fragen und Antworten lehnte er sich zurück und beobachtete Isabel, wie sie sich behutsam um die Wunde kümmerte. Eine weiße Frau, noch dazu eine junge und hübsche, war eine Seltenheit in diesem Land, und auch wenn er versuchte, es sich nicht allzu sehr anmerken zu lassen, kehrte sein Blick doch immer wieder zu ihr zurück. Ihre nussbraunen Haare waren zu einem Knoten gedreht, aus dem sich ein paar lockige Strähnen gelöst hatten, das zarte Gesicht war leicht gerötet. Sie saß sehr aufrecht – wahrscheinlich trug sie unter ihrer weißen Bluse eines dieser Korsetts, die in Europa Mode waren und die er sich furchtbar unbequem vorstellte. Unter dem Saum ihres langen dunkelblauen Rocks konnte er die Spitzen ihrer Schuhe sehen.

Sie hatte die Wunde versorgt, strich nun eine Salbe darauf und begann, Warikas Arm mit einem langen Streifen Tuch zu verbinden. Ein Schweißtropfen rann an ihrer Schläfe entlang. Kein Wunder, so warm, wie sie angezogen war.

Er bewegte seine Zehen und grub sie in die lockere Erde unter sich.

»Möchten Sie nicht wenigstens die Schuhe ausziehen?«, fragte er, obwohl er sicher war, die Antwort zu kennen.

Sie sah ihn missbilligend an, dann ging ihr Blick kurz zu seinen nackten Füßen. »Nein, das werde ich nicht«, erwiderte sie erwartungsgemäß.

Sie stellte den Verband fertig und entließ die alte Warika dann mit einem freundlichen Nicken. Warika bewegte ihren Arm prüfend, bedankte sich mit einem scheuen Lächeln und ging davon.

»Sie könnten ruhig etwas freundlicher sein«, sagte er.

»Das bin ich doch – die Frau hat mich sogar angelächelt!«

»Nicht zu ihr. Zu mir.«

Ein neuer, strenger Blick traf ihn. Würde sie ihn nun mit Missachtung strafen? Nein, offenbar nicht.

»Sie haben mich angelogen«, sagte sie.

»Habe ich das?«

»Ja.« Für einen Moment hielt sie seinem Blick stand. Ihre Augen hatten fast die gleiche Farbe wie ihre Haare: ein warmes, tiefes Braun. »Sie waren kein Findelkind. Zumindest nicht hier. Diese Station existiert erst seit fünf Jahren.«

»Vielleicht bin ich ja schnell gewachsen?«

Erneut der verärgerte Ausdruck. »Sie müssen mich nicht für dumm verkaufen, Herr Noah!«

»Das tue ich ganz gewiss nicht, Fräulein Isabel, ich –«

»Maritz«, unterbrach sie ihn. »Fräulein Maritz.«

»Ich werde Sie so lange Fräulein Isabel nennen, wie Sie Herr Noah zu mir sagen.«

Sie biss sich auf die Lippen. Täuschte er sich, oder war da ein kleines, verstecktes Lächeln zu sehen? Dann wurde sie wieder ernst. »Bruder Lorenz sagte, Sie seien vor fünf Jahren mit Herrn Finsch hierhergekommen.«

»Dann haben Sie also mit Paul über mich gesprochen?«

Es sah bezaubernd aus, wie sich ihr Gesicht plötzlich mit Röte überzog. »Ja ... Nun, ich ... Es geht mich ja auch gar nichts an.«

»Aber es interessiert Sie?«

»Nicht im Geringsten.«

»Doch, das tut es. Was hat Paul noch gesagt? Hat er –«

»Ich glaube«, unterbrach sie ihn, »da kommt noch jemand, der Hilfe braucht.«

Sie deutete auf den Waldrand, wo sich mit zögernden Schritten eine junge Frau im Bastrock näherte, die ein Kind an der Hand führte. Yerema mit der kleinen Nikinu. Der Kopf des Mädchens war wie bei allen Jabim-Kindern glatt rasiert bis auf einen fingerdicken Schopf an der Seite des Hinterhauptes.

Die Kleine litt an Husten und eitrigem Auswurf, wie Yerema erst zögernd, dann immer vertrauensvoller erzählte, und dass sie fürchte, böse Geister hätten ihre Tochter verhext. Isabel lauschte dem kurzen Wortwechsel auf Jabim mit zusammengezogenen Augenbrauen.

»Wer ist das?«, fragte das Mädchen und schaute die weiße Frau mit großen Augen an.

»Was hat sie gesagt?«, erkundigte sich Isabel.

»Sie will wissen, ob Sie eine Zauberin sind.«

»O nein.« Isabel lächelte. »Sagen Sie ihr, sie braucht keine Angst vor mir zu haben. Ich bin Lehrerin. *Tisa*«, erklärte sie dem Kind dann selbst auf Tok Pisin. »Und ich heiße Isabel. *Nem bilong mi emi* Isabel. Isa.«

»*Tisa* Isa«, fasste Noah zusammen, und die Kleine gluckste vor Begeisterung: »*Tisa* Isa!«

Isabel sah ihn an, als wollte sie protestieren, dann wandte

sie sich mit einem kurzen Kopfschütteln dem Kind zu. Sie konnte nicht viel mehr ausrichten, als der Mutter ein paar allgemeine Ratschläge mitzugeben, aber offenbar war das schon ein Erfolg, denn Yerema zog dankbar mit ihrer Tochter davon.

»Sie haben meine Frage noch nicht beantwortet«, sagte Noah, sobald Mutter und Kind sich entfernt hatten.

Isabel begann, die benutzten Instrumente in ein Tuch zu schlagen. »Welche denn?«

»Was hat Paul – Bruder Lorenz – Ihnen über mich erzählt?«

Sie zögerte, dann ließ sie das Tuch sinken. »Dass Herr Finsch Sie bei einem Eingeborenenstamm am Kaiserin-Augusta-Fluss gefunden hat. Und dass Sie ihn auf Deutsch angesprochen haben.«

Ja, er erinnerte sich noch gut daran.

Die Worte in der Sprache, die diese weißen Männer untereinander wechseln, lösen etwas aus in ihm. Fast verschüttet sind sie, so lange hat er sie weder gehört noch gesprochen, und doch versteht er sie mühelos. Und rasend schnell wie ein rauschender Fluss kommt die Erinnerung an die vertrauten Worte, Sätze, Bedeutungen zurück. Silben, die sich in seinem Kopf zu Worten formen, Worte, die Sätze ergeben. Erst langsam, stockend, dann immer schneller. Er kann nicht anders, er muss mit diesen fremden weißen Männern reden.

»Können Sie sich wirklich nicht erinnern, wie Sie dorthin gekommen sind?«

»Nein.« Gut, das stimmte nicht ganz. Manchmal, in seltenen Momenten, blitzte so etwas wie eine Erinnerung auf. Eine singende Frauenstimme oder Bilder von einer großen, behaarten Männerhand, aber immer nur kurz und nie so greifbar, dass er sie hätte zuordnen können.

»Ich stelle mir das sehr schwierig vor, nicht zu wissen, woher man kommt oder wohin man gehört.«

»Es könnte schlimmer sein. Ich denke nicht oft darüber nach.«

Ihre Fragen gerieten allmählich in eine Richtung, die ihm nicht behagte. Er wollte ihr Interesse wecken, nicht ihr Mitleid.

»Vielleicht stimmt es ja«, fuhr sie fort, »was ein kluger Mann einmal gesagt hat: Die wahre Heimat ist die Sprache.«

Im Schatten einer Palme entdeckte er einen Gecko mit breiten, hell- und dunkelbraunen Streifen, die kleinen Hände mit ihren fünf Fingern den menschlichen so ähnlich. »Dann habe ich nicht nur eine Heimat.«

»Wie viele Sprachen sprechen Sie?«

Er hob die Schultern. »Ich habe nie gezählt.«

»Aber das müssen Sie doch wissen!« Sie sah ihn in ehrlichem Erstaunen an. »Dann lassen Sie uns zählen: Jabim, ganz offensichtlich. Deutsch, ebenso offensichtlich. Tok Pisin, wie Sie mir heute Morgen schon bewiesen haben. Was noch?«

»Kâte«, sagte er. »Das ist die Sprache der hiesigen Bergstämme. Und Kandangai, das am mittleren Kaiserin-Augusta-Fluss gesprochen wird.«

»Und andere europäische Sprachen? Was ist mit Holländisch – Neuguinea gehört schließlich zur Hälfte den Niederlanden. Oder Französisch?«

Er schüttelte den Kopf.

»Englisch?«

»Ein bisschen. Genug, um mich verständlich zu machen.«

»Das sind sechs Sprachen!«

Ihre Bewunderung schmeichelte ihm – und forderte ihn heraus. Er sah zu dem Gecko hinüber. »Es gibt noch eine siebte«, sagte er so gleichmütig wie möglich. »Die Sprache der Tiere.«

»Der Tiere?« Sie sah ihn mit zusammengezogenen Augenbrauen an. »Seien Sie nicht albern!«

»Sie glauben mir nicht? Warten Sie, ich beweise es Ihnen.«

Langsam stand er auf, um sich nach wenigen Schritten genauso langsam wieder vorzubeugen. Seine rechte Hand schnellte nach vorne und schloss sich um den Gecko. Er blickte kurz auf, ob sie auch zusah, dann drehte er den kleinen, kühlen Körper vorsichtig um, legte ihn rücklings auf seine geöffnete linke Handfläche und murmelte ein paar Worte auf Kandangai.

»Was tun Sie da?«

»Ich sage ihm, dass er schlafen soll.«

Aus dem Augenwinkel sah er, wie sie den Kopf schüttelte. Er fuhr fort, mit dem Gecko zu reden und streichelte ihn dabei mit dem Zeigefinger seiner rechten Hand vorsichtig an der zarten Bauchhaut. Von oben nach unten, wieder und wieder, bis das Tierchen die Augen schloss und in die wohlbekannte Starre fiel. Mit diesem Trick hatte er schon früher die Mädchen bezaubert.

Er hob den Kopf und streckte Isabel die Hand mit dem Gecko hin. »Sehen Sie – er schläft.«

Sie beugte sich darüber und berührte den Gecko vorsichtig mit der Fingerspitze. »Tatsächlich!«, wisperte sie verblüfft. »Wie haben Sie das gemacht?«

Ihre fast kindliche Neugier ließ ihr Gesicht aufleuchten und durchbrach ihr sonst so strenges Gehabe.

»Sie sollten öfter lächeln«, sagte er. »Dann werden Sie noch hübscher.«

Sofort schwand das Lächeln aus ihrem Gesicht. Sie stand auf, klappte die Medizintasche zusammen und griff nach den eingeschlagenen Instrumenten. »Sie müssen sich nicht schon wieder über mich lustig machen.«

»Das habe ich doch gar nicht!«, widersprach er. Aber sie hatte ihm schon den Rücken zugewandt und ließ ihn stehen.

*

Der frühe Nachmittag hatte sich mit bleierner Schwüle über die kleine Siedlung und die Missionsstation gelegt, nur selten strich eine leichte Brise vom Wasser her, hörte man das Kreischen einiger Seevögel. Isabel stand am Strand und blickte über das stille türkisfarbene Meer, das im Sonnenlicht in Tausenden von Facetten funkelte, wie eine glitzernde Fläche aus geschmolzenem Metall, über die sich ein wolkenloser tiefblauer Himmel spannte.

Am heutigen Vormittag hatte sie sich die Missionsschule angesehen, etwas auf dem verstimmten Harmonium geübt und danach mit den drei Missionsbrüdern zu Mittag gegessen. Jetzt bückte sie sich und hob ein zerbrochenes Gebilde auf, das an den Strand gespült worden war. Das männerfaustgroße, gewundene Gehäuse war weiß, rot und braun gescheckt und sah fremdartig schön aus mit seinen zackigen Auswüchsen. Es gehörte einer Tritonschnecke, wie sie in Simbang verwendet wurde, um zur Schule und zum Gottesdienst zu rufen; der dumpfe Klang, ähnlich einem Nebelhorn, trug weit. Sie legte das Gehäuse zurück. Ihr war schrecklich heiß. Hemd und knielange Unterhosen klebten ihr am Leib, und unter dem Korsett glaubte sie zu dampfen.

Die Brandung rollte in flachen, sanften Wellen an den Strand, leckte über den Sand, zog sich wieder zurück und stieß leise rauschend erneut vor. Das Wasser sah verlockend aus. Isabel blickte sich um. Alles wirkte still, wie ausgestorben. Die Missionsbrüder gönnten sich eine kurze Mittagsruhe, und auch die Jabim verbargen sich für diese heißeste Zeit des Tages in ihren Hütten. Die schmalen Einbaumkanus mit den Auslegern waren weit auf den Strand geschleift worden, die muschelgeschmückten Fischernetze hingen schlaff an einigen in den Sand gerammten Stangen, ein paar magere Hunde lagen hechelnd im Baumschatten. Auch Koki war nirgends zu sehen – wahrscheinlich war er tief in den schattigen Wald ausgewichen. Selbst den Mücken schien es zu heiß zu sein, und das Zwitschern und Zirpen aus dem Dschungel wirkte schläfrig. Niemand würde sehen, wenn sie die Schuhe auszog und für ein paar Minuten durch das seichte Wasser ginge. Und in derart flaches Gewässer würde sich auch kein Hai vorwagen.

Kurzentschlossen setzte sie sich auf einen kleinen Felsen und begann, ihre ledernen Schuhe aufzuschnüren. Erst der rechte, dann der linke, dann folgten die Strümpfe. Sie stellte Schuhe und Strümpfe ordentlich neben den Felsen, dann trat sie an den Strand.

Der Sand war heiß. Viel zu heiß. Sie musste ziemlich lächerlich aussehen, wie sie unbeholfen auf das Wasser zutrippelte, mit eiligen kleinen Schritten. Als sie die ersten vom Wasser benetzten, kühleren Stellen erreichte, atmete sie auf. Ein letzter Blick, ob sie auch niemand beobachtete, dann raffte sie ihren langen Rock und ging vorsichtig ein paar Schritte weiter.

Das badewannenwarme Wasser brachte zwar keine echte Abkühlung, dennoch fühlte es sich herrlich an, als es ihre Knöchel und Waden umflutete. Das Meer war wunderbar klar, Isabel konnte mühelos bis auf den Grund sehen. Der helle sandige Boden war weich unter ihren Füßen, sie spürte kaum die kleinen Vertiefungen und Erhebungen, die die Gezeitenströmung in den Boden modelliert hatte. Sie sah fantastisch geformte, weiße, braune und rote Korallen, zwischen deren Verästelungen saphirblaue Fischchen spielten; rote und weiße Schwämme, fremdartige Gewächse, kleine bunte Seesterne und moosgrünen Seetang, der hin und her wehte und ihre Waden kitzelte. Sah einen Schwarm winziger, schwarz und weiß gestreifter Fische vor ihr auseinanderstieben und eine ganz ähnliche Muschel wie die, die sie gerade am Strand gefunden hatte.

Sie raffte ihren Rock noch höher, beugte sich vor und hob die Muschel auf. Schwer und tropfend nass lag sie in ihrer Hand – und lebendig. Isabel konnte den fleischigen Körper sehen, der sich in die glänzende Windung des Gehäuses zurückzog. Vorsichtig legte sie die Muschel wieder zurück ins Wasser. Ein leiser Windhauch streifte sie, und sie richtete sich auf und drehte ihr erhitztes Gesicht mit geschlossenen Augen der Brise entgegen. So schön war es hier, so schön! Zum ersten Mal, seit sie in diesem Land angekommen war, empfand sie so etwas wie Glück.

Stundenlang hätte sie so selbstvergessen im seichten Wasser herumlaufen können. Für einen Moment überlegte sie, ob sie es wagen sollte, sich mitsamt ihren Kleidern hineinzulegen. Aber dann erschien ihr diese Vorstellung doch zu gewagt, und sie ließ es bleiben.

Kurz sah sie auf, um das Dorf und die Missionsstation nicht aus dem Blick zu verlieren. Im nächsten Moment jagte ein Schmerz, so plötzlich und heftig, dass sie laut aufschrie, durch ihren rechten Fuß bis hinauf in ihr Bein. Reflexartig zog sie den Fuß nach oben. Dabei verlor sie das Gleichgewicht, ließ ihren gerafften Rock los, taumelte zurück und landete mit einem lauten Platschen rückwärts im Wasser. Für einen Augenblick überwog der Schreck, dann kehrte der Schmerz zurück. Ihr Fuß brannte höllisch. Ausgerechnet ihr schwaches Bein! Worauf hatte sie da bloß getreten? Oder war sie gebissen worden? Mühsam versuchte sie aufzustehen, fiel aber wieder zurück, als ihr Fuß den Boden berührte und ein weiterer brennender Schmerz durch ihr Bein schoss. Sie schluchzte auf.

Hinter sich hörte sie Wasser spritzen, dann war jemand neben ihr.

»Kommen Sie, ich helfe Ihnen.« Wo kam Noah denn jetzt her? Sie spürte seine Hände um ihre Mitte, fühlte sich gepackt und hochgezogen. »Was ist passiert?«

»Ich ... ich weiß nicht«, stammelte sie, hielt sich an ihm fest und bemühte sich, das Schluchzen, das erneut in ihrer Kehle aufsteigen wollte, zu unterdrücken. »Ich glaube, ich bin in irgendetwas ... getreten. Es tut schrecklich weh.«

»Getreten?« Sein Gesicht wurde plötzlich ganz ernst. »Sie müssen so schnell wie möglich aus dem Wasser. Erlauben Sie?« Sie quiekte erschrocken auf, als er sie an Rücken und Kniekehlen fasste und wie ein kleines Kind auf seine Arme hob.

Erneut spritzte Wasser auf, und Isabel wurde kräftig durchgeschüttelt, als er sie hastig die wenigen Schritte zurück an Land brachte. In ihrem Fuß hämmerte und zog es, und Schmerz, Schreck und Angst ließ die Tatsache verblassen, dass sie fast völlig durchnässt von einem Mann getragen wurde. Er erreichte den Strand, schleppte sie aber noch weiter, hin zu einer hinter Palmen und anderem Gebüsch fast völlig verborgenen Pfahlhütte. Auf dem erdigen Platz davor ließ er sie vorsichtig sinken.

»Wie fühlen Sie sich?«, fragte er schwer atmend.

»Ich ... Mir ist ein wenig schwindelig. Und mein Fuß brennt.« Außerdem war ihr übel, aber das wollte sie ihm nicht unbedingt auf die Nase binden. »Das kommt davon«, setzte sie noch hinzu. »wenn man barfuß läuft, wie Sie mir gestern vorgeschlagen haben.«

»Ich habe damit nicht gemeint, dass Sie durchs Wasser laufen sollen.«

»Worauf bin ich da getreten?«

»Ich bin mir nicht sicher. Hoffentlich war es kein Steinfisch.« So ernst hatte sie ihn noch nie erlebt.

»Wieso? Was ist das? Ist er gefährlich?«

Aber er war schon die Leiter hinaufgeklettert und in der Hütte verschwunden. Sie hörte ihn dort herumwühlen, dann kam er mit einem Bündel Zweige und einem kleinen, silbrig schimmernden Streichholzbehälter zurück. Er war mit silbernen Blätterranken verziert und sah genauso aus wie die Dose, die sie Conrad vor einiger Zeit geschickt hatte.

Die Empörung lenkte sie kurz von ihren Schmerzen ab. »Das war ein Geschenk für Conrad!«, entfuhr es ihr. »Wieso haben Sie es?«

»Weil er es nicht mehr braucht«, war seine knappe Antwort.

Er warf die kleinen Äste in die von Steinen umfasste Feuerstelle und schob etwas Schwammähnliches darunter. Dann holte er eines der Wachsstreichhölzer aus der Dose und strich damit über einen der Steine, der die Feuerstelle umgab. Er fluchte leise, als keine Flamme entstand, warf das Hölzchen auf den Boden und holte ein neues heraus. Diesmal klappte es; als die ersten Flammen aufloderten, packte er weitere Zweige darauf.

»Halten Sie Ihren Fuß über das Feuer«, sagte er. »So nah wie möglich.«

»Wieso?«

»Weil die Hitze das Gift abtöten wird.«

Sie sah ihn zweifelnd an, rückte aber etwas näher. Der feuchte Rock klebte an ihren Beinen. Sie zog ihn ein kleines Stück nach oben und hielt ihren nackten Fuß unbeholfen in die Nähe der Flammen.

»Noch näher!« Im nächsten Moment hatte Noah sich neben sie gesetzt, streifte den nassen Saum ihres Kleides nach oben, packte ihren rechten Knöchel und zog ihren Fuß ans Feuer.

Isabel schnappte nach Luft und musste sich mit den Händen abstützen, um nicht umzufallen. Sein Verhalten war äußerst ungehörig! Sie zuckte vor der plötzlichen Hitze zurück, aber er hielt sie fest.

»Sie verbrennen mir ja den Fuß!«, protestierte sie.

»Jetzt hören Sie schon auf zu schimpfen!«

»Sollten Sie nicht besser einen der Missionsbrüder holen? Vielleicht Bruder Lorenz?«

Er schüttelte den Kopf. »Glauben Sie, die wüssten besser Bescheid? Und bis ich einen der Brüder geholt habe, könnten Sie ... Ach, vergessen Sie es!«

»Was? Was könnte ich?«

»Vergessen Sie es, habe ich gesagt.«

Sie schwieg, lauschte auf das leise Knistern des Feuers und ihr hämmerndes Herz und versuchte, die Flammen zu ignorieren, die nah vor ihrer Fußsohle tanzten. Noahs Hand umfing noch immer ihren Knöchel. Wie gestern auch trug er eine Hose aus hellem Leinen und ein ebensolches Hemd, das er bis zu den Ellbogen hochgekrempelt hatte. In dieser Aufmachung sah er weit weniger exotisch aus, und nur die in viele dünne Strähnen gedrehten schwarzen Haare verrieten seine halb-papuanische Herkunft.

»Wie fühlt es sich an?«, fragte er nach einer Weile. »Können Sie den Fuß bewegen?«

Sie wackelte mit den Zehen. Ihr war noch immer schwindelig, aber die Übelkeit hatte nachgelassen, und auch der Schmerz schien allmählich abzuklingen.

»Ich glaube, es wird besser.« Ob er gemerkt hatte, dass dieses Bein ein wenig kürzer war als das andere?

»Tatsächlich? Zeigen Sie mal her.«

Er rückte etwas vom Feuer ab, das jetzt nur noch schwach brannte, ließ sie aber nicht los. Stattdessen drehte er sich zu ihr und hob ihren Fuß. »Ich kann ein paar Stacheln sehen. Sieht so aus, als wären Sie auf einen Seeigel getreten.«

»Was heißt das?«

»Dass Sie vermutlich Glück gehabt haben.«

Sie schrie auf, als er begann, auf ihrer Fußsohle herumzudrücken. »Hören Sie auf, bitte, hören Sie ... ah!«

Sie versuchte, ihm ihren Fuß zu entziehen, aber er hielt sie fest. »Halten Sie still!«

»Was haben Sie vor? Mich umzubringen?«

»Ich versuche, die Stacheln herauszuholen. Oder wollen Sie, dass es sich entzündet?«

Isabel stöhnte auf, biss aber die Zähne zusammen, als er ihren Fuß weiter bearbeitete.

Endlich ließ er ihn sinken. »Sehen Sie? Wie ich es sagte, Seeigelstacheln.« Er streckte ihr seine Handfläche hin, auf der mehrere lange dunkle Dornen lagen, die er in die fast hinuntergebrannten Flammen warf. »Auch sehr schmerzhaft, aber bei weitem nicht so gefährlich wie ein Steinfisch.«

Ihre Fußsohle brannte, aber der heftige Schmerz in ihrem gesamten Fuß war einem dumpfen Pochen gewichen. Sie atmete auf, etwas zittrig, wie sie merkte. Und jetzt, da der Schmerz nicht mehr alles bestimmend war, kam ihr erst zu Bewusstsein, wie sie hier saß; in einem nassen Rock, der so weit hochgeschoben war, dass man den spitzenbesetzten Saum ihrer langen Unterhosen am Knie sehen konnte, ihren rechten Fuß auf dem angewinkelten Bein eines Mannes, den sie kaum kannte. Sie konnte sein feuchtes Hosenbein spüren. Und darunter die Wärme seiner Haut.

Glühend vor Scham zog sie den Rock tiefer, bis er zumindest ihre Waden bedeckte. »Ich sollte jetzt wohl –«

Seine Hand legte sich auf ihren Fußrücken. »Noch eine Weile sitzenbleiben, bis es besser wird.«

Ohne Isabels Fuß loszulassen, legte er weitere Zweige auf die ersterbenden Flammen. »Bekommen Sie genügend Luft?«

Sie nickte, obwohl das feuchte Korsett sich wie im Klammergriff um ihren Brustkorb zu schmiegen schien. Aber wenn sie jetzt etwas Entsprechendes sagte, würde er vermutlich von ihr verlangen, es zu öffnen.

»Was tun Sie da?«, schreckte sie auf, als sich nun auch seine zweite Hand um ihren Fuß legte und seine Daumen begannen, mit sanftem Druck über ihre Sohle zu streichen.

»Ich sorge dafür, dass das Gift schneller abgebaut wird.«

Es tat weh, aber nicht sehr. Nicht so, dass es unangenehm war. Und dankenswerterweise ließ er die Stelle aus, in der die Stacheln gesessen hatten. Sie stützte sich auf ihre Hände, lehnte sich ein Stück zurück und betrachtete die Pfahlhütte mit der kleinen Veranda, auf der verschiedene, kunstvoll geschnitzte Figuren in verschiedenen Größen standen, die Krokodile oder Menschen darstellten.

»Ist das Ihre Hütte?«

Er nickte, ohne mit der Massage aufzuhören. Seine Finger rieben, strichen, kneteten ihren Fuß. Der Schmerz war fast verschwunden, und in Isabels Mitte machte sich ein seltsames, unbekanntes Gefühl breit. Ein warmes, süßes Ziehen.

Sie räusperte sich. »Vielen Dank für Ihre Hilfe«, sagte sie schließlich. »Ich wüsste nicht, was ich ohne Sie getan hätte.«

»Sie haben mir einen ganz schönen Schrecken eingejagt. Mit einem Steinfisch ist nicht zu spaßen. Sein Gift kann einen Menschen töten.«

Sie sah ihn erschrocken an. »Das meinen Sie nicht ernst, oder?«

»Mit so etwas macht man keine Scherze.« Er rieb sanft

über ihre Zehen. »Aber ich wäre sehr traurig gewesen, wenn Sie so bald wieder von uns gegangen wären.«

Sie schluckte, wusste nicht, was sie erwidern sollte. »Wieso waren Sie so schnell zur Stelle?«, fragte sie schließlich, ihre Stimme war ein wenig rau.

Er hob die Schultern. »Ich wollte fischen gehen und habe Sie zufällig gesehen.«

»Fischen gehen? Ohne Boot? Und ohne Netz?«

»Ein Punkt für Sie, Fräulein Isabel.« Er lächelte. »Vielleicht habe ich Sie einfach nur beobachtet?«

»Können Sie nicht einmal die Wahrheit sagen?«

»Das ist die Wahrheit. Wieso glauben Sie immer, dass ich Sie anlüge?«

Sie war zu müde, um etwas darauf zu erwidern. Müde und auf wohlige Weise entspannt. Es fühlte sich einfach zu gut an, was er mit ihrem Fuß tat.

»Haben Sie mich wirklich beobachtet?«

Er nickte.

»Wieso?«

»Wieso nicht?«

Isabel schluckte, fand keine Antwort. Jetzt wäre eine gute Gelegenheit gewesen, ihn nach Conrad zu fragen. Nach den Stunden, die die beiden an den Übersetzungen in die Jabim-Sprache gesessen hatten, und danach, was Conrad für ein Mensch gewesen war. Aber sie brachte die Worte nicht über die Lippen.

Seine Finger fuhren fort, mit sanftem Druck über ihre Fußsohle, ihren Fußrücken, ihren Ballen zu streichen. Das Ziehen in Isabels Mitte wanderte tiefer, wurde zu einem Flattern, einem schwirrenden Sehnen, das ihren ganzen Unterleib erfüllte, sogar die Stelle, die sie nicht einmal beim Waschen ansah. Geradezu ... unanständig.

»Geht es Ihnen besser?«

Sie nickte stumm, wollte die Wohltat durch kein Wort unterbrechen, denn dann hätte sie ihn doch sicher bitten müssen, aufzuhören.

Ein Rascheln ließ sie aufschrecken, dann tauchte zwischen den Büschen der braune, schlanke Körper von Sabiam auf. Hastig zog Isabel ihren verletzten Fuß an sich.

Sabiam verzog sein dunkles Gesicht zu einem erleichterten Lächeln. »*Sista* Maris, *misa* Lores Sie suchen. *Yu stap gut?*«

»Ja«, beeilte sie sich zu sagen und kämpfte sich mit Noahs Hilfe hoch. Sie stand etwas unsicher auf einem Bein, das andere leicht angezogen. »*Mi stap gut*, mir geht es gut. Na ja, nicht ganz. Aber jetzt geht es wieder. Ich bin ... Noah hat ... mir geholfen.«

Bevor sie zu weiteren Erklärungen ansetzen konnte, ergriff Noah das Wort und erläuterte – so vermutete Isabel – dem Jungen auf Jabim ihr Missgeschick. Ein verstehendes Lächeln huschte über Sabiams Gesicht.

»Fuß *stap gut nau?*«

Sie bejahte, dass es ihrem Fuß wieder halbwegs gutgehe, und bat ihn, ihre Schuhe zu holen.

»Und dann«, ergänzte sie, »suchen wir Bruder Lorenz auf.«

5.

Einige Tage lang schmerzte Isabels Fuß noch beim Auftreten, und damit er sich nicht entzündete, badete sie ihn täglich in mit Wasser verdünntem Essig und umwickelte ihn mit einer Leinenbinde. Da sie sich ihr rechtes, schwaches Bein verletzt hatte, war sie fast dankbar über ihr Missgeschick. Denn so schmerzhaft die Stacheln des Seeigels auch gewesen waren – zumindest würde es niemanden wundern, wenn sie hinkte.

Auch ihr Korsett hatte gelitten. Inzwischen war es getrocknet, doch das unfreiwillige Bad im Salzwasser hatte ihm nicht gutgetan; es war verzogen, die Häkchen und Bänder mit Salz verkrustet. Isabel hatte es mit klarem Wasser ausgewaschen, aber danach war es kaum besser geworden. Schweren Herzens verzichtete sie darauf, es anzulegen. In ihrem restlichen Reisegepäck, das noch bei Herrn von Faber stand, hatte sie ein weiteres Korsett, aber für ein paar Tage würde es wohl auch ohne gehen. Nicht fest eingeschnürt zu sein fühlte sich zuerst ausgesprochen ungewohnt an. Anfangs fürchtete sie sogar, sich ohne das Korsett nicht aufrecht halten zu können. Aber schon nach wenigen Stunden hatte sie sich an die neue Freiheit gewöhnt, und das Gefühl losen Stoffs auf ihrer Haut war bei diesen tropischen Temperaturen durchaus angenehm.

Beim Sonntagsgottesdienst in der schlichten, aus Buschholz und Gras erbauten Missionskirche spielte sie erstmals auf dem Harmonium. Neben den Kostschülern hatten sich auch viele Jabim in der Kirche versammelt. Isabel verstand so gut wie nichts von der Predigt, die Bruder Lorenz in stockendem Jabim vortrug, aber sie griff kräftig in die Tasten, als das erste Lied angestimmt wurde. »Ein reines Herz, Herr, schaff in mir« – Conrad hatte dieses und noch ein paar weitere deutsche Kirchenlieder auf Jabim übersetzt. Die Eingeborenen sangen zwar nicht mit – noch erschienen ihnen die Lieder der deutschen Missionare zu fremdartig, verglichen mit ihren eigenen Gesängen, wie Bruder Lorenz Isabel erklärt hatte –, aber hier und da war immerhin der Ansatz einer mitgebrummten Melodie zu erkennen.

Auch Noah, der sich bei den täglichen Andachten nie blicken ließ, war gekommen. Er trug Hemd und Hose und hatte ein blaues Tuch um seinen Haaransatz geknotet – offenbar sein Sonntagsstaat.

Am frühen Morgen war er noch anders gekleidet gewesen. Wie ein Dschungelgeist war er auf die Lichtung getreten, nur mit dem roten Lendentuch um die Hüften, in der Hand mehrere kleine Wildtiere, vermutlich Tauben und Kuskus. Für einen Moment war sie nicht sicher, ob er es wirklich war, denn milchiger Morgennebel hing zwischen den Palmen und Farnen, und er hatte einen Bogen bei sich statt des Gewehrs. Aber dann erkannte sie ihn; keiner der Jabim war so hochgewachsen, und niemand von ihnen trug das Haar so wie er. Er hatte sie gesehen, wie sie da auf der Veranda stand, und grüßend die Hand mit dem Bogen gehoben.

In den vergangenen Tagen hatte sie sich dabei ertappt, dass sie immer wieder daran denken musste, wie er sie von den Seeigelstacheln befreit hatte. Und daran, wie sich seine Hände auf ihrem Fuß angefühlt hatten.

Für einen Moment griffen ihre Finger falsch, und ein schräger Ton schlich sich in die Melodie. Schamrot beugte sie den Kopf tief über die Tasten und vermied es für den Rest des Liedes aufzuschauen.

*

»*Tisa* Isa, *tisa* Isa!«, erscholl es von allen Seiten. Isabel war umringt von gut zehn Jabim-Frauen, während sie vor einem Tisch im Küchenhaus stand und Süßkartoffeln in eine große hölzerne Schüssel rieb. Sie hatte nicht mit so viel Interesse gerechnet, aber sie hätte es sich denken können: Alles, was sie oder die Missionsbrüder taten, fand früher oder später Zuschauer.

Die Frauen lachten und schnatterten in ihrer Sprache, die Isabel noch immer viel zu schwer und unverständlich fand, um mehr als nur ein paar Worte zu erfassen, und drängten sich in ihren raschelnden Palmblattröckchen um sie. Anders als die Männer, die sich und ihre schwarzen, üppigen Kraushaare mit Kakadufedern, Eberzähnen und Bändern schmückten, trugen die Frauen ihr Haar kurzgeschoren und schmucklos. Isabel fühlte sich mit der roten Hibiskusblüte in ihrem hochgesteckten Haar fast schon unpassend gekleidet.

Anfangs waren ihr die Jabim alle gleich vorgekommen, mittlerweile konnte sie sie jedoch unterscheiden und kannte sogar die Namen der meisten. Allmählich gewöhnte sie sich auch an den Anblick der von kurzen Pflöcken durchbohrten Nasenscheidewände – sie fand es gar nicht mehr hässlich, sondern fast schon ansprechend. Vor allem mit Yerema verband sie inzwischen eine zarte Freundschaft. Seit Isabel ihre kleine Tochter behandelt hatte, deren Husten sich tatsächlich gebessert hatte, war die junge Eingeborene richtiggehend anhänglich geworden. Auch wenn sie nicht dieselbe Sprache sprachen, so gelang es den beiden Frauen doch, sich auszutauschen. Isabel wusste inzwischen, dass Yerema mit einem Mann namens Kamelun verheiratet war und dass sie neben Nikinu noch ein zweites, jüngeres Kind hatte. Und dass sie wunderbare, mit Ananas und Papaya gefüllte Sagopfannkuchen zuzubereiten wusste.

Jetzt sah Yerema ihr mit einem konzentrierten Ausdruck in dem hübschen stupsnasigen Gesicht zu. Eine Brise wehte durch die offenen Wände des Küchenhauses und kühlte Isabels erhitzte Haut. Sie fühlte sich noch ein bisschen schwach. In der vergangenen Nacht hatte sie erneut eine leichte Malariaattacke erlitten, aber eine Dosis Chinin hatte Schlimmeres verhindert.

Sie gab Mehl, Salz und Ei zum Kartoffelteig und begann, alles vorsichtig durchzumischen, aufmerksam beäugt von den Frauen.

»Komm«, forderte sie dann Yerema auf Deutsch auf. »Versuch es auch.«

Auch wenn die junge Jabim die Worte nicht verstand, begriff sie doch deren Bedeutung, und nach kurzem Zögern stellte sie sich neben Isabel, tauchte ihre Hände in den Teig und half ihr, die klebrige Kartoffelmasse durchzukneten.

»Und jetzt«, sagte Isabel, »machen wir Folgendes damit.« Sie benetzte ihre Hand in einer bereitstehenden Wasserschüssel, nahm dann einen faustgroßen Klumpen Teig und formte daraus einen runden Kloß. Yerema tat es ihr nach, kaum weniger geschickt, und bald schon lagen die ersten Klöße auf der Tischplatte.

Sie erfüllten damit eine Bitte von Bruder Laumer. Gestern, nach dem gemeinsamen Mittagessen, hatte er sich fast verlegen an Isabel gewandt. Er habe lange schon keine echt fränkischen Kartoffel-*Gniedla* mehr gegessen, und sie würde ihm und seinen Mitbrüdern eine große Freude bereiten, wenn sie sich einmal daran versuchen wolle. Isabel war sich zwar nicht sicher, ob sich auch aus den einheimischen Süßkartoffeln Klöße zubereiten ließen, aber sie wollte es zumindest probieren.

Als sie sich vorbeugte, um den nächsten Kloß zu formen, fiel die Hibiskusblüte herunter und landete im Teig. Wie eine große Blutlache sah sie aus in der orangefarbenen Masse. Isabel war peinlich berührt. Yerema sah die Bescherung, dann begann sie zu lachen, mit breitem, offenem Mund. Auch die anderen Frauen stimmten kichernd mit ein. Es klang so herzerfrischend, dass auch Isabel lachen musste. Erst zaghaft, dann voller Erleichterung, während sie die mit Kartoffelteig verklebte Blüte aus der Schüssel fischte. Für ein solches Missgeschick hätte ihre Mutter sie böse gescholten, aber hier fand niemand etwas Schlimmes daran.

*

Die Tage schienen immer schneller zu vergehen; Isabel konnte kaum glauben, dass sie nunmehr schon eine Woche in Simbang lebte. In gut drei Wochen würde das Schiff nach Deutschland ablegen, aber allmählich erschien ihr die Heimat wie ein ferner, unbekannter Planet. Ob sie wirklich wieder dorthin zurückkehren sollte? Es wurde Zeit, ein paar Dinge zu klären.

»Ich fürchte, ich habe Ihre Gastfreundschaft lange genug in Anspruch genommen«, begann sie daher nach dem nächsten gemeinsamen Mittagessen.

Bruder Laumer blickte auf, offensichtlich bestürzt. »Heißt das, Sie wollen demnächst abreisen?«

»Aber das dürfen Sie nicht!«, fiel Bruder Lorenz hastig ein. »Wir brauchen Sie hier, Schwester Maritz! Auch ledige Frauen können im Missionsdienst arbeiten.«

»Eine weiße Frau hier an diesem Ort ist ein Gottesgeschenk«, setzte zu ihrem Erstaunen auch noch der sonst so mürrische Bruder Schwarz hinzu und kratzte sich im Nacken. Die Hitze und das übermäßige Schwitzen hatten den als »roten Hund« bekannten juckenden Ausschlag hervorgerufen, die Haut seines Halses war mit hirsekorngroßen Bläschen übersät.

»Gibt es denn einen Grund, Schwester Maritz, weshalb Sie uns verlassen möchten?«, fragte Bruder Lorenz. »Hat sich jemand in Ihrer Gegenwart schlecht benommen? Einer der Jabim? Dann werde ich sofort –«

»Nein, nein«, wehrte Isabel ab, sie spürte, wie ihr wieder einmal die Hitze ins Gesicht stieg. »Niemand hat sich schlecht benommen, und ich möchte auch nicht abreisen. Im Gegenteil«, setzte sie mit einem kleinen Lächeln hinzu. »Ich würde sehr gern noch ein bisschen länger bleiben.«

Die Freude in den drei bärtigen Gesichtern war echt. Auch Isabel fühlte sich plötzlich ganz leicht und frei. Ihr war gar nicht bewusst gewesen, wie wohl sie sich hier fühlte, und dass sie noch länger bleiben durfte, erfüllte sie mit tiefem Glück.

»Wunderbar, ganz wunderbar, Schwester Maritz.« Bruder Laumer wischte sich mit der Hand über seinen wirren dunklen Bart, in dem ein paar Speisereste hingen. Isabel bemühte sich, nicht darauf zu starren, dennoch wurde ihr Blick wie magisch davon angezogen. »Und Sie müssen unbedingt noch einmal *Gniedla* kochen. Das letzte Mal war ein Gedicht!«

»Danke. Das tue ich sehr gerne.« Das Lob machte sie verlegen. Dabei waren ihr die Kartoffelklöße tatsächlich gut gelungen, auch wenn der leicht süßliche Geschmack gewöhnungsbedürftig war.

»Wissen Sie«, fuhr Bruder Laumer fort, »jetzt, da unser lieber Verstorbener nicht mehr unter uns weilt, ist die Arbeit nicht weniger geworden. Sie sind doch Lehrerin. Könnten Sie sich vorstellen, uns etwas zu entlasten?«

»Mit dem größten Vergnügen.« Fast zu schnell kam ihre Antwort.

»Tatsächlich?« Bruder Laumer lächelte sie an. »Das freut mich sehr. Bislang erreichen wir Männer Gottes nur die Knaben, aber mit Ihnen könnten wir tatsächlich auch bei den Frauen und Mädchen ansetzen. Sie könnten sie zum Beispiel das Nähen lehren und sie in weiteren hausfraulichen Tätigkeiten unterweisen.«

»Ich könnte mir durchaus vorstellen, ihnen noch mehr beizubringen«, wandte Isabel ein. »Deutsch zum Beispiel. Und Lesen, Schreiben und Rechnen.«

Bruder Lorenz nickte. »Das wäre wundervoll. Und vielleicht gelingt es Ihnen ja auch noch, Noah davon zu überzeugen, in Bruder Felbys Fußstapfen zu treten und sich zum Hilfslehrer ausbilden zu lassen.«

»Noah?« Bruder Schwarz schüttelte den Kopf, sein langer Bart wackelte. »Ich glaube, diese Hoffnung kannst du begraben, Paul. Aus diesem Hallodri wird nie ein guter Lehrer. Er hat keinerlei Verantwortungsgefühl, und regelmäßige Arbeit ist ihm vollkommen fremd.«

»Du urteilst zu hart, Maximilian«, sagte Bruder Lorenz. »Vergiss nicht, wie gut er mit Conrad zusammengearbeitet hat. Und dass er die Station mit frischem Fleisch versorgt.«

»Weil es ihm Freude bereitet, auf die Jagd zu gehen«, grollte Bruder Schwarz. »Er zeigte weit weniger Ehrgeiz, als es darum ging, den kleinen Katechismus zu lernen oder auch nur regelmäßig zum Gottesdienst zu erscheinen. In seinem Alter war ich bereits seit zwei Jahren im Missionsseminar von Neuendettelsau!«

Er fuhr sich durch den verfilzten Bart und grummelte noch weiter vor sich hin.

Isabel räusperte sich; die Wende, die das Gespräch genommen hatte, war ihr unangenehm. »Es gibt ein kleines Problem«, bemühte sie sich zaghaft um einen Themenwechsel. »Mein restliches Gepäck befindet sich noch bei Herrn von Faber in Finschhafen.«

»Wenn es weiter nichts ist«, winkte Bruder Lorenz ab. »Ich bin morgen in Finschhafen. Wenn es Ihnen recht ist, hole ich Ihr Gepäck ab und bringe es mit.«

»Das wäre wirklich sehr freundlich von Ihnen«, gab Isabel erleichtert zurück. »Und richten Sie Herrn von Faber und seiner Schwester bei dieser Gelegenheit bitte meinen allerherzlichsten Dank und die besten Grüße aus.«

*

Lachen und Geplapper drangen aus dem schattigen Platz unter Conrads Hütte hervor, wohin sich einige Jabim-Frauen vor der Hitze dieses Augustvormittags zurückgezogen hatten. Gemeinsam mit Isabel saßen sie um ein großes Stück Stoff und mühten sich mit Nadel und Faden ab, bunte Garnknäuel lagen überall herum. Die Wortfetzen, die Noah aufschnappte, handelten von Weiberklatsch und den Jagderfolgen der Männer. Als Yerema Isabel einen offenbar etwas verunglückten Stich zeigte, lachte diese auf – hell und glücklich.

Betont gelassen schlenderte er heran – nicht, dass noch jemand merkte, wie rasch sein Herz plötzlich schlug. Das Geplauder ebbte ab, jetzt ertönte nur noch vereinzelt ein Kichern.

Atikio lächelte ihn an. Im vorigen Jahr war sie für einige Wochen die Gefährtin seiner Nächte gewesen, bevor sie beide sich anderen Partnern zugewandt hatten. Wie lange das schon zurück lag.

Isabel hob den Kopf und sah ihm entgegen. Auf ihrer Stirn bildete sich eine steile Falte.

»Was nähen Sie?«, fragte er.

Die Falte verschwand. *»Laplap bilong alta«*, gab sie auf Tok Pisin zurück und hob einen Teil des großen, rechteckigen Stoffs hoch. »Eine Altardecke.«

»Und wie geht es Ihrem Fuß?«

»Gut, es tut kaum noch weh.« Sie sah ihn von unten herauf an. »Fragen Sie mich das jetzt jeden Tag?«

»Es interessiert mich eben jeden Tag.«

Er sagte etwas auf Jabim, und die Frauen fingen erneut an zu kichern, erhoben sich lachend und plappernd und zogen davon. Er sah ihnen nach. Wie Isabel wohl aussehen würde, mit nichts weiter als einem Baströckchen bekleidet? Immerhin hatte sie inzwischen das unbequeme Korsett abgelegt und saß nicht mehr ganz so steif da.

Sie blickte den Frauen ratlos hinterher. »Wieso sind sie alle gegangen? Was haben Sie zu ihnen gesagt?«

»Dass es viel zu heiß zum Arbeiten ist und dass sie besser schwimmen gehen sollen.«

»Sie können doch nicht einfach meine Nähstunde beenden!«

Eine Meeresbrise strich über seine Haut. Aus dem Schulraum auf der gegenüberliegenden Seite der Lichtung erschollen die Stimmen der Schüler, die gemeinsam eine Zahlenreihe aufsagten.

»Die Frauen mögen Sie«, sagte er, ohne auf ihren Einwand einzugehen.

»Meinen Sie wirklich?« Sie sah ihn an, und für einen Augenblick wirkte sie wie ein kleines, verunsichertes Mädchen. Am liebsten hätte er sie in den Arm genommen.

Er nickte. »Es fällt schwer, Sie nicht zu mögen.«

Ihr Gesicht nahm wieder denselben abweisenden Ausdruck an, den er jetzt schon öfter bei ihr gesehen hatte. Er sollte aufpassen. Bei einem so kostbaren Geschöpf wie ihr musste er behutsamer vorgehen.

»Ich wollte Ihnen etwas zurückgeben.« Er reichte ihr die silberne Streichholzdose, die er aus Conrads Hütte genommen hatte. »Sie haben recht: Es gehört mir nicht.«

»Danke.« Sie nahm sie entgegen.

»Und dann habe ich noch etwas für Sie.«

»Noch etwas?«

Wieso nur kam er sich plötzlich vor wie ein kleiner Junge? Er zog das kleine geschnitzte Krokodil, das er vorhin eingesteckt hatte, aus der Hosentasche.

Ihr Gesicht leuchtete auf. »Das ist wunderschön! Woher haben Sie das?«

»Selbstgemacht.«

»Für mich? Aber – wieso?«

»Weil ich mich freue, dass Sie in Simbang bleiben.«

»Vorerst«, stellte sie klar. »Nur für ein paar Wochen.«

»Und dann?«

»Dann ...« Sie zögerte. »Ich weiß es noch nicht. Ich muss mir erst noch über einiges klarwerden.«

»Zum Beispiel?«

»Wohin ich gehöre. Was ich in Zukunft tun will.« Sie strich über das hölzerne Krokodil in ihren Händen, dann sah sie auf. »Das ist wirklich sehr schön.«

Erneut blickte sie auf ihre Hände. Gleich würde sie sich steif bedanken, aber darauf bestehen, dass sie sein Geschenk nicht annehmen könne. Schließlich war er nur ein Halbweißer.

»Danke«, sagte sie schlicht und lächelte. »Dann haben Sie all die anderen Figuren, die auf Ihrer Veranda stehen, auch selbst gemacht?«

Er nickte.

»Wo haben Sie das gelernt?«

»Bei den Kandangai am Kaiserin-Augusta-Fluss. Sie sollten einmal die Masken und Ahnenfiguren in den Langhäusern sehen.«

Lautes Gekreische und Gelächter ließ ihn aufblicken. Am Strand, nahe der breiten Flussmündung, stürzten sich Kinder und Frauen ins Wasser und bespritzten sich lachend. Isabel seufzte auf und fächelte sich mit einem kleinen Stück Stoff Luft zu.

»Möchten Sie auch schwimmen gehen?«, fragte er.

Sie schüttelte den Kopf. »Ich kann nicht schwimmen.« Er hörte das Bedauern in ihrer Stimme.

»Was halten Sie davon, wenn ich es Ihnen beibringe?«

Natürlich würde sie nicht darauf eingehen. Aber allein die Vorstellung, ihr auf diese Weise noch einmal körperlich näher zu kommen, hatte etwas zutiefst Verlockendes. Bei keiner anderen Frau hatte er je so empfunden. Nicht einmal bei Jetty.

»Nein, danke«, sagte sie, doch es klang fast wehmütig. Und eindeutig besser als die schroffe Ablehnung, die er eigentlich erwartet hatte. »Aber gehen Sie nur, wenn Sie schwimmen möchten.«

»Ich finde es eigentlich ganz bequem hier.« Er lehnte sich an einen der Pfähle, die die Hütte trugen. »Soll ich Ihnen ein Geheimnis verraten?«

Sie sagte nichts, sah ihn nur fragend an.

»Möglicherweise bin ich gar kein halber Deutscher.«

»Ach nein?«

Er beugte sich verschwörerisch vor. »Ja. Möglicherweise war mein Vater Russe.«

»Tatsächlich? Sprechen Sie etwa auch Russisch?«

Er lächelte. »Nicht dass ich wüsste. Haben Sie schon einmal von Nikolai Miklucho-Maklai gehört?«

Eine ihrer Augenbrauen hob sich. »Der russische Forscher, nach dem die Maklai-Küste benannt wurde?«

»Genau der.« So leicht konnte man sie offenbar nicht überraschen. »Ich hätte nicht gedacht, dass Sie so viel über dieses Land wissen.«

Sie hob halb entschuldigend die Schultern. »Ich bin Lehrerin. Und ich habe in Deutschland jedes Buch zu Kaiser-Wilhelms-Land verschlungen, das ich in die Finger bekam. Heißt es nicht, die Küstenstämme verehrten Maklai noch heute? Und wurde er nicht Mondmann genannt, wegen seiner weißen Haut? Irgendwo habe ich das gelesen – ich glaube sogar, bei Herrn Finsch.«

Er nickte. »Maklai war der erste Weiße, der unter den Stämmen der Astrolabe-Bucht lebte. Das war vor ungefähr zwanzig Jahren – die Zeit könnte also passen. Und er hat in Deutschland studiert, also sprach er Deutsch.«

»Sie glauben also ernsthaft, dieser Russe könnte Ihr Vater sein?«

»Möglicherweise.«

Sie sah bezaubernd aus, wie sie mit gefurchten Brauen nachdachte.

Dann schüttelte sie den Kopf. »Es tut mir leid, aber ich glaube nicht, dass er Ihr Vater ist.«

»Nein?«

»Nein. Und Sie glauben es auch nicht.«

Konnte sie jetzt auch noch Gedanken lesen? »Wie kommen Sie darauf?«

»Weil Sie lange mit deutschsprachigen Personen zusammengelebt haben müssen und nicht bloß kurze Zeit. Maklai hat Kaiser-Wilhelms-Land aber schon nach gut einem Jahr wieder verlassen. Und haben Sie je nach ihm gesucht?«

Er verneinte.

»Wieso nicht?«

Er verzog das Gesicht, denn plötzlich fühlte er sich so unwohl, als hätte er verdorbenen Fisch gegessen.

»Wer sagt denn, dass ich meinen Vater finden will?«

*

»Nein, nein!« Isabel wedelte mit den Armen und versuchte, Koki zu verscheuchen, aber es war bereits zu spät: Der Kakadu hatte zielsicher einen großen weißen Platscher auf das frisch gewaschene und zum Trocknen ausgebreitete Moskitonetz gesetzt. Sie schüttelte verärgert den Kopf. Vier Stunden hatte sie mit Sabiams Hilfe daran gewaschen, etappenweise in einer mit Seifenlauge gefüllten Zinkwanne, nachdem der gestrige Regen die Zisternen endlich einmal gut gefüllt hatte.

Sabiam sah schuldbewusst zu Boden, als Isabel mit ihm schimpfte. Der Junge hatte schließlich aufpassen sollen, dass so etwas nicht passierte. Stattdessen hatte er schlafend im Gras gelegen.

»Ich wegmachen«, bot er Isabel an. »*Mi klinim.*«

Isabels Ärger verflog, und sie strich dem Jungen über den Kopf. »Gut, Sabiam, tu das.«

Es war später Nachmittag, für Isabel neben dem Morgen die schönste Zeit des Tages. In zwei Stunden würde die Sonne untergehen und die Abendandacht beginnen. Im Garten der Mission arbeiteten zwei Kostschüler zusammen mit Bruder Laumer. Sie beseitigten das Unkraut, lockerten die Erde zwischen den ordentlichen Reihen von Süßkartoffeln und Kürbissen und gossen die Pflanzen mit Wasser aus der Zisterne. Es war nicht mehr so heiß wie den größten Teil des Tages, das Licht verlor seine grelle Helligkeit und nahm allmählich eine sanftere Färbung an. Ein guter Zeitpunkt, um ein paar der prachtvollen Orchideen zu pflücken, die hier überall in üppiger Fülle auf den Bäumen wuchsen und mit denen Isabel Conrads Hütte schmücken wollte.

Sie ging ein kurzes Stück in den Wald hinein. In den Palmen und Schraubenbäumen zwitscherte und summte es, zwei blaue Schmetterlinge tanzten wie trunken durch die Luft, die erfüllt war von schweren, tropischen Gerüchen. Nicht weit entfernt, hinter dem überbordenden Gewirr von Lianen und Blättern, standen die Hütten des Jabim-Dorfes. Dann hörte sie hinter all dem Summen und Zwitschern ein weiteres Geräusch, wie ein leises Stöhnen. Sie blieb stehen, lauschte. Ja, da stöhnte jemand, in kurzen, regelmäßigen Abständen! Hatte sich womöglich jemand verletzt? Brauchte er oder sie Hilfe? Isabel ging dem Geräusch nach, bog vorsichtig ein paar der glänzenden fleischigen Blätter eines Buschs beiseite und lugte durch die frei gewordene Lücke.

Es war Yerema, die da stöhnte. Sie lag rücklings auf dem Boden, ihre Knöchel auf den nackten, schweißglänzenden Schultern ihres Mannes Kamelun, der zwischen ihren gespreizten Schenkeln hockte und mit seiner Leibesmitte in sie hineinstieß. Auf Yeremas dunklem Gesicht lag ein Ausdruck von Ekstase.

Isabel brauchte einen Moment, um zu erkennen, was hier vor sich ging. Für ein paar Sekunden war sie nicht in der Lage, sich zu rühren, sondern stand wie angewurzelt da und sah den beiden zu, gleichermaßen fasziniert wie abgestoßen. Dann erst zog sie sich zurück, so leise wie möglich, um sich nicht doch noch durch eine unachtsame Bewegung zu verraten, und floh den Weg zurück, den sie gekommen war.

Was die beiden da taten, gehörte ins Dunkel der Nacht und unter die Bettdecke! Isabel zitterte vor Scham und Bestürzung – bis ihr einfiel, dass sie so etwas auch mit Conrad hätte tun müssen, wenn sie erst verheiratet gewesen wären. Wie hatte sie sich davor gefürchtet! Es sei schmerzhaft, im besten Falle unangenehm, hatte ihre ältere Schwester ihr einmal unter dem Siegel der Verschwiegenheit erzählt, aber es gehöre natürlich zur Pflicht einer Ehefrau, sich dem Mann auch in dieser Hinsicht zu unterwerfen. Männer hätten nun mal Bedürfnisse, die Frauen fremd seien. Nie hätte Isabel gedacht, dass eine Frau dabei Vergnügen empfinden konnte. So wie Yerema.

Kurz vor der Lichtung blieb sie schwer atmend stehen. Ein wohliges Gefühl durchpulste sie, ein drängendes Sehnen, stärker noch als das, was sie gespürt hatte, als Noah ihren verletzten Fuß massiert hatte. Sie schüttelte den Kopf. Nein, sie wollte jetzt nicht an Noah denken – nicht in Verbindung mit dem, was sie gerade gesehen hatte!

Sie atmete mehrmals tief durch, bis sie sich wieder im Griff hatte, dann kehrte sie leicht hinkend, aber mit durchgedrücktem Rücken zu Conrads Hütte zurück.

6.

Isabel erwachte schlagartig. Ein Ruckeln und Wackeln ging durch die ganze Hütte, ein leises metallisches Scheppern erfüllte den Raum, die Strohmatten raschelten. Sie kämpfte sich unter dem Moskitonetz hervor, setzte sich auf die Bettkante und wartete.

Das Scheppern kam von der wassergefüllten Kanne in der Waschschüssel, die wackelte, als besäße sie ein Eigenleben. Der ganze Boden des Pfahlhauses bebte, wie ein Tier, das aus einem langen Schlaf erwachte und sich nun streckte. Ein Buch fiel vom Tisch. Ein großes, heuschreckenähnliches Insekt kroch eilig über die Matten, die den Fußboden bedeckten, und verschwand in einer Ecke.

Als Isabel das erste Mal auf diese Weise geweckt worden war, war sie noch panisch aufgesprungen und hatte im Nachthemd und mit zitternden Beinen die Leiter hinabsteigen wollen. Aber kaum hatte sie einen Fuß auf die oberste Leitersprosse gesetzt, hatte das Beben wieder aufgehört.

»Das kommt hier öfter vor«, hatte Bruder Lorenz sie später beruhigt. »Aber bis auf einen zerbrochenen Teller oder etwas verschüttetes Wasser ist noch nie etwas passiert.«

Auch jetzt ließ das Gerüttel schnell wieder nach.

Die häufigen Erdbeben waren der Grund, weshalb sämtliche Hütten und Häuser in diesem Gebiet lediglich einstöckig gebaut waren. Inzwischen hatte sich auch Isabel daran gewöhnt. Kaum war das Beben vorüber, erhob sie sich und machte sich an ihre Morgentoilette. Sie wusch sich in einem Eimer mit Regenwasser, in dem zu ihrem Verdruss etliche Moskitolarven schwammen, und begann, sich anzukleiden. Als sie ihr Ersatzkorsett bereitlegte, das Bruder Lorenz ihr gestern zusammen mit dem Rest ihres Gepäcks aus Finschhafen mitgebracht hatte, zögerte sie. Die Vorstellung, sich von den steifen Fischbeinstäben erneut Taille und Brustkorb zusammenpressen zu lassen, erfüllte sie plötzlich mit Widerwillen. Schon jetzt rann ihr der Schweiß, klebte das Hemd feucht an ihrem Rücken – wie würde das erst mit diesem Ding sein? Nein, entschied sie nach kurzem Überlegen, heute würde sie das Korsett noch nicht anlegen. Vielleicht morgen, wenn sie sich wieder an den Gedanken gewöhnt hatte.

Schon erscholl der dumpfe Klang des Muschelhorns, der zur Morgenandacht rief. Sie schlüpfte in eine frische weiße Bluse und ihren bodenlangen dunkelblauen Rock und drehte ihre Haare zu einem einfachen Nackenknoten, dann stieg sie die Leiter hinunter und begab sich zur kleinen Missionskirche.

*

Die Seifenblasen tanzten durch die Luft. Mit offenen Mündern sahen die Mädchen dem Zauber nach, den Isabel mit Hilfe eines dünnen Bambusstrohhalms und etwas Seifenlauge vollführte, bestaunten die hauchzarten, in allen Farben des Regenbogens schillernden Gebilde, die über ihnen in den wolkenlosen Himmel davonschwebten oder am Stamm einer großen Kokospalme zerplatzten. Dann gab es kein Halten mehr; jede wollte selbst einmal ausprobieren, solche schimmernden Wunder zu erzeugen.

Es waren fünf Jabim-Mädchen im Alter von vielleicht vier bis zehn Jahren, die sich im Freien um Isabel versammelt hatten. Mit den Seifenblasen war es ihr gelungen, sie anzulocken, während Bruder Lorenz die Knaben im Schulhaus unterrichtete. Solange die Gäste, die sich für den heutigen Samstag angekündigt hatten, noch nicht da waren, nutzte sie die Gelegenheit, den Mädchen näherzukommen. Das Eis war gebrochen, jetzt musste es ihr noch gelingen, die Kinder bei der Stange zu halten. Auf Tok Pisin und mit Einsatz von Mimik und Gestik fragte sie ein Mädchen nach seinem Namen, und als das Kind ihn schüchtern nannte, schrieb sie ihn mit Kreide auf die mitgebrachte Schiefertafel.

»Kakiri«, wiederholte sie und hielt die Tafel hoch. Die Mädchen lächelten schüchtern, aber die Vorstellung, den eigenen Namen in diesen für sie noch unverständlichen Zeichen aufgeschrieben zu sehen, faszinierte sie sichtlich. Bald rückte auch die Nächste mit ihrem Namen heraus und sah aufmerksam zu, was Isabel auf die Tafel schrieb.

Als leise rasselndes Pferdegeschirr die Ankunft einer Kutsche verkündete, entließ Isabel die Kinder mit Strohhalmen und Seifenlauge und erhob sich. Sie streifte sich die vom Seifenwasser klebrigen Hände ab, wischte sich mit dem Blusenärmel über das verschwitzte Gesicht und strich sich über die Haare – hoffentlich sah sie ordentlich genug aus.

Jetzt kamen auch die Brüder Lorenz und Schwarz aus dem Schulhaus. Bruder Laumer fehlte; er war heute schon früh aufgebrochen, um zusammen mit Jeffari und einem weiteren Jungen für ein paar Tage die Insel Tami zu besuchen. Auf dem kleinen Eiland, drei Stunden mit dem Boot entfernt vor der Küste Finschhafens, schien die Missionsarbeit am ehesten auf fruchtbaren Boden zu fallen; die Brüder trugen sich mit dem Gedanken, dort eine weitere Station zu errichten. Schon mehrmals hatte Isabel die prächtigen Segelkanus der Tami-Leute, die zum Handeln gekommen waren, am Strand von Simbang gesehen; sie verkauften wundervoll geschnitzte Holzschüsseln mit hübschen Bemalungen, von denen auch Isabel schon mehrere erworben hatte, Verzierungen aus Schildpatt und kleine Schneckenperlen, die bei den Jabim sehr begehrt waren.

Die Kutsche fuhr vor. Berthold von Faber, der stellvertretende Stationsleiter von Finschhafen und Isabels früherer Gastgeber, hatte es sich nicht nehmen lassen, persönlich in Simbang zu erscheinen, um sich, wie er sagte, nach ihrem Wohlergehen zu erkundigen. Isabel freute sich von Herzen, den Mann wiederzusehen. Doch wie groß war ihre Überraschung, als hinter ihm auch seine Schwester Henriette aus dem offenen, zweispännigen Wagen stieg – trotz der Hitze dieses frühen Nachmittags wie aus dem Ei gepellt. Lediglich ein leichter Glanz auf ihrem porzellanweißen Gesicht deutete darauf hin, dass auch sie unter den schwülen Temperaturen litt.

»Meine liebe Isabel«, murmelte Henriette, als sie sich zur Begrüßung leicht umarmten. »Sagen Sie bloß, Sie tragen kein Korsett?«

Isabel senkte beschämt die Augen – das hatte sie ja völlig vergessen! »Es ist feucht geworden«, erklärte sie leise – auch wenn das nicht ganz der Wahrheit entsprach. »War der Weg denn nicht zu beschwerlich für Sie?«

In den vergangenen Tagen, das wusste sie von Bruder Lorenz, hatte Herr von Faber ein paar eingeborene Helfer damit beauftragt, den Weg zwischen Finschhafen und Simbang von Ranken und Schlingpflanzen zu befreien.

»Oh, es war fürchterlich«, erwiderte Henriette. »Obwohl der Weg doch gerodet sein sollte, mussten wir ständig anhalten, damit jemand irgendwelche Gewächse entfernen konnte. Aber was wäre denn die Alternative gewesen – etwa mit einem dieser zerbrechlichen Eingeborenenkanus die Küste entlangfahren? Ausgeschlossen!«

Isabel enthielt sich der Antwort, dass sie selbst ja schließlich auch diesen Weg genommen hatte. Nur zu gut erinnerte sie sich noch an ihre eigenen Ängste vor den Gefahren des Wassers. Wie lange das schon zurückzuliegen schien – dabei waren doch erst gut zwei Wochen vergangen.

»Aber ich wollte es mir nicht nehmen lassen, liebe Isabel, Sie hier zu besuchen. Und sehen Sie nur, wen wir mitgebracht haben!«

Aus der Kutsche stieg nun Dr. Weinland, der junge Arzt, der schon nach Isabels Zusammenbruch in Finschhafen nach ihr gesehen hatte. Herr von Faber habe darauf bestanden, erklärte er augenzwinkernd, dass er sie noch einmal untersuche.

»Und deswegen nehmen Sie solche Unannehmlichkeiten in Kauf?« Isabel war gerührt.

»Ach«, winkte er ab und setzte seinen Strohhut, den er zur Begrüßung gelüftet hatte, wieder auf. »Das ist doch keine Unannehmlichkeit. Außerdem kann ich bei der Gelegenheit auch gleich einmal nach den Herren Missionaren sehen.«

»Ich habe mir Sorgen um Sie gemacht«, erklärte von Faber, dessen glückliches Lächeln im Widerspruch zu seinen Worten stand. »Vor allem, als Pater Lorenz erzählte, dass Sie einen Malariaanfall erlitten hätten. So etwas darf man nicht auf die leichte Schulter nehmen. In Finschhafen sind bereits zwei weitere Deutsche am Schwarzwasserfieber erkrankt. – Oh, wie unhöflich von mir: Darf ich Ihnen meine Gäste vorstellen?« Er wies auf einen der beiden Herren, die als Letzte aus der Kutsche gestiegen waren. »Seine Hochwohlgeboren Baron Ferdinand de Wolff.«

Isabel hielt für einen Moment die Luft an. Ein echter Baron? Der Mann war um die fünfzig, von stattlichem Äußeren, mit einer Halbglatze und einem weißen Vollbart. Die Spitzen seines gewaltigen Schnauzers trug er hochgezwirbelt wie der Kaiser. Noch während sie überlegte, ob sie womöglich knicksen musste, ergriff der Baron ihre Finger zu einem angedeuteten Handkuss.

»Ich bin entzückt, Fräulein Maritz.«

»Sehr erfreut«, murmelte sie befangen. Wie hatte Herr von Faber gesagt? »Euer ... Hochwohlgeboren.«

»Ach je, lassen Sie bloß diese unsinnige Anrede weg«, gab der Baron jovial zurück. Er verströmte einen schwachen, würzigen Geruch nach Zigarre. »Baron de Wolff reicht vollkommen.«

Dann wandte sich Berthold von Faber an den Herrn hinter ihm, einen schmalen rothaarigen Mann mit sommersprossigem Gesicht. »Und das ist Herr Konings aus Niederländisch-Indien, Baron de Wolffs Kompagnon.«

»Bent Konings.« Auch er beugte sich über Isabels Hand. »Zu Ihren Diensten, *juffrouw*.«

»*Aangenaam, mijnheer* Konings.«

Er hob erfreut die Brauen. *»Spreekt u Nederlands?«* Sie sprechen Holländisch?

»O nein, nein«, wehrte sie ab. »Nur einige wenige Floskeln. Aber da die Hälfte Neuguineas den Niederländern gehört, wollte ich vorbereitet sein.«

»Kennen Sie Stephansort, Fräulein Maritz?«, fragte Berthold von Faber. »Es wurde vor zwei Jahren gegründet und liegt ungefähr hundert Kilometer nördlich von hier an der Küste. Die beiden Herren besitzen dort eine große Tabakplantage.«

»Wir sind hier wegen Geschäfte.« Herrn Konings' Deutsch hatte einen leichten holländischen Akzent, den Isabel durchaus charmant fand. »Wir möchten einige der Kanaker hier als Arbeiter – wie sagt man? – erwerben?«

»Anwerben«, korrigierte Isabel lächelnd.

»Danke.« Herr Konings lächelte zurück.

Baron de Wolff wandte sich an Bruder Lorenz. »Was meinen Sie, Pater: Wann können wir mit den Männern reden? Ich habe einiges an Tauschwaren für sie dabei.«

»Wozu die Eile?« Bruder Lorenz lachte gezwungen. Es war ihm anzusehen, dass er von den Plänen der beiden Herren nicht eben begeistert war. »Außerdem brauchen wir dafür unseren Dolmetscher. Für die Feinheiten der Jabim-Sprache reichen meine bescheidenen Kenntnisse nämlich nicht.« Er sah sich suchend um. »Wissen Sie zufällig, wo Noah steckt, Schwester Maritz?«

Isabel musste verneinen – sie hatte ihn zuletzt heute Morgen gesehen.

Bruder Lorenz runzelte die Stirn. »Er weiß doch, dass ich ihn hier brauche«, murmelte er so leise, dass nur Isabel ihn hören konnte. Und dann, etwas lauter: »Er wird sicher jeden Moment auftauchen. Darf ich Ihnen allen in der Zwischenzeit eine Erfrischung anbieten und unsere Mission zeigen?«

Dr. Weinland nutzte die Gelegenheit, um sich mit Isabel für eine kurze ärztliche Untersuchung in Conrads Hütte zurückzuziehen, wobei er natürlich alle Erfordernisse der Schicklichkeit beachtete und sie lediglich durch die Kleidung hindurch untersuchte. Das Ergebnis war zufriedenstellend: Bis auf eine leichte Malaria, die sie weiterhin mit der regelmäßigen Einnahme von Chinin behandeln sollte, fehlte ihr nichts. Auch die Stiche des Seeigels verheilten ohne Komplikationen.

Als sie kurz danach die Hütte verließen, trat Berthold von Faber auf sie zu, gerade so, als hätte er auf sie gewartet.

»Fräulein Maritz?« Er wirkte eigenartig befangen. »Dürfte ich Sie zu einem kleinen Spaziergang einladen?«

»Herzlich gern«, sagte Isabel erfreut, wenn auch leicht irritiert, und verabschiedete sich von Dr. Weinland.

Eine Weile gingen sie langsam und schweigend nebeneinander am Strand entlang – nah am Strandgebüsch, da es sich auf dem puderfeinen Sand, dessen Helligkeit geradezu blendete, nicht gut laufen ließ.

»Ich hoffe, Doktor Weinland ist mit Ihrer Gesundheit zufrieden?«, brach von Faber schließlich die Stille.

»Ja, das ist er.«

Sie tauschten ein paar weitere Höflichkeiten aus, bewunderten das leuchtend türkisfarbene Wasser sowie eine angeschwemmte farbenprächtige Koralle und sprachen kurz über die Arbeit der Missionare. Als das Strandbuschwerk bis dicht ans Wasser wuchs und sie wieder kehrtmachen mussten, blieb er stehen.

»Es ist wunderschön hier, nicht wahr?« Er fuhr sich mit einem Taschentuch über das schweißnasse Gesicht. »Verzeihen Sie, Fräulein Maritz, aber wäre es sehr indiskret, wenn ich Sie fragte, ob Sie schon Pläne bezüglich Ihrer Zukunft haben?«

»Nein, fragen Sie nur. Allerdings fürchte ich, Ihnen keine zufriedenstellende Antwort geben zu können. Ich versuche noch, mir über einiges klarzuwerden.«

»Sie haben also nicht vor, in nächster Zeit abzureisen?«

Sie zögerte. Dann schüttelte sie den Kopf. »Nein, ich denke nicht. Wieso fragen Sie?«

»Nun, weil ...« Er wirkte immer fahriger. »Ich ... Isabel – darf ich Sie so nennen, Fräulein Maritz?«

»Aber gerne.«

Er knetete sein Taschentuch, steckte es in seine Westentasche, um es sogleich wieder hervorzuholen. »Sie ... Sie sind eine wundervolle Frau ...«, brach es schließlich aus ihm heraus.

»Herr von Faber, ich bitte Sie ...«

»Nein, nein, Isabel, lassen Sie mich weiterreden. Und nennen Sie mich Berthold.« Er atmete tief durch. Ein Schweißtropfen lief an seiner Schläfe entlang. »Seit Sie nach Simbang aufgebrochen sind, habe ich täglich befürchtet, dass Sie sich entschließen würden, wieder nach Deutschland zurückzukehren. Aber nun, da Sie sich offenbar entschieden haben, noch eine Weile hierzubleiben ... Ich weiß, dass es noch zu früh ist, schließlich haben Sie gerade erst Ihren Verlobten verloren und sind in Trauer, aber ... ich kann einfach nicht mehr warten.« Er griff mit der unversehrten Rechten nach ihrer Hand, dann sank er langsam vor ihr auf die Knie. »Liebste Isabel, wollen Sie meine Frau werden?«

Für einen Moment konnte sie kaum atmen, so überrascht war sie.

»Bitte, Herr von Faber, stehen Sie auf!«, murmelte sie dann. Ihr schwindelte. Das alles war ganz und gar – unwirklich.

»Isabel, so sagen Sie doch etwas! Lassen Sie mich nicht im Ungewissen.« Berthold räusperte sich, und seine nächsten Worte klangen etwas weniger flehentlich. »Sie würden nicht die schlechteste Wahl treffen. Ich habe eine gute Position hier, und der Sold ist reichlich. Und wissen Sie, ich dachte ... Sie waren ja noch gar nicht verheiratet, das heißt ... möglicherweise könnten wir sogar auf das Trauerjahr verzichten.«

Sie blickte auf seine rechte, schweißfeuchte Hand, die die ihre hielt, auf die drahtigen schwarzen Härchen auf seinem Hand- und Fingerrücken, auf seine kräftigen, kurzen Finger. Eine starke, zupackende Hand, die sie beschützen und sie umsorgen würde.

»Warum zögern Sie? Ist es wegen meines fehlenden Arms? Finden Sie mich etwa ... abstoßend?«

Sie hob den Blick, sah in sein rundes, offenes Gesicht mit der etwas zu groß geratenen Nase. »O nein, Berthold, ganz und gar nicht. Es ist nur ...« Sie brach ab.

»Oder ist es wegen Henriette? Darüber müssen Sie sich keine Sorgen machen, Isabel. Ich bin sicher, dass sie sich von Herzen freuen wird, wenn ihr jüngerer Bruder endlich in den Hafen der Ehe einläuft.« Er sah sie erwartungsvoll an.

Isabel rang nach Worten. »Ich fühle mich zutiefst geehrt«, presste sie schließlich mit steifen Lippen hervor. »Und ich bringe Ihnen die allergrößte Sympathie entgegen. Aber ... Sie haben recht: Das ist alles ... zu früh. Conrad ist gerade erst gestorben. Ich ... ich kann mich dazu noch nicht äußern. Bitte, Berthold, geben Sie mir Zeit.«

Ein zaghaftes Lächeln erschien auf seinem Gesicht. »Dann darf ich also hoffen?«

»Wie ich schon sagte, Berthold, ich brauche Zeit ... Und bitte, stehen Sie auf!«

Endlich ließ er ihre Hand los und erhob sich schwerfällig. An seinen Hosenbeinen haftete feinkörniger Sand.

»Sie machen mich sehr glücklich, Isabel. Ja, ich weiß, Sie haben sich noch nicht entschieden. Aber ich kann warten. Die Hoffnung wird mich tragen.« Er lachte verlegen auf. »Wissen Sie, ich hatte schon befürchtet – als er Sie so angesehen hat – und dann habe ich Sie auch noch lachen hören – da dachte ich schon, ich käme zu spät.«

Die Hitze schoss ihr in die Wangen. Meinte er etwa Noah? Aber nein, der war ja noch gar nicht aufgetaucht. »Von wem sprechen Sie, Berthold?«

»Von Doktor Weinland natürlich«, gab er leicht verwirrt zurück. »Und es ist ja auch nur verständlich. Er ist ein attraktiver junger Mann, mit zwei gesunden Händen und in einer verantwortungsvollen Position. Es hätte mich nicht gewundert, wenn Sie sich für ihn entschieden hätten.«

»Aber ... ich kenne Doktor Weinland doch kaum.«

Berthold hob die Schultern in einer verschämten Geste,

die diesen großen, ungelenken Mann plötzlich wie einen Schuljungen wirken ließ.

»Lassen Sie uns zurückgehen«, sagte er schließlich. »Nicht dass Pater Lorenz sich noch Sorgen um Sie macht.«

*

»Haben Sie jemals ein besseres Blatt gesehen?«, fragte Baron de Wolff, während er über ein großes Tabakblatt strich, das im Feuerschein golden schimmerte. »Keine großen Adern, von wunderbarer Elastizität, eine seidige Oberfläche.« Er reichte es Dr. Weinland, der ihm schräg gegenübersaß. »Ich sage Ihnen, das ist noch besser als der Tabak aus Mexiko oder Havanna. Ideal für Zigarrendeckblätter.«

Dr. Weinland sah sich das Blatt mit sichtlichem Interesse an. »Pflanzen Sie nur Tabak?«

»Nein, aber hauptsächlich. Sonst noch ein bisschen Mais, Yams, Taro und Süßkartoffeln – wir und die Arbeiter müssen schließlich auch etwas essen. Apropos essen: Mein Kompliment für das köstliche Mahl, Fräulein Maritz.«

»Danke, Baron. Aber ich hatte lediglich ein Auge darauf. Zubereitet haben es die Hausboys.«

Sie saßen unter freiem Himmel. Ein paar in den Sand gesteckte Bambusfackeln spendeten Licht und hielten die Moskitos fern, im Hintergrund rauschten leise die Wellen. Man hatte zwei kleinere Tische zu einem langen zusammengeschoben. An den Kopfenden saßen die Missionsbrüder Lorenz und Schwarz, an Isabels rechter Seite Berthold und die beiden Pflanzer, während Noah ihr gegenüber Platz genommen hatte, neben ihm Dr. Weinland und Henriette.

Das Abendessen aus gegrilltem Fisch, Süßkartoffeln und Gemüse war in der Tat köstlich gewesen; auch Isabel hatte mehr als einmal zugegriffen. Noah hingegen, der erst kurz vor der Abenddämmerung eingetroffen war, hatte nur wenig genommen. Er hatte seinen Sonntagsstaat aus Hemd, Hose und dem blauem Tuch angelegt und stach trotz dieser größtenteils westlichen Aufmachung unter der europäischen Tischgesellschaft hervor wie ein bunter Hahn unter lauter weißen Hennen.

»Noch etwas Wein, liebe Isabel?« Berthold beugte sich näher zu ihr, um ihr nachzugießen, und warf ihr einen weiteren innigen Blick zu. Die beiden Plantagenbesitzer hatten als Gastgeschenk einige Flaschen Wein, Rum und Cognac für die Missionsstation mitgebracht.

»Danke, ja.« Sie lächelte ihm zerstreut zu. Den ganzen Abend schon bemühte Berthold sich auf diese Weise um sie. Es machte sie richtiggehend verlegen. Ihr Blick schweifte über die Tafelrunde. Henriette sprach angeregt mit dem Baron, Bruder Schwarz mit Herrn Konings, und Bruder Lorenz hörte Dr. Weinlands Ausführungen über die heimische Botanik zu. Nur Noah hatte bis jetzt kaum etwas gesagt. Obwohl er lediglich eine Armlänge entfernt saß, kam er ihr seltsam fremd vor, aber das lag vielleicht bloß an dem ungewohnten Feuerschein auf seinem Gesicht. Nein, es war noch mehr. Er starrte düster auf seinen Teller und strahlte eine unterschwellige Gereiztheit aus. Hing es etwa damit zusammen, dass Bruder Lorenz ihn vorhin wegen seines Zuspätkommens gescholten hatte? Aber Noah hatte nicht den Eindruck gemacht, als würde ihn diese Rüge sonderlich kümmern. Oder weil man von ihm erwartete, mit den Plantagenbesitzern zusammenzuarbeiten? Isabel war versucht, ihr Bein unter dem Tisch langzumachen und ihn unauffällig mit dem Fuß anzustoßen, um ihm wenigstens ein kleines Lächeln zu entlocken. Aber so konnte sie sich natürlich unmöglich benehmen.

Als Baron de Wolff aufstand und einen Trinkspruch auf

den Kaiser ausbrachte, verstummten die Gespräche, und man trank auf das Wohl Wilhelms II.

»Sagen Sie, Baron«, meldete sich Noah zu Wort, »warum wollen Sie unbedingt die Jabim anwerben, statt auf importierte Arbeiter zurückzugreifen? Stehen Ihnen nicht genug chinesische und javanesische Kulis zur Verfügung?«

Nicht nur Isabel sah überrascht auf. Es war das erste Mal an diesem Abend, dass von ihm mehr kam als bloß ein paar einsilbige Bemerkungen.

Auch Herr Konings war erstaunt. »Sie sprechen eine fantastische Deutsch«, sagte er. »Viel, viel besser als ich. Sie sind keine von die Jabim?«

»Nein«, erwiderte Noah knapp. »Bekomme ich eine Antwort?«

Bruder Lorenz sah ihn mit einem verständnislosen, tadelnden Kopfschütteln an. Herr Konings wirkte ein wenig verstört und suchte nach Worten.

»Die Frage ist durchaus berechtigt«, griff Baron de Wolff beschwichtigend ein. »Lassen Sie es mich so sagen: Die aus Java und China importierten Männer sind einfach zu wenige und auf Dauer auch ausgesprochen unrentabel. Viele von ihnen können wegen ihrer Opiumsucht kaum arbeiten oder werden schnell krank. Da ist es viel günstiger, auf hiesige Kräfte zurückzugreifen.«

»Die Sie hier zu finden hoffen.« Bruder Lorenz hatte zu seiner üblichen Gelassenheit zurückgefunden. »Meine Herren, darf ich fragen, was die Jabim auf Ihrer Plantage erwartet?«

Der Baron räusperte sich. Isabel konnte den Mann, der zu ihrer Rechten neben Berthold und Herrn Konings saß, nur von der Seite sehen. »Da können Sie ganz unbesorgt sein, Pater Lorenz. Wir haben saubere Unterkünfte mit genug Platz und eine Gemeinschaftsküche. Und natürlich erhalten unsere Arbeiter eine angemessene Vergütung in Form von Hobeleisen, Messern oder Beilen.«

Bruder Lorenz legte seine Fingerspitzen zusammen, wie er es auch manchmal in der Predigt tat. »Ich muss gestehen, meine Herren, ich halte nicht allzu viel von Ihrem Anliegen. Was soll denn aus den Dörfern werden, wenn die Männer fort sind? Mir wäre es lieber, unsere braunen Brüder blieben hier, bei ihren Familien und der Mission, statt Versprechungen nachzulaufen.«

Konings lachte leise. »Haben Sie Angst um – wie sagt man? – das seelische Heil von Ihre Schafe?«

»In gewisser Weise auch das, Herr Konings.«

»Wie lange besteht Ihre Station schon?« Er sprach es *staschon* aus.

»Seit fünf Jahren.«

»Und wie vielen von die Jabim haben Sie schon getauft?«

»Noch keinen einzigen!«, grollte Bruder Schwarz vom anderen Ende des Tisches. »Und das trotz all unserer Anstrengungen.«

»Aber es wird nicht mehr lange dauern«, setzte Bruder Lorenz hinzu, »bis es so weit ist und die Ersten von ihnen sich der heiligen Botschaft öffnen.«

»Nun ja«, sagte Baron de Wolff. »Dann kommt es auf ein halbes oder ein ganzes Jahr sicher nicht an. Und danach können die Männer wieder nach Hause gehen, mit viel von ihrem ersehnten Eisen in der Tasche.«

»Ich finde, das ist eine sehr gute Idee«, bekräftigte Henriette. »Vielleicht kann man diese faulen Kerle auf diese Weise etwas antreiben und zu regelmäßiger Arbeit erziehen.« Sie nahm einen vornehmen Schluck aus ihrem Weinglas.

Isabels Blick ging zu Noah, den jetzt eine geradezu sichtbare Wolke schwelenden Zorns umgab.

Konings hob die Schultern. »Wir zwingen ja niemanden

zu die Arbeit bei uns. Warten wir ab, was die Kanaker morgen sagen.« Er beugte sich vor, um schräg über den Tisch hinweg Noah anzusehen. »Unsere junge Freund hier wird uns dann hoffentlich helfen, sie von die Nutzen von die Arbeit auf die Plantage zu überzeugen.«

»Ich bin nicht Ihr Freund, Sie ... Hundsfott!« Noah stand so ruckartig auf, dass sein Bambusstuhl umkippte und in den Sand fiel, und starrte Konings feindselig an.

Für einen Moment herrschte atemlose Stille. Isabel traute ihren Ohren kaum. Hatte er den Mann tatsächlich »Hundsfott« genannt? Das war eine unsägliche Beleidigung.

»Noah!« Bruder Lorenz hatte sich hastig erhoben. »Was fällt dir ein? Du wirst dich sofort bei Herrn Konings entschuldigen!«

»Ich denke ja nicht daran.« Noah gab dem Stuhl einen Tritt, ging um den Tisch herum, holte eine Flasche Rum aus der Kiste mit den Spirituosen und verschwand in der Dunkelheit. Isabel sah ihm hinterher wie einer Erscheinung. Was war denn jetzt passiert?

»Ich muss mich vielmals für dieses vollkommen unmögliche Verhalten entschuldigen, Herr Konings«, sagte Bruder Lorenz, hörbar fassungslos. »Und natürlich auch bei Ihnen, Baron. Ich weiß wirklich nicht, was plötzlich in ihn gefahren ist.«

Konings winkte ab. »Ich habe sowieso nicht verstanden, was *de jongeman* gesagt hat. Muss ich jetzt Angst haben, von ihm zu die Frühstück gegessen zu werden?« Er lachte glucksend.

»Man kann ihnen westliche Kleidung anziehen und sie unsere Sprache lehren, aber im Grunde ihres Herzens bleiben es doch Wilde«, sagte Baron de Wolff.

Isabel hätte ihm gern widersprochen, wagte es aber nicht. Der Mann war immerhin ein Baron.

»Noah ist kein Wilder.« Bruder Lorenz setzte sich wieder. »Er ist ein guter Junge, aber manchmal etwas hitzköpfig. Wissen Sie, er hat längere Zeit unter Eingeborenen gelebt und kennt seine Eltern nicht. Vielleicht macht ihn das zuweilen etwas unberechenbar.«

»Ach, tatsächlich?« Der Baron beugte sich interessiert vor. »Wenn das keine gute Geschichte ist! Erzählen Sie doch mehr davon, Pater Lorenz.«

Daraufhin schilderte der hagere Missionar kurz, wie Herr Finsch den damals ungefähr fünfzehnjährigen Noah bei dem Stamm am Kaiserin-Augusta-Fluss gefunden und anschließend nach Simbang gebracht hatte. Und obwohl Isabel diese Episode aus Noahs Leben eigentlich brennend interessierte, war für sie der angenehme Abend mit einem Schlag verdorben, und sie musste sich zwingen, noch eine Weile sitzenzubleiben und Konversation zu machen. Erst als Henriette verkündete, sich zurückziehen zu wollen, entschuldigte Isabel sich ebenfalls. Bruder Lorenz erbot sich, Henriette zu der Hütte zu bringen, die er sonst mit seinen Mitbrüdern bewohnte. Da man Bertholds Schwester natürlich nicht zusammen mit den Männern beherbergen konnte, hatte er für diese Nacht eine neue Aufteilung vorgenommen: Im Gästehaus, das nur für höchstens fünf Besucher vorgesehen war, würden Berthold, Dr. Weinland und Noah zusammen mit den Brüdern Lorenz und Schwarz schlafen, und die beiden Pflanzer sollten in Noahs Hütte unterkommen.

Berthold ließ sich nicht davon abhalten, Isabel bis zu Conrads Hütte zu begleiten. Sie hatte sich bei ihm eingehakt, um in der Dunkelheit nicht zu straucheln, obwohl ihr die feuchte Wärme, die sein Körper ausdünstete, unangenehm war.

»Lassen Sie mich nicht zu lange warten, Liebste«, sagte er zum Abschied.

*

Isabel lag schweißgebadet unter dem Moskitonetz. Obwohl sie die Decke zurückgeschlagen hatte und ihr leichtestes Nachthemd trug, konnte sie nicht schlafen. Ein schwacher Hauch von Zigarrenrauch wehte zu ihr hinüber, entfernt vernahm sie Lachen und die Stimmen von Berthold, Dr. Weinland und den beiden Pflanzern. Die Brüder Schwarz und Lorenz waren offenbar ebenfalls schon zu Bett gegangen.

Zumindest musste sie Conrads Hütte nicht mit Henriette teilen. Nicht, dass es ihr viel ausgemacht hätte – immerhin hatte Bertholds Schwester sie auch bei sich aufgenommen –, aber Isabel hätte nicht gewusst, wo Henriette hätte schlafen sollen, schließlich gab es hier nur ein Bett, und mit einer Hängematte würde Henriette sich sicher nicht begnügen.

Henriette, die möglicherweise bald ihre zukünftige Schwägerin war. Isabel hatte es noch immer nicht richtig begriffen: Berthold von Faber hatte ihr einen Antrag gemacht! Ihr, Isabel Maritz aus Zirndorf, für die sich wegen ihres schwachen Beins nie ein Mann interessiert hatte! Sie kam sich fast vor wie die Prinzessin in einem Märchen; noch vor kurzem hatte sie geglaubt, nie einen Ehemann zu finden, und nun bekam sie innerhalb eines Jahres schon den zweiten Heiratsantrag.

Was sollte sie nur tun? Sie mochte Berthold wirklich. Aber reichte das, um darauf eine Ehe zu gründen? Sie wusste doch fast nichts über ihn, kannte seine Vorlieben und Abneigungen und so vieles mehr nicht. Andererseits: War sie es nicht gewesen, die gut vierzehntausend Kilometer gereist war, um einen ihr fast fremden Mann zu heiraten?

»Ach, Conrad«, seufzte sie leise in die Dunkelheit.

Wie ihr Leben als Berthold von Fabers Ehefrau wohl aussehen würde? Sie würde natürlich von Simbang weggehen und in sein Haus nach Finschhafen ziehen müssen. Und

– ein weiterer Gedanke stieg in ihr auf – wie es wohl wäre, mit ihm das Bett zu teilen? Mit ihm das zu tun, was sie bei Yerema und Kamelun gesehen hatte? Sie schluckte. Sosehr sie Berthold auch schätzte – die Vorstellung, unter diesem massigen, schwitzenden Leib zu liegen, ließ jähen Widerwillen in ihr aufsteigen. Und ohne dass sie es verhindern konnte, schob sich ein anderes Bild vor ihr geistiges Auge. Ein wohlgeformter Oberkörper von heller Bronze, in viele feine Strähnen gedrehte schwarze Haare, dunkelblaue Augen …

Die Hitze, die sie auf einmal durchflutete, hatte nichts mehr mit der schwülwarmen Tropennacht zu tun. Die verbotene Stelle zwischen ihren Beinen pochte plötzlich heftig. Fest presste sie ihre Hand darauf, dann zog sie sie so hastig zurück, als hätte sie sich verbrannt. Was um alles in der Welt war bloß los mit ihr? Ihr Verlobter war erst vor wenigen Wochen gestorben, ein netter Mann machte ihr einen Heiratsantrag, und sie träumte von einem halbweißen Tollkopf, der sich nicht zu benehmen wusste!

*

Noch vor Tagesanbruch erwachte sie aus einem unruhigen Schlaf. Durch das geöffnete Fenster stahlen sich ein paar zwitschernde und krächzende Tierstimmen und eine schwache Helligkeit. Isabel tauchte unter dem Moskitonetz hervor, benutzte den Nachttopf, der inzwischen seinen Weg in die Hütte gefunden hatte, und zog sich rasch an. Die Gelegenheit, den prächtigen, aber kurzen tropischen Sonnenaufgang zu betrachten, wollte sie sich nicht entgehen lassen.

Vor dem ersten zarten Schimmer der Morgendämmerung zeichneten sich dunkel die Umrisse der Hütten und Bäume ab. Auf bloßen Füßen tappte Isabel zum Wasser. Das Meer lag friedlich da, leise rollten die Wellen an den Strand und zogen sich flüsternd wieder zurück. Tief sog Isabel die frische, salzige Luft ein. Dann begann der Himmel zu leuchten, erglühte in satter, feuriger Farbenpracht, brachte kräftiges Grün in Palmen und Buschwerk und verwandelte den Sand in Gold.

Auf dem Strand lag etwas. Wahrscheinlich ein umgedrehtes Kanu, dem der Ausleger fehlte, oder ein Haufen Kleidung.

Nein, das war kein Kanu, und auch kein Kleiderhaufen. Es war ein Mensch. Isabel trat ein paar Schritte näher. Herr Konings. Er lag auf der Seite, ihr abgewandt, und schlief. Isabel lächelte. Es war gestern Nacht wohl spät geworden. Offenbar hatte Konings sein Nachtlager am Strand und nicht in Noahs Hütte aufgeschlagen. Vielleicht war er auch zu betrunken gewesen, um den Weg zu finden.

In dem niedrigen Gebüsch, das an den schmalen Strand anschloss, funkelte etwas. Isabel ging darauf zu. Die Sonne brach sich in dem silbrig glänzenden Lauf eines Gewehrs, das halb verborgen zwischen ein paar weißblühenden Fächerblumen lag. Ein Mauser-Gewehr wie das, das Noah zur Jagd benutzte. Auf dem hölzernen Schaft waren ein paar rostrote Flecken zu sehen. Ein harter Klumpen ballte sich in Isabels Kehle zusammen. War das etwa Blut? Und wieso ließ Noah sein Gewehr hier liegen? War ihm etwas zugestoßen? Plötzlich war ihr übel vor Angst.

»Noah?«, rief sie leise.

Sie erhielt keine Antwort. Nur das Rauschen der Wellen und Vogelschreie. Und wieso wachte Herr Konings nicht endlich auf? Wenn er nicht aufpasste, würde die steigende Flut noch seine Kleidung durchfeuchten.

Sie ging in die Hocke. »Herr Konings«, sagte sie leise. »Herr Konings, wachen Sie auf!«

Er reagierte nicht. Sie legte ihre Hand auf seine Schulter und rüttelte ihn sanft. »Herr Konings!«

Er rollte auf den Rücken. Und Isabel schrie auf, als sie den blutüberströmten, auf einer Seite eingeschlagenen Schädel erblickte.

7.

Wie Isabel diesen Morgen überstehen sollte, wusste sie nicht. Alles schien sich wie in einem seltsamen Panoptikum vor ihr abzuspielen. Das Paradies zeigte seine hässliche Fratze.

Herr Konings war erschlagen worden. Dr. Weinland, ungekämmt und mit offener Weste, hatte den Tod des Pflanzers festgestellt und nach einem Tuch geschickt, um die Leiche abzudecken.

Konings' Tod sprach sich wie ein Lauffeuer herum. Binnen kürzester Zeit versammelten sich alle Deutschen am Strand, neugierig beäugt von einigen schweigsamen Jabim und Kostschülern, die aufgeregt miteinander plapperten. Baron de Wolff war stumm neben der Leiche seines Kompagnons niedergesunken. Auch Henriette sagte keinen Ton. Sie war nur flüchtig zurechtgemacht und wirkte übernächtigt. Berthold hatte versuchte, seine Schwester und Isabel zurück in ihre Hütten zu schicken, aber davon hatte keine der beiden Frauen etwas wissen wollen.

Bruder Lorenz war sichtlich erschüttert. Zum ersten Mal wirkte der hagere Missionar zerbrechlich.

»Er war Gast in dieser Station«, wiederholte er immer wieder und strich sich dabei fahrig durch den zerzausten Bart. »Wer tut denn so etwas?«

»Nun, das lässt sich leicht herausfinden«, sagte Berthold, der als einziger anwesender Vertreter des deutschen Gesetzes die Ermittlungen übernommen hatte. Nach dem ersten Schock hatte er hektische Betriebsamkeit entwickelt und stapfte im Sand und dem ufernahen Gebüsch herum. Nun hielt er das blutbefleckte Gewehr hoch. »Weiß jemand, wem das gehört?«

»Das ist Noahs Gewehr«, erwiderte Bruder Schwarz. Er fuhr sich über die Stirn. Obwohl er offenkundig unter einer erneuten Malariaattacke litt, hatte er darauf bestanden, hier zu erscheinen. »Er geht manchmal damit auf die Jagd.«

»Das hat sicher nichts zu bedeuten«, wandte Bruder Lorenz ein, aber er war deutlich blasser geworden.

»Nichts zu bedeuten?« Berthold hob die Brauen. »Verehrter Pater Lorenz, bei allem Respekt, aber mit dieser Waffe wurde der Mord verübt!«

Isabels Kopf schien mit einem dicken Ballen Watte gefüllt zu sein. Noch immer weigerte sie sich zu begreifen. Wieso lag Noahs Gewehr hier? Kalt kroch das Entsetzen ihre Wirbelsäule hinauf und legte sich wie Eis um ihre Lungen. Noah? Sollte es wirklich Noah gewesen sein, der diesen schrecklichen Mord begangen hatte?

Der Baron erhob sich, sein Blick flackerte. »Wo ist er?«, rief er. »Wo ist dieser verdammte Lump?«

Bruder Lorenz hob beide Hände, zusammengelegt wie zum Gebet. »Beruhigen Sie sich, Baron! Wir wissen doch noch gar nicht –«

»Haben Sie es immer noch nicht verstanden, Sie verblendeter Heidenbekehrer? Ihr Schützling, dieser Kanaker-Dolmetscher, hat den armen Bent umgebracht!«

»Baron de Wolff, bitte beruhigen Sie sich! Sie können nicht einfach Noah beschuldigen. Für das Gewehr gibt es sicher eine Erklärung.«

»Ich habe ihn doch gesehen! Ich habe gesehen, wie er in der Nacht in die Hütte kam.«

»Er kam in die Hütte?«, fragte Berthold alarmiert. »Sprechen Sie weiter, Baron.«

Der Baron nickte. »Ich bin noch einmal aufgewacht, vermutlich, weil Bent aufgestanden war und die Leiter hinabkletterte. Und als ich fast schon wieder eingeschlafen war, sah ich diesen Kanakermischling, wie er lautlos in die Hütte schlich und sein Gewehr an sich nahm. Oh, hätte ich nur Verdacht geschöpft! Aber ich war so müde, und ich konnte doch nicht ahnen, was er vorhatte! Und während ich friedlich weiterschlummerte, hat dieser ... dieser Kannibale ihn hier hinterrücks ...« Seine Stimme brach, doch er fing sich schnell wieder. »Wo ist er?«

Er blickte in die Runde, aber niemand hatte Noah gesehen.

»Halt, hiergeblieben, Freundchen!« Berthold stapfte auf die Gruppe von Kostschülern zu und packte Sabiam am Arm. »Dieser Junge wollte gerade verschwinden. Sprich, du weißt doch etwas!«

Sabiam schüttelte hastig den Kopf, der große weiße Mann schüchterte ihn sichtlich ein.

»Sag schon, Junge, wo ist Noah? *Westap* Noah?«

»Heraus mit der Sprache, Sabiam«, mischte sich nun auch Bruder Schwarz ein, »oder du bekommst ein paar Schläge mit dem Rohrstock! Wo steckt Noah?«

Sabiams dunkle Augen weiteten sich entsetzt. *»Haus ... haus lotu«*, rückte er schließlich heraus. Vor Schreck schien er alle deutschen Worte vergessen zu haben.

»In der Kirche?«, vergewisserte sich Berthold, und Sabiam nickte ängstlich.

»Na, das nenne ich doch ausgesprochen passend«, sagte der Baron. »Den reuigen Mörder zieht es ins Haus Gottes.«

Isabel wechselte einen raschen Blick mit Bruder Lorenz, der ganz blass geworden war.

Berthold nickte entschlossen. »Dann lassen Sie ihn uns

schnellstens dingfest machen, bevor er entkommen kann. Pater Lorenz, haben Sie irgendetwas hier, um ihn am Fortlaufen zu hindern? Vielleicht sogar eine Möglichkeit, wo man ihn einsperren könnte, bis die Männer von der Schutztruppe ihn abholen?«

»Die Mission hat ein Paar Handschellen«, kam die Antwort von Bruder Schwarz. Er atmete schwer, sein Gesicht war schweißüberströmt. »Bisher haben wir sie nur einmal gebraucht, um einen notorischen Dieb unter den Jabim zur Abschreckung für ein paar Stunden festzusetzen. Und der Vorratsschuppen ist abschließbar.«

»Maximilian, du gehörst ins Bett!« Bruder Lorenz schüttelte besorgt den Kopf, dann wandte er sich an Berthold. »Herr von Faber – ist es wirklich nötig, dass wir Noah einsperren?«

Berthold sah ihn an, als zweifele er am Verstand des Missionars. »Er hat allem Anschein nach einen Mord begangen. Solange diese Vorwürfe nicht geklärt sind, muss er arretiert werden. Auch Sie werden einsehen, Pater, dass ich einen Mordverdächtigen nicht frei herumlaufen lassen kann.« Er nickte seiner Schwester zu. »Henriette, du bleibst bitte mit Fräulein Maritz hier. Der Mann ist schließlich gefährlich. – Baron, was tun Sie da?«

Baron de Wolff hatte das Gewehr aufgehoben. »Ich nehme die Tatwaffe mit. Sie wollen sie doch sicher dem Gericht in Finschhafen als Beweis vorlegen.«

»Ja, natürlich, Baron.« Für einen Moment schien Berthold verlegen, dann richtete er sich zu seiner vollen Größe auf. »Meine Herren, kommen Sie, rasch!«

»Entsetzlich«, murmelte Henriette, während die Männer sich eilig entfernten. »Was hat der arme Herr Konings ihm nur getan, um so sterben zu müssen?«

*

Es fühlte sich an, als säßen zu beiden Seiten seines Kopfes zwei Männlein, von denen jedes mit einem schweren Hammer auf seinen Schädel einschlug. Ohne Regelmäßigkeit oder festes Muster, nur um der Freude am Schmerz willen. Noahs Magen war ein einziger fester Knoten, und der bloße Anblick der wenigen Konservendosen auf dem gegenüberliegenden obersten Regalbrett verstärkte die Übelkeit noch. Alles tat ihm weh. Buchstäblich alles, von den Haarwurzeln bis zu den Zehen. Er konnte sich selbst riechen, eine Mischung aus Schweiß und Alkohol. Wieso hatte er sich gestern Nacht nur so entsetzlich betrunken?

Er schloss die Augen, aber sofort begann sich der Raum um ihn zu drehen. Also öffnete er sie wieder, fixierte einen Punkt vor sich und versuchte, sich so wenig wie möglich zu bewegen. Viel Spielraum hatte er ohnehin nicht. Man hatte ihm die Hände vor dem Körper mit einem Paar rostiger Handschellen gefesselt, ihn mit einem langen Seil an einen Pfosten gebunden und im Vorratsschuppen eingeschlossen.

Durch die Ritzen und ein paar kreisrunde Astlöcher in den Bretterwänden kam etwas Licht herein. Auf dem Plankenboden neben ihm standen eine Kalebasse mit Wasser, drei frisch geöffnete grüne Kokosnüsse, die er bereits durstig geleert hatte, und, unter dem untersten Regalbrett, ein Nachttopf. Wie es aussah, sollte er eine Weile hier drinnen bleiben.

Eine einzelne Fliege hatte den Weg in die Pfahlhütte gefunden und summte nun nervtötend um ihn herum. Allmählich fühlte er sich ein wenig besser. Zumindest ließen die hämmernden Kopfschmerzen langsam nach, und auch sein aufgewühlter Magen beruhigte sich. Kokoswasser war schließlich ein erprobtes Heilmittel gegen die scheußlichen Nachwehen des Rausches.

Was war überhaupt passiert? Sein Brummschädel machte

es ihm schwer, die einzelnen Fakten zu einem logischen Ganzen zusammenzubringen. Als man ihn vorhin in der Kirche unsanft aus dem Schlaf gerissen hatte – mit grässlichem Durst und dem schlimmsten Kater seines Lebens –, hatte er kaum verstanden, was ihm die Männer vorwarfen. Angeblich habe er einen der beiden Pflanzer ermordet, diesen Holländer namens Konings. Er hatte nur geknurrt, sie sollten ihn in Ruhe lassen, aber da hatte man ihm auch schon Handschellen angelegt und ihn hierher verfrachtet.

»Bitte, Noah, es ist zu deinem eigenen Schutz«, hatte Paul Lorenz gesagt, als sie ihn eingesperrt hatten. »Es wird sich alles aufklären.«

Na sicher doch! Wenn es ihm nicht so hundeelend gegangen wäre, hätte Noah darüber gelacht. Bislang zumindest hatte er nicht die geringste Ahnung, was in der vergangenen Nacht passiert war. Er wusste nicht einmal, warum er so viel getrunken hatte oder wie er in die Kirche gekommen war. Er erinnerte sich noch an den plötzlichen, bodenlosen Hass, den er auf Konings verspürt hatte, und ihren kurzen Wortwechsel, an seinen zornerfüllten Rückzug mit einer Flasche Rum und daran, dass er zu trinken begonnen hatte. Aber danach klaffte eine riesengroße Lücke. Fast genauso groß und dunkel wie die ersten zehn Jahre seines Lebens.

Ein erstickter Schrei, ein zuckender, hilfloser Körper. Und Blut, überall Blut. Auf dem Boden und dem dunklen Grün der Blätter.

Ihm war schon wieder entsetzlich übel, kalter Schweiß drang ihm aus allen Poren. Hatte er ihn wirklich getötet? Die Wände kamen plötzlich näher, drohten ihn zu zerquetschen. Zentnerschwer legte es sich um seine Brust, ließ ihn nicht mehr atmen.

Er bekam keine Luft mehr. Er. Bekam. Keine. Luft.

Er musste hier raus, er hielt es hier drinnen nicht mehr

aus! Panisch zerrte er an den Handfesseln und dem Seil, dessen Knoten sich dadurch knarrend weiter zuzog, drehte sich um, stemmte sich mit den nackten Füßen gegen den Pfosten und öffnete schon den Mund, um nach Hilfe zu rufen.

Dann hielt er keuchend inne.

Nein, er darf IHN nicht wütend machen! Wenn ER wütend ist, dann geschieht immer etwas Schlimmes. Er muss sich klein machen und ganz still verhalten, was immer auch geschieht. Wenn er sich nicht rührt, wird ihm vielleicht nichts geschehen.

Aber er hat solche Angst … Bitte, bitte, lass IHN nicht wütend sein!

»*Wo ist* de bastaard? *Ich werde ihm an die Hunden verfüttern!*«

»*Nein!*« *Die Stimme einer Frau, voller Angst.* »*Lass ihn in Ruhe!*«

»*Du laufst niet noch mal weg,* bastaard!«

Der Fausthieb lässt seinen Kopf zur Seite fliegen, und er hat einen metallischen Geschmack in seinem Mund.

»*Und jetzt weg mit die Hose!*«

Alles in ihm zieht sich zusammen, ein saurer Geschmack steigt in ihm auf, aber er gehorcht. Das Geräusch eines Gürtels, der aus seinen Schlaufen gezogen wird. Dann der erste Schlag, brennend wie flüssiges Feuer.

Noah krümmte sich und hob die gefesselten Hände an seinen Kopf, presste die Augenlider zusammen und bohrte alle zehn Finger in Schläfen und Stirn.

»Geh weg! Geh! Weg!«

So plötzlich, wie diese Schreckensbilder aufgetaucht waren, verschwanden sie auch wieder. Blinzelnd öffnete er die Augen, sah den gefächerten Lichtstrahl durch die Bretter scheinen, fühlte, wie sich sein rasender Herzschlag, sein jagender Atem allmählich wieder beruhigte.

Was um alles in der Welt war das gerade gewesen? Ein Alptraum in wachem Zustand? Oder fing er schon an zu halluzinieren? Nie wieder würde er so viel trinken.

Er nahm ein paar tiefe, zittrige Atemzüge. Die Luft hier drinnen war abgestanden und brühwarm, aber sie ließ sich atmen. Kein Grund, in Panik zu verfallen.

Als sich seine verkrampften Muskeln langsam entspannten, spürte er das Muschelband um seinen linken Oberarm. Niemand hatte den kleinen Dolch aus Kasuarknochen entdeckt, den er dort unter dem Hemdärmel trug. Ob er sich damit befreien konnte? Er begann mit ein paar Verrenkungen, um an die Klinge zu kommen, bis er ernüchtert die Hände wieder sinken ließ: Er musste es gar nicht erst versuchen. Mit dem Messer mochte er zwar das Seil durchschneiden können, das ihn an das Regalbrett fesselte, aber damit hätte er nichts gewonnen, außer dass sie wissen würden, dass er ein Messer besaß. Denn selbst wenn er drei Tage daran herumsäbelte – die Handschellen bekäme er damit nicht auf. Er konnte nur hier sitzen und warten, bis ein paar einheimische Polizeisoldaten erschienen und ihn in ihren Gewahrsam nahmen. Wenn sie ihn nicht gleich aufhängten.

Es sah nicht gut für ihn aus. Die Beweise sprachen offenbar gegen ihn, und ein Mischling zählte nicht viel. Er steckte bis zum Hals im Dreck.

War er wirklich ein Mörder? Hatte er Konings tatsächlich umgebracht – mit seinem Gewehr erschlagen, wie sie sagten?

Er konnte sich zwar nicht erinnern, den Pflanzer getötet zu haben. Aber er konnte sich genauso wenig daran erinnern, es nicht getan zu haben.

*

Isabel blickte über das Meer in die gleißende Ferne, bis ihre Augen tränten. Ihre Finger legten sich um Conrads silbrige Streichholzdose, die sie seit dem heutigen Morgen wie einen Talisman in ihrer Rocktasche bei sich trug. Es gab ihr das Gefühl, sich an irgendetwas festhalten zu können. Dann wandte sie sich um. »Hat er es zugegeben?«

Sie war noch immer in höchstem Maße verstört. Nicht nur über den Mord an sich, auch über die Tatsache, dass es Noah gewesen sein sollte. Hatte sie sich so in ihm getäuscht? Sicher, er nahm es mit der Wahrheit nicht so genau und hatte sich offenbar grundlos mit Herrn Konings angelegt. Aber – ein Mord? Ihre Gedanken drehten sich im Kreis. Wieso hatte er am Vorabend bloß so gereizt auf den Holländer reagiert? Kannten die beiden einander womöglich? Hatte Herr Konings ihm irgendwann einmal etwas getan? Aber machte das Noah gleich zum Mörder?

»Zugegeben?« Berthold schüttelte den Kopf. »Nein, dazu war er gar nicht in der Lage. Wir hatten schon Mühe, ihn überhaupt aufzuwecken.« Er bot ihr den Arm. »Aber nun kommen Sie, Isabel, lassen Sie uns nicht an dem Ort verweilen, wo diese schrecklichen Dinge passiert sind.«

Bruder Lorenz war mit den Gästen und Herrn Konings' Leiche, die sie in eine Decke gehüllt auf den Ochsenkarren der Station geladen hatten, auf dem Weg nach Finschhafen, um das Verbrechen anzuzeigen und den Toten dem zuständigen Kolonialbeamten zu übergeben. Nur Berthold war in Simbang bei Isabel und Bruder Schwarz, den jetzt endgültig ein heftiger Malariaanfall niedergestreckt hatte, geblieben. Mit dem Versprechen, jedem von ihnen ein Messer zu schenken, hatte Berthold einige Kostschüler dazu gebracht, die Vorratshütte, in der Noah festgehalten wurde, zu bewachen. So lange, bis eine Abteilung bewaffneter Polizeisoldaten aus Finschhafen eintraf, um Noah mitzunehmen.

Isabel hatte es erneut an den Strand gezogen. Wo die Leiche von Herrn Konings gelegen hatte, war bis auf ein paar blutige Spritzer im Sand und viele Fußabdrücke nichts mehr zu sehen.

»Ich glaube nicht, dass der Mord hier passiert ist«, sagte Isabel nachdenklich, ohne auf Bertholds Aufforderung einzugehen.

»Nein? Wie kommen Sie darauf?«

Sie wies auf den zertrampelten Sand. »Wenn Herr Konings hier erschlagen worden wäre, hätte es mehr Blut geben müssen. Und dort hinten«, sie deutete landeinwärts, »sieht es aus, als wäre ein Körper durch das Gebüsch geschleift worden. Der Mörder hat ihn dort irgendwo getötet und dann bis hierher gezogen.«

Berthold nickte gönnerhaft. »Das ist sehr klug beobachtet, liebste Isabel. Aber das beweist lediglich, dass Herr Konings nicht am Strand erschlagen wurde.«

»Ich will damit nur sagen, dass nicht immer alles so sein muss, wie es auf den ersten Blick scheint.«

»Vergessen Sie nicht, dass es Noahs Gewehr war. Und denken Sie nur an die unflätige Beschimpfung, mit der er den armen Herrn Konings gestern Abend bedacht hat.«

»Aber wieso? Welchen Grund könnte er gehabt haben, Herrn Konings zu töten? Und wieso sollte er so dumm sein, die Tatwaffe fast neben der Leiche liegen zu lassen?«

Berthold stellte einen überlegenen Gesichtsausdruck zur Schau. »Wer weiß schon, was in so einem Menschen vorgeht? Außerdem war er betrunken – da handelt man nicht immer logisch. Wahrscheinlich ist einfach seine wahre Natur durchgebrochen. Das ist bei diesen Kanakern immer wieder der Fall – wie bei der Katze das Raubtier. Die europäische Kultur ist auch beim zivilisiertesten Wilden nur Tünche. Und nun hören Sie auf, sich Ihren hübschen Kopf über solche grässlichen Sachen zu zerbrechen.« Er steckte den Daumen seiner rechten Hand in seine Westentasche, was ihm ein weltmännisches Aussehen gab, und schob seinen Bauch vor. »Sie brauchen keine Angst zu haben. Da der Getötete ein Weißer war, hat sein Mörder mit der ganzen Härte des Gesetzes zu rechnen. Sobald man den Verbrecher nach Finschhafen ins Gefängnis gebracht hat, wird Herr Rose, der Kaiserliche Kommissar von Kaiser-Wilhelms-Land, über ihn entscheiden. Nur er ist befugt, ein Todesurteil auszusprechen.«

»Ein Todesurteil?«, wiederholte Isabel schwach. Ein Eisbrocken formte sich in ihrem Magen.

»Natürlich. Wären wir in Deutschland, würde er enthauptet. Hier in Kaiser-Wilhelms-Land werden Verbrecher noch gehängt. – Oh, verzeihen Sie bitte vielmals, liebste Isabel, ich wollte Sie nicht erschrecken. Aber Sie können ganz unbesorgt sein. Sobald Sie es wünschen, hole ich Sie von hier fort und bringe Sie nach Finschhafen. Vielleicht sogar als meine Verlobte«, fügte er mit einem hoffnungsvollen Lächeln noch hinzu.

Sie setzte schon zu einer ausweichenden Antwort an, als sie jemanden rufen hörte.

»*Tisa* Isa, *tisa* Isa!« Sabiam lief über den Strand auf sie zu.

»War der Bursche nicht einer von denen, die den Schuppen bewachen sollten?« Berthold wedelte mit seinem verbliebenen Arm. »Marsch zurück, Junge!«

»Einen Moment«, hielt Isabel ihn zurück und wartete, bis der Junge sie erreicht hatte. »Was ist denn, Sabiam?«

»*Tisa* Isa kommen.« Er wirkte verschüchtert. »Mussen helfen. Noah ... *sik*. Viel krank.«

»Krank?« Berthold lachte auf. »Einen durchsichtigeren Vorwand habe ich ja noch nie gehört. Der Bursche will nur versuchen zu fliehen.«

Auch Isabel hatte Zweifel, dennoch zog sich in ihrem Innersten etwas zusammen.

»Was fehlt ihm denn?«, fragte sie Sabiam.

»*Tit i pen*«, erklärte der Junge.

Isabel runzelte die Stirn. *Pen* hieß Schmerz, aber das andere? »Du musst Deutsch reden, Sabiam, ich verstehe dich sonst nicht.«

»*Tit i pen*«, wiederholte der Junge langsam und klopfte auf einen seiner betelnussverfärbten Schneidezähne.

»Er hat Zahnschmerzen?«, vergewisserte sich Isabel, halb ungläubig, halb besorgt. Mit allem hatte sie gerechnet, aber nicht damit.

Sabiam nickte.

»Zahnschmerzen, dass ich nicht lache!« Berthold schüttelte den Kopf. »Etwas Dämlicheres ist ihm nicht eingefallen?«

Sie zögerte. Wahrscheinlich hatte Berthold recht. Es war sehr wahrscheinlich, dass Noah versuchen wollte, auf diese Weise aus dem Schuppen zu kommen und womöglich zu flüchten. Aber diese Finte wäre so augenfällig, dass sie sie ihm eigentlich nicht zutraute.

»Und wenn er die Wahrheit sagt?«

»Sie glauben ihm doch nicht etwa?«

»Wenn er wirklich Schmerzen hat, dann gebietet es die christliche Nächstenliebe, nach ihm zu sehen.«

»Er kann warten, bis Pater Lorenz zurück ist.«

»Wer weiß, wann das sein wird«, wandte sie ein. »Vielleicht sollte ich kurz mit ihm sprechen. Nur um mich zu vergewissern, dass es nichts Ernstes ist.«

Berthold sah sie zärtlich an, dann lächelte er. »Sie haben ein zu weiches Herz, Isabel. Aber wenn es Sie beruhigt, dann lassen Sie uns mit ihm reden. Ich werde schon auf Sie aufpassen.«

Er zog seinen Revolver aus dem Halfter und drückte mit einer kleinen Bewegung seines Daumens die Trommel heraus, um nachzusehen, ob sie geladen war. Offenbar hatte er inzwischen einige Übung entwickelt, die Waffe einarmig zu bedienen. Isabel hatte den Revolver – eine Remington, wie er ihr erzählt hatte – heute Morgen zum ersten Mal bei ihm gesehen; er gab ihm einen ungewohnt schneidigen Anstrich.

»Finden Sie das nicht etwas übertrieben? Ich habe nicht vor, in den Schuppen zu gehen.«

»Man kann nicht vorsichtig genug sein«, gab er zurück und schob die Waffe wieder ins Halfter.

Ihre Knie waren weich, als sie mit Berthold und Sabiam über die Lichtung zum Vorratsschuppen ging, der jetzt als provisorisches Gefängnis diente. Im Schatten unter der Pfahlhütte saßen die drei anderen Kostschüler, die von Berthold abkommandiert worden waren, den Gefangenen zu bewachen. Als die beiden Deutschen auftauchten, erhoben sie sich und sahen ihnen neugierig entgegen.

Isabel fühlte sich plötzlich seltsam schwach. »Noah?«, rief sie halblaut hinauf zu der fensterlosen Pfahlhütte. Sie hatte Mühe, ihre Stimme zu kontrollieren. Womöglich sprach sie ja mit einem Mörder. »Hier ist Isabel Maritz. Sabiam sagt, Sie hätten Zahnschmerzen. Stimmt das?«

Sie hörte ein Stöhnen, das Zustimmung bedeuten mochte, und ein leises metallisches Klirren, wahrscheinlich von den Handschellen.

»Sie müssen zugeben«, sagte sie, »das kommt doch etwas sehr plötzlich.«

»Nein«, gab Noah dumpf zurück. »Nicht plötzlich. Es tut schon seit Tagen weh. Aber jetzt wird es immer schlimmer.«

Seit Tagen? Das würde zumindest erklären, wieso er gestern Abend so schlecht gelaunt gewesen war und so wenig gegessen hatte. Und auch, wieso er sich betrunken hatte – Alkohol dämpfte den Schmerz, hatte sie gehört. Allerdings war es keine Erklärung für das, was man ihm vorwarf.

»Fräulein ... Maritz?« Er klang wie jemand, der mit Mühe große Schmerzen unterdrückte. »Könnten Sie vielleicht ... Maximilian – Pater Schwarz – holen?«

Sie sah Berthold fragend an. Wenn Noah nach einem der Brüder fragte, war er wohl wirklich krank. Auch Berthold war anzusehen, dass er ähnliche Überlegungen anstellte.

»Bruder Schwarz liegt mit einem Fieberanfall darnieder«, sagte sie dann laut.

Noah stöhnte auf. »Na wunderbar.«

»Ist es denn so schlimm? Hat es nicht Zeit, bis Bruder Lorenz zurückkommt?«

»Denken Sie, ich spiele Ihnen hier etwas vor?«, kam es gereizt zurück.

Sie schwieg. Dachte sie das wirklich? »Kann ich Ihnen vielleicht helfen?«, fragte sie dann.

»Ich glaube kaum, dass Sie Zähne ziehen können.« Sie vernahm ein Knarren, als er offenbar sein Gewicht verlagerte.

»Doch, das kann ich«, erwiderte sie fest – und verwünschte ihre Antwort im selben Moment. Sie konnte es zumindest theoretisch. Praktisch angewendet hatte sie ihre Kenntnisse noch nie.

»Wirklich?« In seiner Stimme klang ein Ton von Hoffnung mit.

»Ja. Und ... Sie lügen mich auch ganz sicher nicht an?«

»Nein«, kam seine Antwort, »das tue ich nicht.«

»Nun ja«, sagte sie zögernd. »Ich kann es mir ja zumindest einmal ansehen.«

»Isabel!« Berthold war einen Schritt näher zu ihr getreten und sprach leise auf sie ein. »Meinen Sie nicht, dass das ein Trick ist?«

»Nein, ich glaube ihm, dass er Schmerzen hat. Und auch ein Verdächtiger hat das Recht auf medizinische Behandlung. Aber wenn es Sie beruhigt, dann werde ich ganz sichergehen. Noah?«, rief sie dann nach oben. »Geben Sie mir Ihr Wort, dass Sie nicht versuchen werden zu fliehen?«

»Mit gefesselten Händen?«, kam gleich darauf die Antwort, gefolgt von einem leisen Ächzen. »Keine Sorge, Fräulein Maritz, ich will nur diesen verdammten Zahn loswerden, mehr nicht.«

»Ihr Wort«, beharrte Isabel.

Ein entnervtes Seufzen. »Also gut, ich gebe Ihnen mein Wort, dass ich nicht versuchen werde zu fliehen.«

»Und nachher werden Sie anstandslos hierher zurückgehen und sich wieder einsperren lassen?«

»Auch das.«

Isabel sah zu Berthold. »Sie haben es gehört.«

Er war sichtlich unschlüssig. »Gut«, sagte er schließlich. »Wie Sie meinen. Aber dann hier, wo ich alles gut überblicken kann. Und Sie wollen ihm wirklich einen Zahn ziehen?« Er hörte sich an, als fände er diese Vorstellung nicht sonderlich angenehm.

Sie lächelte etwas schief. »Von wollen kann keine Rede sein. Aber irgendjemand muss es ja tun – sofern es denn nötig ist.«

»Liebste Isabel, Sie beweisen immer mehr ungeahnte Fähigkeiten.«

Die Vorbereitungen waren schnell erledigt. Isabel schickte Sabiam, um die Medizintasche aus dem Haus der Brüder zu holen, und einen anderen Jungen, der zwei Stühle herbeibringen sollte. Als die beiden mit den gewünschten Sachen zurückkamen, folgte ihnen eine ganze Meute dunkelbrauner, halbnackter Jugendlicher – die restlichen Kostschüler, die von dem zu erwartenden Spektakel erfahren hatten und sich jetzt kichernd und plappernd um die besten Plätze unter dem Schuppen stritten.

Berthold steckte seinen Revolver unter die Achsel seines halben linken Arms und fischte umständlich einen Schlüssel aus seiner Westentasche. Dann winkte er Sabiam heran.

»Du da, kannst du damit umgehen? Ja? Dann schließ die Tür auf, löse den Knoten und bring Noah her.«

Er gab Sabiam den Schlüssel und zog den Revolver wieder unter seiner Achsel hervor. »Ich schicke jetzt einen Jungen hoch«, rief er nach oben. »Und ich stehe hier mit gezogener Waffe. Also keine Dummheiten!«

Sabiam kletterte behände wie ein Äffchen die Leiter hinauf, öffnete mit einiger Mühe das Schloss und verschwand im Schuppen. Isabel hörte Noah und den Jungen auf Jabim miteinander reden. Als bald darauf Noah in der Tür erschien, stolperte ihr Herz kurz und angstvoll. Fürchtete sie sich vor ihm?

Für einen Moment kniff er die Augen vor der gleißenden Sonne zusammen, dann drehte er sich um und kletterte rückwärts und ein wenig steif vor Sabiam die Leiter herunter. Er trug noch immer die Kleidung von gestern Abend – Hemd und Hose aus ungefärbtem Leinen, die verschwitzt und nicht mehr ganz sauber waren, aber keine Blutflecken aufwiesen, wie Isabel rasch registrierte, außerdem das blaue Tuch. Ein Paar rostiger Handschellen mit einer kurzen Kette hielt seine Handgelenke zusammen, seine Hände waren zu Fäusten geballt.

Als er die Schüler erblickte, die sich unter dem Schuppen versammelt hatten, zog er eine Grimasse. »Können wir nicht woandershin gehen, wo ich nicht der allgemeinen Belustigung diene?«

Berthold, den Revolver im Anschlag, trat zwei Schritte näher. Dicke Schweißtropfen liefen ihm über Stirn und

Schläfe, aber er wischte sie nicht fort. »Damit du dich womöglich unbemerkt ins Gebüsch schlagen kannst? Nein, nein, Freundchen, wir bleiben schön hier, wo alle dich sehen können.«

Noah erwiderte nichts, aber ihm war sicher auch aufgefallen, dass Berthold ihn plötzlich duzte.

Es war früher Nachmittag und sehr heiß. Die Sonne brannte von einem wolkenlosen Himmel, keine noch so leichte Brise fuhr durch die Palmen und Schraubenbäume. Zikadengezirpe war zu hören und das Geplapper der Kostschüler, die an den Pfeilern des Vorratsschuppens lehnten, im Gras saßen oder betelnusskauend herumlungerten.

Isabel wies auf einen der beiden Bambusstühle, die vor dem Schuppen in der Sonne standen, und Noah setzte sich. Er roch nach Schweiß und Alkohol, wenn auch weniger stark, als Isabel erwartet hatte, und sein bronzefarbener Teint sah aus wie von einem Grauschleier überzogen – es ging ihm tatsächlich nicht gut.

Ob er diesen schrecklichen Mord wirklich begangen habe, wollte sie fragen, aber die Worte kamen ihr nicht über die Lippen.

»Welcher ist es?«, fragte sie stattdessen, in einem Ton, der sachlich klingen solle, der aber eher verzagt geriet.

Noah deutete auf seinen linken Unterkiefer. »Der vorletzte.«

Auch das noch – ein Backenzahn. Sie strich sich verstohlen die feuchten Handflächen an ihrem Rock ab und griff nach einer metallenen Sonde.

Er hatte prachtvolle Zähne; groß, weiß und auf den ersten Blick allesamt gesund und ohne Makel. Und auch auf den zweiten Blick.

»Unten links? Der vorletzte?«, vergewisserte sie sich, und er stieß einen leisen Laut der Zustimmung aus.

Der fragliche Zahn sah genauso gesund wie die anderen aus.

»Der hier?« Sie klopfte behutsam mit dem Griff der Sonde darauf. Noah zuckte zusammen und stöhnte auf.

Ein paar der Kostschüler lachten.

»Wer noch einmal lacht, ist als Nächster dran!«, hörte sie Berthold drohen. Sie bezweifelte zwar, dass die Kinder ihn verstanden hatten, aber danach lachte niemand mehr.

Isabel war ratlos. »Sind Sie wirklich sicher? Der Zahn macht einen vollkommen gesunden Eindruck.«

Noah schloss den Mund und sah sie mit einem schmerzerfüllten Ausdruck an. »Mir ist egal, was er für einen Eindruck macht, ich weiß nur, dass er höllisch weh tut.«

»Nun ja, möglicherweise ist die Wurzel entzündet, oder der –«

»Können wir es nicht endlich hinter uns bringen?«

»Das … könnte schwierig werden. Wollen Sie nicht doch lieber warten, bis einer der Missionsbrüder …«

Er schüttelte den Kopf. »Tun Sie es einfach – bitte.«

Sie blickte zu Berthold, der mit dem Revolver in der Hand ein paar Schritte entfernt stand und aussah, als wäre ihm nicht ganz wohl.

»Also gut«, murmelte sie. Sie begann, in der Medizintasche nach einem passenden Instrument zu suchen und beförderte schließlich eine kleine Zange ans Tageslicht.

»Damit kommen Sie nicht weit«, wandte Noah ein. »Nehmen Sie die größte, die Sie haben.«

Isabel seufzte und suchte weiter, bis sie fündig wurde. Ihre Finger fühlten sich glitschig auf den metallenen Griffen an. Sie schien alles vergessen zu haben, was sie einmal gelernt hatte. Wenn sie bloß noch wüsste, wie sie die Zange ansetzen musste …

Herr, betete sie, *führe meine Hand und gib mir Kraft. Lass mich alles richtig machen. Und bitte, Herr, lass ihn nicht schreien!*

So nah war sie ihm noch nie gewesen. Doch, einmal: Als er sie aus dem Wasser getragen hatte. Aber daran durfte sie jetzt nicht denken! Sie sah, wie rasch sein Puls in seiner Halsbeuge klopfte. Genauso schnell wie ihrer. Es tröstete sie nicht im Geringsten, dass ihm ebenfalls unbehaglich zumute war.

Bisher hatte sie es vermieden, ihn zu berühren, aber jetzt würde es unumgänglich werden. Sie holte Luft. »Dann ... dann wollen wir mal.«

Der Blick seiner blauen Augen ging von ihr zu Berthold und richtete sich dann auf die Zange in ihrer Hand. Für einen Moment hoffte Isabel, er werde einen Rückzieher machen, aber schließlich lehnte er sich zurück und hob die gefesselten, noch immer zu Fäusten geballten Hände, als wollte er beten.

Dann geschah alles so schnell, dass sie kaum mitbekam, wie ihr geschah. Eben noch wollte sie zur Tat schreiten, und im nächsten Moment steckte sie in einer stahlharten Umklammerung: Noah war aufgesprungen, hatte ihr seine Arme über Kopf und Schultern gestreift und hielt sie jetzt von hinten so fest an sich gepresst, dass sie kaum noch Luft bekam.

»Machen Sie sie auf!«, stieß er hervor, die gefesselten Fäuste dicht vor ihrem Gesicht. »Los!«

»Was?« Vor Schreck konnte sie nur noch krächzen. In ihrem Rücken konnte sie seinen Herzschlag spüren, schnell und hart wie ihr eigener.

»Die Handschellen! Mit der Zange, los, machen Sie sie auf!«

Er wollte die Zange – um damit die Handschellen zu öffnen? Deswegen diese ganze Posse? Der Schreck verwandelte sich in Fassungslosigkeit. Er hatte sie hereingelegt! Oh, wie hatte sie nur so dumm sein können?

Aber sie dachte ja gar nicht daran, sich von ihm zum Narren halten zu lassen.

»Was fällt Ihnen ein? Lassen Sie mich los!« Sie öffnete die Hand und ließ die Zange, die sie bis jetzt festgehalten hatte, auf den Boden fallen. Außerdem versuchte sie, ihm gegen das Schienbein zu treten, was der lange, enge Rock allerdings verhinderte. Dabei traf ihr Blick den von Sabiam, der sie mit offenem Mund anstarrte. Auch die anderen Kostschüler wirkten fassungslos.

»Lass sie sofort los, du Hurensohn!« Bertholds Stimme zitterte. Der Revolver, den er auf Noah gerichtet hatte, nicht.

Hinter ihr stieß Noah den Atem aus. Ohne den Druck seiner Arme zu lösen, schob er sich ein Stück von ihr fort. Dann erstarrte sie: Sie spürte etwas Scharfes, Spitzes, das sich nahe der Kehle in ihre Haut bohrte.

»Keine Angst, ich tu dir nichts!«

Hatte er das gerade geflüstert? Nein, sie musste sich getäuscht haben.

»Legen Sie den Revolver weg, Herr von Faber, wenn Sie nicht wollen, dass ihr etwas passiert!«

Ein Messer! Da war ein Messer an ihrem Hals – nein, ein Knochendolch! Wieso hatte denn niemand an Noahs kleinen Knochendolch gedacht? Er musste ihn schon die ganze Zeit in der Faust versteckt gehalten haben! In Panik schreckte Isabel vor der Klinge zurück, versteifte sich vor Furcht, ihr ganzer Körper vibrierte vor rasendem Herzschlag.

»O mein Gott!« Berthold stöhnte entsetzt auf. »Bitte! Bitte, tun Sie ihr nicht weh!« Er beugte sich langsam vor und legte den Revolver auf den Boden. »Sehen Sie, ich habe keine Waffe mehr! Nur bitte, bitte lassen Sie sie gehen! Isabel, Liebste, haben Sie keine Angst, es wird alles gut!«

Sie hörte Noah hinter sich hastig atmen und spürte die Kraft, mit der er sie umfangen hielt. »Wo ist der Schlüssel?«, rief er Berthold zu. »Der Schlüssel für die Handschellen?«

»Den hat Pater Lorenz mitgenommen«, gab Berthold mit schwankender Stimme zurück. »Nach Finschhafen.«

Noah fluchte. Isabel versteifte sich erneut. *Bitte, lieber Gott, lass das alles nur ein Alptraum sein und mich wieder aufwachen!*

Unter den Kostschülern entstand Unruhe, aufgeregt begannen sie durcheinanderzureden.

»Heb die Zange auf«, sagte Noah leise.

Langsam, die scharfe Klinge immer noch an ihrem Hals, bückte sie sich. Er folgte ihrer Bewegung. Mit einer Hand tastete sie nach der fallengelassenen Zange und hob sie schließlich auf. Ob sie ihre Arme so weit zu heben vermochte, dass sie ihm die Zange auf den Kopf schlagen konnte? Nein, bloß nicht – wer wusste schon, was ihr dann passierte.

Der Druck der Klinge verschwand, kurz lockerte er seine Umklammerung, dann erschienen seine Hände vor ihrem Gesicht.

»Mach den Ring in der Mitte auf.«

Die beiden hufeisenförmigen, durch je einen metallenen Riegel verschlossenen Handschellen waren durch einige ovale, dünne Kettenglieder verbunden. Mit einer Hand hielt sie den Ring fest, mit der anderen setzte sie die Zange an. Es war schwierig, da eine Zahnzange nicht wie eine normale Zange geformt war, bei der die Fassarme einander berührten. Schließlich gelang es ihr, den Ring aufzubiegen.

Sie stieß einen zittrigen Seufzer der Erleichterung aus, als sich die Fesseln trennten. Aber noch ließ Noah sie nicht los.

Ihr Blick traf den von Berthold, der wieder nach seinem

Revolver gegriffen hatte. Ihre Augen flehten ihn stumm an, baten ihn, zu warten, bis sie in Sicherheit war, aber schon hob er die Waffe.

»Hände hoch, und keine Bewegung!«

Noah stieß einen kurzen, unverständlichen Fluch aus. Dann wurde seine Stimme ganz kalt. »Das hätten Sie nicht tun sollen, Herr von Faber.«

Schon spürte Isabel wieder die Klinge an ihrem Hals und erstarrte erneut. War es denn noch immer nicht vorüber?

»Geh«, befahl Noah. »Los!«

Isabels Herz schlug wie rasend, aber sie wagte nicht zu protestieren und stolperte vorwärts, Noah dicht hinter sich. Die halbwüchsigen Kostschüler wichen vor ihnen zurück.

»Du wirst nicht weit kommen, du Verbrecher!«, rief Berthold, Verzweiflung in der Stimme. »Man wird dich jagen wie ein wildes Tier!«

Noah hielt Isabel fest und blieb stehen. »Wenn Sie mir folgen«, sagte er zu Berthold, »ist sie tot.«

Dann drängte er sie vorwärts, hinein in den dunklen Schlund des Dschungels.

8.

Es war nicht wahr. Es konnte einfach nicht wahr sein. Das war nicht sie, Isabel Maritz, einundzwanzig Jahre alt, aus Zirndorf in Franken, die hier durch den neuguineischen Urwald getrieben wurde, verschleppt von einem Mordverdächtigen. Nein, das alles war ein böser Traum, und sie würde gleich daraus aufwachen. Aber der Mann, der sie durch diese grüne Hölle hinter sich herzog, war leider erschreckend real, und sosehr sie sich auch bemühte, sie wachte nicht auf aus diesem Alptraum.

»Lassen Sie mich«, stieß sie verzweifelt hervor. »So lassen Sie mich doch los!«

Genauso gut hätte sie mit einem Zaunpfosten reden können.

Noah gab keine Antwort, zerrte sie nur weiter mit sich. Immerhin hatte er das Messer von ihrem Hals genommen. Mit der Linken, in der er den kleinen Knochendolch hielt, bahnte er sich den Weg durch das Gestrüpp, mit der Rechten umklammerte er fest ihr linkes Handgelenk. Er lief schnell, gehetzt, und sie stolperte atemlos hinter ihm her. Ranken und Blätter schlugen ihr ins Gesicht.

»Isabel!«, hörte sie jemanden rufen. Berthold! Das war Berthold, der liebe, gute Berthold, der da zu ihrer Rettung eilte! Oh, hätte sie nur auf ihn gehört, als er sie davon abhalten wollte, Noah zu helfen! Wie sehr wünschte sie jetzt, bei ihm zu sein, sein gütiges Gesicht vor sich zu sehen.

Noah drehte sich kurz zu ihr um, ohne anzuhalten. »Kein Wort!«

Sie gehorchte. Hatte er nicht sogar gedroht, sie zu töten, sollte Berthold ihnen folgen?

Lianengestrüpp und dichtes Unterholz zwangen ihn, immer wieder die Richtung zu wechseln. Alles glitt an Isabel vorbei, ein verwischter Eindruck von Rot, Weiß und überbordendem Grün, von feuchten Gerüchen und keckernden Lauten. Ihr schwaches Bein verkrampfte sich, sie hinkte immer stärker und rang nach Luft.

Vor einem der mit Schlingpflanzen bewachsenen Bäume blieb Noah plötzlich stehen. Auch er atmete schneller, wenn auch bei weitem nicht so angestrengt wie sie. Isabel hätte schon nicht mehr sagen können, wo sie sich befanden. Vor ihnen stieg das Gelände leicht an, von allen Seiten schloss sich dichter tropischer Urwald mit wucherndem Unterholz um sie. In welcher Richtung lag Simbang? Oder wenigstens die Küste?

Für einen Moment wirkte auch Noah verunsichert. Er blickte sich um.

»Bitte«, japste sie atemlos und voller Furcht, ihr Herz raste. »Bitte, Noah, lassen Sie mich doch gehen.«

»Das kann ich nicht. Noch nicht.«

»Sie tun mir weh!« Sie wich vor ihm zurück, kam aber nicht weit, da er sie weiterhin festhielt. Er trug noch immer die voneinander getrennten Handschellen.

Ein Schuss hallte durch die Luft. Zeternd stieg ein Schwarm bunter Vögel auf, dann herrschte Stille.

»Isabel? Isabel, wo sind Sie? Halten Sie durch, ich komme!«

»Kein Wort!«, drohte Noah erneut und zog sie auch schon weiter.

Sie zitterte, ihr Herz klopfte laut, aber diesmal war es vor

Aufregung: Berthold war ganz in der Nähe. Und sie hatte ja noch immer die Zange in der Hand! Es war ihre einzige Chance – sie musste jetzt handeln!

Ohne länger darüber nachzudenken, fasste sie die Zange fester und schlug sie Noah auf die Finger seiner Rechten, die ihr linkes Handgelenk festhielten.

Mit einem Schmerzenslaut ließ er sie los und fuhr herum.

Sie schöpfte tief Luft. »Berthold!«, schrie sie. »Berthold, hier bin ich!«

Dann drehte sie sich um und rannte los, rannte fort von ihrem Entführer, hinein in den dichten grünen Dschungel. Ihr Atem flog. Wo? Wohin musste sie? Überall waren nur Bäume, Farne und Unterholz. Ihre Füße verfingen sich in Ranken, Dornen rissen an ihrem langen Rock.

»Isabel!«, hörte sie Bertholds Stimme von irgendwoher aus dem Dickicht. »Isabel!«

Aber schon riss eine Hand sie herum, stoppte ihre verzweifelte Flucht.

»Bleibst du wohl hier!« Noah hatte sie mühelos eingeholt.

Diesmal wehrte sie sich, keuchend vor Angst und Anstrengung, und als er sie erneut zu packen versuchte, hieb sie ihm in Panik mehrmals mit der Zange auf den Kopf. Allerdings waren ihre Schläge nicht besonders fest, und die vielen filzig gedrehten Haarsträhnen dämpften sie zusätzlich; Noah verzog nur kurz das Gesicht, dann hatte er ihr auch schon die Zange aus der Hand gewunden.

Voller Furcht hob sie beide Hände. Sicher würde er sie jetzt schlagen – oder ihr gar mit dem Knochendolch die Kehle durchschneiden.

»Bitte«, wimmerte sie fast ohne Stimme. »Bitte nicht …«

Statt einer Antwort nahm er den Dolch zwischen die Zähne, bückte sich, fasste sie um die Hüfte und nahm sie wie einen Sack Kohlen auf die rechte Schulter.

Im ersten Moment war Isabel starr vor Schreck. Nicht einmal schreien konnte sie, nur ein leises, entsetztes Stöhnen kam aus ihrer Kehle, als Noah wieder loslief. So hatte sie noch niemand behandelt! Ihr Oberkörper hing über seinem Rücken, sein rechter Arm umfasste ihre Beine in Höhe der Kniekehlen. Ihr war schwindelig, und sie fürchtete, jeden Augenblick kopfüber herunterzufallen. Reflexartig suchte sie nach einem Halt und umklammerte notgedrungen seinen Oberkörper.

»Lassen ... Sie ... mich ... sofort ... hinunter!«, keuchte sie, bei jedem seiner Schritte ein Wort. Der Druck auf den Magen machte ihr das Atmen schwer und verursachte Übelkeit. »So... fort!«

Sie roch Schweiß und feuchtes Laub. Es ging jetzt leicht bergauf, der von Farn überwucherte Boden wich bei jedem von Noahs raschen Schritten unter ihnen zurück. Ihr Kopf fühlte sich dick und heiß an und schien kurz vor dem Platzen zu sein.

Endlich hielt Noah an und ließ sie langsam zu Boden sinken. Sie kam auf die Füße und wäre fast hingefallen. Für einen Moment drehte sich alles, ihr Kopf pochte, sie schnappte nach Luft.

Auch Noahs Brustkorb hob und senkte sich rasch, sein Hemd war schweißnass.

»Du bist nicht gerade ein Leichtgewicht«, keuchte er. Den Dolch hielt er wieder in der Hand.

Sie wich vor ihm zurück, als er sie abermals packen wollte. »Nein – bitte nicht!«

»Isabel, auch wenn es dir so scheinen mag: Ich will dir nichts Böses. Versprichst du mir, nicht mehr nach Berthold zu schreien?«

»Ja.« Ihre Stimme bebte. »Natürlich.« Sie würde ihm alles zusichern, wenn er sie nur endlich gehen ließe.

Er sah sie einen Augenblick lang an, dann griff er erneut nach ihrem Handgelenk. »Glaub mir, du wirst bald wieder in Simbang sein.«

*

Die Luft war dick und klebrig wie Sirup, und es war unglaublich schwül. Der Wald um sie herum strotzte vor Leben und Fülle, vor Vogelrufen und Zwitschern, dem satten Grün der Bäume und flammend roten Orchideen, doch Isabel hatte keinen Blick für die Schönheiten der Natur. Mühsam kämpfte sie sich hinter Noah voran, Schritt für Schritt. Sie liefen seit Stunden, immer leicht bergan, über matschigen Untergrund und Wurzeln, die nach ihr zu greifen schienen, vorbei an Palmen und Schlingpflanzen und Bäumen mit riesigen, gezackten Blättern. Isabel kam sich vor wie eine Bergziege. Schon lange hatte sie nichts mehr gesagt, konzentrierte sich nur darauf, mit ihm Schritt zu halten. Die feuchte Hitze und die ungewohnte Anstrengung nötigten ihr alles ab, ihr schwaches Bein schmerzte und war völlig verkrampft. Die Wäsche klebte schweißfeucht an ihrem Körper, und sie hatte schon wieder brennenden Durst, obwohl sie erst vor kurzem etwas getrunken hatten. Wasser fand sich in den armdicken Lianen, die hier überall von den Bäumen herabhingen und die Noah mit seinem kleinen, scharfen Knochendolch durchschnitt. Nach kurzer Überwindung hatte auch Isabel gierig an den Pflanzenschäften gesaugt. Es schmeckte, als würde sie an einem nassen Waschlappen lutschen, aber es stillte den Durst.

Ihre anfängliche Furcht war der Erschöpfung gewichen – Noah wollte sie offenbar wirklich nicht umbringen. Nun ja, höchstens durch endloses Marschieren in diesem Urwald, dachte sie säuerlich. Für eine Flucht fehlte ihr inzwischen jede Energie. Außerdem wäre es ohnehin nicht gegangen.

Noah hatte ihr eine bastähnliche Pflanzenschnur um die Taille geknotet und das andere Ende um sein linkes Handgelenk geschlungen, so dass sie jetzt durch einen ungefähr zwei Meter langen Strick verbunden waren. Jedes Mal, wenn sie langsamer wurde oder gar stehen blieb, spannte er sich. Die Schnur aus Pflanzenfasern war zwar dünn, aber extrem reißfest, und Noah hatte die Knoten fest zusammengezogen; sooft Isabel in den vergangenen Stunden auch daran herumgezupft und gezerrt hatte – ohne ein Messer würde sie sich nicht befreien können.

Von Zeit zu Zeit glitt ihre Hand unauffällig in ihre Rocktasche, wo sich ihre Finger um Conrads silberne Streichholzdose schlossen. Sie hatte ganz vergessen, dass sie die Dose heute Mittag eingesteckt hatte – wie lange das schon zurückzuliegen schien! Jetzt gab es ihr ein wenig Kraft und Sicherheit.

Sie würde bald wieder zurück in Simbang sein, hatte Noah gesagt. Aber er hatte sie schon so oft angelogen – sie war nicht noch einmal dumm genug, ihm zu glauben. Stattdessen richtete sie all ihre Hoffnungen auf den morgigen Tag. Morgen würde Berthold einen bewaffneten Suchtrupp zusammengestellt haben, der ihnen in die Wildnis folgte und sie, Isabel, aus den Fängen ihres Entführers befreite. Morgen würde dieser Alptraum ein Ende haben.

Sie musste nur noch diese Nacht überstehen.

*

Das Licht, das durch die Baumkronen auf die kleine Lichtung fiel, wirkte gedämpft, und auch die drückende Hitze und die Schwüle hatten endlich nachgelassen. Isabel war dermaßen müde und erschöpft, dass sie es klaglos hinnahm, als Noah sie am Stamm einer Palme niedersitzen ließ, sie dort mit der Bastschnur festband und dann im Dickicht verschwand. Alles tat ihr weh, sie würde keinen Schritt mehr laufen können. Irgendwo hörte sie das leise Gluckern eines Bachs.

Sie musste für eine Weile eingenickt sein, denn als sie die Augen wieder öffnete, hatte Noah etliche Äste und Farnwedel zusammengetragen und war dabei, den Stamm eines jungen Bambus nach unten zu biegen. Das lange Laufen hatte Isabel abgelenkt, aber jetzt wurde ihr schlagartig wieder bewusst, in welcher Lage sie sich befand. Ihre Müdigkeit war verflogen.

»Was tun Sie da?« Ihre Stimme klang nach dem langen Schweigen plötzlich überlaut, aber sie musste einfach irgendetwas sagen.

»Das wird unser Nachtlager.«

Mit Hilfe einiger Pflanzenfasern band er die Spitze des schlanken Stammes an einer dicken Wurzel fest und errichtete darüber aus Zweigen und Farnwedeln eine Art niedriges Zelt. Dann polsterte er das Innere mit weiteren Wedeln aus. Isabel seufzte erleichtert. Die Vorstellung, die müden Glieder bald ausstrecken zu können, war verlockend. Selbst unter diesen Umständen.

»Bald gibt es auch etwas zu essen«, sagte er, während er ein paar Hölzer und Pflanzen zusammensammelte.

Er schichtete etwas Moos und Gras auf, legte einen dicken Ast darauf und schlang eine lange Pflanzenfaser um das Holz. Mit den nackten Zehen hielt er den Ast fest und begann, die Schnur schnell hin und her zu ziehen, als wollte er das Holz durchsägen. Ein paar vereinzelte Funken leuchteten auf, aber es war zu wenig, um das Moos zu entzünden.

»Ich bin nicht besonders gut darin«, bekannte er, als er nach einigen vergeblichen Versuchen, ein Feuer zu entfachen, schwer atmend eine Pause einlegte. »Und das Holz ist zu feucht.«

Isabel gab sich ungerührt. In ihrer Rocktasche umklammerten ihre Finger Conrads Dose wie einen Talisman. Schweigend sah sie Noah dabei zu, wie er sich weiter abmühte. Sie würde sich eher die Zunge abbeißen, als ihm zu verraten, dass sie Streichhölzer dabeihatte.

Als schließlich ein kümmerliches Feuer brannte, legte er einige kleine, erdverkrustete Wurzelknollen hinein, die er vermutlich ausgegraben hatte, als sie kurz eingenickt war. Angewidert sah sie zu, wie er dann ein paar fette weiße Maden auf einen Zweig spießte und über das Feuer hielt.

»Man kann sie auch roh essen, aber so schmecken sie besser«, erklärte er.

Der Geruch der gebratenen Maden war durchaus angenehm, und in Isabels Magen machte sich ein bohrendes Hungergefühl breit. Aber von Noah würde sie ganz sicher nichts annehmen.

Die kurze tropische Dämmerung sog die Farben aus dem Dschungel und tauchte alles in dunkles, stumpfes Grau. Das beständige Zwitschern und Rufen der Vögel hatte aufgehört, dafür war der Wald jetzt erfüllt vom schnarrenden Gesang der Zikaden. Sie sah den Rauchschwaden nach, die sich im Blattwerk über ihren Köpfen verloren. Ob der Rauch möglichen Verfolgern den Weg weisen könnte? Aber nein, dafür war es bereits zu dunkel, und das wusste auch Noah. Vor morgen würde kein Suchtrupp aufbrechen.

Mit Hilfe zweier kurzer Zweige holte Noah die Wurzeln aus dem Feuer, legte jeweils drei davon auf ein Palmblatt und gab noch zwei der gebratenen Maden dazu.

»Abendessen«, sagte er und reichte Isabel das Blatt.

Es sah richtiggehend appetitlich aus – wenn Isabel nicht gewusst hätte, dass es Maden waren, hätte sie an gebratene

Krabben gedacht. Sie merkte, wie ihr das Wasser im Munde zusammenlief.

»Nein danke«, wehrte sie dennoch ab. »Ich habe keinen Hunger.«

Er ließ das Blatt sinken und langte nach ein paar gelblichroten Beeren, die auf einem weiteren Blatt neben ihm lagen. »Dann wenigstens ein paar davon? Ich werde dich schon nicht vergiften.«

Sie nahm die Beeren, legte sie aber unangetastet neben sich. Noah musterte sie stumm, dann setzte er sich zurück ans Feuer, das jetzt nur noch schwach flackerte, griff nach seiner Portion und begann mit sichtlichem Hunger zu essen. Natürlich – er hatte sicher seit gestern Abend nichts mehr zu sich genommen. Sie sah ihm zu, wie er in die Wurzel biss und kaute.

»Was machen die Zahnschmerzen?«, konnte sie sich nicht verkneifen zu fragen.

»Die sind ganz plötzlich verschwunden.« Er grinste sie ein wenig schief an.

»Ich finde das durchaus nicht lustig.«

Sofort verschwand das Lächeln. »Das ist es auch nicht. Überhaupt nicht.«

»Sie haben mich angelogen! Sie haben mir Ihr Wort gegeben, dass Sie große Schmerzen haben. Und dass Sie wieder in den Schuppen zurückgehen!«

Wieso sprach sie eigentlich mit ihm? Er war ein Lügner, womöglich sogar ein Mörder, und er hatte sie entführt! Aber sie musste einfach reden, musste all die aufgestaute Wut, die zurückgehaltenen Worte der vergangenen Stunden loswerden. Und sie war schrecklich wütend. Nicht nur auf Noah, sondern auch auf ihre eigene Dummheit, sich von ihm so übertölpeln zu lassen.

Er ließ die Wurzel sinken. »Ich weiß, was ich gesagt habe. Aber –«

»Ich wollte Ihnen helfen, und Sie haben auf schmähliche Art mein Vertrauen missbraucht!«

»Es tut mir wirklich leid, Isabel. Aber ich wusste nicht, wie ich sonst aus dem Schuppen hätte gelangen können. Ich habe nicht gewollt, dass es so kommt. Und ich –«

»Sie haben mich in die Wildnis verschleppt!«

»Weil dieser von Faber mir keine andere Wahl gelassen hat! Ich hatte nicht vor, dich mitzunehmen!«

»Mitzunehmen?« Isabel setzte sich noch aufrechter hin, als sie ohnehin schon saß. »Sie haben mich entführt! Mich mit einem Messer bedroht! Und Sie … Sie haben Berthold gegenüber gedroht, mich zu töten!«

»Doch nur, um ihn aufzuhalten. Er hat schließlich zuerst die Waffe gezückt. Er hat mir keine andere Wahl gelassen – ich war nicht gerade wild darauf, von ihm erschossen zu werden. Du kannst dich also bei ihm bedanken. Wenn er nicht gewesen wäre, könntest du jetzt immer noch in Simbang sitzen und mit deinem einarmigen Verehrer am Strand spazieren gehen.«

Das hatte er also mitbekommen? Und wie kam er eigentlich dazu, sie die ganze Zeit zu duzen? Aber das war jetzt nicht wichtig. Sie würde einfach so tun, als hätte sie es nicht bemerkt.

Das Feuer war fast erloschen, eine erfrischende Brise wehte raschelnd durch das Laub. Aus dem Urwald erklang ein fernes, unheimliches Röhren.

»Aber mit Ihrer Flucht … und meiner Entführung … damit machen Sie alles doch nur noch schlimmer.«

»Noch schlimmer? Isabel, die Beweise sprechen gegen mich. Wenn sie mich erwischen, werden sie mich für den Mord an diesem Holländer verurteilen, und dann werden sie mich hängen. Ich wüsste nicht, was da noch schlimmer kommen könnte.«

Ihr stockte der Atem. Zum ersten Mal hatte er den Mord angesprochen. Eine kleine Stimme in ihrem Kopf riet ihr zu schweigen, nicht mehr weiterzufragen, aber sie hörte nicht darauf. Sie musste es einfach wissen.

In der zunehmenden Dunkelheit konnte sie sein Gesicht kaum mehr erkennen.

»Wieso haben Sie Herrn Konings getötet?«, fragte sie leise.

»*Wieso?*« Er lachte gequält auf. »Ich weiß ja nicht einmal, ob ich es überhaupt getan habe! Ich kann mich nicht mehr erinnern, was ich in der letzten Nacht gemacht habe, außer mich zu betrinken.«

Sie stieß vorsichtig die Luft aus. Er klang aufrichtig, geradezu verzweifelt – aber sie hatte nicht vergessen, dass er ein hervorragender Schauspieler war. Wer sagte ihr, dass er sie gerade nicht schon wieder anlog?

»Aber wahrscheinlich hast du recht«, setzte er leise hinzu. »Wer sollte es denn sonst gewesen sein?«

Der Hunger war ihm offenbar vergangen. Sie hörte mehr als sie sah, dass er aufstand und die Bastschnur von der Palme löste, an die er sie gebunden hatte. »Wir sollten schlafen. Wir haben morgen einen anstrengenden Marsch vor uns.«

Ihr Herz sank. Das klang nicht so, als hätte er vor, sie demnächst zurückkehren zu lassen. Dennoch kroch sie gehorsam in den niedrigen Unterschlupf, nachdem sie sich noch schnell im Schutz der Dunkelheit hinter der großen Palme erleichtert hatte.

Er hatte sich wirklich Mühe gegeben; der mit Farn ausgepolsterte Boden war erstaunlich weich und bequem, es roch angenehm frisch nach feuchtem Gras. Sie zog ihren Rock nach unten und glättete den Stoff. Als sie sich auf dem Farnboden ausstreckte, merkte sie, wie erschöpft sie war. Sie hätte auf der Stelle einschlafen können. Aber mit einem Mal war sie wieder hellwach. Jetzt erst ging ihr auf, dass er nur *einen* Unterschlupf gebaut hatte. Wollte er … etwa auch hier schlafen?

Als sie sich klarmachte, was gleich geschehen würde, stieg lähmende Furcht in ihr auf. Dieser Mann war womöglich ein Mörder. Gut, er würde sie wohl nicht töten, das hatte sie inzwischen begriffen. Aber es gab noch ganz andere Sachen, die er ihr antun konnte.

Stocksteif lag sie da, ihr Herz schlug in schmerzhaften, hastigen Stößen. Hatte sie tatsächlich erst gestern Nacht sehnsuchtsvoll an ihn, an seinen Körper gedacht? Sich vorgestellt, wie es wäre, sich ihm … hinzugeben? Jetzt dagegen hatte sie nur noch Angst.

Bitte, lieber Gott, flehte sie stumm, *errette mich aus meiner Not.* Sie würde es ihm schwermachen. Sie wusste, dass sie gegen ihn keine Chance hatte, aber sie würde sich nicht kampflos schänden lassen. *Lass mich das alles hier unbeschadet überstehen. Lass mich …*

Sie zuckte zusammen, als er in den Unterschlupf kroch. Ein leises metallisches Klirren von den Handschellen erklang, sie roch seinen Schweiß, seine Nähe, dann legte er sich dicht neben sie.

Ihr ganzer Körper verkrampfte sich. Sie wollte tapfer sein, aber sie konnte nicht verhindern, dass ihr Tränen der Angst über das Gesicht liefen.

»Bitte«, flüsterte sie. »Bitte, tun Sie mir nicht weh!« Mit Mühe konnte sie ein Schluchzen unterdrücken.

Sie hörte es rascheln und leise klirren, als er sich zu ihr drehte. »Was?« War da tatsächlich Empörung in seiner Stimme? »Willst du damit etwa sagen, ich könnte mich an einer hilflosen Frau vergehen? Für wen hältst du mich?«

Sie gab keine Antwort, aber ihr Herz schlug ein kleines bisschen langsamer.

»Hab keine Angst.« Seine Stimme in der Dunkelheit war plötzlich ganz sanft. »Ich werde dir nichts tun. Niemals.«

Sie blieb stocksteif liegen, ihr Körper in Abwehr erstarrt. Sprach er wirklich die Wahrheit?

»Glaubst du mir?«

Sie suchte nach Worten und fand keine. Also schwieg sie.

»Das ist Antwort genug.« Es raschelte, dann spürte sie, wie er sich zum Eingang schob. »Ich werde dich nicht länger belästigen.«

Sie hörte, wie er den Unterschlupf verließ. Reglos blieb sie liegen, mit offenen Augen. War er wirklich weg?

Vorsichtig streckte sie die Hand aus und legte sie auf den frei gewordenen Platz neben sich. Der Farn war noch warm von Noahs Körper.

9.

»Bist du fertig?« Noahs Stimme war erschreckend nah. Natürlich – die Bastschnur, die er ihr erneut um die Taille gebunden hatte, war ja auch höchstens zwei Meter lang. Isabel, die mit gerafftem Rock zwischen den Büschen kauerte, senkte den Kopf. Über Nacht hatte es geregnet; das dunkle Grün der Blätter glänzte vor Nässe, und von den Bäumen tropfte es.

»Einen Augenblick.«

»Wie lange dauert es denn noch?«

Sie duckte sich noch etwas tiefer, ihr Gesicht glühte vor Scham. »Es geht nicht, wenn Sie so nah dabeistehen«, murmelte sie.

Sie hörte sein Seufzen. »Ich kann es leider nicht ändern. Wenn ich dich losbinde, wirst du weglaufen.«

Isabel hob die Stimme. »Außerdem würde ich es begrüßen, wenn Sie mich nicht mehr duzen würden.«

»Ist das dein Ernst?«

»Allerdings.« Es gab ihr wenigstens ein kleines bisschen das Gefühl, Kontrolle zu haben.

Er schwieg einen Augenblick, spürbar irritiert. »Also gut, Fräulein Maritz«, sagte er dann, »wenn es Ihnen damit besser geht, werde ich Sie ab jetzt wieder siezen.«

»Danke.«

Und endlich gelang es ihr, ihre Muskeln zu entspannen und sich zu erleichtern.

Wenig später, zurück auf der kleinen Lichtung, bemerkte sie, dass ihr Haarknoten aufgegangen war und schlaff herabhing. Sie zog die Klammern heraus und begann langsam, ihre überschulterlangen braunen Haare zu einem Zopf zu flechten. Sie musste Zeit gewinnen. Je länger sie hier blieben, umso größer war die Wahrscheinlichkeit, dass der Suchtrupp sie finden würde. Ihr Blick ging zu Noah, der auf einem umgestürzten Baumstamm saß und sie beobachtete. Fast bereute sie ihre Bitte, sie wieder zu siezen. Sie durfte nicht riskieren, ihn zu verärgern.

»Das ist sicher sehr störend.« Sie deutete auf seine Handgelenke, die noch immer von den rostigen Handschellen umschlossen wurden. Obwohl er sich heute Morgen länger mit der Zange daran abgemüht hatte, war es ihm nicht gelungen, sich davon zu befreien.

Kurzentschlossen hielt sie ihm eine ihrer metallenen Haarnadeln hin. »Versuchen Sie das als Dietrich.«

Er sah sie verständnislos an. »Wer ist Dietrich?«

»Es heißt *was*. *Was* ist ein Dietrich.« So ganz konnte sie von den Gewohnheiten einer Lehrerin nicht lassen. »Ein Dietrich ist eine Art Universalschlüssel. Hier, Sie müssen den vorderen Teil der Klammer umbiegen« – sie zeigte es ihm – »und damit versuchen, das Schloss zu öffnen.« Unter seinem Blick stieg ihr das Blut in den Kopf. »Ich … ich habe so etwas einmal in einem Buch über Entfesselungskünstler gelesen.«

Er rührte sich nicht, sah sie nur an. Dann hielt er ihr sein rechtes Handgelenk hin. »Versuchen Sie es.«

Es war schwieriger, als sie geglaubt hatte, und sie hantierte mehrere Minuten mit ein paar Klammern herum, bis sich das Schloss mit einem leisen Klacken tatsächlich öffnete.

»Du bist – das ist erstaunlich!« Noah rieb sich sein befreites Handgelenk, dann streckte er ihr die Linke entgegen. »Kriegen Sie das noch mal hin?«

Jetzt, da sie wusste, wie es funktionierte, ließ sich die zweite Handschelle fast problemlos öffnen.

»Wir müssen los.« Erst als er aufstand, merkte sie, dass sie in ihrer Freude über ihren Erfolg ganz vergessen hatte, Zeit gewinnen zu wollen.

Isabel blieb stehen, die Bastschnur spannte sich. »Noah, bitte. Lassen Sie uns zurückgehen. Es ist noch nicht zu spät. Ich werde ein gutes Wort für Sie einlegen. Ich ... ich werde sagen, dass das alles ein Missverständnis war.«

»Ein *Missverständnis*? Ich glaube kaum, dass man bei einem Mord von einem Missverständnis sprechen kann. Und dass ich dich – dass ich Sie entführt habe, ist wohl auch nicht zu leugnen.«

Isabel sah ihre Felle davonschwimmen. »Dann ... dann lassen Sie mich alleine gehen. Ich –«

»Damit Sie den Suchtrupp auf meine Fährte schicken? Nein, Isabel, so dumm bin ich nicht.« Er schüttelte den Kopf. »Aber selbst wenn niemand hinter mir her wäre, könnte ich Sie nicht gehen lassen. Sie würden sich nur heillos verlaufen und irgendwann elendig sterben. Der Dschungel ist gefährlich!«

»Aber was haben Sie denn mit mir vor? Ich ... ich will ja gar nicht wissen, wohin Sie wollen. Sagen Sie mir nur, wie lange ich das noch mitmachen muss.«

Doch er antwortete nicht.

*

Es wurde schnell wieder drückend heiß und schwül. Isabel roch sich selbst. Sie hätte sich dringend waschen müssen, aber daran war unter diesen Umständen natürlich nicht zu denken. Ständig wischte sie sich über Hals und Gesicht, um Moskitos und sonstige Insekten zu verscheuchen, die um sie herumschwirrten. Wieso gingen diese Viecher fast nur an sie und ließen Noah aus?

Sie versuchte sich vorzustellen, wie die Missionsbrüder und Berthold einen Suchtrupp zusammengestellt hatten, der nun aufbrach, um sie zu retten. Wie sich die Männer durch den Urwald kämpften. Aber es fiel ihr schwer, daran zu denken. Immer wieder kehrte ihr Blick zu ihrem Entführer zurück, der sein Hemd ausgezogen hatte und sich leichtfüßig vor ihr durch die Wildnis bewegte. Um den linken Oberarm trug er noch immer das Muschelband mit dem kleinen Knochendolch. Isabel konnte nicht anders, als das Spiel seiner Muskeln unter der bronzefarbenen Haut zu bewundern. Auch die störrische Fülle gedrehter schwarzer Haarsträhnen auf seinem Kopf faszinierte sie. Wie viele der fingerlangen Stränge es wohl sein mochten? Sicher an die zweihundert.

Erneut ging es leicht bergauf, über rutschigen Boden, der sie immer wieder ausgleiten ließ, vorbei an Farnen und rankenbewachsenen Bäumen. Noah machte nur kurze Pausen, dann trieb er sie weiter. Ihr Hinken kehrte zurück.

»Bitte«, keuchte sie. »Ich kann nicht so schnell!«

Er blieb stehen. »Was ist los? Ihr krankes Bein?«

Sie starrte ihn überrascht an. »Was … woher?«

»Ich habe schon in Simbang gesehen, dass Sie leicht hinken, wenn Sie aufgeregt sind. Was ist passiert – haben Sie sich irgendwann verletzt?«

»Nein. Ich … ich hatte Kinderlähmung.«

»Was ist das?«

»Eine Krankheit, die zu Lähmungen und Muskelschwäche führt. Es ist lange her, aber seitdem macht das Laufen manchmal Probleme.« Sie rieb sich über den verkrampften rechten Oberschenkel.

»Ich könnte Sie wieder ein Stück tragen.«

»So wie gestern? Nein danke. Kopfüber hängend durch die Wildnis geschleppt zu werden ist nicht gerade das, was wohlerzogene junge Damen am Vormittag zu tun pflegen.«

Ein Lächeln glitt über sein verschwitztes Gesicht, in dem seine Augen wie zwei blaue Saphire wirkten. »Alle Achtung, Sie können ja richtig schlagfertig sein.«

Auch sie lächelte zaghaft. Für einen Moment fühlte sie sich zurückversetzt zu den Tagen ihres ersten unbeschwerten Geplänkels in Simbang. Ihr Blick wich dem seinen aus, ging an ihm vorbei ins Gebüsch hinter ihm. In mehreren engen Windungen hing dort ein langer grasgrüner Körper über einem Ast. In der Mitte der Schlingen lag ein Kopf, aus dem sie helle Augen mit geschlitzten Pupillen starr ansahen.

Mit einem Schrei fuhr Isabel zurück. »Passen Sie auf, da ist eine Schlange! Eine riesige Schlange!«

Ihr Herz raste, ihr war schlagartig übel vor Angst. Hatte Noah nicht vorhin erst davon gesprochen, wie gefährlich der Dschungel sein konnte?

Auch er war bei ihrem Schrei ausgewichen, nach vorne, näher zu ihr. Jetzt entspannte er sich – und ging sogar auf die Schlange zu.

Isabel sog erschrocken die Luft ein. »Hören Sie auf! Was tun Sie denn da?«

»Das ist nur eine *jamumong*«, erklärte er. »Eine grüne Baumschlange. Sie ist nicht gefährlich, jedenfalls nicht für Menschen. Bei den Kâte spielen die Kinder mit ihr. Und dann essen sie sie. Sie gilt sogar als Delikatesse.« Er streichelte leicht über die grünen Schuppen. Dann nahm er sein Hemd, das er sich um die Hüfte gebunden hatte, knöpfte es zu und knotete Ärmel und Halsöffnung zu einer Art Tasche zusammen. Isabel ahnte mit leichtem Schaudern, was er vorhatte. Sollte sie etwa – Schlange essen?

Noch immer nicht vollständig beruhigt, sah sie zu, wie er die züngelnde Schlange behutsam vom Baum löste, Windung für Windung. Der Körper war lang und von einem satten Grünton, auf dem sich ein paar weiße Flecken verteilten.

»Ich dachte, alle Schlangen hier seien giftig«, sagte sie.

»Nein, nicht alle. Aber die meisten. Diese hier erwürgt ihre Beute. Doch da ich kein kleiner Kuskus bin, kann mir nichts passieren.« Er hielt einen Moment inne, die Schlange in beiden Händen, und grinste sie an. »Geben Sie es zu: Sie hatten Angst um mich.«

Hitze schoss ihr ins Gesicht. »Keineswegs. Ich wollte nur verhindern, dass ich alleine hier herumirren muss.«

Die Schlange begann, sich wie ein außergewöhnlicher Schmuck um Noahs Arm zu winden. Aber schon hatte er sie in die behelfsmäßige Tasche gepackt und knotete das Hemd zu. Dann griff er nach der Bastschnur um Isabels Taille. Ihr war gar nicht aufgefallen, dass er sie losgelassen hatte. »Kommen Sie, wir müssen weiter.«

*

Das Unterholz war jetzt vollständig verschwunden, Moos und kniehohe Farne bedeckten den Boden. Sie hatten den Rücken eines Berggrats erreicht, vor ihnen erstreckten sich tiefe Täler und Schluchten, von dunkelgrünem Wald bedeckt. Isabel saß an einem hohen Baum und gönnte ihrem Bein eine Ruhepause. Um sie herum erhoben sich gewaltige, astlose Stämme, die auf der Wetterseite mit langsträhnigem Moos bewachsen waren und erst weit oben eine dichte Krone trugen. Als führten diese Baumriesen einen stillen, erbitterten Kampf um Luft und Licht. Schweigsam und feierlich kam Isabel dieser Wald vor, wie ein Dom oder eine gewaltige Säulenhalle.

Auch Noah war stehen geblieben. »Ich werde den Kâte einen Besuch abstatten.«

»Die Kâte?« Diesen Namen hatte er doch vorhin bereits erwähnt. »Wer ist das?«

»Ein Bergstamm, der nicht weit von hier lebt. Ich habe schon öfter mit ihnen gehandelt. Dabei kann ich Sie leider nicht mitnehmen. Aber es dauert nicht lange.«

»Was soll das heißen – Sie können mich nicht mitnehmen?«

Er ging um den Baum herum, an dem sie lehnte. »Dass Ihnen nicht gefallen wird, was ich jetzt tun muss.«

Noch bevor sie verstehen konnte, was er damit meinte, hatte er ein Band aus Pflanzenfaser um ihren Körper geschlungen und sie an den Baum gefesselt. Dann packte er ihre Hände und band sie vor ihrem Körper zusammen.

»Nein – nein, bitte nicht! Lassen Sie mich nicht ...« Vielleicht konnte sie von diesen Kâte Hilfe bekommen. »Hallo!«, schrie sie. »*Help!* Hil–«

Noahs Hand verschloss ihren Mund. Er sah sie mit einem schwer zu deutenden Ausdruck an, sein Gesicht ganz nah vor ihrem. »Sie sollten sich besser ruhig verhalten. Die Kâte mögen Menschenfleisch.«

Schlagartig verstummte sie. Meinte er das ernst? Sie schmeckte salzigen Schweiß von seiner Handfläche.

»Werden Sie nun ruhig sein, oder muss ich Sie auch noch knebeln?«

Sie nickte hektisch und versuchte gleichzeitig den Kopf zu schütteln. Langsam nahm er die Hand von ihrem Mund.

»Bitte«, bat sie, sie weinte fast. »Lassen Sie mich nicht allein!«

»Ich bin bald zurück«, sagte er, dann griff er nach dem Hemd mit der sich schwach windenden Schlange darin und verschwand im Urwald.

»Noah, nein, warten Sie, ich …«

Panisch zerrte sie an ihren Handfesseln und dem Band um ihre Taille, versuchte, sich zu befreien, aber es ging nicht. Noch ein paar Mal versuchte sie es, dann gab sie es auf. Zumindest hatte er ihre Hände vorne gebunden, so dass sie sich den Schweiß abwischen und die allgegenwärtigen Moskitos verscheuchen konnte. Dennoch war es unbequem. Aber das war nicht das Schlimmste. Das Schlimmste war, dass er sie tatsächlich allein gelassen hatte. Gefesselt an einen Baum, in der Nähe eines Stammes von Menschenfressern! Das würde sie ihm niemals verzeihen! Niemals, solange sie lebte.

Sofern er überhaupt zurückkam. Was, wenn dieser kannibalische Stamm ihn nicht wieder gehen ließ, sondern ihn verspeisen wollte? Nein, Noah hatte gesagt, er habe schon öfter mit ihnen Handel getrieben.

Wenn er sie nicht schon wieder angelogen hatte.

Das Herz blieb ihr fast stehen, als ihr ein neuer Gedanke durch den Kopf schoss: Vielleicht gab es diesen Stamm ja gar nicht, und Noah hatte entschieden, sich ihrer auf diese Weise zu entledigen. Sie einfach hierzulassen, wo sie niemand finden würde, und sich selbst in aller Ruhe aus dem Staub zu machen.

Sie schreckte zusammen, als ein blau schillernder Schmetterling sie wie trunken umflatterte und schließlich auf ihrem Rock landete. Tränen stiegen in ihr auf und rannen ihr über das Gesicht. Würde sie hier enden, allein in dieser Wildnis?

»Komm zurück«, flüsterte sie. »Bitte.«

*

Als sie Noah nach einer endlosen Zeit aus dem schattigen Halbdunkel des Waldes auftauchen sah, schossen ihr erneut die Tränen in die Augen, aber diesmal war es vor Erleichterung. Und vor Wut. Er hatte sein Hemd wieder angezogen und hielt ein langes, metallisch glänzendes Messer in der Hand. Über der Schulter trug er ein mit mehreren Blätterpäckchen gefülltes *bilum*, das geknüpfte Tragenetz der Eingeborenen. Mit einem schnellen Schnitt durchtrennte er ihre Fesseln.

»Geht es Ihnen gut?«

Sie rieb sich die Handgelenke. »Sie ... Sie ...! Tun Sie das nie, nie wieder! Ich dachte, Sie kämen nicht mehr zurück und ließen mich hier verrotten!«

»Aber ich hatte es doch versprochen.«

Sie biss sich auf die Zunge, um nicht loszuschreien, und atmete drei Mal tief durch. »›Wer einmal lügt, dem glaubt man nicht, und wenn er auch die Wahrheit spricht‹«, zitierte sie dann mühsam beherrscht den alten Spruch.

Er ging nicht darauf ein. »Ich habe die Schlange gegen ein Buschmesser eingetauscht, das irgendwann einmal einem weißen Kolonisten gehörte. Und etwas zu essen habe ich auch mitgebracht.« Er zog ein Blätterpäckchen aus dem *bilum* und wickelte es aus.

»Was ist das?«, fragte sie beim Anblick der gebratenen Fleischstücke misstrauisch.

»Wildschwein«, erklärte er. »Eingetauscht gegen eine Handschelle. Ich habe ihnen erzählt, das sei ein besonders wertvoller Eisenschmuck.«

Vorsichtig probierte sie. Es schmeckte tatsächlich. Jetzt merkte sie erst, wie hungrig sie war.

»Sind diese Kâte wirklich Menschenfresser?«, fragte sie schaudernd zwischen zwei Bissen.

Er lächelte breit.

»Nein. Das sind Schauermärchen für weiße Kolonisten. Ich wollte Ihnen nur Angst machen, damit Sie still sind. Keiner der Stämme, die ich kenne, hat je Menschenfleisch gegessen.«

Sprachlos vor Empörung ließ sie das Fleisch sinken und sah ihn an. Er hatte sie schon wieder an der Nase herumgeführt! Seinetwegen hatte sie eine furchtbare Zeit voller Angst verbracht!

»Ich werde Ihnen nie wieder auch nur ein einziges Wort glauben!«, brachte sie schließlich hervor und biss in das Fleischstück.

*

Der kleine Lagerplatz war eben und trocken. Mit dem Buschmesser, das Noah bei den Kâte eingetauscht hatte, waren sie erheblich einfacher und schneller vorangekommen. Dennoch würde er heute Abend kein Feuer machen, schließlich musste er vermeiden, den Suchtrupp, der ihnen sicher seit heute folgte, auf seine Fährte zu lenken.

Während er ein paar Farnwedel schnitt, blickte er zu Isabel, die auf einem umgestürzten, mit Moos und Flechten überwucherten Baumstamm saß. Er hatte darauf verzichtet, sie anzubinden – sie war zu erschöpft, um etwas Dummes anzustellen. Ob sie immer noch wütend auf ihn war? Es tat ihm leid, was er ihr zumutete, aber es ging nicht anders. Sie würde darüber hinwegkommen. Sie war stärker, als ihr selbst bewusst war.

Er hatte überlegt, ob er sie bei den Kâte lassen sollte. Aber das erschien ihm dann doch zu riskant – er war sich nicht sicher, ob er ihnen wirklich trauen konnte, Isabel zurück nach Simbang zu bringen. Dem Häuptling der Kâte hatte er erzählt, dass er in der Nähe der Küste entlang nach Süden wollte, um mit den dortigen Stämmen Handel zu treiben.

Natürlich stimmte nichts davon. Aber falls der Suchtrupp auch hier vorbeikam, würde das die Männer hoffentlich in die falsche Richtung lenken.

Sein wirkliches Ziel war der Kaiserin-Augusta-Fluss oder Sepik, wie ihn die Kandangai nannten. Er würde zurückgehen zu dem Stamm, den er vor fünf Jahren verlassen hatte. Auf dem Landweg war das nahezu unmöglich; dieses Gebiet war durchzogen von Bergen und dichtem Dschungel, in dem man nur schlecht vorankam. Seine einzige Chance war der Wasserweg. Nicht weit von hier, irgendwo in den Bergen, entsprang der Ramu, von den Deutschen Ottilienfluss genannt. Er würde ein Kanu organisieren und dem Ramu bis zum Meer folgen. An der Küste konnte er dann zur Mündung des Sepik gelangen. Auf dem Weg dorthin würde er Isabel in Konstantinhafen oder Stephansort freilassen, von wo sie mit einem Schiff nach Finschhafen zurückkehren konnte. Und sie niemals wiedersehen.

Als er beginnen wollte, wie schon am vorigen Abend einen Unterschlupf zu bauen, schlang sie die Arme um sich.

»Mir ist kalt«, murmelte sie mit schwerer Zunge.

»Es ist doch nicht kalt.« Er hielt inne und sah auf. Sie war blass, und ihre Lippen waren völlig farblos. Wurde sie etwa krank?

»Ich fürchte, ich ... bekomme einen neuen Malariaanfall«, brachte sie dann auch stockend hervor. »Ich ... ich brauche Chinin.«

»Das haben wir leider nicht.«

Tatsächlich: Sie bekam Schüttelfrost. Ihre Zähne klapperten laut aufeinander, ihr ganzer Körper bebte. Es war kein ungewohnter Anblick für ihn; alle vier Missionare von Simbang litten immer wieder unter dem Wechselfieber, mal mehr, mal weniger heftig. Meistens war der Anfall nach ein paar Stunden wieder vorüber. Schlimm war es nur gewesen, als Conrad plötzlich am Schwarzwasserfieber erkrankt und binnen weniger Tage gestorben war.

Er verbannte die jähe Furcht, die in ihm aufsteigen wollte. Nein, Isabel würde nichts passieren.

»Bekommen Sie ... eigentlich ... keine ... Malaria?«, fragte sie mit klappernden Zähnen.

Er schüttelte den Kopf. »Nicht, solange ich mich erinnern kann.« Das hieß, seit ungefähr zehn Jahren nicht mehr. »Ich glaube, die meisten Einheimischen sind davor gefeit.«

Rasch schichtete er einige der zusammengesammelten Farnwedel auf. Den Unterschlupf konnte er nachher immer noch bauen. »Kommen Sie, legen Sie sich hin.«

Sie gehorchte widerspruchslos und rollte sich seitlich auf dem Farnbett zusammen. Ihr ganzer Körper bebte unter Schüttelkrämpfen, sie stöhnte. Er zog sein Hemd aus und legte es über sie, aber sie zitterte weiterhin.

Er zögerte. Zu gut war ihm noch ihre gestrige Furcht in Erinnerung. Dennoch ging er zu ihr.

»Haben Sie keine Angst. Ich will Sie nur wärmen.«

Er streckte sich neben ihr aus, legte vorsichtig seinen Arm über sie und presste sich von hinten dicht an sie. Sie erstarrte kurz, dann ging das qualvolle Zittern weiter.

Ein Schwall von Hitze schoss in seine Lenden. Er lag ganz still und versuchte, nicht an die Frau zu denken, die er im Arm hielt. Nicht ihr Haar zu riechen und nicht ihren Herzschlag zu spüren.

Ganz allmählich ließ das Zittern nach, entspannten sich ihre verkrampften Glieder, kehrte die Wärme zurück in ihren Körper. Er lag noch immer hinter ihr, eng an ihren Rücken gepresst, sein Arm über ihr. Sein Unterleib pochte, die schmerzhafte Spannung war kaum mehr auszuhalten. Er rückte ein winziges Stück von ihr ab, um den Druck zu lindern, aber das war ein Fehler; kaum hatte er ein wenig Platz gewonnen, spürte er, wie er hart wurde. Er biss die Zähne zusammen und vermied jede weitere Bewegung. Hoffentlich bemerkte sie nichts davon.

Dann fühlte er die zaghafte Berührung ihrer Hand an seiner und hielt sie fest. Ihre Finger waren schmal und kühl.

»Danke«, hauchte sie so leise, dass er nicht sicher war, ob sie überhaupt etwas gesagt hatte.

*

Als Isabel erwachte, wusste sie für einen Moment nicht, wo sie sich befand. Sie hatte von ihrer Familie geträumt, seltsam verdrehte Fieberträume von ihren Schwestern und den Gemeindemitgliedern von Zirndorf. Sie schlug die Augen auf. Es war mitten in der Nacht, sie lag auf einem Bett aus Farn unter freiem Himmel. Es roch nach Gras und feuchter Erde, über ihr leuchteten hell ein paar Sterne.

Dann fiel es ihr wieder ein. Sie hatte einen erneuten Malariaschub erlitten, und jetzt fühlte sie sich erschöpft, ausgelaugt, aber auch ungewohnt klar. Schwach erinnerte sie sich an Zittern und entsetzliche Kälte und an den heißen Griff des Fiebers. Und an die tröstliche Gegenwart einer anderen Person.

Vorsichtig drehte sie sich um. Noah lag neben ihr, er schlief. Sie lauschte auf das Knacken und Schnarren aus dem Wald, auf all die fiependen, wispernden, keckernden Geräusche fremder Nachttiere. Ob der Suchtrupp sie wohl bald einholen würde? Zwar war sie nicht mehr gefesselt, aber sie war dennoch nicht so dumm, jetzt fliehen zu wollen. Noah würde es sofort merken und aufwachen. Und selbst wenn nicht: Nachts allein durch die Wildnis zu laufen, ohne zu wissen, wo sie sich befand, wäre ihr sicheres Todesurteil.

Dann vernahm sie einen Laut wie ein leises Stöhnen. Und gleich darauf ein paar Worte: Noah sprach im Schlaf. Abgehackt, unverständlich – vermutlich eine der Papuasprachen, die er beherrschte. Aber seine Stimme war plötzlich viel höher, wie die eines kleinen Jungen. Und er klang, als hätte er entsetzliche Angst.

»*Ik weet het niet*«, verstand sie dann ganz deutlich. »*Geloof me!*«

Isabel zog die Brauen zusammen. Das war keine Papuasprache. Das hörte sich an wie Holländisch.

Er wälzte sich auf die andere Seite. »*Alstublieft, meneer, ik zal het nooit meer doen!*«

Das war eindeutig Holländisch! Aber hatte er nicht behauptet, die Sprache nicht zu sprechen? Nun ja, er hatte schon viel erzählt, was sich später als falsch herausgestellt hatte. Was sagte er da überhaupt? Hatte es etwas mit dem toten Herrn Konings zu tun? Ach, wenn sie doch nur mehr verstehen würde!

Isabel lag ganz still, spitzte die Ohren und wagte kaum zu atmen, um ihn nicht zu wecken. *Komm schon*, bat sie in Gedanken, *sag noch etwas!* Möglicherweise fand sie so heraus, ob er Herrn Konings wirklich getötet hatte.

Noah drehte sich erneut herum.

»*Doe het niet, doe het niet!*«

Nein, das klang nicht, als ginge es um den getöteten Pflanzer. Viel eher, als würde sich ein kleiner Junge schrecklich vor etwas fürchten. Es musste mit seiner Vergangenheit zu tun haben. Lag hier der Schlüssel zu der Zeit in seinem Leben, die er angeblich vergessen hatte?

Sie musste unbedingt mehr herausfinden.

Isabel hatte sich vor ihrer Abreise aus Deutschland gut vorbereitet. Englisch sprach sie ohnehin, und da die Hälfte Neuguineas unter niederländischer Herrschaft stand, hatte sie sich auch einige holländische Floskeln eingeprägt. Ob sie es damit versuchen sollte?

Sie drehte den Kopf zu ihm und hoffte inständig, dass er nicht aufwachte.

»Hoe heet u?«, versuchte sie es flüsternd mit einem der Sätze, die sie auf Holländisch kannte. Wie heißen Sie?

Einen Augenblick lang war er still, dann murmelte er etwas, das wie *Jerún* klang. War das ein Wort oder ein Name? Sie war plötzlich ganz aufgeregt.

»War das Ihr Name? *Hoe heet u?*«, wiederholte sie leise.

»Ik heet Jeroen«, sagte Noah mit dieser fremden Kinderstimme. »*Wat ... Wat hebt u met mama gedaan?*«

Dann krümmte er sich zusammen und begann leise zu schluchzen.

10.

Während Isabel an einer geschmacklosen Wurzel knabberte, die ihr Frühstück darstellte, schärfte Noah mit dem Buschmesser das Ende eines mannshohen, schlanken Bambusstocks zu einem einfachen Speer. Er wirkte heute Morgen ungewohnt schweigsam und geistesabwesend. Erinnerte er sich an das, was heute Nacht vorgefallen war?

Im Licht des erwachenden Tages erschienen Isabel die Ereignisse der Nacht unwirklich, als hätte sie alles nur geträumt oder sich eingebildet. Noah hatte bald wieder fester geschlafen und nicht mehr gesprochen. Isabel dagegen hatte noch lange wach gelegen und gegrübelt. Was hatte er bloß auf Holländisch gesagt? Irgendetwas mit seiner Mutter?

Auch jetzt noch war ihr Kopf so voller Fragen, dass er schier zu platzen schien. Es ging nicht anders – sie musste Noah darauf ansprechen.

»Sie haben heute Nacht im Schlaf geredet.«

Er ließ Messer und Bambus sinken und hob den Kopf. Ein flüchtiges Lächeln huschte über sein Gesicht. »Habe ich etwas Unanständiges gesagt?«

»Das weiß ich nicht. Sie sprachen Holländisch.«

»Ich spreche kein Holländisch.«

»Heute Nacht schon. Erinnern Sie sich denn gar nicht?«

Er nahm den Bambusstock wieder auf. »Sie müssen sich irren. Sie hatten Fieber, da kann man sich schon mal etwas einbilden.«

So kam sie nicht weiter. Sie beschloss, alles auf eine Karte zu setzen. Ihr Herz pochte laut.

»Jeroen?« Sie sprach es genau so aus wie er gestern Nacht. *Jerún.*

Er zuckte zusammen wie unter einem Schlag, ließ den halbfertigen Speer erneut sinken und sah sie an, als wäre sie ein Geist.

»Was?« Seine Stimme klang plötzlich leicht krächzend.

»Ich glaube, das war früher Ihr Name. Jeroen.«

»Mein … Name?« Nur langsam gewann er seine Fassung zurück. »Woher wollen Sie das wissen?«

»Ich habe Sie gefragt. Heute Nacht.« Sie beugte sich vor und sah ihm in die Augen. »Sagt Ihnen dieser Name etwas?«

Er wich ihrem Blick aus und starrte vor sich auf den Boden. Sie spürte, wie es in ihm arbeitete.

»Woran erinnern Sie sich?«

Er antwortete nicht.

»Jeroen?«

»Nennen Sie mich nicht so!«, fuhr er sie an. Erschrocken wich Isabel ein Stück zurück. »Das ist nicht mein Name. Mein Name ist Noah!«

»Wollen Sie denn gar nicht wissen, was damals passiert ist?«

»Vielleicht hat es einen Grund, dass ich es vergessen habe.«

Meinte er das ernst?

»Ein Satz ist mir noch im Gedächtnis geblieben«, sagte sie leise, dann bemühte sie sich, die Worte so genau wie möglich zu wiederholen. »*Wat hebt u met mama gedaan.* Ja, so haben Sie das gesagt. *Wat hebt u met* –«

»Hören Sie auf! Hören Sie auf damit!«

Er hatte das Messer fallen gelassen und presste sich die Hände auf die Ohren. Wie ein kleines Kind. Dann schlug er plötzlich eine Hand auf den Mund und verschwand zwischen den Büschen, die ihren Lagerplatz umgaben. Gleich darauf vernahm sie ein krampfhaftes Würgen. Als wäre ihm die Erinnerung auf den Magen geschlagen. Das war nicht geschauspielert.

Sie stand auf. »Noah? Ist alles in Ordnung?«

Er kam schon bald zurück, sichtbar mitgenommen.

»Woran haben Sie sich erinnert?«

Er antwortete nicht, sammelte nur wortlos ihre wenigen Sachen ein. Dann brachen sie auf.

*

Isabels Haut juckte vor Schweiß, jede Falte schien wundgerieben zu sein, und die Trageschnur des *bilums*, in dem sie ihren kärglichen Proviant trug, kratzte. Sie hielt sich dicht hinter Noah. Er hatte sie heute nicht mehr angebunden – entweder hatte er es vergessen, oder es war ihm nicht mehr wichtig. Und so schweigsam und gereizt, wie er heute Morgen war, wagte sie nicht, ihn anzusprechen.

Er hatte abgestritten, Holländisch zu können, und doch hatte die Frage, die Isabel wiederholt hatte, bei ihm geradezu körperliche Schmerzen und Unwohlsein verursacht. Wie hatte die Frage genau gelautet? Sobald sie darüber nachdachte, drängte sich beharrlich das Bild von Herrn Konings vor ihr inneres Auge. Der arme Herr Konings mit seinem liebenswürdigen holländischen Akzent, der auf so furchtbare Weise gestorben war.

Wieso musste sie nur immer wieder an den toten Pflanzer denken?

Dann fiel es ihr wie Schuppen von den Augen, und überrumpelt von der plötzlichen Erkenntnis blieb sie stehen.

Es war nicht nur die Frage gewesen. Es war die Sprache! Das Holländische, das bei Noah offenbar irgendetwas ausgelöst hatte. Ja, so musste es sein! Wieso sonst sollte er leugnen, die Sprache zu beherrschen?

Auch Noah war stehen geblieben, sein Blick war ungeduldig. Sie beeilte sich, zu ihm aufzuschließen, dann hing sie wieder ihren Gedanken nach.

Womöglich war sein Vater Holländer. Ein weißer Siedler, der sich in diesem Land eine eingeborene Frau genommen hatte.

Heute Nacht im Schlaf hatte Noah geklungen, als habe sein jüngeres Ich sich vor irgendetwas schrecklich gefürchtet. Oder vor jemandem.

Konnte das sein Vater gewesen sein? Hatte Noah deswegen so gereizt auf den holländischen Pflanzer reagiert? Womöglich hatte Konings' Akzent bei ihm irgendeine verschüttete Erinnerung aufgewühlt.

Was den Mordvorwurf leider nicht entkräftete. Im Gegenteil.

Erneut tauchten die Gedanken auf, die sie schon so oft gewälzt hatte. War Noah wirklich eines Mordes fähig? Konnte er Herrn Konings umgebracht haben? Und erinnerte er sich tatsächlich an nichts mehr, was in dieser Nacht vorgefallen war?

Es konnte jeder gewesen sein. Jeder, der an diesem Tag in Simbang gewesen war, angefangen von den Jabim bis hin zu den Gästen. Aber wer könnte einen Grund haben, Konings etwas Böses zu wollen?

Sie kam einfach nicht weiter mit ihren Überlegungen. Wie gern hätte sie jetzt mit Bruder Lorenz über all diese Sachen gesprochen. Er hätte möglicherweise ein wenig Licht in dieses Dunkel bringen können, oder zumindest ihre Überlegungen geteilt. Doch so musste sie allein damit zurechtkommen.

Abermals kehrten ihre Gedanken zurück zu Noahs möglicher Vergangenheit. So vieles war noch nicht schlüssig. Nichts erklärte, wieso Noah Deutsch sprach. Womöglich war er im deutschen Teil des Landes aufgewachsen? Nein, das konnte nicht sein – Kaiser-Wilhelms-Land war erst seit gut fünf Jahren unter deutscher Herrschaft. Dann vielleicht bei deutschsprachigen Siedlern? Aber wieso sprach er dann – zumindest im Schlaf – Holländisch? Wie sie es auch drehte und wendete, sie kam der Lösung des Rätsels nicht näher. Und je mehr sie darüber nachdachte, desto mehr Fragen tauchten auf.

Was war damals passiert? Wovor hatte Noah als Kind so schreckliche Angst gehabt? Wieso hatte er sein Gedächtnis verloren? Woher stammte er?

Wat hebt u met mama gedaan?

Konnte das bedeuten, dass seiner Mutter etwas zugestoßen war? Und wer war daran schuld?

*

Der schmale Flusslauf glitzerte in der Sonne und verlor sich im üppigen Grün. Isabel hockte sich ans matschige Ufer zwischen die Büsche, tauchte eine Hand ins lauwarme Wasser, in dem zarte braune Schlieren trieben, und fuhr sich damit über das erhitzte Gesicht.

Noah sah ihr zu. »Was soll das werden?«

»Ich wasche mich«, sagte sie hoheitsvoll.

»Das nennen Sie waschen? Sie müssen ganz hineingehen. Es wird höchste Zeit, Sie riechen schon!«

»Eine Dame riecht nicht!«

Noah blieb ungerührt. »Sie tun es aber.« Er deutete auf ihre Bluse. »Und ihre Kleider fangen bereits an zu schimmeln.«

»Meine ... Machen Sie sich nicht lächerlich!« Als sie seinem Blick folgte, entdeckte sie auf dem hellen Stoff ihrer durchgeschwitzten, fleckigen Bluse einen weichen weißen Flaum. Wie ein feiner Pelz. Einfach widerlich. Also gut, sie würde sich und auch ihre Kleidung wohl wirklich gründlich waschen müssen.

Angewidert stand sie auf, ihre Hände verharrten an ihrer Knopfleiste. »Drehen Sie sich wenigstens um!«

Stattdessen legte er den Speer ins Gras.

»Was haben Sie vor?«, fragte sie beunruhigt.

»Fische fangen«, erwiderte er. »Aber vorher helfe ich Ihnen.«

»Helfen? Ich wüsste nicht – lassen Sie das!«

Ohne auf ihre Gegenwehr zu achten, hob er sie hoch und marschierte mit ihr ins Wasser. Als er die Mitte des niedrigen Gewässers erreicht hatte, ließ er sie fallen. Isabel tauchte unter und kam prustend und spuckend wieder nach oben.

»*Das* nenne ich waschen«, sagte er lachend.

»Ich finde das überhaupt nicht lustig!« Sie war klitschnass und fühlte sich gedemütigt, die Haare hingen ihr ins Gesicht, die nassen Kleider klebten am Körper. »Sie ... Sie Mistkerl!«

»Sie sehen bezaubernd aus, wenn Sie wütend sind.«

Vor Empörung blieb ihr die Luft weg. Was erlaubte er sich?

»Gehen Sie«, fuhr sie ihn an. »Lassen Sie mich allein!«

»Ich werde Ihnen schon nicht zuschauen.« Er deutete ein paar Meter flussabwärts, wo das Gewässer eine enge Schleife machte und sich ein großer, grün überwucherter Felsen mit einer Einbuchtung an seiner Oberseite erhob.

»Sehen Sie den Felsen? Dahinter werde ich sein, und Sie können sich hier waschen.«

Er watete ans Ufer zurück, nahm den Speer an sich und verschwand dann damit tatsächlich hinter dem Felsen.

Die nassen Kleider klebten wie eine zweite Haut an ihr. Sie kämpfte sich bis zum Felsen vor, der mit Flechten und Schlingpflanzen bewachsen war. Hier war es weniger schlammig, und das Wasser reichte ihr noch nicht einmal bis zur Hüfte. Sie griff in ihre Rocktasche und holte Conrads silberne Streichholzdose heraus. Sie schüttelte die Dose; es rasselte, nichts schwappte. Offenbar war bei dem kurzen Untertauchen kein Wasser eingedrungen. Sie legte das Döschen auf den Felsen.

Nachdem sie sich vergewissert hatte, dass Noah sie wirklich nicht sehen konnte, öffnete sie ihre Bluse, schälte sich aus dem nassen Stoff und stieg mit etwas Mühe aus ihrem Rock, so dass sie jetzt nur noch Schuhe und Unterkleidung trug. Einmal, zweimal, dreimal tauchte sie bis zum Hals unter und rieb sich mit den Händen Schweiß und Schmutz von der Haut. Was hätte sie jetzt für ein Stück Seife gegeben! Aber nun musste es eben ohne gehen. Sie löste ihren halbgeöffneten Zopf und wusch sich die Haare. Es fühlte sich herrlich an, beinahe unbekleidet im Wasser zu sein und sich endlich wieder säubern zu können. Als sie auch Rock und Bluse ausgewaschen hatte, wrang sie sie aus und hängte sie über ein paar der festen Ranken an dem Felsen.

Sie lauschte. War Noah noch da? Sie konnte ihn nicht mehr hören; weder Plätschern noch Wasserspritzen drang von der anderen Seite zu ihr. Angst schoss kalt durch ihre Adern. Hatte er sie etwa allein gelassen? Sie wollte nicht rufen, um sich nicht lächerlich zu machen, aber nachsehen konnte sie ja.

Lange Schlingpflanzen hingen vom Felsen bis ins Wasser. Sie hielt sich daran fest und stieg auf eine der verholzten

Ranken, die das Gestein wie ein umlaufendes Geländer bedeckten, um durch die Einbuchtung an der Oberseite des Felsens den weiteren Flusslauf einsehen zu können. Sie atmete erleichtert auf, als sie Noah dort entdeckte. Schnell wollte sie die Augen abwenden und sich wieder zurückziehen, aber dann musste sie doch hinschauen.

Er stand im Wasser, das ihm bis zum Oberschenkel reichte, vollkommen nackt. Wie eine griechische Statue aus heller Bronze wirkte er, regungslos, den erhobenen Speer in der Hand, den Blick auf das Wasser gerichtet. Tröpfchen glitzerten in seinen verfilzten Haarsträhnen und auf seiner Haut. Isabel war gleichermaßen verstört wie beeindruckt. Ihr Fuß glitt von der Ranke ab, gerade noch rechtzeitig konnte sie sich festhalten und wieder festen Stand finden. Reflexartig entfuhr ihr ein Ausruf des Schreckens.

Noah ließ den Speer sinken und hob den Kopf. »Isabel?«, rief er. »Ist alles in Ordnung?«

Rasch ließ sie sich vom Felsen gleiten. »Ja!«, gab sie gedämpft zurück – er musste schließlich nicht wissen, wie nah sie war. »Ja, es ... geht mir gut!« Ihr Gesicht brannte. Hatte er sie etwa gesehen?

Mit klopfendem Herzen wartete sie ein paar Sekunden, dann raffte sie ihre feuchten Kleider zusammen und watete ans Ufer, ohne sich noch einmal umzudrehen.

*

Wie lange waren sie jetzt schon unterwegs? Drei Tage? Vier Tage? Isabel kam es vor wie Wochen. Allmählich erschien ihr die Vorstellung, irgendwann wieder nach Simbang zurückzukehren, gar nicht mehr so verlockend. Ein seltsamer Gedanke, wie ihr kopfschüttelnd auffiel. War das nicht stets ihr Halt in dieser unwirklichen Situation gewesen?

Ihre Kleider waren schnell wieder getrocknet, nur ihre Schuhe waren noch leicht feucht. Es ging wieder bergan, fast unmerklich wandelte sich die Pflanzenwelt. Je höher sie kamen, desto größer wurden die Bäume, und desto feuchter wurde der Wald. Immer öfter ragten nun gewaltige Urwaldriesen mit unregelmäßigen Kronen zwischen den niedrigeren Bäumen in den Himmel. Überall rankten sich Lianen von moosüberwucherten Zweigen, wuchsen große Farne, die Blätter zum Teil eingerollt wie Schneckenhäuser. Verrottete Baumstämme lagen quer, immer wieder musste Isabel nach Wurzeln und Lianen greifen, um Halt zu finden. Alles war in grünen Flaum gekleidet. Kleine Pilze, rote und gelbe Orchideen, so klein wie Schneidernadeln, sprenkelten Stämme und den moosigen Boden.

Ihr Magen knurrte. Die zwei kleinen Fische, die Noah gestern gefangen hatte, waren längst vertilgt. Man hätte meinen können, in einer so vor Leben strotzenden Umgebung wie diesem Urwald müsste sich mehr Nahrhaftes finden, doch dem war nicht so. Ab und zu flatterten zwar ein paar bunte Vögel auf, sahen sie einen pelzigen Kuskus im dichten Blätterdach verschwinden. Aber um diese Tiere zu jagen, hätte Noah Pfeil und Bogen gebraucht, und das war nicht so leicht herzustellen wie der Bambusspeer, den er längst weggeworfen hatte, weil er ihn beim Laufen störte.

Vor einem hoch aufragenden Stamm blieb Noah stehen. Der Baum wirkte uralt und erhaben, als hätte ihn ein Künstler mit Ranken und Moos geschmückt. Auf seiner grün überzogenen Rinde zeigten sich Kratzspuren, am Boden um den Stamm herum lagen ein paar platte Haufen, offenbar die Hinterlassenschaften eines Tieres.

Noahs Blick ging zu Isabel. »Ich würde Sie nur ungern wieder anbinden. Versprechen Sie mir, dass Sie nicht weglaufen?«

»Ja, natürlich.« Sie nickte, erleichtert über diese deutliche Verbesserung. »Was haben Sie denn vor?«

Er deutete auf den Baum. »Mich umschauen. Und vielleicht kann ich da oben auch noch ein Baumkänguru fürs Abendessen fangen.«

Sie sah ihn verunsichert an. Nahm er sie schon wieder auf den Arm? »Kängurus leben nicht auf Bäumen«, gab sie zurück.

»Diese schon.«

Mit einer Pflanzenfaser band er sich das Buschmesser um den linken Oberarm, über den Hemdärmel, dann begann er, den Baum hinaufzuklettern. Er war schnell – Isabel sah staunend mit an, wie gewandt er barfuß von Ast zu Ast klomm und schon bald zwischen Blättern, Geäst und Lianengewirr verschwunden war.

»Passen Sie auf!«, wollte sie ihm noch nachrufen, aber sie biss sich auf die Zunge und schwieg. Natürlich würde er aufpassen, das musste sie ihm nicht erst sagen. Dieser Urwaldriese war sicher an die dreißig oder vierzig Meter hoch – eine Höhe, vor der ihr graute. Wenn Noah herunterfiel, wäre er tot, oder er würde sich zumindest etliche Knochen brechen. Mitten im Dschungel wäre auch das ein sicheres Todesurteil.

Sie legte den Kopf in den Nacken und versuchte, etwas zu erkennen in dem dichten Baumkronendach aus Ranken und Zweigen. Wo blieb er nur so lange?

»Können Sie etwas sehen?«, rief sie nach einer Weile hinauf.

Sie erhielt keine Antwort. Hörte er sie nicht? Sie wollte nicht zu laut rufen – wer wusste schon, wen sie damit auf sich aufmerksam machen würde.

Es dauerte, bis Geraschel und Bewegung in den Blättern verrieten, dass er wieder hinabgeklettert kam. An seinem

Hemd hatte sich ein Tier in der Größe eines Kleinkinds festgeklammert, das entfernt an einen flauschigen Bären erinnerte. Als Noah den letzten Meter zu Boden gesprungen war, wandte sich ihr ein freundliches Affengesicht mit rosa Nase und zwei dunklen Knopfaugen zu.

»*Das* ist ein Baumkänguru?«

Er nickte. »Diese Tiere sind so zutraulich, dass man sie nur von den Bäumen zu pflücken braucht – sofern man sie findet.«

Sie streckte einen Arm aus und streichelte dem Känguru über den Rücken. Das braungoldene Fell war weich wie das eines Hasen, der lange goldfarbene Schwanz reichte fast bis zum Boden. Isabels Herz schlug schneller vor überbordender Zärtlichkeit. Ganz ähnlich musste sich wohl eine Mutter fühlen, wenn sie zum ersten Mal ihr Kind in die Arme gelegt bekam.

Dann erst ging ihr auf, was Noah vorhatte. »Sie wollen dieses drollige Kerlchen doch nicht etwa töten?«

Er bückte sich und ließ das Baumkänguru von seiner Schulter auf den Boden klettern. Unbeholfen hoppelte es ein paar Schritte und blieb dann auf den Hinterbeinen sitzen. »Glauben Sie mir, ich tue das auch nicht gern, aber es muss sein. Wir haben seit Tagen kaum etwas gegessen.« Er zog das Messer mit der langen Schneide aus dem Halter aus Pflanzenfasern. »Es geht ganz schnell. Sie müssen ja nicht hinsehen.«

»Nein!« Isabel stellte sich vor das Känguru. »Ich werde nicht zulassen, dass Sie dieses Tier umbringen!«

Noah seufzte. »Das hatte ich befürchtet.«

»Wir … wir können doch noch mehr Wurzeln essen. Oder diese scheußlichen Maden. Ich verspreche Ihnen, ich werde ohne zu murren ein paar Maden essen. Meinetwegen auch roh. Wie wäre es damit?«

»Gehen Sie aus dem Weg, Isabel.«

Sie schüttelte den Kopf. Tränen traten ihr in die Augen. Aus dem Augenwinkel sah sie, dass das Baumkänguru schwerfällig wieder auf seinen Baum zusteuerte.

»Gehen Sie zur Seite, sonst ist das Tier weg!«

Als er das Buschmesser kurz ablegte, um das Känguru festzuhalten, stürzte Isabel vor und griff nach der Waffe. Tatsächlich, sie hatte das Messer in der Hand! Es fühlte sich ein wenig beängstigend an. Und gleichzeitig sehr befriedigend.

Noah richtete sich auf. »Geben Sie mir das Messer, Isabel! Sie verletzen sich noch damit.«

»Sie werden das Baumkänguru nicht töten!«

»Also gut, wenn Sie darauf bestehen. Aber beschweren Sie sich nachher nicht, dass Sie Hunger haben.«

»Ich glaube Ihnen nicht!«

»Geben Sie mir das Messer zurück.«

»Nein!«

Sie hatte keine Ahnung, wie er es angestellt hatte, aber plötzlich lag sie rücklings im Gras. Noah saß auf ihr, drückte ihr rechtes Handgelenk zu Boden und versuchte, ihr das Messer aus der Hand zu winden.

Die Wut gab ihr Kraft. Die Wut und die Angst um dieses hilflose Wesen. Sie schlug mit der Linken auf ihn ein. Er fing ihre Hand auf. Er war zu stark für sie, sie konnte die Waffe nicht länger festhalten. Aber sie würde es ihm nicht leichtmachen! Mit einer ruckartigen Bewegung ihrer Hand gelang es ihr, das Messer ein Stück über den moosigen Boden zu stoßen, fort von ihm. Wenn er es holen wollte, musste er sie loslassen.

Aber er ließ sie nicht los.

Er saß rittlings auf ihr, hatte sich nach vorne gebeugt und presste ihre Handgelenke auf den Boden. Ihr Herz schlug so schnell, dass ihr ganzer Körper vibrierte, und für einen winzigen Moment huschte der absurde Wunsch durch ihren Kopf, er möge ... Ja, was denn?

Er lockerte den Griff um ihre Handgelenke und fuhr mit gespreizten Fingern zwischen ihre, während er sie weiterhin zu Boden drückte. Fest, aber nicht grob. Ihr Widerstand erlahmte, ihre Finger schlossen sich um seine. Sie wollte etwas sagen, doch kein Wort kam aus ihrer Kehle.

Er beugte sich noch weiter vor. Ganz nah war sein Gesicht mit diesen irritierend blauen Augen jetzt über ihr. Dann berührten seine Lippen die ihren.

Isabel wehrte sich nicht. Mehr noch, sie schloss die Augen und hob sich ihm entgegen. Als sie seine Zungenspitze spürte, öffnete sich ihr Mund fast ohne ihr Zutun. Sanft, warm und feucht glitt seine Zunge ein kleines Stück zwischen ihre Lippen, spielte mit ihren Zähnen.

Sie keuchte vor Entzücken auf. Es war so ... wundervoll! Die Angst und die Wut, die sie eben noch empfunden hatte, lösten sich auf in pures Wohlgefallen, sie glaubte zu schweben. In ihrem Unterleib saß ein heftiges Flattern, die geheime Stelle zwischen ihren Beinen pulsierte. Ihre Finger zuckten in seinen. Sie wollte ihn umarmen, ihn festhalten, umschlingen, doch er ließ ihre Hände nicht los. Sie spürte etwas Hartes gegen ihren Bauch drücken. Trotz des feuchten Mooses, das ihr die Kleider an Rücken und Beinen durchnässte, war ihr unglaublich warm; eine Hitze, die von innen kam.

Großer Gott, was tat sie da? So benahm sich doch keine anständige junge Dame! Sie drehte den Kopf und versuchte, sich unter ihm hervorzuwinden. Noah ließ sie los, als wäre sie eine giftige Schlange, setzte sich ruckartig auf und erhob sich hastig.

»Ich ... Das ...« Er räusperte sich, rang sichtbar nach Fassung, begann erneut. »Da oben sind schon die ersten Wolken, es wird bald regnen. Wir sollten uns einen Unterschlupf suchen.«

Auch Isabel war aufgestanden, ihre Beine zitterten. Das Baumkänguru war verschwunden. Mehr um Noah nicht in die Augen zu schauen denn aus Notwendigkeit zupfte sie ein paar Grashalme von ihrem dunkelblauen Rock. Ihr Gesicht glühte, ihr Mund schmeckte noch nach seinem Kuss. Was musste er jetzt bloß von ihr denken?

»Ja«, sagte sie mit belegter Stimme. »Das sollten wir.«

11.

Kein Lüftchen wehte, die Luft war zum Schneiden, und selbst die allgegenwärtigen Stechmücken zeigten sich kaum. Noah kam sich vor, als würde er durch eine dicke Soße laufen; er hatte das inzwischen recht zerschlissene Leinenhemd wieder ausgezogen, und auch seine Hose hatte bereits bessere Tage gesehen. Isabels Bluse war ebenfalls schon wieder verdreckt und an vielen Stellen zerrissen. Er bemühte sich, nicht allzu häufig darauf zu starren, denn durch einen klaffenden Riss im Stoff konnte er mehr von der zarten Rundung ihrer Brust sehen, als ihr offenbar bewusst war. Ihr dunkelblauer Rock, den sie heute Morgen mit dem Buschmesser gekürzt hatte, endete jetzt ebenso wie ihr Unterrock eine gute Handbreit unter dem Knie, die Säume waren ausgefranst, der dunkle Stoff voller Risse.

Sie folgten dem Wasserlauf, auf den sie vorgestern gestoßen waren und der sich inzwischen zu einem Fluss verbreitert hatte. Anfangs waren sie noch dicht am Ufer entlanggelaufen, aber bald schon führte ihr Weg wieder nach oben, Klippen und bewaldete Abhänge empor, zwischen denen der Fluss tief ins Tal schnitt. Noah hoffte, dass sie schon an einem Nebenlauf des Ramu waren.

Der Hunger machte ihnen zu schaffen. Ein paar kümmerliche Wurzeln und einige Larven, die Noah unter der Rinde eines Baumes hervorgeholt hatte, mehr gab es nicht. Isabel hatte tatsächlich tapfer zwei gebratene Larven hinuntergewürgt. Er hatte entschieden, dass er es wagen konnte, ein Feuer zu machen, denn inzwischen waren sie weit genug von Simbang entfernt, und ein Suchtrupp wäre ihnen sicher nicht bis hier gefolgt. Das Feuermachen blieb eine schweißtreibende und unerquickliche Angelegenheit – wenn auch nur so lange, bis Isabel ihm einen kleinen silbernen Behälter hingehalten hatte. Conrads Streichholzdose.

»Damit geht es leichter«, hatte sie lächelnd gesagt.

Jetzt blieb Noah stehen und hielt eine lange Ranke zur Seite. Isabel schaute zu ihm auf und senkte dann schnell wieder den Blick.

Er sah ihr hinterher. Er war sich seiner Wirkung auf das andere Geschlecht immer sicher gewesen. Nur aus ihr wurde er nicht klug. Mit keinem Wort hatte sie erwähnt, was gestern vorgefallen war.

Sie hatte den Kuss erwidert. Und dann hatte sie ihn abgewehrt.

Er war zu weit gegangen. Bislang hatte er sich einreden können, nichts für sie zu empfinden außer einer gewissen körperlichen Anziehung. Aber als sie plötzlich unter ihm gelegen hatte, so schön und wehrhaft und verzweifelt um das Leben des Baumkängurus kämpfend, da hatte er seine Gefühle einfach nicht mehr zurückhalten können.

So etwas hatte er noch bei keiner anderen Frau empfunden. Er wunderte sich über sich selbst, wie wichtig sie ihm geworden war. Er wollte sie halten, wenn sie traurig war, wollte ihr Bein massieren, wenn es nach dem Laufen schmerzte, wollte mit ihr lachen und mit ihr einschlafen.

Doch daran durfte er jetzt nicht denken. Vielmehr musste er zusehen, sie so schnell wie möglich loszuwerden und endlich an ein Kanu zu kommen, um zu den Kandangai am Kaiserin-Augusta-Fluss zu gelangen.

Dort war er Asemou gewesen. *Asemou, der Namenlose.* Ob sie ihn wieder so nennen würden?

Die Vorstellung, sich erneut in die Stammesgemeinschaft einzugliedern, nachdem er fünf Jahre unter Weißen gelebt hatte, fiel ihm schwer. Aber zumindest für die erste Zeit brauchte er einen Platz zum Untertauchen, fernab von den Siedlungen der Europäer. Fernab von dort, wo man ihn wegen des Mordes an Konings suchte.

Wenn er nur wüsste, was in dieser Nacht, in der er sich so heillos betrunken hatte, vorgefallen war.

Sie sprechen eine fantastische Deutsch. Sie sind keine von die Jabim?

Konings' Worte mit dem grässlichen holländischen Akzent drängten sich wieder in seinen Kopf. Er musste nur daran denken, und schon spürte er, wie sich etwas in ihm aufbaute. Eine Mischung aus grenzenloser Wut, Hilflosigkeit und Angst. Ein Gefühl, das ihn zurückfallen ließ in eine Zeit, die er vergessen hatte.

Ein erstickter Schrei, ein zuckender, hilfloser Körper. Ein rotbärtiges Gesicht, das sich ihm zuwendet, den Mund vor Angst aufgerissen.

Das war nicht Konings! Konings war zwar auch rothaarig gewesen, aber er hatte keinen Bart getragen.

Ich werde dir an die Hunden verfüttern!

Der widerliche Geruch alkoholgeschwängerten Atems.

Das Weinen einer Frau. Ihre Stimme, die weit entfernt nach ihm rief. Und dann plötzlich abbrach.

Jeroen ...!

War das tatsächlich sein Name gewesen?

Wat hebt u met mama gedaan? Er wollte nicht daran denken, aber immer wieder kamen diese Worte hoch, von denen Isabel behauptete, er habe sie im Schlaf gesprochen.

Wat hebt u met mama gedaan? Was haben Sie mit Mama gemacht?

An wen war die Frage gerichtet gewesen?

Er wusste es, irgendwo in sich wusste er es. Die Erinnerung schlummerte dicht unter der Oberfläche, gehalten nur von einem dünnen Häutchen aus Verdrängung und Nichtwissen-Wollen. Und er wollte auch jetzt nichts davon wissen.

*

Wie ein filigranes Spinnennetz spannte sich die Hängebrücke über die Schlucht. Tief unter ihr wand sich der Fluss durch das bewaldete Tal. Die Brücke machte einen recht unsicheren Eindruck, musste Noah feststellen, die Halteseile aus Pflanzenfasern fransten bereits an vielen Stellen aus. Aber auf dieser Seite des Flusses gab es kein Fortkommen mehr: Eine hohe Steilwand versperrte ihnen den Weg. Und wer auch immer die Brücke erbaut hatte, lebte womöglich in der Nähe. Vielleicht konnte er von ihnen ein Kanu bekommen.

Isabel war blass geworden. »Müssen wir wirklich da hinüber?«, fragte sie mit sichtlicher Beklemmung.

Er nickte. »Es ist nicht so schlimm, wie es aussieht. Solche Brücken werden schon seit Ewigkeiten verwendet.«

Er betrat die Brücke und ging vorsichtig ein paar Schritte auf den schwankenden Bohlen. Die Lianen mochten alt sein, aber sie hielten. Er blieb stehen und drehte sich zu Isabel um. »Sehen Sie, es ist sicher. Kommen Sie!«

Sie verharrte wie angewachsen. »Noah, bitte, es ist so schrecklich hoch, und diese einfache Brücke da … Ich fürchte, das kann ich nicht!«

»Doch, Sie können.« Er kehrte zurück zu ihr und streckte seinen Arm aus. »Geben Sie mir Ihre Hand.«

Sie zögerte, atmete tief durch, dann trat sie einen zaghaften Schritt nach vorne und ergriff seine Hand.

»Lass mich nicht los!«, murmelte sie angespannt.

Sein Herz machte einen kurzen, freudigen Hüpfer, und er konnte nicht verhindern, dass sich ein beglücktes Lächeln auf seinem Gesicht ausbreitete. Sie sah ihn an, eine leichte Röte erschien auf ihren Wangen. Ihr war es genauso aufgefallen wie ihm: Sie hatte ihn geduzt.

»Ich lass dich nicht los«, sagte er leise und fasste ihre Hand fester. »Ich halte dich.«

Die Konstruktion aus kunstvoll miteinander verknüpften Ranken und Hölzern knarrte unter ihrem Gewicht und schwankte bei jedem Schritt. Isabel hielt sich mit einer Hand am Geländer aus geflochtenen Lianen fest, die andere umklammerte seine Rechte. Den Blick starr nach vorne gerichtet, tastete sie sich über die Brücke. Ihre Finger zitterten.

Sie waren knapp über die Mitte der Brücke hinaus, als Noahs Blick dem Lauf des Flusses unter sich folgte. Ihm stockte der Atem: Weit entfernt am gegenüberliegenden Ufer, außerhalb ihrer Rufweite, kampierte eine Gruppe von Männern. Er sah einen Gewehrlauf in der Sonne blitzen, und trotz der Wärme wurde ihm plötzlich kalt. War das der Suchtrupp? Hatten sie sie doch noch eingeholt?

Isabel hatte nichts davon mitbekommen. Sie wirkte erleichtert, als sie die andere Seite der Schlucht erreichten, und ließ verlegen seine Hand los.

Ein kurzes Stück folgten sie einem halb überwucherten Pfad, der leicht hügelan führte, bis er sich zu zwei noch schmaleren Pfaden gabelte. Noah blieb stehen und pflückte Isabel vorsichtig ein bunt schillerndes Insekt von der Schulter. Es war riskant, aber er musste Gewissheit haben.

»Ich muss kurz etwas erledigen«, sagte er in der Hoffnung, dass Isabels anerzogene Schamhaftigkeit sie hinderte, genauer nachzufragen oder ihm gar zu folgen. »Wartest du dort vorne auf mich? Ich bin gleich wieder zurück.«

Isabels Gesicht glühte noch immer. Dann nickte sie und ging voraus.

Noch einmal betrat er die schwankende Brücke, diesmal allerdings nur so weit, bis er genug sehen konnte. Er zählte sieben Europäer in hellen Anzügen und Tropenhelmen, dazu genauso viele einheimische Träger. Sie lagerten mit einer großen Menge Gepäck und Ausrüstungsgegenständen am Ufer des Flusses, auch einige Kanus waren dort vertäut.

Das war kein Suchtrupp. Ein Suchtrupp setzte sich aus einheimischen Polizeisoldaten zusammen, die er auch auf diese Entfernung gut an ihrer Dienstmütze und dem Seitengewehr hätte erkennen können. Auch die Kanus sprachen gegen einen Suchtrupp, der ihnen wohl eher zu Fuß gefolgt wäre. Niemand konnte schließlich wissen, dass er, Noah, ausgerechnet hierher kommen würde. Vermutlich handelte es sich bei den Männern dort unten um eine Expedition, die das Landesinnere entlang des Ramu erkundete.

Das war eine unerwartete Gelegenheit: Mit diesen Leuten konnte Isabel wohlbehalten nach Simbang zurückkehren! Und wenn er es geschickt anstellte, könnte er den Männern vielleicht sogar eines ihrer Kanus entwenden und damit ebenfalls flussabwärts gelangen, bevor sie den Verlust bemerkten.

Er musste darüber nachdenken. Musste überlegen, wie er Isabel zu ihnen schicken konnte, ohne sich selbst in Gefahr zu bringen. Aber die Vorstellung, sie jetzt gehen zu lassen, grub sich wie ein Messer in sein Herz. Er hatte nicht damit gerechnet, dass er sich schon so bald von ihr trennen musste. Gerade jetzt, wo sie …

Nein, es war gut so. Es wurde höchste Zeit, dass sie wieder zurück in die Zivilisation kam.

Als er die Stelle erreicht hatte, an der sie hatte warten sollen, durchzuckte ihn ein jäher Schreck: Wo war sie?

»Isabel?«, rief er gedämpft, aus Sorge, die Expeditionsteilnehmer könnten ihn hören. Er erhielt keine Antwort. Und die Männer waren ohnehin zu weit weg. »Isabel!«, brüllte er schließlich.

»Hier!«, kam die Antwort von irgendwo aus dem Gebüsch weiter vorn. »Sieh nur!«

Sie klang zwar eher erfreut als ängstlich, dennoch hatte er es eilig, zu ihr zu kommen. Sie stand in einem gerodeten Stück Wald, den ein niedriger Bambuszaun umgab und in dem regelmäßige Reihen von Gemüsepflanzen angelegt waren. Daneben wuchsen Palmen und Obstbäume.

»Schau!« Isabels Gesicht leuchtete vor Freude, in ihrer Hand hielt sie eine angebissene grüne Mango mit leuchtend gelbem Fruchtfleisch. »Ist das nicht wunderbar? Hier gibt es Mangos! Und Bananen! Und Yams und Süßkartoffeln! Hier ist ein ganzer Garten voller Früchte und Gemüse!«

Ein Bild, das er einmal in einer Bibel gesehen hatte, kam ihm in den Sinn: wie Eva im Paradies. So fröhlich hatte er sie schon lange nicht mehr gesehen. Ihre Augen lachten, klebriger Saft lief ihr über das Kinn. Nie war sie ihm so schön vorgekommen, trotz der verschwitzten Haare und der zerrissenen Bluse.

»Ob es unrecht ist, wenn wir uns hier bedienen?«, fragte sie.

Er ignorierte die warnende Stimme in seinem Inneren und schüttelte den Kopf. Wer immer diesen Garten angelegt hatte, wäre zwar kaum erfreut über ihr Eindringen, aber sie würden sich schon nicht erwischen lassen.

Isabel lächelte ihn an. »Wir können den Gartenbesitzern als Gegenleistung ja die restliche Handschelle überlassen.«

Er lächelte zurück. Langsam ließ sie die Frucht sinken

und trat einen Schritt auf ihn zu. Und noch einen. Als er sich zu ihr beugen wollte, ging ihr Blick an ihm vorbei und wurde starr, alle Farbe wich aus ihrem Gesicht. Er fuhr herum.

Vor ihnen stand eine Gruppe von Eingeborenen. Mächtige Ringe aus Eberhauern zierten ihre Nasen, und drei von ihnen hatten ihre mannshohen Bogen gespannt und Pfeile auf sie gerichtet.

*

Das Entsetzen schien jegliches Mark aus Isabels Knochen gesogen zu haben. Sie glaubte keinen Finger rühren zu können, konnte nur wie gelähmt auf dieses Schreckensbild starren. Die Männer waren von dunkler Hautfarbe, bis auf ein kurzes Lendentuch nackt und mit Ketten aus Schnecken und Muschelschalen geschmückt, und einer von ihnen trug an einem Halsband eine winzige, schwarz geräucherte Hand. Die Hand eines Säuglings. Für einen Augenblick glaubte sie, ohnmächtig zu werden.

»Isabel!«, vernahm sie Noahs leise, drängende Stimme.

»Was?« Endlich konnte sie ihren Blick von der winzigen Hand losreißen.

Noah hatte das Buschmesser fallen gelassen und öffnete nun langsam die Hände in einer Geste des Friedens. Isabel tat es ihm zitternd nach. Am liebsten wäre sie fortgelaufen, aber sie ahnte, dass sie das nicht überlebt hätte.

Der Papua mit der Säuglingshand um den Hals kam auf sie zu. Er herrschte Noah in einer Isabel unbekannten Sprache an, und dieser sank auf die Knie.

»Du auch!«, flüsterte er Isabel zu. »Mach schon!«

Sie gehorchte, bebend vor Angst.

Langsam ließen die Männer ihre Bögen sinken.

»O Gott, Noah, das sind … das sind Kannibalen!« Isabel

war schlecht vor Furcht. »Du hast doch gesagt, es gebe hier keine Menschenfresser!«

»Ich habe gesagt, keiner der Stämme, die ich kenne, hat je Menschenfleisch gegessen«, gab Noah leise zurück. »Aber diesen Stamm kenne ich nicht.«

Der Größte von ihnen nahm das Buschmesser mit der langen Klinge auf, das Noah ins Gras hatte fallen lassen, und fuhr mit dem Finger an der Schneide entlang. Erstaunt hob er den Kopf, als Blut aus seiner Fingerspitze quoll, und sagte etwas zu seinen Kameraden. Offenbar hatten sie noch nie ein Messer aus Metall gesehen. Grunzendes Lachen und ein paar kehlige Worte ertönten.

»Ich verstehe ein bisschen von dem, was sie sagen«, murmelte Noah. »Es hört sich an wie ein weit entfernter Dialekt des Kâte.«

Er sagte ein paar Worte in einer gutturalen Sprache. Sofort sprang der Mann vor und hieb in einer einzigen fließenden Bewegung mit dem Buschmesser nach ihm. Isabel schrie auf. Er hätte Noah vermutlich die Kehle aufgeschlitzt, hätte dieser sich nicht geistesgegenwärtig geduckt.

Die nächsten Minuten glitten an Isabel vorbei, als wäre sie gar nicht richtig wach. Wie betäubt ließ sie es über sich ergehen, dass man ihr eine Schlinge aus Pflanzenfaser um den Hals legte und die Hände im Nacken daran band, so dass sie Gefahr lief, sich selbst zu erdrosseln, sobald sie sich dagegen wehrte. Mit Noah verfuhr man genauso und nahm ihm auch noch den Knochendolch aus dem Band an seinem Oberarm. Dann trieb man sie vorwärts.

*

Das Stammesdorf lag auf einer kleinen Lichtung mitten im Dschungel und bestand aus einigen palmwedelgedeckten

Pfahlhütten. Ganz ähnlich wie in Simbang. Allerdings gab es in Simbang ganz sicher nicht so etwas wie den hoch aufragenden Turm aus Holz und Lianen, der sich hier am Dorfrand erhob.

Vor einem aus Ästen und dünnen Stämmen erbauten Pferch, in dem ein Kasuar, ein großer, straußenähnlicher Laufvogel, eingesperrt war, blieben sie stehen. Wollte man sie etwa hier einschließen, zusammen mit dem Kasuar? Einer der Männer durchtrennte Isabels Fesseln, dann stieß man sie in den Pferch und verriegelte die Tür. Sie drückte sich an den äußersten Rand des Käfigs, bis sie erkannte, dass der Vogel durch ein geflochtenes Gatter von ihr getrennt war und sie mit seinen großen, krallenbewehrten Füßen nicht erreichen konnte. Was immer man mit ihr vorhatte – von dem Kasuar hatte sie zumindest nichts zu befürchten. Er war genau wie sie ein Gefangener.

Und Noah? Sie konnte gerade noch sehen, wie man ihn in ein großes, mit prächtiger Schnitzerei geschmücktes Pfahlhaus brachte. Was hatten sie mit ihnen vor? Würde es ihm gelingen, sich mit ihnen zu verständigen? Oder – würde man ihn ohne langes Federlesen töten? Und sie auch?

Vor dem Pferch hatte einer der Wilden Aufstellung genommen. Voller Furcht musterte Isabel die Muschelketten, die um seinen Hals hingen, und seine buschige, mit Knochen und Federn geschmückte schwarze Haarpracht. In einiger Entfernung sah sie ein paar dunkelhäutige, barbusige Frauen mit Baströckchen und einige Kinder. Sie schauten zu ihr herüber, aber niemand wagte es näher zu kommen.

Es mochten nur einige Minuten vergangen sein, als ein Ruf ihren Bewacher aufschreckte. Er öffnete den Pferch und zerrte Isabel mit sich zu einem Platz in der Mitte des Dorfes, den sie bisher nicht hatte sehen können. Vor einem Mann, der dort auf einem federgeschmückten Sitz saß, zwang man sie auf die Knie. Sie zitterte am ganzen Körper und spürte, wie es feucht an ihrem Rücken hinablief. Wenigstens war auch Noah da. Er kniete neben dem Mann, die Hände noch immer im Nacken gefesselt, aber offensichtlich unversehrt. Auf der nackten Haut seines Oberkörpers glänzte Schweiß.

Der Stammesfürst flößte Isabel vom ersten Moment an Furcht ein. Er war ein großer, kräftiger Mann mit tiefliegenden Augen, und die fast kreisrunden Eberhauer, die er in der Nase trug, gaben seinem kaffeebraunen Gesicht einen noch martialischeren Ausdruck. In seinen Händen hielt er Noahs Buschmesser, und auf dem Platz vor ihm lagen ihr *bilum*, Noahs blaues Band sowie die Früchte, die sie genommen hatten.

Er knurrte Noah etwas zu, der daraufhin stockend ein paar kehlige Worte äußerte. Der Häuptling schüttelte den Kopf, schien ihn nicht zu verstehen. Dann wiederholte er Noahs Worte in leicht veränderter Form, als müsse er ihm erklären, wie man richtig spricht, und nickte ihm mit einer knappen Kopfbewegung zu. Offenbar sollte Noah für ihn übersetzen.

»Das ist Korua-Kolta«, sagte Noah leise an Isabel gewandt. »Der Häuptling der Donowai. Wenn ich ihn richtig verstanden habe, dann behauptet er, wir hätten ihn bestohlen.«

Isabel schluckte. »Hören Sie, Herr … Kolta«, begann sie, so ruhig sie es vermochte. »Es tut mir wirklich leid, falls wir …«

Sie verstummte, als der Häuptling sie mit einer Handbewegung zum Schweigen aufforderte. Ein stummer Kreis von Männern hatte sich um sie versammelt. In einigem Abstand fanden sich auch ein paar Frauen ein. Der Häuptling äußerte ein paar knurrende Töne, dann trat einer aus der Runde der Männer vor und zerrte Isabel nach oben. Sie stieß einen spitzen Schrei aus, als der Wilde ihr die zerfetzte Bluse vom Leib riss – und gleich darauf auch das Leibchen, das sie darunter trug. Mit Händen und Armen versuchte sie, ihre entblößten Brüste zu bedecken. Noch nie im Leben hatte sie sich so sehr gefürchtet. Und sich gleichzeitig so sehr geschämt.

Sie wagte nicht aufzublicken, stand zitternd und mit gesenktem Haupt da und betete stumm um Rettung aus ihrer Not. Dann sagte der Häuptling etwas. Langsam und gewichtig. Offenbar war es an sie gerichtet.

Jetzt hob sie doch den Kopf. Noah sah aus, als hätte er einen Schlag erhalten, in seinem Gesicht unverhülltes Entsetzen.

»Was hat er gesagt? Was hat er gesagt, Noah?« Sie schrie fast vor Angst. »Werden sie ... werden sie uns ... töten?«

Er schüttelte langsam den Kopf, seine Stimme zitterte. »Dich nicht. Dich will Korua-Kolta zur Frau.«

12.

Sie starrte Noah an, alles Blut schien in ihr zu gefrieren. Nur verzögert erfasste sie die Bedeutung seiner Worte.

»Seine ... Frau? Ich soll seine Frau werden?« Sie keuchte auf, als die Panik nach ihr griff. »Das ... das hat er nicht gesagt. Das hast du gerade nur erfunden!« Noch nie hatte sie sich so sehr gewünscht, dass Noah log. Eigentlich hätte sie auf der Stelle ohnmächtig werden müssen. Die Vorstellung, von diesem furchteinflößenden Wildenhäuptling angefasst und geschändet zu werden, war fast mehr, als sie ertragen konnte. »Noah?«

»Sei still! Ich überlege mir was.«

Er sagte ein paar Worte in der fremden Sprache. Offenbar bot er dem Häuptling ihre ausgebreiteten Sachen als Geschenk an. Korua-Kolta lachte und wischte seine Worte wie Fliegendreck beiseite. Natürlich konnte er lachen – da Noah und Isabel seine Gefangenen waren, zählten die Gegenstände ohnehin bereits zu seinem Eigentum. Dennoch ließ er sich von einem seiner Leute nacheinander die Sachen an seinen thronähnlichen Sitz bringen. Er nahm die Zahnzange, die sich noch immer im Tragenetz befunden hatte, und wedelte damit herum, dann warf er sie zurück auf den Boden.

Für ein paar Augenblicke achtete niemand auf Isabel. Zitternd griff sie nach ihrer zerrissenen Bluse und streifte sie über. Jetzt war sie wenigstens wieder ein bisschen bedeckt.

Der Häuptling langte nach der verbliebenen Handschelle, aber als er versuchte, seine dunkle Pranke hindurchzustecken, war die Hand zu groß. Dann schien er genug zu haben, und mit einer unwirschen Handbewegung ließ er alles wieder forttragen. Nur das lange Buschmesser hatte sein Gefallen gefunden.

Erneut gab es einen kurzen Wortwechsel zwischen dem Häuptling und Noah, dessen Hände noch immer im Nacken gefesselt waren. Immer wieder schien der Häuptling ihn nicht zu verstehen, musste Noah nach Worten suchen. Dann hob Korua-Kolta eine Braue, sah zu Isabel und grinste zähnefletschend.

»Noah?« Ihre Stimme klang ganz zittrig. »Was hast du ihm erzählt?«

»Dass er dich nicht zur Frau nehmen könne, weil du …«, er stockte kurz, »weil du schon mir versprochen seist.«

»Wie bitte?«

»Das war das Einzige, was mir eingefallen ist! Aber es hat ohnehin nichts genützt. Er will …« Er brach ab, als einer der Wilden ihn aus seiner knienden Haltung in den Stand zerrte. »Nein!«, stieß er auf Deutsch aus, und auch Isabel durchfuhr kalte Angst. Was hatten sie vor? Wollten sie ihn jetzt etwa … hinrichten?

Mühsam brachte er ein paar Worte in der fremden, kehligen Sprache hervor, und das endlich schien den Häuptling zu beeindrucken. Er stellte eine Frage, und Noah nickte. Sein Atem flog, Isabel sah ihm an, dass er um Fassung rang. Korua-Kolta winkte dem Mann, der daraufhin Noahs Arm losließ.

Was ging hier vor? Ging es um Noah? Oder um sie?

»Isabel«, sagte Noah leise, »hast du die Streichhölzer noch?«

Sie konnte ihn nur begriffsstutzig ansehen. »Was?«

»Die Streichhölzer! In Conrads Dose. Sag nicht, dass du sie nicht mehr hast!«

»Doch, doch. Das heißt, ich hoffe es …« Mit zitternden Fingern kramte sie in ihrer Rocktasche und förderte das silbrige Kästchen zutage. »Wieso? Wofür brauchst du sie?«

»Ich habe behauptet, ich würde einen mächtigen Zauber beherrschen und könne Feuer aus dem Nichts erzeugen. Jetzt will der Häuptling Beweise sehen. Na los, gib es ihm!«

Korua-Kolta streckte die Hand aus, und Isabel reichte ihm die Dose. Doch statt nach der Dose griff er nach ihrem Handgelenk und zog sie näher zu sich. Ihr Sträuben hatte keine Wirkung.

Der Häuptling nahm ihr das silberne Kästchen ab, besah es von allen Seiten, schüttelte es und lauschte dem Rasseln darin, konnte aber offensichtlich nichts damit anfangen. Ein kurzer Befehl, und einer der Donowai durchtrennte Noahs Fesseln. Noah ließ die Arme sinken und rieb sich die Handgelenke.

Isabel betete lautlos. *O Herrgott hilf. Lass diese Menschen noch nie ein Zündholz gesehen haben! Und bitte, bitte, lass es funktionieren!*

Eilig wurden Gräser und Zweige zusammengetragen und auf einen kleinen Haufen vor den Häuptling geschichtet. Man händigte Noah die Dose aus, woraufhin er sich vor das aufgeschichtete Holz kniete und einige fremdartige Gesten vollführte. Dann begann er, etwas zu murmeln, was für Isabel zuerst wie eine magische Beschwörungsformel klang – bis sie vertraute Worte vernahm. Wäre die Situation nicht so ernst gewesen, hätte sie gelächelt: Noahs »magische Worte« waren nichts anderes als das deutsche Vaterunser. Sie konnte sich gerade noch zurückhalten, nicht einzustimmen in das ihr seit frühester Kindheit geläufige Gebet.

»Vater unser, der du bist im Himmel, geheiliget werde

dein Name. Dein Reich komme. Dein Wille geschehe, wie im Himmel, also auch auf Erden.«

Er öffnete die Dose. Es waren nicht mehr viele Streichhölzer darin, vielleicht noch fünf oder sechs Stück, wie Isabel erkannte. Vorsichtig entnahm er eines und strich mit dem Kopf des Hölzchens über einen dickeren Zweig.

Ein winziger Funken glomm auf, dann verlöschte er wieder.

Noah griff nach einem neuen Hölzchen.

»Unser täglich Brot gib uns heute. Und vergib uns unsere Schuld, wie wir vergeben unseren Schuldigern.«

Er sprach immer schneller. Erneut strich er mit dem Hölzchen über den Zweig.

Nichts geschah.

Isabel schluckte schwer. Wieso klappte es denn nicht? Waren die Hölzer womöglich trotz der gut verschlossenen Dose bei ihrem unfreiwilligen Bad nass geworden? Aber nein, gestern hatte es doch auch noch funktioniert! Sie spürte, wie sich Korua-Koltas Arm um ihre Taille legte, und wollte vor ihm zurückweichen, aber er hielt sie fest und drückte sie gegen seinen mächtigen Schenkel.

»Und führe uns nicht in Versuchung, sondern erlöse uns von dem Übel.«

Das nächste Hölzchen. Wie viele waren jetzt noch übrig? Isabel sah, dass Noahs Hand leicht zitterte, als er abermals hastig über den Zweig strich. Ein leises Knacken ertönte, als das Hölzchen zerbrach – und wieder keine Flamme erzeugte. Schweiß tropfte von Noahs Stirn.

Auch Isabel war in Schweiß gebadet. »Langsamer«, murmelte sie. »Mach es langsamer.«

Er nickte fast unmerkbar. »Denn dein ist das Reich und die Kraft und die Herrlichkeit in Ewigkeit.«

Der Kopf des Zündholzes war noch unversehrt; Noah

nahm das nur noch knapp zwei Zentimeter lange Hölzchen auf und strich erneut über den Zweig, diesmal behutsamer.

Mit einem leisen Zischen loderte der Zündkopf auf. Ein erschrockenes Raunen durchlief die versammelten Donowai, Isabel spürte, wie Korua-Kolta zusammenzuckte. Noah hielt das brennende Hölzchen an die aufgeschichteten Zweige. Die Flamme loderte bedrohlich nah an seinen Fingerspitzen, aber er ließ das Hölzchen erst los, als der kleine Stapel Feuer gefangen hatte und die trockenen Gräser und Zweige anfingen zu brennen.

Der Kreis von Männern war ein Stück zurückgewichen. In den wilden, dunklen Gesichtern glaubte Isabel heilige Scheu zu sehen, einige von ihnen machten fremdartige Gesten.

Korua-Kolta ließ Isabel los und erhob sich.

Sie holte ein kleines bisschen Luft. Die Gefahr war noch lange nicht ausgestanden, aber ihre Situation war vielleicht nicht mehr ganz so heikel wie gerade eben noch.

»Sind wir frei? Können wir gehen? Bitte, Noah, sag, dass wir gehen –«

Ein mächtiger dunkelbrauner Fuß trat in die Flammen und löschte sie. Korua-Koltas Fußsohlen mussten eine dicke Hornschicht haben, oder er schien keine Schmerzen zu kennen. Mit heiserer Stimme bellte er einige Worte, die sowohl an Noah als auch an die Donowai gerichtet waren. Dann deutete er auf den seltsamen Bau, der sich am Dorfrand erhob und der Isabel entfernt an den Turm des Herrn Eiffel erinnerte, der anlässlich der letztjährigen Weltausstellung in Paris erbaut worden war.

Der Kreis wurde wieder enger, die Gesichter der Wilden zeigten einen Ausdruck von Vorfreude. Erneut schoss kalte Angst durch Isabels Adern. »Was hat er gesagt?«

Noah sah mit einem zweifelnden Gesichtsausdruck zu dem Turm. »Ich glaube«, gab er zurück, »er hat mich gerade zu einem Wettkampf herausgefordert.«

*

Der Turm war an die dreißig Meter hoch, schätzte Noah, und kunstvoll aus hölzernen Balken, Ästen und Ranken an einem Abhang erbaut. In unregelmäßigen Abständen ragten schmale Plattformen, von denen lange Lianenseile bis fast zum Boden hingen, aus dem Gerüst. Ein kraftvoller Gesang schwoll an, drang hoch hinauf bis dorthin, wo sich Korua-Koltas massige Umrisse dunkel vor dem tiefblauen Himmel abhoben. Er stand auf einer der Plattformen im oberen Drittel des Turms, hatte allen Schmuck abgenommen und war jetzt nur noch mit einem kurzen Lendentuch bekleidet. Um beide Fußknöchel waren Lianen gebunden. In getrennten Gruppen sangen die Männer und Frauen der Donowai und stampften mit den Füßen, Staub wirbelte auf. Alle hatten sich um einen Platz am Fuß des Turms versammelt, wo die Erde aufgelockert worden war, um eine halbwegs weiche Landefläche zu bilden.

Der Häuptling glich ein kurzes Schwanken aus, indem er sich an einer anderen Plattform nahe seinem Kopf festhielt, dann klatschte er in die Hände. Der Gesang verstummte, die Tänzer standen still. In kurzen, heiseren Sätzen, die Noah recht gut verstehen konnte, richtete Korua-Kolta sich an seinen Stamm, erzählte von seinen Heldentaten und seinem Mut und davon, wie viele Feinde er schon besiegt hatte.

Die üblichen Reden. Noah wünschte sich, der Häuptling würde zu einem Ende kommen, damit auch er es endlich hinter sich bringen konnte. In der zurückliegenden halben Stunde hatte man ihn im Männerhaus auf den Wettkampf vorbereitet. Man hatte ihm erläutert, was man von ihm erwartete, ihm ein kurzes Hüfttuch aus geflochtenen weichen Rindenstreifen gegeben und seinen Körper mit Kokosnussöl eingerieben. Genau wie Korua-Kolta. Vermutlich wollte der Häuptling durch diesen Wettkampf sicherstellen, dass er sein Gesicht nicht verlor, nachdem Noahs »Feuerzauber« seinem Ansehen geschadet hatte. Einer der Männer hatte es Noah erklärt: Seit vielen Jahren maßen sich die Krieger der Donowai in diesem Ritual, um ihren Mut zu beweisen. Die größte Ehre gebührte dem Springer, der vom höchsten Punkt absprang – und der bei der Landung den Boden leicht berührte. Wer sich allerdings verschätzte, wenn die Lianen zu lang waren oder rissen, konnte sich schwer verletzen oder gar sterben.

Korua-Kolta hatte seine Ansprache beendet. Jetzt hob er die Arme, ließ sie langsam sinken, legte sie an den Körper, lehnte sich nach vorne und sprang.

Ein vielstimmiger Schrei ertönte, als er kopfüber dem Boden entgegenraste. Kurz bevor er die aufgewühlte Erde des Aufschlagplatzes berührte, strafften sich die Lianen. Ein Ruck ging durch den fallenden Körper, eine der Ranken riss. Korua-Kolta schwang ein kurzes Stück zurück, stürzte dann unsanft und seitlich verdreht auf den Grund und rührte sich nicht.

Sofort rannten einige Donowai los, um ihm zu Hilfe zu eilen. Einer schnitt die verbliebene Liane um seinen Fuß los, ein anderer packte ihn an den buschigen Haaren, riss seinen Kopf nach hinten und schüttelte ihn mehrfach. Es dauerte nur ein paar Sekunden, bis sich der Häuptling bewegte und auf den Rücken rollte. Offenbar hatte ihn der Aufprall kurzfristig benommen gemacht, und diese grobe Prozedur war dazu da, ihn wieder zu sich zu bringen.

Die Männer halfen ihm auf die Beine. Korua-Kolta hob

die Hände in einer triumphierenden Geste, drehte sich nach allen Seiten und ließ sich bejubeln. Dennoch sah er merkwürdig steif dabei aus – wahrscheinlich hatte er sich bei dem Sturz verletzt. Als er sich vom Platz entfernte, erkannte Noah, dass er leicht humpelte und sich dabei auf einen seiner Gefolgsleute stützte.

Dann war die Reihe an ihm.

Er warf einen kurzen Blick zu Isabel, die ein wenig abseits stand, bewacht von einem Krieger, und sah die Angst in ihren Augen. Verständlich: Falls er versagte, würde sie ein grauenvolles Schicksal an der Seite des Häuptlings erwarten. Begleitet von zwei Donowai, die lange, aufgewickelte Lianen bei sich trugen, begann er mit dem Aufstieg.

In der Mitte des Turms erhob sich eine hohe Palme, die man als Stützpfeiler verwendet hatte, der Turm selbst war mit dicken Seilen an den umliegenden Bäumen festgemacht. Viele hundert Meter von Lianen mussten hier verbaut worden sein und eine enorme Menge an Balken und Ästen. Vorsichtig, aber rasch kletterte er durch das Labyrinth von Pfählen, Quer- und Tragbalken, stieg immer höher hinauf, dem Himmel entgegen. Er hielt erst an, als die beiden Donowai das Brett erreicht hatten, von dem Korua-Kolta gesprungen war. Jetzt banden sie die mitgebrachten Ranken an der Plattform fest und forderten ihn auf, zu ihnen zu treten.

Er zögerte. Wenn er seine und Isabels Haut retten wollte, musste er besser sein als der Häuptling. Außerdem traute er den Donowai nicht – es war durchaus denkbar, dass die neuen Lianen schadhaft oder zu lang waren, und ihm fehlte die Erfahrung der Donowai, um es richtig einschätzen zu können.

Es gab es nur eine Möglichkeit: Er musste noch höher hinauf. Ein paar erstaunte Ausrufe erklangen, als er das Sprungbrett links liegenließ und weiter nach oben stieg.

Ein leichter Wind wehte, als er vorsichtig auf die oberste Plattform trat. Der Erdboden unter ihm war erschreckend weit weg. Beim Aufstieg hatte er nicht auf die Höhe geachtet, aber nun, auf der schmalen, nur aus ein paar zusammengebundenen Balken bestehenden Plattform, schienen seine Beine plötzlich aus Gelee zu bestehen. Jetzt wusste er, warum Korua-Kolta nicht von hier oben gesprungen war: Es war zu hoch! Es war viel zu hoch!

Er kniete sich nieder, um die Ranken, die hier befestigt waren, mit beiden Händen hochzuziehen und zu prüfen. Sie waren noch leicht feucht, wenn auch nicht mehr frisch – er hatte keine Ahnung, ob sie ihn aus dieser Höhe halten würden.

Aber er hatte ohnehin keine Wahl.

Als er sich die Lianen um die Fußknöchel band und die Knoten festzog, merkte er, dass seine Hände zitterten. Vorsichtig richtete er sich wieder auf, unter seinen Fußsohlen spürte er das warme Holz der Plattform. Hinter ihm hingen die Pflanzenseile in langen Schleifen.

Heiß pumpte es durch seine Adern, sein Herz schlug laut und schmerzhaft, in seinem Magen saß ein Knoten. Was er vorhatte, war vollkommen verrückt. Wie konnte man nur aus einer solchen Höhe springen, lediglich mit zwei Lianen gesichert? Er versuchte, nicht daran zu denken, was alles schiefgehen konnte, aber es gelang ihm nicht. Er würde falsch springen und gegen den Turm geschleudert werden. Die Pflanzenfasern würden reißen. Er würde kopfüber auf dem Boden aufschlagen und sich das Genick brechen.

Alle Blicke waren auf ihn gerichtet, auf den »Mann, der Feuer schafft«, wie sie ihn vorhin genannt hatten. Aber anders als bei Korua-Kolta sang und tanzte niemand für ihn. Dort unten, abseits der Frauen in ihren knielangen Baströckchen, sah er Isabel. So laut und deutlich er es vermochte, sprach er ein paar kurze Sätze auf Kâte. Hoffentlich verstand man ihn. Er konnte Isabels fragenden Blick nur ahnen. Was er gesagt hatte, würde er ihr hoffentlich gleich selbst übersetzen können. Sofern er das hier überlebte.

Langsam trat er vor, bis er unter seinen Zehen die Kante der Plattform spürte. Er richtete den Blick auf die Baumwipfel am Horizont, holte tief Luft, dann kreuzte er die Arme vor der Brust und stieß sich mit beiden Beinen ab.

*

Niemand schrie, als Noah sprang. Auch Isabel hielt die Luft an, presste die Zähne fest zusammen und schickte ein Stoßgebet zum Himmel.

Für einen Moment schien er zu schweben, dann fiel er. Die Lianen, von denen das eine Ende um seine Knöchel gebunden war und das andere an die Plattform, flatterten im Wind. Sein Sturz zog sich endlos in die Länge, die Zeit schien sich zu dehnen wie in einem bizarren Traum. Schließlich gab es ein hässliches, magenumdrehendes Geräusch, als sich die Lianen wenige Meter über dem Boden strafften – und rissen! Noah schlug hart auf der aufgelockerten Erde auf und blieb bewegungslos liegen.

Isabel war vollkommen unfähig, sich zu rühren, konnte nur wie gelähmt vor Schreck mit ansehen, wie drei Männer zu ihm liefen. Würden sie ihn jetzt auch schütteln und an seinen Haaren reißen wie bei Korua-Kolta? Sie wollte etwas sagen, rufen, schreien, um sie daran zu hindern, doch kein Laut kam aus ihrer Kehle. Wenn Noah sich am Kopf oder der Wirbelsäule verletzt hatte, würden sie den Schaden damit nur verschlimmern! Oder war er gar …

Doch kurz bevor der Erste ihn erreicht hatte, sprang Noah auf die Füße und stieß einen wilden Freudenschrei aus. Isabel starrte ihn fassungslos an, während die Erkenntnis langsam zu ihr durchdrang: Er war unverletzt! Ihr war plötzlich entsetzlich schwindelig, es fühlte sich an, als würden alle ihre Knochen schmelzen.

Die Donowai drängten sich um Noah, schienen ihn zu beglückwünschen und ihn immer wieder anfassen zu wollen. Lachen und lautes Reden erklang. Von der feindseligen Stimmung, die ihnen bis vor kurzem entgegengeschlagen war, war nichts mehr zu spüren. Auch Isabels Bewacher hatte sie stehengelassen und sich unter die jubelnde Menge gemischt. Sie wurde nach vorne geschoben, hin zu Noah.

Seine Haut glänzte vor Schweiß oder Öl, überall hafteten Spuren von Sand und Erde. »Hast du es gesehen?«, rief er ihr zu, als er sie erblickte. »Hast du gesehen, wie ich gesprungen bin?« So überdreht hatte sie ihn noch nie erlebt, er wirkte, als wäre er betrunken. Nein, nicht betrunken, nur berauscht, euphorisch und voller Überschwang.

Isabel dagegen fühlte sich wie durch den Fleischwolf gedreht. »Ja, das habe ich. Du warst großartig!« Sie fürchtete, ihre Beine würden gleich unter ihr nachgeben. Am liebsten hätte sie sich hingesetzt. Oder ihn umarmt. Oder geschlagen. Am besten alles gleichzeitig.

Die Menge hörte auf zu jubeln. Ein Schauer von Angst durchfuhr Isabel, als die Donowai zurückwichen und Korua-Kolta langsam auf sie zukam. Sein Hinken war stärker geworden. Er richtete ein paar Worte an Noah, und dieser antwortete ihm. Hin und her ging der Wortwechsel, wurde erregter, dann wieder leiser, bis der Häuptling sich schließlich umdrehte und Noah stehenließ.

»Lässt er uns frei?«, fragte Isabel hoffnungsvoll.

Noah sah ihm hinterher, dann schüttelte er den Kopf. »Nein ... Aber immerhin konnte ich mein Recht als Sieger einfordern.«

»Dein Recht als Sieger?« Sie schnappte nach Luft. »Noah, das hier ist kein Spiel, hier geht es um unser Leben! Ich will hier weg! Ich will zurück nach Simbang!«

»Versteh doch – ich habe dich gerade davor bewahrt, Korua-Koltas nächste Ehefrau zu werden!«

Schlagartig fiel ihre Empörung in sich zusammen. »Wirklich? Und du lügst mich sicher nicht an?«

»Nein, das ist die Wahrheit.« Er deutete auf den Turm. »Ich habe schon in meiner kleinen Rede von da oben klargestellt, dass du zu mir gehörst und niemand sonst einen Anspruch auf dich hat.«

»Einen Anspruch?« Dann verstand sie plötzlich. »Was soll das heißen? Dass ich deine Trophäe bin?«

Er nickte tatsächlich.

13.

Der Geruch von gerösteten Süßkartoffeln zog durch das Dorf. Isabel knurrte der Magen – jetzt erst merkte sie, wie hungrig sie war. Aber noch war an Essen wohl nicht zu denken. Die Frauen, deren Gesichter mit kreisförmigen Symbolen tätowiert waren, hatten sie in ein großes, langgestrecktes Pfahlhaus geführt, das offenbar den weiblichen Donowai und den kleinsten Kindern vorbehalten war. Sie waren freundlich, aber bestimmt, und ließen sich nicht davon abbringen, Isabel die zerfetzten Kleider auszuziehen. Zuerst hatte Isabel sich gesträubt, doch als sie merkte, dass man ihr nichts Böses wollte, fügte sie sich und ließ es beschämt über sich ergehen, dass man sie wusch wie ein kleines Kind. Ein paar junge Mädchen und zwei kleine Jungen, die kaum dem Krabbelalter entwachsen waren, sahen ihnen dabei zu. Die Wilden plapperten in ihrer fremden Sprache, lachten sie mit vom Betelsaft rot verfärbten Zähnen an und rieben immer wieder mit den Fingern über Isabels Haut, die an Händen und Unterarmen inzwischen leicht gebräunt war. Wahrscheinlich hatten sie noch nie eine weiße Frau gesehen. Dennoch kam Isabel sich vor wie ein Stück Vieh, das für eine Auktion vorbereitet wurde.

Dann begann man, ihren Körper mit nach Kokosnuss duftendem Öl einzureiben. Von oben nach unten, über Schultern, Bauch und Hüften bis hinunter zu ihren Füßen. Erst als eine ältere Schwarze mit dem Öl auch zwischen ihre Beine fahren wollte, legte Isabel die Hand auf ihre Scham und schüttelte den Kopf. An dieser Stelle berührte sie sich ja nicht einmal selbst!

Die Alte sprach lebhaft auf sie ein, und als sie nicht verstand, deutete sie auf Isabel. Dann zupfte sie mit beiden Händen an ihren Haaren herum und drehte kleine Strähnen ab, bis Isabel klarwurde, dass sie Noah damit meinte. Anschließend bildete die Frau aus Daumen und Zeigefinger einen Ring, steckte dann den Zeigefinger ihrer anderen Hand in den Ring und bewegte ihn auf und ab.

Was wollte sie ihr damit nur sagen? Eine Ahnung machte sich in Isabel breit, und sie spürte, wie Hitze in ihr aufstieg. Sollte es *das* bedeuten, dass sie Noahs »Trophäe« war? Dass sie ihm gehörte? Dass er vollständig über sie verfügen konnte?

Aber nein, das war sicher nicht der Fall. Noah mochte unberechenbar sein und es mit der Wahrheit selten genau nehmen, aber er war kein schlechter Mensch.

Wirklich nicht?

Er hatte womöglich einen Mord auf dem Gewissen. Er hatte sie in die Wildnis entführt. Er hatte sie gefesselt und alleine gelassen und ins Wasser geworfen und zu Tode erschreckt.

Aber er hatte sich nicht an ihr vergangen, obwohl er dazu in den zurückliegenden Tagen mehr als genug Gelegenheiten gehabt hätte. Stattdessen hatte er sie gehalten, als sie Schüttelfrost bekommen hatte. Und sie davor bewahrt, die Gemahlin des Häuptlings zu werden.

Und sie geküsst.

Entschlossen schob Isabel die Hände der Alten weg. Sie war erleichtert, als diese endlich davon absah, sie dort unten einzureiben, und ihr einen aus vielen langen Bastschnüren gefertigten Rock reichte. Man zeigte ihr, wie sie den raschelnden Bastrock mit bunten Bändern um ihre Taille zu binden hatte. Als eine weitere Eingeborene jedoch ihre abgelegte Kleidung fortbringen wollte, griff Isabel danach.

»O nein!«, sagte sie, auch wenn die Frau kein Wort verstand. »Ich werde nicht mit freiem Oberkörper herumlaufen!«

Ein aufgeregtes, gestenreiches Palaver entstand, in das sich auch die anderen Frauen einmischten, doch nach einigem Hin und Her ließ man ihr zumindest das Leibchen. Isabel schlüpfte schnell hinein. Zwar waren einige Haken und Ösen ausgerissen oder stark verbogen, doch mit ein bisschen Mühe konnte sie es wieder schließen. Sie hatte in den vergangenen Tagen und Stunden so viel durchgemacht, dass ihre Schamhaftigkeit stark nachgelassen hatte. Noch vor kurzem wäre sie entsetzt gewesen von der Vorstellung, nur mit einem knielangen Bastrock und ihrem ärmellosen Leibchen bekleidet zu sein. Jetzt war sie schon froh, dass sie nicht nackt gehen musste.

Eine der Wilden packte eine Betelnuss zusammen mit etwas weißem Pulver, das wie Kalk aussah, in ein Blatt und schob es sich in den Mund. Dann rollte sie ein zweites Päckchen auf dieselbe Weise und reichte es Isabel.

Zuerst lehnte sie kopfschüttelnd ab, aber als die Frau ihr das kleine Päckchen erneut hinstreckte, griff sie zögernd zu. Betel wirke beruhigend und anregend zugleich, hatte ihr Bruder Lorenz einmal erzählt, außerdem fördere es das Wohlbefinden. Sicher konnte es nicht schaden, wenn sie es einmal versuchte.

Isabel hatte das Gefühl, in einen blätterumwickelten Tannenzapfen zu beißen. Vorsichtig kaute sie darauf herum. Es schmeckte unangenehm herb, und ihre anfängliche Neugier verwandelte sich schnell in Widerwillen, als ein bitterscharfer Geschmack ihren Mund füllte. Angewidert wollte sie alles ausspucken, aber die Donowai bedeuteten ihr wort- und gestenreich, es weiter zu probieren. Isabel zwang sich, den bitteren Brei weiter zu kauen. Ihr Mund füllte sich mit Speichel. Sie spürte Hitze in ihrem Körper aufsteigen, ihr Gesicht begann zu glühen und fühlte sich gleichzeitig leicht taub an. Man reichte ihr eine Schale aus einer halbierten Kokosnuss, und Isabel spie etwas Speichel hinein. Obwohl sie wusste, was sie erwartete, erschrak sie, als sie das leuchtende Rot erblickte. Als habe man ihr den Mund blutig geschlagen. Dabei hatte sie ausgespuckten Betelsaft doch schon in Finschhafen und Simbang gesehen, wo die blutroten Spritzer überall auf dem Boden prangten, und auch in diesem Dorf war es nicht anders.

Allmählich gewöhnte sie sich an den Geschmack. Auch der Hunger hatte aufgehört, und ihr war plötzlich ganz leicht zumute. Selbst die Tatsache, dass sie sich vermutlich unter Kannibalen befand und einem ungewissen Schicksal entgegensah, erfüllte sie nicht länger mit lähmender Angst. Leise summte sie ein paar Takte aus einem Kinderlied und nickte den Frauen zu, die ihr breite Bänder aus gewebter Pflanzenfaser um die nackten Oberarme schlangen. Eine von ihnen grinste Isabel mit roten Zähnen an. Ob sie selbst jetzt wohl auch so aussah? Und wenn schon. Isabel grinste zurück. Sie fühlte sich fast ein wenig an Simbang erinnert, wo sie mit Yerema und den anderen Frauen gelacht und gealbert hatte.

Sie kaute weiter auf dem bitteren Brei herum, während die Wilden ihr rotgeäderte Krotonenblätter und lange getrocknete Gräser in die Bänder an ihrem Oberarm steckten. Um ihre Stirn kam ein weiteres Band, auf dem die in dunklem Grün schillernden Panzer großer Käfer befestigt worden waren. Eine Kette aus kleinen Bambusstückchen vervollständigte ihre Aufmachung. Sie kicherte. Wenn ihre Mutter oder ihre Schwestern sie jetzt sehen könnten! Isabel Maritz, Pastorentochter aus Zirndorf, zurechtgemacht wie ein Pfingstochse. Oder wie eine Braut.

Von draußen ertönte der dumpf dröhnende Klang einiger Trommeln.

Die Eingeborenen legten Lappen und Schüsseln beiseite und drehten sich zu Isabel. *»Änga, änga!«*, forderten sie sie auf. Hieß das, dass sie sich beeilen sollte?

Jetzt reichte es mit der Betelkauerei. Isabel spuckte den gesamten zerkauten roten Brei in die Kokosschale und spülte den bitteren Geschmack mit ein paar großen Schlucken Wasser fort. Dann kletterte sie, flankiert von den Frauen, die Leiter hinab. Nur eine von ihnen blieb mit den Kindern zurück im Frauenhaus.

Sie führten Isabel durch das Dorf. Die Sonne sank rasch hinter die Baumspitzen, die langgestreckten Pfahlhütten der Donowai warfen breite Schatten. Isabel fühlte sich noch immer leicht berauscht. Bei jedem Schritt raschelte der Bastrock, die geflochtenen Bänder kratzten an ihren Armen, Sand und Erde setzte sich zwischen ihre nackten Zehen. Ihre leichten Schnürstiefel hatte sie nicht wieder anziehen dürfen. Das feine Leder hatte ohnehin stark gelitten und löste sich in diesem feuchtheißen Klima allmählich auf.

Auf dem Platz in der Mitte des Dorfes brannten einige Fackeln. Vor einer Fläche, die mit ein paar geflochtenen Matten ausgelegt worden war, saß der Häuptling auf seinem Thron, umgeben von seinen Gefolgsleuten. Die wilden, eberzahngeschmückten Gesichter sahen im flackernden Feuerschein noch furchterregender aus als bei Tag. Viele kauten, Isabel sah Münder, rot von Betel. Auch einige halbwüchsige Jungen waren darunter.

Die Frauen ließen Isabel vor dem Häuptling stehen und setzten sich hinter die Männer, in zweiter Reihe. Die Trommeln wurden lauter. Sie atmete auf, als sie Noah erblickte. Er saß bei den Donowai, aber jetzt erhob er sich und kam langsam auf sie zu. Der Schmuck aus geflochtenen Armbändern und Bambusketten, mit dem man auch ihn ausstaffiert hatte, wirkte bei ihm weitaus passender als bei ihr, fand Isabel.

Sie lächelte ihn unsicher an. »Was tun sie alle hier? Was hat das zu bedeuten?«

Er lächelte nicht. Stattdessen machte er ein Gesicht, als hätte er Bauchschmerzen.

»Ich wünschte wirklich, ich könnte dir das ersparen«, sagte er leise. »Ich habe versucht, es abzuwenden, aber sie lassen nicht mit sich reden.«

»Worüber denn? Wovon sprichst du?«

»Ich habe dich zwar vor dem Häuptling gerettet, aber damit sie es anerkennen, muss ich ... müssen wir ...« Er stockte, und als er weitersprach, sah er sie nicht an. »Sie erwarten, dass ich mir meine Trophäe nehme. Jetzt. Hier.«

Hatte sie es nicht gleich geahnt? Im Nachhinein wunderte sie sich über sich selbst, dass sie weder in Ohnmacht fiel noch hysterisch wurde. Vermutlich hing es mit dem leichten Rausch zusammen, den die Betelnuss in ihrem Kopf erzeugte.

Sie war gar nicht wirklich hier. Sie träumte.

»Und wenn wir uns weigern?«, fragte sie in diesem Traum.

»Ich weiß es nicht. Wahrscheinlich dienen wir ihnen dann doch noch als Festmahl.«

Natürlich schwindelte er schon wieder.

Oder doch nicht? Eigentlich sah er nicht so aus, als würde er scherzen.

Sie hörte sich reden, während ein Teil von ihr neben sich zu stehen schien. War das wirklich sie selbst, die da sprach, ganz ruhig und gefasst?

»Dann sollten wir besser tun, was sie von uns erwarten.«

*

Rhythmisches Trommeln, Froschgequake und Fackelschein erfüllten die Nacht.

»Es tut mir leid«, flüsterte Noah. »Ich wollte dir nie weh tun. Aber ich fürchte, jetzt muss ich es.«

Isabel nickte stumm. Sie lag auf den Strohmatten, ihr Herz schlug so laut und schnell, dass ihr ganzer Körper vibrierte. Um sie herum sah sie dunkle, alptraumhafte Gestalten. Aber sie träumte nicht. Das hier war die Wirklichkeit. Der kurze, wunderbare Betelrausch war verflogen. Jetzt war er also da, der Moment, vor dem sie sich schon so lange fürchtete. Aber nie, nicht einmal in ihren wildesten Phantasien, hätte sie vermutet, dass es auf diese Weise passieren würde.

Mit Noah.

In einem Kannibalendorf.

Vor aller Augen.

Noah trug keinen Schmuck mehr und war nur noch mit dem kurzen Hüfttuch bekleidet, seine Haut glänzte im Feuerschein dunkelgolden.

Am besten, sie schloss die Augen und brachte es irgendwie hinter sich. Sie presste die Lider zusammen, versuchte wie ein Kind, das sich hinter seinen Händen versteckt, alles um sie herum verschwinden zu lassen: die versammelten Donowai, den dumpfen Klang der Trommeln, den auf- und abschwellenden Singsang.

Sie erzitterte, als Noah ihren Bastrock langsam über ihre Knie schob und dabei an ihren Oberschenkeln entlangstrich. Seine Hände auf ihrer Haut schienen zu glühen. Ihre Brustwarzen zogen sich zusammen, sie seufzte leise auf.

Es war nicht nur Angst, die sie zittern ließ. Es war noch etwas anderes. Ein köstliches Ziehen in ihrem Unterleib, das nach mehr verlangte. Ganz ähnlich wie vor zwei Tagen, als er sie geküsst hatte. Wie von selbst öffneten sich ihre Beine.

Noah stieß ein leises Schnauben aus und zog seine Hände zurück. »Ich kann das nicht!«

Isabel öffnete die Augen. Er kniete neben ihr, noch immer mit dem Tuch um seine Hüften, und vermied es, sie anzusehen.

Sie setzte sich auf und zog den Bastrock wieder über ihre Beine, so gut es ging. Von den Donowai kam entrüstetes Gemurmel, Korua-Kolta bellte etwas, das schon vom Klang her unfreundlich war.

»Du musst keine Rücksicht auf mich nehmen«, sagte sie mit zitternder Stimme. »Ich werde es schon überleben.«

»Das ist es nicht!«, entfuhr es ihm. »Ich will ja, aber es geht nicht. Nicht, wenn mir alle dabei zusehen!«

Sie wusste nicht genau, was er damit meinte, aber es stellte offenbar ein Problem dar. War es ihr nicht einmal ganz ähnlich gegangen, als sie kein Wasser lassen konnte, weil er zu nah bei ihr stand?

Und dann wusste sie plötzlich, was sie tun konnte.

»Mach die Augen zu«, sagte sie leise.

Er sah sie mit gerunzelter Stirn an, wollte etwas sagen, aber dann gehorchte er.

»Sie sind nicht da«, murmelte sie. »Niemand außer uns ist hier. Wir sind ganz allein.«

Sie sagte es sowohl zu ihm als auch zu sich.

Im flackernden Licht der Fackeln war sein Gesicht von fremdartiger Schönheit. Sie kniete sich hin und hob die Hand, um über seine Lippen zu streichen, ließ es aber im letzten Moment bleiben. Dann beugte sie sich vor und küsste ihn zaghaft. Als ihre Lippen sich öffneten und ihre Zunge sich vorsichtig vorwagte, ging ein Beben durch seinen Körper. Er stöhnte auf, umfasste ihren Kopf mit beiden Händen und erwiderte ihren Kuss.

Isabel atmete schwer. Wie aus weiter Ferne hörte sie aufgebrachtes Gemurmel aus den Reihen der Donowai. Taten sie beide etwas Verbotenes? Oder kannten diese Wilden keine Küsse? Und wenn schon – es war ihr egal. In ihrem Bauch regte sich erneut flatterndes Verlangen, zwischen ihren Beinen spürte sie feuchte Hitze.

Noah umschlang sie, presste sie an sich mit einer Leidenschaft, die sie überraschte. Gemeinsam sanken sie zu Boden. Mit einer Hand ließ er sie los, nestelte an seinem Hüfttuch und löste es.

Sie konnte nicht anders – sie musste einfach hinsehen. Ihr Blick richtete sich auf seine Mitte. O Gott, er war so groß …

Und doch, sie wollte es. Als er sich behutsam in sie schob, durchfuhr sie ein kurzer, scharfer Stich. Sie stöhnte auf und erstarrte kurz, dann klammerte sie sich an ihn.

War es das gewesen? Und davor hatte sie so viel Angst gehabt?

Sein Gesicht war dicht über ihr. Sie öffnete den Mund, als seine Zunge tief in sie drang, keuchte vor Entzücken über die Ekstase, die ihren Körper überflutete – und schrie auf, als sein nächster Vorstoß etwas in ihrem Unterleib zerriss.

Er hielt sie, bis der Schmerz nachließ und ihre verkrampften Glieder sich wieder entspannten. Dann begann er, sich langsam in ihr zu bewegen. Sie spürte seinen Herzschlag und seine schweißnasse Haut auf ihrer.

Es war nicht schlimm. Es war überhaupt nicht schlimm.

Ganz im Gegenteil.

Sie schlang die Arme um ihn und lachte erlöst auf.

Ein leises Stöhnen drang aus seiner Kehle, sein Körper erzitterte, als würde er sich mit Gewalt zurückhalten, nicht noch weiter in sie einzudringen. Nein, er stöhnte nicht, er murmelte etwas. Ganz leise, kaum verständlich.

Ihren Namen.

14.

Die Männer hatten ein Wildschwein von der Jagd mitgebracht. Mit einem Bambusmesser schnitt einer der Donowai dem toten Tier die Ohren und den Schwanz ab und legte den Kadaver auf ein Feuer, in dem etliche große, flache Steine lagen. Daneben war eine tiefe Erdgrube ausgehoben worden. Isabel half den Frauen, das Feuer zu unterhalten und die Erdmulde mit Bananenblättern und langem Gras auszupolstern – Vorbereitungen für ein großes Festessen.

Der beißende Geruch nach verbranntem Haar stieg auf. Sobald die Borsten des Wildschweins abgesengt waren, zerrte der Donowai den Kadaver wieder vom Feuer. Während er mit einem weiteren Mann das Schwein in einzelne Teile zerlegte und die Stücke in Bananenblätter hüllte, verpackten die Frauen Bananen, Süßkartoffeln und Taroknollen auf dieselbe Weise. Dann wurde alles zusammen mit den heißen Steinen in die Grube geschichtet, mit Blättern und Gras aufgefüllt und die langen Gräser mit einem Pflanzenstrang zu einem großen Paket zusammengebunden. Zum Schluss bedeckten sie das Ganze mit feuchten Blättern und weiteren heißen Steinen und schaufelten Erde darüber. Diese Garmethode wurde *mumu* genannt, hatte Isabel von den Frauen erfahren.

Am Vormittag waren die Donowai-Männer, bewaffnet mit Pfeil, Bogen und Steinkeulen, zusammen mit Noah im

Wald verschwunden. Isabel hatte tausend Ängste ausgestanden. Würde Korua-Kolta die Gelegenheit nutzen und ihn doch noch töten lassen? Und was würde dann aus ihr werden? Sie wurde erst wieder ruhiger, als die Wilden am Nachmittag lärmend und lachend mit ihrer Jagdbeute zurückkehrten – Noah mitten unter ihnen.

Jetzt saß er mit einigen Männern zusammen, die ihre sternförmigen Keulen ausbesserten oder an ihren Bogen herumbastelten. Er sah flüchtig zu Isabel hinüber, aber er machte keine Anstalten, zu ihr zu gehen. Seit gestern Abend hatten sie nicht mehr miteinander reden können. Die Nacht hatte Isabel mit den anderen Frauen im Frauenhaus verbracht, und danach hatte sie ebenfalls keine Gelegenheit mehr gehabt, mit ihm zu sprechen.

Seit Noah sie aus Simbang entführt hatte, waren sie bis auf kurze Unterbrechungen ständig zusammen gewesen. Jetzt fühlte sie sich eigenartig verloren.

Und irgendwie anders. Gereifter.

Das Erlebnis vom gestrigen Abend erschien Isabel heute, im hellen Licht des Tages, wie ein skurriler Traum. War es wirklich geschehen? Hatten sie sich tatsächlich vor all diesen Menschen … geliebt? Nie hätte sie so etwas für möglich gehalten. Und auch nicht, dass sie es nicht nur passiv erduldet, sondern sogar kurzfristig die Initiative ergriffen hatte.

Trotz der außergewöhnlichen Umstände war Noah behutsam mit ihr umgegangen. Am Ende hatte er sich geradezu hastig aus ihr zurückgezogen und sie mit einem plötzlichen Gefühl der Leere zurückgelassen.

War er wirklich … in ihr gewesen? Bei dem Gedanken daran spürte sie erneut Scham und Verwirrung in sich aufsteigen. Und dasselbe lockende Ziehen in ihrem Unterleib, das sie nun schon so gut kannte.

Schnell verscheuchte sie diesen Gedanken wieder. Sie

sollte lieber darüber nachdenken, wie sie von hier entkommen konnten, nichts anderes war wichtig! Mit glühendem Gesicht wandte sie sich der Erdgrube zu, aus der allmählich ein verheißungsvoll duftender Rauch aufstieg.

*

War sie eine Gefangene? Vermutlich, auch wenn man ihr keine Fesseln angelegt hatte. Man sperrte sie nicht ein, und sie konnte sich frei im Dorf bewegen. Aber sie war niemals allein. Ständig war jemand bei ihr, ob sie sich nun am Bastflechten versuchte, den Kasuar füttern ging oder die Frauen zu ihrer täglichen Arbeit zu den Beeten begleitete. Nachts schlief sie bei ihnen im Frauenhaus. Und selbst wenn sie hätte fliehen können – sie wusste ja nicht einmal, wohin. Alleine konnte sie hier nicht weg, das war ihr klar. Sie musste gemeinsam mit Noah entkommen.

Wenn sie nur mit ihm hätte reden können! Aber sobald sie versuchte, sich ihm zu nähern oder auch nur länger zu ihm hinsah, zog man sie fort. Und zu ihm hinüberzurufen wagte sie nicht – wer wusste schon, was ihr dann blühte.

Es ging nicht nur ihr so. Männer und Frauen der Donowai lebten streng voneinander getrennt, offenbar nach festen Regeln, jeder in seinem Bereich. Neben einem Säugling und einigen jungen Mädchen sah Isabel nur zwei kleine Jungen von vielleicht fünf und sieben Jahren, die sich bei ihren Müttern im Frauenhaus aufhielten. Ältere Knaben wohnten bei den Männern im Männerhaus.

Kein Mann durfte ein Frauenhaus betreten, und genauso war es den Frauen untersagt, das Männerhaus zu besuchen. Schon die kleinen Jungen von acht, neun Jahren, die mit Miniaturbogen und -pfeilen herumliefen, hielten sich daran. Nie sah Isabel sie in Begleitung einer weiblichen Person. Offenbar durften nicht einmal ihre Mütter Kontakt zu ihnen haben. Ein Familienleben, wie Isabel es kannte, fand nicht statt. Man arbeitete getrennt, man aß getrennt, man benutzte sogar unterschiedliche Wege. Selbst körperliche Kontakte waren streng reglementiert. Nie sah sie, dass Mann und Frau sich küssten. Nur für eine Sache traf man notwendigerweise zusammen – und vollzog den Akt dann hastig und in aller Öffentlichkeit am Dorfrand oder unter einer Palme, wie Isabel einmal sah, bevor sie sich schamrot abwandte.

Für einen Forscher wäre das alles sicher in höchstem Maße interessant und aufschlussreich gewesen, aber Isabel war kein Forscher. Sie war ja nicht einmal freiwillig hier. Sie wollte weg von diesem Ort! Nach Simbang oder Finschhafen, oder gleich ganz nach Deutschland. Heim zu ihrer Familie! Urplötzlich überfiel sie Heimweh. Nach ihren Eltern, nach ihren Schwestern, nach den engen Gassen von Zirndorf, nach dem Kirchplatz und dem sonntäglichen Braten. Was hatte sie sich nur dabei gedacht, hierherzukommen auf diese Insel am Ende der Welt …

Nein! Entschlossen stoppte sie diese Gedanken. War es nicht genau das, weshalb sie fortgegangen war? Weil sie diese Enge nicht mehr ausgehalten hatte. Weil sie das Getuschel und die mitleidigen Blicke nicht mehr ertragen hatte, die ihr ihren Platz in der Welt klarmachten – mit einem verkürzten Bein, ohne Ehemann, verdammt dazu, ein lästiges Anhängsel ihrer Schwestern zu bleiben. Sie hatte sich für ein neues Leben jenseits dieser kleinbürgerlichen Begrenztheit entschieden. Und irgendwie würde sie schon aus ihrer augenblicklichen misslichen Situation herauskommen.

Wenn sie nur aus Noah klug würde! Seit jenem Abend hatten sie nicht mehr miteinander gesprochen, und inzwischen wirkte er vollkommen fremd auf sie. War das noch derselbe

Mann, mit dem sie tagelang durch den Urwald gelaufen war? Der ihr einen Unterschlupf gebaut und der sie gehalten hatte? Der sie geküsst und in jenem intimsten aller Momente ihren Namen gemurmelt hatte? Sie erkannte ihn kaum wieder, und daran war nicht nur seine fremdartige Aufmachung mit Hüfttuch, Knochenkette und federgeschmückten Armbändern schuld. Sein ganzes Verhalten hatte sich verändert. Genauso schnell, wie er sich den fremden Dialekt angeeignet hatte, hatte er sich auch sonst den Donowai angepasst. Er kleidete sich wie sie, übte sich mit ihnen im Bogenschießen, ging mit ihnen auf die Jagd, und selbst Korua-Kolta schien sich mit ihm versöhnt zu haben.

Wenn er wenigstens mit ihr geredet hätte. Wieso sprach er nicht mit ihr? Wieso ließ er sie allein mit ihren Ängsten und Sorgen? Wusste er nicht, wie verloren sie sich unter diesen Eingeborenen fühlte, deren Sprache sie nicht verstand und die ihr nach wie vor Schrecken einflößten? Aber er schien sich in der Gesellschaft der Donowai-Männer vollkommen wohl zu fühlen und keine Notwendigkeit zu sehen, sich mit ihr abzugeben. Hatte sie sich so in ihm getäuscht? Er war immerhin zur Hälfte Papua – brach jetzt seine wahre Natur durch? War sie tatsächlich nur eine »Trophäe« für ihn gewesen, die er wegwerfen konnte, nachdem er sie sich genommen hatte?

Isabel war zum Heulen zumute, aber sie schluckte die Tränen hinunter. Sie hatte schon so viel durchgemacht, sie würde auch das hier irgendwie überstehen.

Doch je länger sie darüber nachdachte, desto mehr wuchs in ihr der schreckliche Verdacht, dass Noah womöglich gar nicht mehr vorhatte, diesen Ort zu verlassen. Es ging ihm doch gut hier. Er war aus Simbang geflohen, weil man ihm einen Mord zur Last legte. Ob er ihn nun begangen hatte oder nicht, das würde sich vermutlich nie klären.

Aber was sollte dann aus ihr werden? Musste sie etwa befürchten, auf Dauer hierzubleiben? Unter diesen – Menschenfressern?

*

Die Hitze war drückend und schien sich wie ein feuchtes, warmes Handtuch über sie zu legen. Selten wehte wie an der Küste ein leichter Wind, der die Schwüle erträglicher machte. Auch die vielen Mücken plagten Isabel. Ständig wischte und wedelte sie sie fort. Zwar wurden auch die Donowai davon heimgesucht, aber am meisten schienen die fliegenden Quälgeister sie, die weiße Frau, zu bevorzugen.

Vier Tage waren sie jetzt bereits bei den Donowai. Fünf, wenn man den Tag ihrer Ankunft mitzählte. Isabel versuchte, sich nützlich zu machen, doch zu kaum etwas von dem, was die anderen Frauen taten, konnte sie etwas Sinnvolles beitragen. Nichts gelang ihr richtig. Sie vermochte weder die kunstfertigen Tragetaschen zu knüpfen, noch war sie sonderlich geschickt darin, Bastmatten zu flechten. Vormittags säuberte sie gemeinsam mit den Frauen das Haus und den Feuerplatz und suchte mit ihnen im Wald, der das Dorf umgab, nach Beeren und Wurzeln. Nachmittags ging sie mit ihnen zu den Beeten und bestellte den Garten, half mit, die Erde umzugraben und von Unkraut zu befreien und die Früchte zu ernten.

Obwohl sie nie alleine war, fühlte sie sich entsetzlich einsam. Immerhin kannte sie allmählich die Namen der weiblichen Donowai – zwölf Frauen, die mit ihr im Frauenhaus lebten und schliefen, sowie einige junge Mädchen und kleine Kinder. Sie selbst nannte sich Isa – der Name war auch für Donowai-Zungen halbwegs einfach auszusprechen. Nur reden konnte sie mit den Frauen nicht. Keine von ihnen sprach Tok Pisin oder wenigstens Jabim. So verständigte sie sich weiterhin mühsam mit Zeichen und den wenigen Brocken der Donowai-Sprache, die sie aufgeschnappt hatte, arbeitete ansonsten schweigend an ihrer Seite und gönnte sich genau wie die anderen Frauen mehrmals am Tag den kurzen, schönen Betelrausch, auch wenn es ihr nicht schmeckte und ihre Zähne färbte. Es half ihr, alles nicht ganz so schwarz zu sehen.

Bis ihr die alte Jägogenga eines Morgens im Frauenhaus die Zahnzange vor die Füße legte. Isabel schüttelte verwirrt den Kopf. Ihre Verwirrung legte sich jedoch, als gleich darauf eine Frau namens Vavine von ein paar anderen zu ihr geschoben wurde und man mit vielen unverständlichen Worten und begleitenden Gesten erklärte, dass die Ärmste unter Zahnschmerzen litt. Offenbar hatten die Frauen zugehört, als Noah dem Häuptling erklärt hatte, wozu die Zange gut sei, und das Instrument nun auf irgendeine Weise an sich gebracht.

Es ging Vavine sichtlich schlecht, sie litt an Fieber und wollte kaum sprechen. Isabel wartete, bis die Frau den Mund öffnete. Ein lückenhaftes, rot verfärbtes Gebiss mit abgeschabten Kauflächen sah ihr entgegen. Ein unterer Eckzahn war entzündet, das Zahnfleisch geschwollen.

Es ging einfacher, als sie befürchtet hatte. Vavine stieß ein paar wimmernde Töne aus, als Isabel die Zange ansetzte und vorsichtig hin und her bewegte, dann war der Zahn auch schon draußen.

Sie zog noch zwei anderen Frauen je einen Zahn ohne größere Probleme, und zum ersten Mal seit Tagen kam sie sich nicht mehr vollkommen unnütz vor. Die schüchterne Dankbarkeit der schwarzen Frauen fühlte sich jedenfalls großartig an.

*

In Wellen zog es durch ihren Unterleib. Isabel richtete sich auf, eine kleine Steinhacke in der Hand, und stand dann leicht vornübergebeugt und gepresst atmend da, bis der schmerzhafte Krampf nachließ. Nicht nur, dass sie unter Wilden leben musste, jetzt bekam sie auch noch ihre monatliche Blutung! Der Schweiß floss ihr über das Gesicht. Es war Nachmittag, und sie war mit den anderen Frauen in den Gärten, wo sie die Erde von Unkraut befreiten und Süßkartoffeln und Mangos ernteten.

Endlich ebbte der Krampf ab. Als sie aufblickte, sah sie einen großen bunten Wurm, der im Gras hin und her wackelte. Isabel trat ein paar Schritte näher. Ein seltsamer Wurm war das!

Sie wollte gerade danach greifen, als Hiya sie mit einem leisen Warnschrei zurückzog. Auch die anderen Frauen fuhren erschrocken zurück. Dann erst sah auch Isabel, dass es sich bei dem wackelnden bunten Ding keinesfalls um einen Wurm, sondern um die Schwanzspitze einer Schlange handelte. Einer Giftschlange, wie sie schaudernd vermutete, als sie den gedrungenen Körper in Dunkelbraun und Schwarz erblickte, der sich kaum vom Untergrund abhob. Nur die Schwanzspitze war farbig.

Mit klopfendem Herzen wich sie langsam noch weiter zurück. Irgendwo hatte sie gelesen, dass Schlangen flüchteten, sobald sie den Menschen hörten. Aber diese Schlange war entweder taub, oder sie verhielt sich nicht wie gewöhnliche Schlangen. Ganz sicher nicht – wo hatte man denn schon gehört, dass eine Schlange einen Wurm imitierte?

Hiya nahm beherzt ihre Steinhacke, drückte die Schlange damit dicht hinter dem kantigen Schädel zu Boden und trennte ihr mit einem Bambusmesser den Kopf ab. Selbst dann noch wand sich der gefleckte Körper.

Isabel half mit, den abgetrennten Kopf mit seinen langen

Giftzähnen im Wald zu vergraben, wo er keinen Schaden mehr anrichten konnte. Den Leib hatte Hiya in den Korb mit den geernteten Süßkartoffeln geworfen. Wahrscheinlich würden sie die Schlange später braten und essen. Wieso auch nicht? Inzwischen konnte Isabel kaum noch etwas erschüttern.

Sie richtete sich auf, und sofort zog es erneut durch ihren Unterleib. Leise seufzend krümmte sie sich wieder, die Hände vor dem Bauch. Hiya sah sie fragend an, dann glitt Verstehen über ihre dunklen Züge. Die Frauen der Donowai hatten doch sicher auch mit diesen monatlichen Malaisen zu tun. Ob sie Hiya um etwas zum Vorlegen bitten konnte? Doch bevor sie auch nur nachdenken konnte, wie sie sich am besten danach erkundigte, nahm Hiya ihr die Hacke aus der Hand und zog sie eilig vom Feld.

Was war denn jetzt passiert? Hatte sie etwas Falsches getan?

Hiya rief den anderen Frauen etwas zu, dann forderte sie Isabel hastig auf mitzukommen. Zurück ins Dorf. Vor dem Frauenhaus ließ Hiya sie warten, kehrte kurz darauf mit einer wassergefüllten Kalebasse zurück und führte sie dann zu mehreren winzigen Pfahlhütten am Dorfrand, die halb versteckt unter den Bäumen standen. Vor einer blieb Hiya stehen, kletterte die Leiter hinauf und öffnete die Tür aus geflochtenen Palmblättern. Sie winkte Isabel, zu ihr zu kommen.

Isabel erblickte eine kleine Feuerstelle, eine Schlafmatte sowie ein paar getrocknete Schwämme und Tücher. Mehr nicht. Die schwarze Frau deutete auf die Sachen und schob Isabel in die Hütte, während sie auf sie einredete. Wenn sie doch nur etwas von dem kehligen Wortschwall verstehen würde! Wollte Hiya ihr tatsächlich klarmachen, dass Isabel für die Dauer ihrer Blutung hierbleiben musste? Alleine?

Dann schloss sich die Tür hinter ihr.

15.

Der neunjährige Junge verbiss sich den Schmerz und weinte stumm, als der Schamane der Donowai ihm mit einem angespitzten Knochenstück die Nasenscheidewand durchbohrte. Blut lief ihm über Mund und Hals, aber er hielt tapfer still, während der Schamane einen schmalen, fingerlangen Bambusstab durch das neu entstandene Loch schob. Neben ihm, auf dem geheimen Initiationsplatz tief im Wald, warteten fünf weitere Jungen mit ängstlich gespannten Gesichtern darauf, ihren ersten Nasenschmuck zu erhalten. Mit zunehmendem Alter würde der Schmuck immer größer werden, bis sie die großen, ringförmigen Eberhauer der Erwachsenen tragen durften.

Noah hielt sich im Hintergrund und bemühte sich, ungerührt zuzusehen, obwohl sich beim Anblick des weinenden, blutenden Kindes etwas tief in seinem Inneren verkrampfte. Etwas, das an die Zeit rührte, die er vergessen hatte.

Sein Kopf tut so weh!

Viele Hände, die ihn halten. Stimmen, die in einer unverständlichen Sprache auf ihn einreden, fremde Gesichter, die sich über ihn beugen. Eine Hand, die seinen Kopf dort berührt, wo der Schmerz pocht, und ihm weitere Qual zufügt. Er versucht, tapfer zu sein, aber dann weint er doch.

Noah schüttelte leicht den Kopf, um diese Schatten zu vertreiben und sich wieder auf das Heute zu konzentrieren.

In den vergangenen Tagen hatte er alles darangesetzt, die Donowai von seinem guten Willen zu überzeugen. Hatte Isabel kaum eines Blickes gewürdigt, um das Geschlechtertabu einzuhalten, hatte mit ihnen gejagt, gegessen, im Männerhaus ihren Geschichten gelauscht und dabei seine Kenntnis ihrer Sprache immer weiter verbessert. Inzwischen wurde er kaum noch argwöhnisch beäugt. Dass man ihm jetzt sogar erlaubte, der ersten Initiation der Donowai-Jungen beizuwohnen, war ein weiterer Beweis des Vertrauens. Bei diesen Feierlichkeiten hatte jeder Stamm seine eigenen Regeln, die sich erheblich voneinander unterschieden. Bei den Kandangai am Sepik wurden die jungen Männer mit fünfzehn Jahren in die Gemeinschaft aufgenommen. Noah hatte den Stamm kurz vor diesem Zeitpunkt verlassen. Wäre er nicht mit Otto Finsch nach Simbang gegangen, würden seinen Rücken jetzt viele kleine Narben zieren, die an die Schuppen eines Krokodils erinnern sollten.

Von einem Feuer stieg dichter Rauch auf und hüllte die Männer und älteren Knaben der Donowai ein, die sich hier im Wald versammelt hatten. Monotoner Gesang ertönte, als der Schamane sich dem nächsten Jungen zuwandte.

Noah trat langsam einen Schritt zurück. Niemand achtete auf ihn. Eine bessere Gelegenheit als jetzt würde er kaum bekommen. Nicht, solange Isabel alleine in der Hütte der unreinen Frauen war.

Der Junge ließ einen klagenden Laut hören, der in ein schmerzerfülltes Schluchzen überging. Vorsichtig schob Noah sich weitere Schritte zurück. Jetzt! Jetzt oder nie. Rasch und nahezu lautlos tauchte er zwischen Bäume und niedriges Buschwerk, drehte sich um und begann zu laufen. Während er zurück zum Dorf rannte, entledigte er sich all der störenden Gräser, Ketten und bunten Paradiesvogelfedern, mit denen sich alle Männer für das Ritual geschmückt hatten, bis er nicht mehr als das kurze Lendentuch trug. Er blieb einen Augenblick stehen, um zu lauschen: Der Gesang der Donowai war unverändert – noch hatten sie nicht bemerkt, dass er verschwunden war.

Der Zeitpunkt war günstig: Das Dorf war verlassen, die Frauen befanden sich auf den Feldern, um Früchte und Gemüse für das spätere Festmahl zu ernten, mit dem die initiierten Jungen gefeiert werden sollten. Rasch kletterte Noah ins Männerhaus und lief durch den langgestreckten Innenraum bis in den hintersten, den geheimen Teil. Hier lagerten die Kultgegenstände, die Trommeln und Masken, Totenschädel und Ahnenfiguren – normalerweise hatten hier nur der Häuptling, der Schamane und ausgewählte Krieger Zutritt.

Er hatte schnell gefunden, wonach er suchte: sein eisernes Buschmesser, das Korua-Kolta ihm abgenommen hatte. Als er sich zum Gehen wandte, fiel sein Blick auf das runde, silbrig glänzende Zündholzdöschen, das neben einer zusammengerollten Matte lag. Er schüttelte es leicht – es rasselte, also war noch mindestens ein Zündholz darin. Für einen Moment wog er das Döschen in der Hand. Ob er das Männerhaus anzünden sollte? Dann wären die Donowai womöglich mit Löschen beschäftigt und würden keine Zeit haben, ihn und Isabel zu verfolgen. Aber dann ließ er die Dose sinken. Ein Feuer könnte schnell außer Kontrolle geraten und auch ihnen beiden schaden. Er hätte die Dose gerne mitgenommen, aber er hatte keinen Platz dafür. Also holte er sich nur seinen Bogen, der über seinem Schlafplatz hing, sowie ein paar Pfeile und verließ eilig das Pfahlhaus.

Ein tiefer, dröhnender Laut drang zu ihm hinüber. Der Kasuar. Er stand am Zaun seines Geheges, hatte sein Gefieder aufgestellt und den leuchtend blauen Hals mit dem daran baumelnden Hautlappen aufgeblasen. Wieder stieß er ein dumpfes *buu-buu-buu* aus. Als ob er Noah etwas sagen wollte.

Noah verharrte. Über kurz oder lang würde das Tier von den Donowai geschlachtet werden, und bis dahin würde es hier eingesperrt dahinvegetieren. Aber wenn er den Vogel jetzt freiließe, könnte das die Donowai auf den Plan rufen und ihre Flucht gefährden.

»Tut mir leid«, murmelte er. »Aber das geht nicht.«

Und als hätte das Tier ihn verstanden, wandte es ihm den mit einem helmartigen Auswuchs bewehrten Kopf zu, sah ihn an und verstummte.

Noah hatte die kleinen Hütten am Dorfrand rasch erreicht. Hoffentlich ging es Isabel gut. Hoffentlich war sie kräftig genug, um mit ihm zu kommen. Er wusste schließlich nicht, welchen Riten sich unreine Frauen bei den Donowai unterziehen mussten.

Als er die Tür aus Bambusgeflecht mit fliegenden Fingern entriegelte, starrte Isabel ihn an wie eine Erscheinung.

»Du?«, stammelte sie. »Ich dachte ... Was machst –«

»Wir verschwinden«, unterbrach er sie rüde und zog sie am Arm aus dem winzigen Raum. »Schnell, bevor sie etwas merken.«

Zu seiner großen Erleichterung wurde sie weder hysterisch, noch zierte sie sich oder überschüttete ihn mit den Fragen, die er in ihren Augen las. Sie nickte lediglich und folgte ihm stumm und zügig die schmale Leiter hinunter.

Der ausgetretene Pfad, der zu den Beeten und weiter zum Fluss führte, war zu riskant; jederzeit konnte hier einer von den Donowai auftauchen. Stattdessen lotste er Isabel durch das Gebüsch, während er ihr leise und in aller Eile von der Expeditionsgruppe erzählte, die er am Tag ihrer Ankunft gesehen hatte.

»Eine Expedition?«, gab sie erregt zurück, dann dämpfte sie ihre Stimme wieder. »Und das sagst du mir erst jetzt?«

Er hielt sie fest, als sie über eine Wurzel stolperte.

»Wann hätte ich das denn tun sollen? Ich war damit beschäftigt, unser Leben zu retten!« Er zog sie weiter. »Die Forscher waren auf dem Weg flussaufwärts, in Richtung Quelle. Wenn wir dem Fluss folgen, können wir sie mit etwas Glück erreichen. Sie werden dich zurück nach Finschhafen bringen.«

Sie nickte zögernd.

»Glaubst du mir?«

Sie sah ihn an, dann lächelte sie ein wenig schief. »Es fällt mir schwer. Aber mir bleibt wohl nichts anderes übrig.«

Das Gebüsch wurde etwas lichter. Er konnte den Weg sehen und dahinter die Felder, wo sich die Donowai-Frauen über die Beete beugten. Einige von ihnen trugen ihre kleinen Kinder in ihren geknüpften *bilums*, deren Trageriemen sie sich um die Stirn gelegt hatten.

Er drehte sich, um den langen Bogen von einer Liane zu befreien, in der er sich verfangen hatte.

Isabel erstarrte. »Noah!«, flüsterte sie heiser.

Er fuhr herum, riss reflexartig das Buschmesser hoch. Vor ihnen stand eine junge Frau, die ihn furchtsam ansah, die dunklen Augen erschrocken auf die erhobene Waffe gerichtet. Sie stand ganz still, wie gelähmt, in ihren Händen eine Schale mit Beeren, die sie gesammelt hatte.

»Vavine – bitte …« Isabel schüttelte flehend den Kopf. Sie sprach Deutsch, dennoch schien die Frau den Sinn dieses Wortes zu verstehen.

Langsam ließ Noah die Waffe sinken.

Die Frau sah erst ihn, dann Isabel wortlos an, dann schlug sie die Augen nieder und trat zur Seite.

»Danke«, hauchte Isabel.

Bald hatten sie die Hängebrücke erreicht, die sich über die Schlucht spannte. Noah zeigte Isabel den kleinen, im Dickicht fast verborgenen Pfad, der von hier nach unten zum Fluss führte.

»Geh hinunter und dann wende dich nach rechts, stromaufwärts. Ich bin gleich wieder bei dir.«

»Was hast du vor?«

»Eine falsche Fährte legen. Die Donowai sollen glauben, dass wir über die Brücke gegangen sind.«

Er reichte Isabel die Pfeile und den mannshohen Bogen, der ihn bei seinem Vorhaben behindern würde, und behielt selbst nur das Buschmesser.

Die Brücke schwankte stark bei jedem seiner schnellen Schritte. An ihrem Ende ragte rechts eine hohe Steilwand auf. Auf der linken Seite begann der Dschungelpfad, den sie vor einer knappen Woche gekommen waren. Inzwischen war er kaum mehr auszumachen in all dem nachgewachsenen Gestrüpp.

Mit dem Buschmesser hieb Noah sich ein paar Meter durch das Dickicht, bis es auf den ersten Blick so wirken musste, als wären sie hier entlang geflüchtet. Lange konnte es nicht mehr dauern, bis die Donowai ihr Entkommen bemerken würden.

Die Brücke war mit starken Lianen an einigen Baumstämmen befestigt. Darunter ging es einen steilen Abhang bergab zum Fluss, dicht bewachsen mit Farnen und Gestrüpp. Entschlossen begann er, mit dem Buschmesser die Halteseile der Brücke durchzuhauen, eines nach dem anderen. Es knarrte, ächzte, als die zusammengebundenen und -geflochtenen Ranken sich lösten, die Brücke drehte sich, hing schief, bis sie nur noch von einer einzigen, straff gespannten Liane gehalten wurde. Mit seinem letzten, kraftvollen Hieb riss auch diese letzte Ranke, die Brücke stürzte in die Tiefe. Der untere Teil klatschte in den Fluss, Wasser spritzte hoch auf, der obere Teil schlug mit lautem Getöse an der anderen Seite der schmalen Schlucht auf. Ein Schwarm Vögel stieg kreischend auf. Der Lärm war sicher bis ins Dorf zu hören. Jetzt würde es so aussehen, als wären sie über die Brücke entkommen und hätten den Weg für ihre Verfolger hinter sich abgeschnitten.

Nur fort jetzt! Er kletterte und rutschte den steilen Abhang hinunter, schürfte sich Hände, Knie und Ellbogen auf, rollte über Gestrüpp und Farne, bis er hart auf einer vorstehenden Klippe aufkam und die letzten Meter hinunter bis zum Flussufer sprang. Ein kurzer Blick nach oben zeigte ihm, dass sein Weg nicht ohne Spuren geblieben war: Sträucher waren umgeknickt und herausgerissen, Sand und Steine freigelegt. Aber das war nun einmal nicht zu ändern. Er konnte nur hoffen, dass seine Täuschung trotzdem Erfolg hatte.

Auf der anderen Seite des Flusses war Isabel stehen geblieben, seinen Bogen in der Hand. Zwischen ihnen rauschte das Wasser. Er deutete nach stromaufwärts, und sie hob den Bogen zum Zeichen, dass sie verstanden hatte, und eilte weiter auf dem schmalen Uferpfad.

Auf seiner Seite war kein Pfad. Dennoch zog er sich zurück in den Schutz der Bäume und Büsche, um nicht zu riskieren, zur Zielscheibe für die Donowai zu werden. Erst nachdem der Fluss eine Biegung machte, wechselte er über ein paar große, im Wasser liegende Steine auf Isabels Seite.

Der Mittag musste längst vorüber sein, unter dem dichten dunkelgrünen Blätterdach stand die Luft. Sie sprachen kaum, liefen nur immer weiter vorwärts, folgten dem Pfad am Wasser, Noah vorneweg, Isabel in ihrem zerrissenen Oberteil und dem Bastrock dicht hinter ihm. Sie hielt sich gut. Obwohl auch sie nun barfuß war und sicher unter der Anstrengung und der schwülen Hitze litt, beschwerte sie sich nicht. Sie bewegten sich so schnell sie konnten, aber es war ein mühsames Vorankommen. Der Pfad schien nicht oft benutzt zu werden; viele Stellen waren fast zugewuchert, und Noah brauchte jedes Mal wertvolle Sekunden, um den Weg mit dem Buschmesser freizuhauen. Mit dem großen Bogen, den er samt den Pfeilen wieder an sich genommen hatte, schob er zusätzlich die lästigsten Ranken zur Seite.

Hatten sie es geschafft? Hatten sie die Donowai tatsächlich getäuscht?

Ein Schwarm bunter Papageien stob auf, flog zeternd davon, dann war es still. Für einen kurzen Moment blieb er stehen, horchte angestrengt. War da nicht ein Geräusch? Seine Glieder schienen plötzlich zu Eis zu gefrieren: Sein Ablenkungsversuch hatte die Donowai offenbar nur kurz aufgehalten.

Auch Isabel hatte das Kriegsgeheul gehört. Sie verdoppelten ihre Anstrengung, sich vorwärtszukämpfen. Der Pfad wurde wieder breiter und leichter begehbar, dann tat sich ein fast kreisförmiger, gerodeter Platz vor ihnen auf, womöglich eine Kultstätte. Auf der anderen Seite ging der Pfad weiter.

Ein hohes Sirren ertönte, Noah duckte sich reflexartig und zog Isabel mit sich herunter. Sie keuchte entsetzt auf, als ein langer Pfeil ganz in ihrer Nähe in einen Baumstamm fuhr und dort mit zitterndem Schaft hängenblieb.

»Sie kommen«, flüsterte Isabel, kalkweiß im Gesicht. »Sie sind schon ganz nah!«

Sein Herz jagte in einem stolpernden, atemlosen Takt. Sie würden es nicht schaffen. Einer vielleicht schon, aber nicht zu zweit.

Er zögerte nur kurz. Dann drückte er Isabel das Buschmesser in die Hand und legte einen Pfeil in die Bambussehne seines Bogens.

»Geh! Ich werde sie aufhalten. Los, beeil dich!«

»Aber …«

»Ich werde behaupten, du wärest über die Brücke geflüchtet. Halte dich immer in der Nähe des Wassers und versuch, die Expedition zu erreichen!«

Er hob den Bogen und spannte den Pfeil, richtete ihn auf den Pfad hinter ihnen. Obwohl sein Herz noch immer wie rasend klopfte, war er auf einmal ganz ruhig.

Er tat es für sie. Für Isabel.

»Lauf!«

Sie warf ihm einen letzten, verzweifelten Blick zu, dann drehte sie sich um und rannte los.

Lauf!

Der Schrei hallt in seinen Ohren wider.

»Lauf, Jeroen, lauf weg!«

Das blasse Gesicht einer Frau, die ihn aus furchtsam aufgerissenen Augen anstarrt.

Augen, so blau wie seine.

Die plötzliche Erkenntnis ließ seinen Atem stocken. Ein Sirren ertönte. Dann durchfuhr ihn ein scharfer Schmerz, als sich ein Pfeil in seine linke Wade bohrte.

*

Das große Buschmesser in beiden Händen, hieb Isabel verzweifelt Ranken, Zweige und Palmwedel beiseite, die in den schmalen Pfad wuchsen. Sie blickte sich nicht um, wagte es nicht, aus Angst, die grimmigen Donowai-Krieger hinter sich zu sehen. Nur weiter, immer weiter vorwärts kämpfte sie sich, das Gesicht nass von Schweiß und Tränen.

Irgendwann blieb sie keuchend stehen. Lauschte. Der Urwald war erfüllt von Geräuschen; von Keckern, Summen, Schnarren, in ihren Ohren rauschte das Blut. Aber nirgendwo hörte sie menschliche Stimmen oder Schreie. Niemand folgte ihr.

Sie ließ das Messer sinken. Jetzt, nachdem der erste Schock vorüber war und sie wieder klarer denken konnte, begann sie zu zittern. Sie war zwar den Donowai entkommen, aber nun war sie völlig auf sich allein gestellt im papuanischen Urwald. Blattwerk und Ranken wuchsen dicht vor ihr, der Pfad war kaum noch auszumachen, sie war umschlossen von Bäumen und Grünzeug. Dank des Buschmessers fühlte sie sich zwar nicht vollkommen hilflos, aber vor giftigen Schlangen oder Pflanzen, die die Haut reizten, würde auch die Waffe sie nicht retten.

Erschöpft lehnte sie sich an einen Baumstamm und griff haltsuchend nach einem Ast. Ihre Finger fassten in etwas Weiches, Borstiges. Großer Gott! Ein leiser Schrei entfuhr ihr, entsetzt zuckte sie zurück. Dann sah sie, dass es sich bei dem Borstigen um eine große, haarige Raupe handelte, die an dem Ast entlangkroch. Noah hätte ihr die Raupe womöglich zum Essen angeboten.

Noah ... Ein hysterisches Lachen stieg in ihr auf und verwandelte sich gleich darauf in ein verzweifeltes Schluchzen.

War er tot? Hatten die Donowai ihn umgebracht? Grausige Bilder nahmen in ihrem Kopf Gestalt an. Wie sie ihn mit Pfeilen durchbohrten oder ihn mit ihren Keulen mit dem sternförmigen Aufsatz erschlugen.

Oder hatten sie ihn wieder gefangen genommen? Was würde ihn dann erwarten – womöglich ein langsamer, qualvoller Tod? Dann wäre es besser, wenn sie ihn gleich getötet hätten.

Aber Noah hatte schon in der Vergangenheit bewiesen, dass er sich auch aus scheinbar aussichtslosen Situationen wieder herausmanövrieren konnte. Womöglich hatte auch er entkommen können und schlug sich nun genau wie sie durch den Busch? Isabel strich sich die Tränen aus dem Gesicht und zwang sich zur Vernunft. Sie musste jetzt zuerst an sich selbst denken. Noah hatte gewollt, dass sie entkam. Sein Opfer sollte nicht umsonst gewesen sein. Und vielleicht war noch nicht alles zu spät. Vielleicht lebte er noch, und es lag an ihr, Hilfe zu holen.

Noah hatte behauptet, er habe eine Forschergruppe gesehen, die sich flussaufwärts bewege. Hatte er die Wahrheit gesagt? Gab es diese Expedition wirklich? Oder hatte er ihr nur leere Hoffnungen machen wollen?

Jetzt erst merkte sie, dass sie schrecklichen Durst hatte. Da sie nicht wusste, ob sie das Wasser aus dem Fluss trinken konnte, hieb sie ein paar der armdicken Lianen durch, wie Noah es ihr gezeigt hatte. Die ersten waren holzig und vertrocknet, aber dann fand sie eine, aus der frische, klare Flüssigkeit lief, mit der sie ihren Durst stillen konnte.

Sie bahnte sich ein paar weitere Schritte mit dem Buschmesser den Weg durch Ranken und Unterholz, rutschte aus, stieß sich Knie oder Knöchel an rauem Holz, riss sich die Haut an Dornen auf, dann blieb sie schwer atmend stehen. So hatte das keinen Sinn. Sie wandte sich seitwärts und kämpfte sich durch das Dickicht bis vor zum Fluss, der leise dahinrauschte. Kein Mensch war zu sehen, nur ein paar Reiher flogen auf, als Isabel sich vorsichtig umsah. Am gegenüberliegenden Ufer zogen sich Sandbänke entlang. Mit bloßen Füßen trat sie in das flache, von schlammigen Schlieren durchzogene Wasser des Uferbereichs, ihre Fußsohlen tasteten sich über Steine und glitschigen Schlamm. Dennoch lief es sich besser als an Land, und vermutlich war es auch sicherer, denn hier wuchsen keine Pflanzen, die womöglich gefährlich sein konnten.

Es war brütend heiß, und nur das hohe, feine Summen der allgegenwärtigen Moskitos durchbrach die Stille. Über ihrem Kopf schienen sich Schwärme von Mücken verabredet zu haben. Im Wasser trieben Blätter, Zweige, in der Flussmitte ab und zu ein kleinerer Baumstamm. Ihr Schweiß floss in Strömen, doch hier am Fluss war die Hitze besser zu ertragen, und die schwere Luft ließ sich leichter atmen als unter dem stickigen Blattkronendach.

War es wirklich richtig, was sie tat? Finschhafen lag an der Küste, aber sie bewegte sich immer weiter ins Landesinnere. Sollte sie nicht besser umkehren und dem Fluss in Richtung Meer folgen? Aber dann müsste sie wieder am Dorf der Donowai vorbei. Außerdem wusste sie nicht, wie viele Kilometer landeinwärts sie sich hier befand. Zu Fuß konnte es Wochen dauern, bis sie an der Küste ankam. Das würde sie wohl kaum überleben. Und Noah hatte behauptet, die Forscher seien flussaufwärts gezogen.

So watete sie gegen die Strömung und wechselte nur kurz an Land, wenn das Wasser zu tief wurde oder sie ein Hindernis umrunden musste. Sie lief auch dann noch weiter, als der Gesang der Zikaden einsetzte und der goldene Glanz der kurzen Dämmerung in die Nacht überging. Froschgequake und seltsame Laute erfüllten die Dunkelheit. Ein leichter Wind brachte ersehnte Kühle, auf dem Wasser spiegelte sich gespenstisch der fast volle Mond.

Ein Rauschen ließ Isabel anhalten und erschrocken aufblicken. Von einem Baum am gegenüberliegenden Ufer erhoben sich wie auf einen stummen Befehl hin Hunderte kleiner Flughunde. Es war ein beängstigendes und zugleich faszinierendes Schauspiel, wie die dunklen, fledermausähnlichen Umrisse mit leise flappendem Flügelschlag flussaufwärts dahinglitten. In die Richtung, die auch Isabel eingeschlagen hatte. Ob das ein gutes Omen war?

Sie war kaum ein paar weitere Schritte gelaufen, als sie sich schmerzhaft das Schienbein stieß. Unterdrückt schrie sie auf, sie konnte sich gerade noch auf den Beinen halten. Sie war gegen einen großen, im Wasser liegenden Baumstamm gestoßen, sie spürte mehr, als dass sie es sah, dass die Haut aufgerissen war und blutete.

Es hatte keinen Sinn, in dieser Dunkelheit weiterzulaufen; sie würde nur noch mehr Verletzungen riskieren. Und sie musste sich dringend ausruhen.

Ihre nackten Zehen rutschten über Schlamm und Uferpflanzen, als sie ans Ufer tappte. Über ihr ragten die dunklen Schatten der Bäume auf und verdeckten den Mond. Sie benutzte das lange Buschmesser wie einen Spazierstock, um den Weg vor sich nach Schlangen oder sonstigem giftigen Getier abzutasten. Ein armseliger Versuch, aber etwas anderes hatte sie nicht. Wahrscheinlich war es gut, dass sie kaum mehr die Hand vor Augen sah – wer wusste schon, was alles unter ihren Fußsohlen dahinkroch.

Als sie sich aufrichtete, stieß sie mit dem Kopf an einen breiten, fast waagerecht verlaufenden Ast. Sie tastete sich an dem dazugehörigen Baumstamm entlang. Ob Giftschlangen auch auf Bäume kletterten?

Sie schlug das Messer so hoch wie möglich in die Rinde, um die Hände frei zu haben, und zog sich mühsam nach oben, bis sie auf dem breiten Ast saß, der mit Moos und Baumfarnen bewachsen war. Wo er in den Stamm überging, band sie sich mit einer dünnen Liane fest, um nicht im Schlaf herunterzufallen, und lehnte sich an den Stamm. Sie würde zwar kein Auge zumachen, aber sie konnte hier auf den Morgen warten. Hoffentlich blieb sie von Spinnen oder Schlangen verschont.

16.

Die verdammte Pfeilspitze hatte Widerhaken, und der höllische Schmerz, als einer der Donowai den Pfeil aus Noahs Wade zog, ließ ihn aufschreien.

»Wo ist die Frau?«, war die einzige Frage, die sie an ihn richteten. Wenn sie so fragten, konnten sie Isabel nicht gesehen haben.

»Über ... die Brücke«, presste er hervor. Der Schmerz machte ihn so benommen, dass er kaum sprechen konnte. »Sie hat ... das Messer mitgenommen.«

Ob sie ihm glaubten? Der hochaufgeschossene Yakamup war dem Pfad gefolgt, der auf der gegenüberliegenden Seite des kreisförmigen Platzes weiterging, aber schnell wieder zurückgekommen. Ohne Isabel.

»Die anderen werden sie bald finden«, sagte Aso, der noch immer mit den Federn und Bändern der Initiationsfeier geschmückt war.

Okame, mit dem Noah in den vergangenen Tagen so oft zusammen gejagt hatte, kam mit einem Heilkraut aus dem Dickicht und rieb den beißenden Saft in die blutende Wunde.

In den Gesichtern der Krieger konnte Noah nichts als Verachtung lesen. Aber offenbar hatten sie nicht vor, ihn zu töten. Zumindest nicht sofort – sonst würden sie sich wohl kaum die Mühe machen, seine Wunde zu versorgen.

Sie fesselten seine Hände im Nacken, so wie schon einmal, und zogen ihn auf die Füße. Er konnte laufen, wenn auch mit Schmerzen.

Blaue Augen.

Für einen kurzen Augenblick hatte er sie klar vor sich gesehen. Ein feines, schönes Gesicht, umgeben von hellbraunen Haaren. Das Gesicht einer weißen Frau.

Seiner Mutter. Seiner leiblichen Mutter. Das wusste er plötzlich mit jener unerschütterlichen Sicherheit, bei der kein Platz für Zweifel war.

Das bedeutete, er war nicht der Nachkomme eines weißen Kolonisten, der sich mit einer Papuafrau eingelassen hatte! Es war genau andersherum: Seine Mutter war eine Weiße!

Aber wer war dann der andere Mann? Der Mann mit dem roten Bart, dessen Bild ihn immer wieder verfolgte?

Ein Schlag in den Rücken brachte ihn zurück in die Gegenwart. Sie waren im Dorf angelangt. Alle Donowai hatten sich um Korua-Kolta versammelt, auch die restlichen Krieger, die Isabels angeblichem Weg über die nun zerstörte Brücke gefolgt waren – ihre Haut glänzte nass vom Marsch durch den Fluss. Im Hintergrund sah Noah die frisch initiierten Jungen, getrocknetes Blut im Gesicht. Selbst sie starrten ihn feindselig an.

Korua-Kolta nickte, als man ihm erklärte, dass Isabel noch immer nicht gefunden worden sei. »Die weiße Frau hat sowieso nur Ärger gemacht. Sie wird nicht lange überleben, ganz allein im Wald.«

Nein, sie würde es schaffen! Sie würde die Forscher finden und sich retten können.

In Noahs Magen saß ein fester Knoten. Er hatte das Vertrauen der Donowai missbraucht und war zusammen mit Isabel geflohen. Er hatte ihre Brücke zerstört. Die ganze Situation hatte etwas aberwitzig Vertrautes. Wieder kniete er vor dem Häuptling. Wieder musste er um sein Leben fürchten. Aber diesmal würde es ihm wohl nicht gelingen, sich mit einem albernen Hokuspokus aus der Affäre zu ziehen.

Es sah nicht gut für ihn aus.

Korua-Kolta betrachtete ihn stumm und ohne Regung. Dann fletschte er die Zähne unter seinem Eberhauerschmuck zu einem hässlichen Grinsen. »Wo sind jetzt deine magischen Kräfte?«

»Die Frau, die ich mitgebracht habe, hat mich verhext«, behauptete Noah. »Sie hat mich mit ihren magischen Frauenkräften verhext.«

Der Häuptling winkte ab, als hielte er ihn keiner Antwort für würdig, und wandte sich an die anderen. »Er ist verdorben von ihren unreinen Säften. Bringt ihn in die Reinigungshütte und setzt ihn dem Rauch aus. Danach werde ich entscheiden, was mit ihm geschieht.«

*

Isabel schreckte auf. Dicht vor ihrem Gesicht tanzte etwas Blaues. Ein großer Schmetterling, hellblau mit schwarzen Streifen, der wie betrunken durch die Luft torkelte. Benommen richtete sie sich auf – und hielt sich gleich darauf fest, als sie erst verspätet bemerkte, dass sie auf einem Baum saß, gesichert durch eine Lianenschnur.

Sie begrüßte den Morgen so dankbar wie noch nie. Die Nacht war ihr endlos vorgekommen. Sie hatte kaum geschlafen, war höchstens für ein paar Minuten eingenickt, um dann wieder aus dem Schlummer hochzufahren, weil ein Käfer über ihre Haut kroch oder ein Wassertropfen auf sie fiel. Ihr war kalt, ihre Glieder waren steif, weil sie viele Stunden zusammengekrümmt auf dem Ast verbracht hatte.

Der Morgennebel lichtete sich bereits, nur noch ein paar

helle Schwaden trieben vorbei. Durch die Baumkronen gefächertes Sonnenlicht fiel auf Blätter und Unterholz, Blütenduft und der erdige Geruch feuchter Vegetation erfüllten die Luft.

Schlagartig überfiel sie die Erinnerung an die Donowai. Waren sie da? Hatten sie sie erwischt? Sie lauschte, sah sich um. Fast glaubte sie, die Wilden hinter Stämmen und Büschen zu sehen, aber da war nichts. Über ihr, um sie herum gab es nur die Geräusche des Dschungels. Sie war allein. Vollkommen allein.

Der Wald erglühte in einer Explosion aus Farben. Vor dem allgegenwärtigen grünen Hintergrund tanzten bunte Schmetterlinge, rankten sich weiße und rosafarbene Orchideen, krochen borstige rote Raupen über Blätter. Eine riesige Stabheuschrecke, die aussah, als wäre sie aus mehreren dürren Zweigen zusammengesetzt, kletterte bedächtig einen Baumstamm hinauf. Hoch über ihrem Kopf, im dichtbelaubten Baumkronendach, konnte sie ein paar Papageien krächzen und plappern hören. Weiter unten, näher bei sich, sah sie zwei schneeweiße Kakadus miteinander schnäbeln. Beim Anblick der Vögel überkam sie plötzlich heftige Sehnsucht nach Simbang. Nach dem frechen Koki, nach Bruder Lorenz und den anderen beiden Missionsbrüdern, nach Conrads Hütte, nach Yerema und Kamelun und den Jabim-Kindern.

Und nach Noah.

In den wenigen Minuten, die sie geschlafen hatte, hatte sie von ihm geträumt. Fiebrige Träume, in denen er sie streichelte und an sich drückte. Es hatte sich so gut angefühlt.

Für einen Moment glaubte sie, seine Stimme zu hören, die sie drängte, aufzubrechen und ihm zu helfen. Rettung zu holen.

Sie hob den Kopf. »Ja«, flüsterte sie, wie eine Antwort an

das wogende Grün gerichtet, und strich sich die Tränen aus dem Gesicht. »Ich lasse dich nicht im Stich.«

Sie rutschte vom Baum und machte sich erneut auf den Weg.

Der Waldboden war mit riesigen Farnen und dichtem Unterholz überwuchert. Die Sonne hatte auch die letzten Morgennebel vertrieben, unter dem Blätterwerk war es heiß und stickig.

Isabel wich wieder ins niedrige Wasser aus. Sie kam sich vor, als wäre sie der einzige Mensch auf der Welt, verloren in einem Nirgendwo, weit weg von jedem anderen menschlichen Wesen. Sie zwang sich, an nichts weiter zu denken als an den nächsten Schritt. Nicht an die brennenden Schnittwunden, mit denen ihre nackten Füße und Knöchel übersät waren, oder die vielen juckenden Mückenstiche auf der bloßen Haut ihrer Arme und Beine. Nicht daran, was passieren würde, wenn sie hier einen erneuten Malariaschub erleiden würde. Nicht daran, ob Noah noch lebte. Er war nicht tot. Natürlich nicht. Aber er brauchte ihre Hilfe.

Das ständige feine Sirren der Moskitos nahm sie kaum noch wahr, auch wenn sie immer wieder nach den kleinen Blutsaugern schlug, die sich auf ihre Arme, ihren Hals und ihr Gesicht setzten. In ihrem Haar, das aufgelöst über Rücken und Schultern hing, hatten sich Blätter und kleine Zweige verfangen. Obwohl sie seit gestern Mittag nichts mehr gegessen hatte, verspürte sie keinen Hunger. Nur Durst, und der ließ sich mit Lianenwasser stillen. Wenigstens war ihre Periode vorüber, so dass sie sich nicht auch noch darüber Gedanken machen musste.

Einmal sah sie ein Kanu den Fluss hinuntergleiten. Aufrecht darin stand ein Mann, ein Eingeborener, der das Boot mit einem langen Paddel steuerte. Isabel hatte sich gerade noch im Ufergebüsch verstecken können und spähte nun angstvoll durch die Blätter. Ob das einer von den Donowai war? Vermutlich nicht, dafür hatte sie sich schon zu weit von deren Dorf entfernt. Dennoch wagte sie sich nicht aus ihrer Deckung.

Am Spätnachmittag sprühte Regen durch die schwere Luft, und schon bald war Isabel in ihrem ärmellosen Leibchen und dem Bastrock bis auf die Knochen durchnässt. Und noch immer war keine Forschergruppe in Sicht.

Wenn Noah nur die Wahrheit gesagt hatte!

Wenn sie die Männer doch nur endlich finden würde!

Erneut brach die Nacht herein, hallte die Luft wider von Grillengezirpe und den Lauten fremdartiger Tiere. Mondlicht spiegelte sich im Wasser, ein funkelndes Sternenband spannte sich über den Himmel. Obwohl Isabels schwaches Bein und die Schnitte und Schrammen an ihren nackten Füßen immer stärker schmerzten und die Erschöpfung sie allmählich taumeln ließ, lief sie weiter, immer weiter durch das flache Uferwasser.

Der Fluss verbreiterte sich, am Ufer lag ein schmaler, langgestreckter Schatten. In der Dunkelheit glaubte Isabel zuerst voller Schreck, ein Krokodil vor sich zu haben, aber dann erkannte sie die Umrisse eines hölzernen Kanus ohne Ausleger. Und daneben noch weitere.

Sie hörte Stimmen, Lachen, und dann glaubte sie sogar ein paar deutsche Worte aufzuschnappen.

Sicher halluzinierte sie bereits. Das Helle, das da weiter hinten am Strand flackerte, war bestimmt kein Lagerfeuer. Und was sich dahinter erhob, waren gewiss auch keine Zelte.

Sie brauchte etliche Sekunden, um ganz zu sich zu kommen. Erst als ihre Hand das warme Holz eines Kanus berührte, schoss es wie ein Blitz durch sie: Sie bildete es sich nicht ein! Das hier war die Wirklichkeit!

Über den Uferschlamm wankte sie auf das Feuer zu.

»Wer ist da?«, hörte sie eine männliche Stimme auf Deutsch fragen. Die Stimme eines Engels. »Stehen bleiben, oder ich schieße! *Stopim no sutim!*«

Ein Schatten mit angelegtem Gewehr trat auf sie zu.

Isabel blieb wie angewurzelt stehen. »Nicht, bitte«, flüsterte sie. Ihre Stimme wollte ihr kaum gehorchen.

»Wer spricht da?« Der Mann trat noch weiter nach vorne, mit gesenktem Gewehr. »Das klang wie eine Frau!«

Sie fiel ihm fast in die Arme.

»Hilfe«, stammelte sie. »Bitte, helfen Sie mir.«

*

»Sie müssen zugeben, Fräulein Maritz, dass Ihre Geschichte ein wenig ... seltsam klingt.« Karl Lauterbach, der Leiter der Ottilienfluss-Expedition, zwirbelte an seinem Schnurrbart. Die Morgensonne warf Schatten über seine gutaussehenden Züge. Zwischen den Zelten am breiten Ufer stapelten sich Ausrüstungsgegenstände, Botanisiertrommeln, Pflanzenpressen und Zeichengeräte neben Essensvorräten und Munition.

»Sie glauben mir nicht?« Isabel schluckte den letzten Rest Zwieback hinunter. Nach einer kurzen Nacht, in der sie wie eine Tote in einem ihr zur Verfügung gestellten Zelt geschlafen hatte, stand sie den Herren jetzt beim Frühstück Rede und Antwort.

Die Expedition, die vor einem guten Monat mit einem Raddampfer in Finschhafen aufgebrochen war, bestand aus sieben Forschern und ebenso vielen dunkelhäutigen Trägern. Sie wollten den Lauf des Gewässers untersuchen, das sie Ottilienfluss nannten. Vor neun Tagen, als der Fluss immer weniger Tiefgang aufwies, hatten sie den Dampfer mitsamt Besatzung an einer geeigneten Stelle ankern lassen und waren auf einige mitgeführte Kanus umgestiegen.

»Doch, ich glaube Ihnen«, gab Lauterbach nun zurück. »Sie haben ganz offensichtlich Schreckliches mitgemacht und eine schwere nervliche Erschütterung erlitten.«

Isabel strich über ihre verfilzten Haare, die sie mit einem geliehenen Kamm notdürftig ausgekämmt und zu einem einfachen Zopf geflochten hatte. Dr. Timm, der die Expedition begleitende Arzt, hatte ihre entzündeten, mit Schnittwunden übersäten Füße verbunden und in Ermangelung passenden Schuhwerks mit ein paar Stofflappen umwickelt. Einer der Herren hatte ihr ein Hemd gegeben, von einem anderen hatte sie eine Leinenhose erhalten. Die Beinkleider trugen sich für Isabel noch ungewohnter als der Bastrock – sie fand es geradezu unanständig, sich in diesem Aufzug zu zeigen. Aber sie konnte natürlich unmöglich noch länger in dem völlig zerfetzten Bastrock herumlaufen.

»Ich habe nur noch immer nicht ganz verstanden, Fräulein Maritz, wie Sie hier gelandet sind. Sie sagen, Sie seien entführt worden, wollen mir aber nicht verraten, von wem. Und dann behaupten Sie, ein Eingeborenenstamm habe Sie beide festgehalten und mit dem Tode bedroht?«

Sie nickte.

»Und Ihr Bruder – wie hieß er? Moses?«

»Noah! Sein Name ist Noah!«

»Entschuldigung. Ihr Bruder ist also noch in den Händen dieser Wilden, sagen Sie, während Sie selbst flüchten konnten?«

Erneut nickte sie. Sie hatte lange überlegt, was sie den Herren erzählen sollte. Es war hier wie überall auf der Welt: Das Leben eines Einheimischen zählte weniger als das eines Weißen. Für einen halbweißen Dolmetscher, der noch dazu des Mordes verdächtig und der Entführung schuldig war, würden sich die Forscher wohl kaum in Gefahr begeben. Womöglich würden sie es sogar begrüßen, dass der Gerechtigkeit Genüge getan wurde und ein mutmaßlicher Mörder seine Strafe fand. Nein, das durfte sie nicht riskieren. Ihr blieb nichts anderes übrig, als zu schwindeln. Und eine bessere Lüge als die, Noah sei ihr Bruder, war ihr nicht eingefallen.

»Bitte, Herr Lauterbach, meine Herren, ich werde Ihnen später alles genau erzählen. Aber jetzt müssen wir uns beeilen. Wir müssen ihm helfen!«

Einer der Männer mit Namen Wackernagel schüttelte den Kopf. »Wir sind Forscher, kein Straftrupp, Lauterbach. Wollen Sie Ihre Expedition gefährden und das Leben Ihrer Leute aufs Spiel setzen?«

»Sie haben doch Gewehre«, wandte Isabel ein. »Sie und Ihre Träger sind bewaffnet!«

»Aber das sind keine Polizeisoldaten.« Wackernagel versuchte sich an einem gewinnenden Lächeln. »Hören Sie, Fräulein Maritz, wollen Sie nicht zusammen mit einigen von uns zurückkehren nach Finschhafen und von dort aus einen Trupp losschicken, der nach Ihrem Bruder suchen wird?«

»Bis dahin ist er tot!« In Isabel stieg kalte Verzweiflung auf.

»Das ist er wahrscheinlich schon längst.« Wackernagel erhob sich von dem angeschwemmten Baumstamm, auf dem er gesessen hatte. »Diese Wilden fackeln nicht lange. Lauterbach, sagen Sie doch auch mal etwas! Sie sind schließlich der Leiter dieses ganzen Vereins.«

Lauterbach hob den Kopf, sah die Männer schweigend an. »Es ist ohnehin an der Zeit umzukehren«, sagte er schließlich. »Wir haben genug zusammengetragen, und unsere Vorräte schwinden. Wackernagel, Kunze, Sie werden mit drei

Trägern, ein paar Kanus und dem größten Teil der Ausrüstung zur *Herzogin Elisabeth* vorausfahren. Der Rest wird mit Fräulein Maritz diese Wilden suchen und ihren Bruder befreien.«

*

Die ganze Nacht und den halben Tag hatte Noah gefesselt in einer engen Hütte zubringen müssen, wo ein stark qualmendes Feuer brannte. Jetzt hatten die Donowai ihn aufrecht an einen Baum gebunden, mit den Armen seitlich am Körper. Nach wie vor trug er nicht mehr als ein kurzes Lendentuch. Er konnte sich kaum bewegen, nur ein bisschen mit Fingern und Zehen wackeln. Sobald er den Kopf senkte, schnürte ihm eine Schlinge aus Bambusfaser die Kehle zu. Die Pfeilwunde in seinem Unterschenkel pochte. Aber das war nichts im Vergleich zu den Schmerzen, die ihm noch bevorstanden.

Nicht weit von der Stelle, wo man ihn festgebunden hatte, räumten einige Donowai-Männer die tiefe Erdgrube aus, in dem man das *mumu* zubereitete. Frauen trugen Taroknollen und Süßkartoffeln herbei sowie Arme voller Bananenblätter, in die man das Gemüse hüllen würde; Vorbereitungen für den Festschmaus. Aber diesmal würden sie kein Wildschwein dafür erlegen.

Ihm war übel, und obwohl die Hitze des Tages allmählich nachließ, war seine Haut schweißüberströmt. Abgrundtiefe Furcht saugte das Mark aus seinen Knochen, ballte sich in seinem Magen zu einem kalten Klumpen und erzeugte wattige Benommenheit in seinem Kopf. All seine Versuche, sich zur Wehr zu setzen, als man ihn vorhin aus der verräucherten Hütte geholt und hier angebunden hatte, waren wirkungslos gewesen, genau wie seine verzweifelten Drohungen von böser Magie und schrecklichen Strafen.

Es war vorbei.

Er würde heute sterben.

Wenn sie ihn wenigstens schnell töten würden. Aber er wusste, was ihn erwartete – Korua-Kolta hatte es ihm selbst genüsslich erzählt: Ein Feind musste gemartert werden, sonst schmeckte er nicht. Und deswegen würden sie ihn stundenlang foltern, ihn schlagen und schneiden, seine Gliedmaßen brechen und ihn lebendig auf die Glut werfen. Erst dann würde ihn ein Stich ins Herz erlösen. Danach würden sie seinen Leichnam zerstückeln und die einzelnen Teile in Bananenblätter gewickelt zusammen mit Taro und Süßkartoffeln im Erdofen garen. Korua-Kolta würde als besonderen Leckerbissen das Hirn und die Geschlechtsteile bekommen.

Noch nie in seinem Leben hatte Noah sich so sehr gefürchtet. Sein ganzer Körper fühlte sich hohl und leer an, wie die zurückgelassene Haut einer Larve. Ein heftiges inneres Zittern hatte ihn ergriffen, ein fester Ring hatte sich um seinen Brustkorb gelegt und ließ ihn kaum atmen.

Er hat entsetzliche Angst. Er ist in einer Kiste eingesperrt, der schwere Holzdeckel ist heruntergeklappt und abgeschlossen. Es ist dunkel und unbequem, und er wartet schon seit Stunden auf seine Strafe. Dann hört er schwere Schritte.

»So, jetzt werde ich die kleine bastaard *Benehmen lernen!«*

Die tiefe Stimme mit dem holländischen Akzent, den er zu hassen gelernt hat. Das Geräusch eines Schlüssels. Helligkeit.

Alkoholgeschwängerter Atem. Ein derbes Gesicht mit rotem Bart.

Eine flehende Stimme. »Lass meinen Jungen in Ruhe. Bitte, Maarten, schlag ihn nicht schon wieder! Jeroen hat dir doch nichts getan!«

»Ich werde ihm auch nicht slaan!«

Maarten schleift ihn nach draußen, wo das große, bis zum

Rand gefüllte Wasserfass steht. Er drückt Jeroens Kopf ins Wasser. Für ein, zwei Sekunden hält Jeroen ganz still, glaubt, wenn er sich nicht wehrt, wird Maarten ihn wieder loslassen. Aber Maarten lässt nicht los. Immer länger hält er seinen Kopf unter Wasser. Jeroen gerät in Panik, versucht sich zu wehren. Verzweifelt greift er mit beiden Armen nach Maarten, doch der Mann ist viel zu stark für ihn. Er bekommt keine Luft, schluckt brackig schmeckendes Wasser. Sterne tanzen vor seinen Augen, die Todesangst lässt ihn strampeln und um sich treten.

Erst als er glaubt, jeden Moment sterben zu müssen, wird er zurückgezogen. Luft! Endlich wieder strömt Luft in seine Lungen, weitet sie schmerzhaft. Er hustet und würgt, verschwommen hört er Maarten lachen.

»Na, willst du dir immer noch anlegen mit mich, bastaard?«

Noch immer glaubte Noah das brackige Wasser zu schmecken, das Gefühl des Ertrinkens in seiner Kehle, seinen Lungen zu spüren.

Jeroen. Er hieß tatsächlich Jeroen, genau so, wie Isabel behauptet hatte.

Und der Mann mit dem roten Bart wurde Maarten genannt. Sein – Stiefvater?

Endlich schimmerte ein wenig Klarheit durch das Dunkel seiner Vergangenheit. Jetzt, da es zu spät war.

Hell leuchtete das Feuer vor der Abenddämmerung. Glut stob auf, als einige Frauen große Steine in die Flammen legten. Die Krieger der Donowai stellten sich davor auf. Heisere Rufe ertönten, Trommelklang setzte ein, dann begannen sie mit einem rituellen Tanz.

Er war so dicht davor, endlich etwas über seine Herkunft zu erfahren! Stattdessen würde er gleich einen qualvollen Tod sterben.

Seine Sicht verschwamm, er schmeckte salzige Flüssigkeit. Ein Ton, den er nicht zurückhalten konnte, drang aus seiner Kehle, ein Winseln wie von einem getretenen Hund. Verzweifelt riss er an den Fesseln, aber es war vergeblich; die Lianen, mit denen man ihn gebunden hatte, schnitten nur noch fester in sein Fleisch.

Das unterdrückte Schluchzen der Mutter, als Maarten sie auf das Bett wirft und ihr vor den Augen ihres Sohnes Gewalt antut. Sie lässt es über sich ergehen, wie sie es schon so oft über sich hat ergehen lassen.

Seine eigene, leise Stimme, die der weinenden Mutter danach Worte ins Ohr flüstert: »Ich beschütze dich vor ihm, Mama. Ich werde ganz schnell wachsen, und dann bringe ich ihn um. Das verspreche ich dir.«

Die Trommeln wurden lauter, der Tanz wurde schneller, wilder.

Aber er hat sie nicht vor ihm beschützen können.

Ein ausgehobenes Grab im strömenden Regen.

Sie ist tot! Seine schöne, kluge, wunderbare Mutter ist tot! Und er wird auch gleich tot sein. Aber er will nicht sterben! Er ist doch erst zehn Jahre alt!

Aber obwohl alles in ihm danach schreit, kann er nicht weglaufen. Er ist wie gelähmt vor Furcht. Und er kann die Mutter doch nicht allein lassen.

Die Trommeln verstummten, die Tänzer versammelten sich vor dem Feuer. Gleich würden sie zu ihren Keulen greifen und Noah damit Arme und Beine zerschlagen.

Würgendes Entsetzen breitete sich in ihm aus. Eine unsichtbare Hand drückte ihm die Kehle zu, sein Herz schlug wie rasend. Erneut zerrte er an den Fesseln, aber es nützte nichts.

In der rasch dunkler werdenden Dämmerung hätte er die Schlange fast nicht bemerkt, die sich vor ihm durch das Gras wand. Er erkannte den gestreiften Körper mit dem eckigen Kopf: eine Todesotter. Anders als andere Schlangen reagierte eine Todesotter auf Bewegung und floh nicht vor den Menschen. Ihr Gift verursachte Krämpfe und Atemlähmungen und konnte einen ausgewachsenen Mann töten. Nicht immer, aber häufig.

In Noahs Kopf rasten die Gedanken.

Sie wollten ihn martern, um süßes Fleisch zu haben.

Das Gift einer Schlange würde sein Fleisch ungenießbar machen.

Und ihn womöglich töten.

Aber war es nicht besser, wenigstens eine geringe Chance zu haben als gar keine?

Doch dazu musste es ihm erst einmal gelingen, die Schlange anzulocken.

Er krümmte seine Zehen. Nichts passierte. Vermutlich sah die Schlange seine Füße in dem dichten Gras nicht. Seine Arme waren seitlich an seinen Körper gebunden. Er bewegte die Finger seiner rechten Hand. Die Schlange sah in seine Richtung, züngelte. Wieder wackelte er mit den Fingern. Die Schlange verharrte und glitt dann auf ihn zu.

Noahs Herz klopfte hart gegen seine Rippen. Lautlos wand sich die Todesotter neben ihm den Baumstamm hinauf, auf seine Finger zu. Als der kühle, schuppige Leib über seine Haut strich, reagierte sein Körper reflexartig auf die drohende Gefahr und erstarrte. Nein, das durfte er nicht! Mit aller Gewalt zwang er sich dazu, erneut seine Finger zu bewegen.

Die Todesotter glitt fort von ihm. Hatte sie es denn nicht gesehen? Dann, so schnell, dass er es kaum mitbekam, schoss die Schlange vor und versenkte ihre nadelspitzen Fänge in seinem rechten Handrücken.

17.

Mit langen Stäben lenkten die Träger die Kanus vorbei an den Felsen, die aus dem braun-trüben Wasser ragten, die leichte Strömung trug sie flussabwärts. Selbst auf dem Wasser war es heiß und stickig, unter dem Leinenhemd floss Isabel der Schweiß. Sie saß hinter einem schwarzen Träger namens Alinga im Kanu, bebend vor Angst und Ungeduld, und sah angespannt nach vorne. Jetzt, da sie endlich unterwegs waren, konnte es ihr nicht schnell genug gehen. Am liebsten hätte sie selbst zu einer der langen Stangen gegriffen, um noch rascher voranzukommen.

Bitte, lieber Gott, betete sie stumm, *lass alles gutgehen. Lass uns rechtzeitig kommen. Lass ihn am Leben sein.*

Sie drückte sich den Strohhut, den ihr einer der Männer gegeben hatte, tief ins Gesicht und wedelte mit den Armen, um die Mücken abzuwehren.

Niemand sprach. Unter ihnen glitt der Fluss dahin, wurde schmaler und dann wieder breiter. Vögel flogen über sie hinweg und ließen sich am Ufer nieder. Zu beiden Seiten wucherte der Urwald, hingen Lianen ins Wasser. Zwischen den Bäumen leuchteten große feuerrote und grellgelbe Blüten. Vor kurzem noch war Isabel hier entlanggelaufen.

Links und rechts von ihnen stieg das Gelände allmählich zu mit dichtem Buschwerk bewachsenen Wänden an, formte sich zu einer Schlucht, auf deren Grund sich der Fluss schlängelte. Vor einer weiteren Krümmung deutete Herr Lauterbach nach vorne und drehte sich zu ihr um. Isabels Herzschlag beschleunigte sich: Sie erkannte die großen Steine im Flussbett wieder, über die Noah bei ihrer gemeinsamen Flucht auf Isabels Seite gewechselt war. Sie nickte Lauterbach zu. Hier würden sie an Land gehen.

*

Isabel führte die Männer am Ufer entlang. Auf ihrer Seite der Schlucht hingen noch die Überreste der Brücke, die Noah zerstört hatte. Die Herren Wackernagel und Kunze waren wie geplant mit drei Trägern, einigen Kanus und dem größten Teil der Ausrüstung vorausgefahren.

»Sie warten hier, Fräulein Maritz«, sagte Lauterbach, als sie den Männern den vom Gebüsch fast verborgenen Trampelpfad zeigte, der vom Flussufer hinaufführte. »Buassi wird bei Ihnen bleiben und Sie –«

»Ich weiß Ihre Sorge zu schätzen, Herr Lauterbach«, unterbrach Isabel ihn und schüttelte den Kopf, »aber das werde ich nicht tun.«

»Es ist viel zu gefährlich für eine Frau«, beharrte der Expeditionsleiter.

Noch vor wenigen Wochen hätte sie ihm bedenkenlos zugestimmt. Inzwischen aber hatte sich so vieles geändert. Auch sie selbst.

»Ich habe mich zwei Tage lang alleine durch diese Wildnis geschlagen«, gab sie mühsam beherrscht zurück. Jede Verzögerung konnte Noahs Tod bedeuten. »Und ich bin die Einzige, die das Dorf kennt. Außerdem brauchen wir so viele Männer wie möglich, und in dieser Kleidung wird mich so schnell niemand als Frau erkennen.«

Lauterbach sah sie sichtlich verärgert an, dann nickte er

widerwillig. »Also gut, aber halten Sie sich im Hintergrund. Ich will nicht dafür verantwortlich sein, wenn Ihnen etwas passiert.«

Die Männer hatten ihre Gewehre im Anschlag, Isabel hielt ihr Buschmesser umklammert, während sie sich auf dem Dschungelpfad vorsichtig dem Dorf näherten. Schweiß verklebte Isabels unter dem Hut hochgesteckten Haare, das Herz schlug ihr bis zum Hals. Sie hoffte inständig, dass die männlichen Donowai wie meistens um diese Zeit auf der Jagd und die Frauen auf den Feldern waren.

Sie hatten Glück. In der gleißenden Nachmittagssonne schien das Dorf tatsächlich verlassen, nirgendwo war einer der Wilden zu sehen. Nur Vogelzwitschern, Mückensirren und das leise, dumpfe *buu-buu* des Kasuars in seinem Holzverschlag durchbrachen die nachmittägliche Stille. Am Dorfrand erhob sich wie ein Mahnmal der Sprungturm, Lianen hingen von den auf unterschiedlicher Höhe angebrachten Plattformen und bewegten sich schwach in einer leichten Brise.

Die Mischung aus Angst, Hoffnung und Unruhe, die Isabels Inneres erfüllte, war kaum zu ertragen. Wo war Noah? Sie wollte nach ihm rufen, wagte es aber nicht. Jederzeit konnten die Donowai auftauchen.

»Wo könnte Ihr Bruder sein?«, wollte Jensen, einer der Forscher, leise von ihr wissen.

»Ich weiß es nicht. Womöglich halten sie ihn irgendwo gefangen. Vielleicht ... vielleicht im Männerhaus. Dort.« Isabel deutete auf das langgestreckte, mit prachtvollem Schnitzwerk versehene Gebäude.

Einer der einheimischen Träger mit Namen Tupia wurde, das Gewehr im Anschlag, ins Männerhaus geschickt, um nachzusehen, kam jedoch schon bald unverrichteter Dinge wieder zurück.

»*Nogat man insait*«, konstatierte er auf Tok Pisin, was wohl so viel heißen sollte wie »niemand da«.

»Was ist damit?« Dr. Timm wies auf das Gebäude dahinter.

Isabel schüttelte den Kopf. »Das ist das Frauenhaus. Dort kann er nicht sein – kein Mann darf das Gebäude betreten.«

»Dann sieht es mir nicht so aus, als würden wir Ihren Bruder hier finden«, wandte Lauterbach ein, der mit ihr, Dr. Timm und Tupia am Fuß des Männerhauses stand.

Nein, so schnell würde sie nicht aufgeben! Wie von selbst lenkte sie ihre Schritte zu dem Platz, wo sich die Grube befand, die die Donowai zum Garen von Fleischstücken benutzen. Fliegen stoben auf, als sie sich näherte. Hier war offenbar erst vor kurzem ein Festmahl gefeiert worden; rings um den Erdofen lagen große Steine und ein paar Reste von Taroknollen, Süßkartoffelschalen sowie zusammengefallene Bananenblätter. Weitere Steine, Blätterreste und Erde fanden sich in der ausgekühlten Grube.

Das sind Kannibalen!, hatte sie plötzlich ihre eigenen Worte im Ohr. Ein Kloß ballte sich in ihrer Kehle, als sie sich erneut an den Anblick der geräucherten Säuglingshand um den Hals eines der Wilden erinnerte. Sie nahm einen der langen, gabelartig gespaltenen Stöcke auf, mit denen die Donowai die im Feuer erhitzten Steine herausholten, und stocherte damit in der Grube herum.

Sie erstarrte, als sie unter einem Stein etwas Blaues erblickte. Hastig schob sie den Stein beiseite. Darunter lag ein kleiner Fetzen indigoblauen Stoffs. Genau dieselbe Farbe wie das Tuch, das Noah sich manchmal um seinen Haaransatz gebunden hatte.

Eiskalt kroch das Entsetzen in Isabels Knochen.

»Nein«, murmelte sie wie betäubt. Das konnte nicht

sein. Sie musste sich irren. Es gab sicher eine andere Erklärung.

Sie warf den Stock weg, stieg in die Grube und kniete nieder. Hektisch wühlte sie in der lockeren Erde, kümmerte sich nicht darum, dass ihre Kleidung schmutzig wurde, grub mit bloßen Händen zwischen dem, was vom Garen zwischen den heißen Steinen übrig geblieben war. Sie stieß auf kleine Knochenreste, zermatschte Früchte, ledrige Blattfasern, wühlte tiefer. Ihre Finger berührten etwas Hartes. Sie zog es heraus – und stieß vor Schreck einen dumpfen Laut aus: Sie hielt einen Unterkiefer in den Händen.

Einen menschlichen Unterkiefer.

Fassungslos starrte sie auf den dunkel verfärbten Knochen, unfähig, ihn loszulassen oder sich auch nur zu bewegen. Sie wollte schreien, heulen, jammern, wollte irgendetwas tun, um den schrecklichen Schmerz auszudrücken, der plötzlich über sie hinwegflutete, aber sie brachte nur ein verzweifeltes Stöhnen über die Lippen.

Nur langsam drang die entsetzliche Wahrheit zu ihr vor.

Die Donowai hatten Noah getötet.

Und ihn gegessen.

Sie war kurz davor, ohnmächtig zu werden. Der rasende Schmerz und die Trauer schienen ihr das Herz aus der Brust zu reißen und alle ihre Glieder zu Mus zu verwandeln. Sie krümmte sich über dem erdverkrusteten Unterkiefer zusammen – das Einzige, das ihr jetzt noch von Noah geblieben war. Noch nie hatte sie für einen Mann so viel empfunden wie für ihn, das wurde ihr jetzt klar. Nein, mehr noch: Sie liebte ihn. Es sich endlich einzugestehen tat unendlich gut. Und gleichzeitig entsetzlich weh. Denn es war zu spät. Er war tot. Nichts mehr war jetzt noch wichtig.

»Was ist hier los?« Lauterbach tauchte an der Grube auf. »Fräulein Maritz, was tun Sie da?«

»Ich glaube, sie hat ihn gefunden«, stellte Dr. Timm neben ihm lakonisch fest.

»Tatsächlich?« Lauterbach ging in die Hocke und spähte in die Grube. »Das tut mir wirklich ausgesprochen leid, Fräulein Maritz. Aber nun kommen Sie, machen wir, dass wir wegkommen, bevor diese Wilden zurückkehren.«

Isabel reagierte nicht, umfasste nur den Knochen in ihren Händen. Mit bebenden Fingern wischte sie die Erde fort, strich über den graubraun verfärbten Unterkiefer und die Zahnreihen auf beiden Seiten.

Dann stockte sie. Die Zähne waren flach, wie abgeschliffen, und in einem Backenzahn entdeckte sie ein großes Loch.

Ihr wurde schwindelig, heiß und kalt zugleich schoss es durch ihre Adern.

»Das ist er nicht«, murmelte sie. »Das ... das ist nicht Noah!«

Nur zu gut konnte sie sich noch an jenen Tag in Simbang erinnern, als er sie überlistet hatte. An seine Behauptung, Zahnschmerzen zu haben, und an ihren Blick auf sein makelloses Gebiss. Welcher Unglückliche auch immer in dieser Grube gelandet war – es war nicht Noah! Möglicherweise rührte dieser Kieferknochen von einem länger zurückliegenden grausigen Mahl her.

Mit einem Laut des Abscheus warf sie den Unterkiefer zurück in die Erde und sprang auf, von neuer, fiebriger Hoffnung erfüllt. Vielleicht war es noch nicht zu spät. Vielleicht lebte er noch!

»Fräulein Maritz, was ... So warten Sie doch!« Die Herren Lauterbach und Timm kamen kaum mit, so eilig hatte sie es plötzlich, trotz ihres schwachen Beins. »Ihr Bruder ist nicht hier, wir haben alles durchsucht. Wir sollten uns schleunigst zurückziehen, bevor diese Kannibalen wiederkommen!«

Hatte Lauterbach recht? War Noah vielleicht längst die Flucht gelungen, und sie waren völlig vergeblich hier? So, wie sie ihn kannte, hatte er sich womöglich auch aus dieser Schwierigkeit herausgewunden und war jetzt mit den Donowai auf der Jagd.

Aber eigentlich glaubte sie nicht daran. Diesmal war er zu weit gegangen.

»Nein, bitte!«, flehte sie. »Lassen Sie uns weitersuchen! Er muss hier irgendwo sein! Vielleicht ist er doch im Frauenhaus. Ich werde alleine nachsehen.«

Dr. Timm sah sie an, als zweifle er an ihrem Verstand. »Diese Wilden haben Sie fast getötet, und jetzt wollen Sie sich an ihre Gebote halten?«

Sicher, es war lächerlich. Dennoch empfand sie alles andere als falsch.

»Ich werde Sie nicht alleine dort hineingehen lassen!«, beharrte der Arzt und bestand darauf, zumindest bis zur Tür mitzukommen.

Vor ihm stieg sie die Leiter zum Frauenhaus hinauf und warf einen Blick in das stickige Halbdunkel. Aber alle Schlafmatten waren aufgerollt, niemand saß oder lag herum.

»Noah?«, rief sie leise. »Bist du hier?«

Keine Antwort. Sie schob alle Vorsicht beiseite und rief erneut seinen Namen. Lauter.

Sie wollte gerade noch weiter hineingehen, als Dr. Timm sie zurückhielt.

»Fräulein Maritz, kommen Sie!«, rief er ihr leise zu. »Buassi scheint etwas gefunden zu haben!«

Zwei Forscher und zwei Träger hatten sich bereits am Kasuargehege eingefunden, in dem der große Vogel am Zaun stand. Buassi deutete in den zweiten, abgetrennten Teil des Pferchs, wo man Isabel damals kurz eingesperrt hatte. Im schattigen hinteren Bereich türmte sich ein gewaltiger Haufen von Farn- und Palmwedeln auf.

Isabel blieb fast das Herz stehen: Aus einer Ecke des Palmwedelhaufens schaute etwas hervor. Ein Fuß von einem hellen, staubigen Bronze. Die Donowai hatten tiefdunkle Haut.

»Noah?«, kam es flüsternd aus ihrer Kehle.

Es blieb still, nur der Kasuar begann erneut mit seinem dumpfen *buu-buu*.

Wieso antwortete Noah nicht? Lag dort etwa seine zerstückelte Leiche – abgedeckt, damit keine Fliegen darangingen? Würgendes Entsetzen stieg in ihr auf, sie presste sich die Hand auf den Mund.

»Öffnen Sie den Verschlag«, wies Lauterbach einen der anderen Forscher an. Er hörte sich an, als würde er ähnliche Gedanken wie Isabel hegen.

Jensen hieb mit dem Buschmesser mehrmals auf den Verschluss aus geflochtenen Pflanzenfasern ein, bis die Tür aufsprang.

»Seien Sie vorsichtig!«, warnte Lauterbach. »Das könnte auch eine Finte dieser Wilden sein!«

Mit erhobenem Gewehr näherten sich Buassi und Jensen dem Palmwedelhaufen. Isabel blieb außerhalb des Pferchs, die Hand noch immer vor dem Mund, und machte sich auf den schlimmsten Anblick ihres Lebens gefasst.

»Sie sollten das nicht sehen, Fräulein Maritz«, sagte Dr. Timm.

Dennoch blieb sie stehen, wandte aber den Kopf ab, als Buassi begann, die Farnwedel beiseitezuräumen. Erst als sie den Träger erleichtert aufseufzen hörte, wagte sie wieder aufzublicken.

»Ist er das?«, fragte Lauterbach.

Sie nickte, unfähig zu einer vernünftigen Antwort, ihr Herz

klopfte wie wild. Die Donowai hatten ihn nicht zerstückelt, und er schien auch sonst unverletzt zu sein. Aber – war er noch am Leben? Er lag auf dem Rücken, vollkommen reglos, mit halb geöffneten Augen, von denen man nur das Weiße sah. Erneut kroch die Angst in Isabel hoch. Sie konnte nicht erkennen, ob er atmete.

Doch, jetzt, sein Brustkorb bewegte sich! Er lebte!

»Warten Sie, Fräulein Maritz!« Lauterbach wollte sie zurückhalten, aber da hatte sie sich schon in den Pferch geschoben.

Noah war kaum bei Bewusstsein und schien all seine Kraft für das Atmen zu verwenden. Oder schauspielerte er wieder? Nein, dafür waren seine Lippen zu bläulich, sein bronzefarbener Teint zu grau. Was fehlte ihm nur? Ihr Blick ging über seinen Körper, der nur mit dem kurzen Lendentuch der Donowai bekleidet war und vor Schweiß glänzte.

»Der Mann ist ein Halbweißer!«, sagte Jensen, der mit Dr. Timm in den Pferch gekommen war, anklagend. »Sagten Sie nicht, er sei Ihr Bruder?«

»Mein … Halbbruder.« Noch musste sie an dieser Geschichte festhalten, wollte sie nicht riskieren, dass sie ihn hier womöglich zurückließen. »Ich … ich werde Ihnen alles erklären, aber bitte, helfen Sie ihm!«

Stumm sah sie zu, wie Dr. Timm Noah untersuchte, seine Lider hochzog, seinen Kopf hin und her drehte, seine Arme und Beine hob und ihm mit dem Handrücken leicht ins Gesicht schlug. Auf nichts reagierte er.

»Was ist mit ihm?«

»Vermutlich ein Schlangenbiss.« Der Arzt deutete auf zwei punktförmige Einstiche an Noahs rechtem Handrücken. »Das Gift scheint eine Lähmung sämtlicher Muskeln zu bewirken. Es ist erstaunlich, dass er überhaupt noch atmen kann.«

Hatten sie ihn zum Sterben hierhin gelegt? Wie lange lag er hier schon, vor der Sonne und Fliegen durch den Farnwedelhaufen geschützt? Wie lange kämpfte er schon um jeden mühsamen Atemzug?

Erneut rang er nach Luft, quälend langsam dehnte sich sein Brustkorb mit einem leise rasselnden Geräusch.

»Er erstickt!« Isabel gab sich keine Mühe, die Panik in ihrer Stimme zurückzuhalten.

»Nicht, wenn ich es verhindern kann.«

Dr. Timm holte kurz und tief Luft, beugte sich vor und blies seinen Atem in Noahs Nasenlöcher.

Noahs Finger zuckten, Isabel sah, wie sein Brustkorb sich hob.

Dann ertönte wildes Geschrei: Die Donowai waren zurückgekehrt.

18.

Ein Hagel langer Pfeile sirrte über sie hinweg, bohrte sich in Boden und Büsche. Isabel war vor Schreck wie erstarrt. Sie fuhr zurück, als ein Pfeil dicht neben ihr in die Bambusumzäunung des Kasuarpferchs fuhr und dort steckenblieb. Mit pochendem Herzen duckte sie sich neben Dr. Timm hinter den Farnwedelhaufen.

Was nun folgte, erlebte sie wie unter Schock. Sie empfand nicht einmal richtige Angst. Jensen, der aus dem Pferch gerannt war, schrie auf, als ihn ein Pfeil in den Arm traf. Isabel sah einen der dunklen, wilden Männer mit einer Keule mit sternförmigem Aufsatz auf den Träger Tupia zustürmen. Ein Schuss hallte durch das Dorf, und der Wilde stoppte mitten im Lauf, als wäre er gegen eine unsichtbare Wand geprallt. Dann sank er zu Boden, Blut quoll aus seinem Mund. Weitere Schüsse fielen, schallten laut und dröhnend wie Donnerschläge durch den Urwald. Das anfangs wütende Gebrüll der Donowai verwandelte sich in Schmerzensschreie.

Es war ein ungleicher Kampf. Die Forschergruppe war mit ihren Gewehren den nur mit Keulen und Bogen bewaffneten Donowai eindeutig überlegen. Dennoch ließ sich das gute Dutzend Wilde nicht so leicht einschüchtern. Erneut schossen sie Pfeile ab, griffen wieder an. Tupia, der nicht mehr zum Nachladen gekommen war, wehrte sich mit dem Gewehrkolben gegen einen keulenschwingenden Donowai.

Isabel drehte sich um – und schrie auf, als Korua-Kolta, der Häuptling, mit hassverzerrtem Gesicht auf den Pferch zulief, eine riesige Keule in der Hand.

Das Messer! Sie hatte ja noch das Buschmesser! In Panik griff sie nach der Waffe, die sie neben sich hatte liegen lassen. Aber da ertönten gleich mehrere Schüsse, und der furchterregende Häuptling der Donowai brach, von den Kugeln getroffen, kurz vor dem Pferch zusammen und rührte sich nicht mehr.

»Kommen Sie, Fräulein Maritz, schnell!« Dr. Timm zog sie nach oben und rief nach seinem Träger Buassi.

Der Tod ihres Häuptlings schien die Wilden in eine Art Schockstarre versetzt zu haben. Isabel sah noch weitere tote oder verletzte Donowai. Die Überlebenden hatten sich unter das Männerhaus geflüchtet und drängten sich zwischen den Pfeilern zusammen.

Buassi lud sich Noah auf die Schulter, dann ließen sie das Dorf hinter sich und machten sich mit eiligen Schritten auf den Weg zum Fluss. Hintereinander hasteten sie den Dschungelpfad entlang, der zur zerstörten Brücke führte. Äste, die in den Weg hingen, streiften sie und schnellten peitschend zurück. Hinter Isabel keuchte Jensen, der den langen Schaft, der aus seinem Arm ragte, mit Dr. Timms Hilfe abgebrochen hatte. Zum Glück kannten die Donowai keine Giftpfeile. Dennoch fürchtete Isabel, jeden Moment das sirrende Geräusch fliegender Pfeile zu vernehmen oder sich einem der Donowai-Krieger gegenüberzusehen. Und wo waren die Frauen der Wilden? Sie mussten den Gewehrlärm gehört haben, dennoch zeigte sich keine von ihnen. Vermutlich waren sie vor den Kampfgeräuschen fortgelaufen und versteckten sich im Wald. Isabel betete darum, dass es so blieb. Sie wollte nicht, dass die Frauen, die immer freundlich zu ihr gewesen waren, Schaden nahmen.

Vor der zerstörten Brücke vergingen wertvolle Sekunden, bis sie den Eingang zu dem Trampelpfad entdeckten, der nach unten zum Fluss führte. Isabel keuchte, ihr Herz raste, ihre Beine zitterten, dennoch gelang es ihr, mit den Männern Schritt zu halten und mit ihnen das Flussufer zu erreichen, wo ihre Kanus lagen. Schnell waren die Boote zu Wasser gelassen. Buassi legte Noah in eines der Kanus, Isabel stieg zu ihnen, dann Dr. Timm.

*

Keiner der Donowai folgte ihnen, während die Strömung sie rasch flussabwärts trug; offenbar hatten sie die Wilden wirklich eingeschüchtert. Wind kam auf, kräuselte das Wasser und rauschte durch das dichte Blattwerk, über ihnen ballten sich graue und schwarze Wolken und verbargen die Sonne. Ein Blitz zuckte über den Himmel, grollend brach Donner los. Die ersten Tropfen fielen, wurden dichter, dann prasselte Regen auf sie nieder, der sie alle schnell bis auf die Haut durchnässte und sie zwang, die Kanus mit Händen und Bechern auszuschöpfen. Dennoch ließen sie eine gute halbe Stunde verstreichen, bevor sie es wagten, an einer passenden Stelle die Kanus an Land zu steuern, damit Dr. Timm die Verletzten versorgen konnte.

Isabels zerschnittene Füße brannten, sie war nass und ihr war schwindelig vor Hitze und Aufregung, aber das war alles nicht schlimm. Sorgen bereitete ihr einzig und allein Noah. Obwohl Dr. Timm sich schon im Kanu um ihn gekümmert hatte, war sein Zustand fast unverändert. Immerhin schien er etwas besser Luft zu bekommen. Dr. Timm sprach laut mit ihm und versuchte, seine Lebensgeister mit leichten Schlägen ins Gesicht und auf die Handflächen anzuregen. Isabel hätte jubeln können, als Noah endlich erste schwache Anzeichen von Abwehr zeigte.

»Na also«, sagte der Arzt zufrieden. »Sieht ganz so aus, als würden wir ihn wieder hinbekommen.«

Dann machte er sich an die Versorgung der anderen beiden Patienten – Jensen mit dem Pfeil im Oberarm und Tupia, dem eine Donowai-Keule eine blutende Wunde an der Seite gerissen hatte. Wasser prasselte auf den Fluss und rauschte über ihren Köpfen, während sie sich in den Schutz einiger dichter Bäume geflüchtet hatten.

Lauterbach hatte Isabel nicht aus den Augen gelassen. »Und das ist also tatsächlich Ihr Bruder?«, fragte er jetzt mit Blick auf Noah.

»Mein Halbbruder«, gab Isabel mit gesenktem Kopf zurück, ihr Gesicht glühte. Sicher sah ihr jeder sofort die Lüge an. »Er ... Mein Vater ... Sie müssen wissen ...« Herrje, plausibel zu lügen war schwieriger als gedacht.

»Lassen Sie nur, ich verstehe schon«, unterbrach Lauterbach ihr Gestammel. »Eine denkbar unangenehme Geschichte, will mir scheinen.«

Sie sah ihn dankbar an. Offenbar glaubte er, es wäre ihr peinlich, über diese Sachen zu reden. Verständlich, musste es sich doch so anhören, als habe ihr Vater die Familie verlassen, um hier mit einer Einheimischen zu leben. Im Stillen bat sie ihren Vater um Vergebung.

*

Der Regen war versiegt und ihre Kleider fast schon wieder getrocknet, als sie am späten Nachmittag endlich die Umrisse eines kleinen Dampfschiffs mit einem Schaufelrad am Heck erblickten. An Bord wurde Isabel Kapitän Pahnke und dem Ersten Steuermann Sterz vorgestellt, die bereits von den vorausfahrenden Herren über ihre Ankunft informiert worden waren.

Dr. Timm erklärte eine der wenigen Doppelkabinen in dem hölzernen Aufbau an Deck zur Krankenstation und ließ Noah, der noch immer kaum Reaktionen zeigte, auf eines der beiden einfachen Betten legen.

Isabels Unterbringung stellte ein Problem dar. Die *Herzogin Elisabeth* war zu Forschungszwecken gedacht und nicht für Damenbesuch eingerichtet. Das Schiff verfügte lediglich über sieben Kabinen für zwanzig Leute. Der Kapitän erbot sich daher, zusammen mit seinem Zimmergenossen seine Doppelkabine für Isabel zu räumen und sich einen Platz an Deck zu suchen.

Isabel lehnte dieses Angebot jedoch dankend ab und erklärte sich bereit, die Krankenkabine mit ihrem »Bruder« zu teilen; es würde sie freuen, Dr. Timm zur Hand gehen zu können.

Dieser Vorschlag stieß bei den Herren ganz offenkundig auf Erleichterung.

*

Leise prasselte der Regen auf das Dach der Schiffskabine. Isabel konnte es kaum erwarten, dass die *Herzogin Elisabeth* endlich ablegte und sie von hier fortbrachte, aber damit würde sie bis zum Morgen warten müssen. Durch die gekippte Luke hörte sie ein paar Männer miteinander flüstern, doch sie waren zu weit entfernt, um sie verstehen zu können.

Sie war allein mit Noah. In seinem rechten Unterarm steckte eine dicke metallene Nadel, die über einen Gummischlauch mit einem erhöht stehenden Glasbehälter verbunden war, in dem sich eine klare Flüssigkeit befand.

»Kochsalzlösung«, hatte Dr. Timm erklärt. »Der junge Mann ist völlig ausgetrocknet. Und da er noch nicht schlucken kann, führen wir seinem Körper auf diese Weise Flüssigkeit zu.«

Tatsächlich schien es Noah etwas besser zu gehen. Sein Atem war kräftiger geworden und sein Teint hatte wieder eine normale Farbe angenommen. Allerdings war er noch immer nicht aufgewacht.

Dr. Timm hatte zuerst nichts davon hören wollen, als sie ihm angeboten hatte, alleine bei Noah zu bleiben. Er war erst gegangen, als sie versprochen hatte, sofort nach dem Arzt zu rufen, sobald Noah zu sich kommen sollte.

Sie warf erneut einen Blick auf die Skala an dem Glasbehälter und vergewisserte sich, dass der Pegel der Salzlösung so langsam sank, wie Dr. Timm ihr gezeigt hatte. Obwohl die Sonne schon lange untergegangen und die Luke gekippt war, war es heiß und stickig in der Kabine. Vermutlich aus Gründen der Schicklichkeit hatte der Arzt ein leichtes Leinentuch über Noahs fast nackten Körper gedeckt. Ihm musste schrecklich warm darunter sein.

Isabel streifte die Decke ein Stück zurück und glaubte einen leichten Seufzer zu vernehmen. Dann war er wieder still.

»Noah?«, flüsterte sie.

Er antwortete nicht. Rührte sich nicht.

Wieso wachte er nicht endlich auf? War der Schlangenbiss noch gefährlicher, als es den Anschein hatte?

Sie rückte ihren Stuhl näher zum Kopfende des schmalen Bettes und sah zu, wie er atmete. Einfach nur atmete. Lebte.

Ihre Kehle schnürte sich zu, als sie daran denken musste, wie viel Angst sie um ihn ausgestanden hatte. Und wie sie heute Mittag in der Grube gekniet und den Unterkieferknochen an sich gepresst hatte in dem Glauben, Noah sei tot.

Wie sie sich über ihre Gefühle für ihn klargeworden war.

Ihr Herz schlug schneller. Sie betrachtete seine schlafende Gestalt, die wohlgeformten Linien seines Körpers und das schwarze Wirrwarr fingerlanger Haarsträhnen, die in alle Richtungen von seinem Kopf abstanden.

Sie hatte seine Haare noch nie angefasst. Wie sie sich wohl anfühlten?

Sie streckte die Hand aus und berührte zaghaft eine der gedrehten Strähnen. Es fühlte sich gut an; dicht und fest und doch weicher, als sie erwartet hatte. Langsam strich sie darüber, kreiste mit einem Finger darum. Sie wurde mutiger, spielte mit mehreren der verfilzten Stränge, bis sie schließlich ihre Finger tief hineingrub.

Dann stockte sie. Unter den dichten Strähnen spürte sie etwas, das sich anders anfühlte als der Rest. Erhabene Ränder, als wäre die Kopfhaut dort vernarbt. Sie tastete weiter. Ja, sie hatte recht: Da war eine Narbe auf der Kopfhaut. Rührte das von einer lange zurückliegenden Verletzung her? Hatte Noah dadurch sein Gedächtnis verloren?

»Wer bist du nur?«, fragte sie leise.

Um mehr erkennen zu können, beugte sie sich tiefer zu ihm, fuhr mit beiden Händen in seine Haare und zog die Strähnen entschlossen auseinander.

Noah stieß ein unwilliges Brummen aus und drehte seinen Kopf zur Seite. Isabel ließ ihn so hastig los, als hätte sie sich verbrannt, ihr Herz stolperte.

»Du bist wach?«

Als Antwort schlug er die Augen auf und sah sie an. »Schon eine … ganze Weile.« Seine Stimme war kaum mehr als ein verwaschenes Murmeln, als ob er getrunken hätte.

»Warum hast du nichts gesagt?«

»Wollte nicht, dass … du aufhörst. Deine Finger … so sanft. Anfangs.« Sein Atem war noch etwas flach. »Geht es dir gut?«

Tränen schossen in ihre Augen. »Du bist fast gestorben und fragst *mich*, ob …« Sie konnte nicht weiterreden.

»Ich weiß ja … wie es mir geht.« Allmählich gewann seine Stimme an Klarheit. »Als hätte ich Gelee … statt Knochen.

Wie ein Neugeborenes.« Er holte erneut Luft. »Wo sind wir?«

»Auf dem Schiff der Forscher. Korua-Kolta ist tot. Wir sind in Sicherheit.«

Zumindest vor den Donowai. Was Noah in Finschhafen erwarten würde, darüber wollte sie jetzt noch nicht nachdenken.

»Was ist passiert?«

In wenigen Sätzen erzählte sie ihm von ihrem Weg durch die Wildnis, bis sie die Forscher gefunden hatte, von ihrer Rückkehr zu den Donowai und seiner Befreiung.

Er sah sie an, in seinen blauen Augen las sie erst Verwirrung, dann Dankbarkeit. »Du hast dein Leben aufs Spiel gesetzt … um mich zu retten?«

»Du hast dasselbe für mich getan.« Erneut kämpfte sie mit den Tränen. Sie schluckte, und wie von selbst glitt ihre Hand zu seiner, schoben sich ihre Finger zwischen seine.

Noch ziemlich kraftlos erwiderte er ihren Druck. Sein Blick ging zu ihrem Gesicht und fiel dann auf seinen Unterarm. Misstrauisch betrachtete er die metallene Nadel und den Gummischlauch. »Was …?«

Er verstummte abrupt und lag dann völlig still und mit geschlossenen Augen da, als wäre er plötzlich wieder bewusstlos geworden.

Die Kabinentür öffnete sich. »Fräulein Maritz?« Die leise Stimme von Dr. Timm. »Ist alles in Ordnung? Wie geht es unserem Patienten?«

Sie zögerte nur für einen winzigen Moment. Wenn Dr. Timm merkte, wie gut es Noah schon wieder ging, durfte sie wahrscheinlich nicht länger bei ihm bleiben.

»Unverändert«, behauptete sie deshalb.

»Tatsächlich? Ich habe mir eingebildet, jemanden reden zu hören.«

»Das war ich«, erklärte sie. »Ich dachte mir, wenn ich mit ihm rede, dann kommt er schneller wieder zu sich.«

»Ah ja, verstehe. Sehr löblich.« Wenn er noch einen Schritt weiter in die Kabine machte, würde er sehen, dass ihre Finger mit denen von Noah verflochten waren.

Er rieb sich über die Augen. »Soll ich Sie nicht doch ablösen?«

»Nein, danke. Das ist sehr freundlich von Ihnen, Doktor Timm, aber ich könnte jetzt sowieso nicht schlafen. Gehen Sie nur zu Bett.«

Er nickte dankbar. »Wie Sie meinen. Aber wenn etwas ist, dann rufen oder klopfen Sie bitte einfach. Meine Kabine ist gleich nebenan.«

»Ja, das werde ich«, sagte sie lächelnd. »Danke, Doktor Timm. Vielen Dank für alles.«

Er war kaum weg, als ein Lächeln auf Noahs Gesicht erschien. »Du hast gelogen!«, stellte er mit geschlossenen Augen fest.

Auch sie musste lächeln. »Ich hatte einen guten Lehrer.«

»Isabel?« Er öffnete die Augen und sah sie an.

»Ja?«

»Ich glaube, ich weiß, wer ich bin.«

19.

Sein Name ist Jeroen. Jeroen van Dreyke. Seine Mutter Johanna ist die schönste Frau der Welt für ihn – auch wenn seine Welt nur aus wenigen Personen besteht. Außer Johanna zählen bloß noch ein paar Towei-Leute, die in ihrer Nähe leben, dazu. Und Maarten.

Maarten ist nicht sein richtiger Vater, das weiß Jeroen, solange er denken kann. Und falls er es jemals vergessen sollte, dann sorgt Maarten dafür, dass es ihm schnell wieder einfällt.

Jeroen ist ein Mischling, ein Bastard, wie Maarten ihn nennt. Johanna hat ihrem Sohn schon oft berichtet, wie es dazu kam, aber er kann nie genug davon hören. Und so erzählt Johanna, wenn sie alleine sind, ihm wieder und wieder ihre Geschichte.

Johanna Arnthal hat ihre Eltern früh verloren und wächst in einem deutschen Waisenhaus in Aachen nahe der holländischen Grenze auf. Sie ist fleißig und recht hübsch anzusehen, dennoch hat sie kaum Verehrer. Die wenigen, die sich für sie interessieren, schreckt ihre ungewisse Herkunft ab. Mit einundzwanzig Jahren muss sie das Waisenhaus verlassen und sich Arbeit suchen. Sie lebt mit einer Freundin in einem winzigen Dachzimmer und schlägt sich mehr schlecht als recht mit Näharbeiten und als Aushilfe in einem Kolonialwarenladen durch. Die Arbeit zwischen Kaffee und Schokolade, Gewürzen, Tabak und Zucker weckt ihr Interesse an den fernen Ländern, aus denen all diese wunderbaren Dinge stammen.

Es ist Liebe auf den ersten Blick, als Johanna dabei eines Tages einen jungen holländischen Ethnologen bedient, der auf Heimaturlaub ist und Verwandte in Aachen besucht. Auch Sander van Dreyke ist hingerissen von dem jungen Fräulein Arnthal, mit dem er sich so wunderbar über fremde Länder und Völker unterhalten kann.

Obwohl Sander wie die meisten Holländer gut Deutsch spricht, beginnt Johanna ihm zuliebe Holländisch zu lernen. Da Sander einen Forschungsauftrag in Niederländisch-Neuguinea angenommen hat und bald wieder abreisen muss, heiraten sie schon nach wenigen Wochen. Johanna ist glücklich und scheut nicht davor zurück, mit ihrem Ehemann ans andere Ende der Welt zu ziehen. Seit einigen Jahrzehnten ist der westliche Teil der fernen, großen Insel unter holländischer Herrschaft. Das riesige Gebiet ist nahezu unerforscht und damit eine Fundgrube für Ethnologen, Botaniker und Sprachforscher. Nur einige holländische Handelsposten existieren. Sander van Dreyke ist fasziniert von der ursprünglichen Lebensweise der Einheimischen. Im Jahr 1868 zieht er gemeinsam mit seiner jungen Frau in den Urwald Niederländisch-Neuguineas, um dort die Towei zu studieren.

Die Towei sind ein friedfertiges Volk. Sie begrüßen die Weißen freundlich und lassen sie teilhaben an ihrem Leben. Sander und Johanna fühlen sich wohl bei ihnen und schließen Freundschaften. Nur selten bekommen sie andere Europäer zu Gesicht; meist sind es Jäger, die die farbenprächtigen Paradiesvögel jagen und an die Handelsstationen verkaufen.

Bald schon ist Johanna schwanger. Doch ihr Glück ist nur von kurzer Dauer. Viel zu früh bringt Johanna ein kleines

Mädchen zur Welt, das kurz nach der Geburt stirbt. Und nur wenige Wochen später wird das Towei-Dorf von einem kriegerischen Stamm überfallen. Die Männer setzen sich zur Wehr, aber etliche von ihnen werden getötet. Auch Sander van Dreyke. Johanna ist wie betäubt vor Schock; gemeinsam mit den überlebenden Towei zieht sie fort, weg vom Ort des grässlichen Geschehens.

Monate vergehen. In dieser Zeit der Trauer und des Neuanfangs kommen sie und Gemtausu, ein junger Towei-Krieger, der bei dem Überfall seine Frau verloren hat, sich näher. Bei ihm findet sie Geborgenheit. Sie lehrt ihn ein paar Brocken Deutsch und freut sich über seine Zuneigung. Dennoch ist sie sich im Klaren, dass sie nicht auf Dauer bei ihm bleiben kann. Ihre Welten sind zu verschieden. Und jetzt, da Sander nicht mehr lebt, wird das Heimweh immer stärker. Sie will wieder zurück in die Heimat, nach Deutschland.

Eine Lösung zeichnet sich ab, als ein rotbärtiger Paradiesvogeljäger den Stamm besucht. Maarten de Vries ist vor einigen Jahren aus Niederländisch-Indien in diese holländische Kolonie gekommen. Bei den Towei tauscht er von Zeit zu Zeit bunte Glasperlen und kleine Spiegel gegen Lebensmittel.

Er ist nett zu Johanna, macht ihr sogar einen Heiratsantrag und verspricht, sie zurückzubringen nach Europa. Und Johanna ergreift ihre Chance. Wenn sie jemals wieder zurück nach Deutschland gelangen will, muss sie mit Maarten de Vries gehen.

Maarten haust in einer schäbigen Hütte in der Nähe eines kleinen Flusses, etliche Stunden Fußmarsch von Gemtausus Stamm entfernt. Ähnlich wie Sander spricht Maarten ein recht gutes Deutsch, aber das ist auch das Einzige, was ihn mit Sander verbindet. Er ist kein zärtlicher Mann. Schon in der ersten Nacht fordert er unmissverständlich sein Recht, aber das, so denkt Johanna, ist nun einmal der Preis für ihre Rückkehr nach Europa. Doch von Heirat ist schon bald nicht mehr die Rede, und von seinem Versprechen, sie zur Handelsstation zu bringen, will er auch nichts mehr wissen. Jeden Tag hofft sie darauf, dass es besser wird.

Bald ist nicht mehr zu übersehen, dass Johanna schwanger ist. Ihr Entsetzen ist groß, denn sie weiß nicht, ob das Kind von Maarten oder von Gemtausu gezeugt wurde. Aber eine weiße Frau, die ein Kind von einem Eingeborenen bekommt – undenkbar!

Anfang Juni 1870, zu Beginn der Trockenzeit, setzen die Wehen ein. Es ist eine schwere Geburt. Johanna quält sich lange, fleht Maarten zwischen den Wehen immer wieder an, sie zur Handelsstation, in die Zivilisation zu bringen, aber davon will er nichts hören. Unter großen Schmerzen bringt sie endlich einen Jungen zur Welt.

Als Maarten das Neugeborene sieht, ist ihm sofort klar, dass es nicht von ihm sein kann. Der Junge hat eine Haut wie helle Bronze und schwarze, leicht krause Haare.

An diesem Tag schlägt er sie zum ersten Mal.

*

Johanna hat ihn Jeroen genannt, nach Sanders Vater. Maarten nennt ihn nie bei diesem Namen. Nie sagt er Jeroen zu ihm, immer nur *bastaard* oder *hondelul*, Hurensohn. Jeden Tag lässt er den Jungen spüren, dass er unerwünscht ist.

An schlechten Tagen, besonders, wenn er getrunken hat, schlägt er ihn. An guten Tagen beschimpft er ihn nur. An besonders guten Tagen ist er gar nicht da, dann ist er auf der Jagd oder mit seinem Boot auf dem Weg zur Handelsstation.

Maarten verdient sein Geld mit dem Verkauf der bunten Paradiesvögel, deren Federn im fernen Europa immer gefragter werden. Jeroens Aufgabe ist es unter anderem, den getöteten Vögeln die Füße abzuschneiden. Er hasst es. Es widert ihn an, die ausgebluteten Bälge der herrlichen Tiere sehen zu müssen, die Maarten vor der Hütte aufgehängt hat, bevor er sie zur Handelsstation bringt.

Jeroen ist ein aufsässiges Kind. Er hört selten auf das, was man ihm sagt, und streift lieber stundenlang durch den Urwald, statt Maarten zur Hand zu gehen.

»*Wie niet horen wil, moet voelen*«, sagt Maarten immer, wer nicht hören will, muss fühlen, und an diesen Grundsatz hält er sich. Regelmäßig schlägt er den Jungen. Für jedes noch so kleine Vergehen setzt es Prügel mit dem Gürtel auf das nackte Hinterteil. Jedes Mal versucht Jeroen, den Schmerz stumm zu ertragen. Aber jedes Mal muss er schon nach wenigen Schlägen schreien. Und je mehr er schreit, desto fester schlägt Maarten zu.

Johanna kann dem wenig entgegensetzen außer Schluchzen und Flehen. »Mach mit mir, was du willst, aber bitte, Maarten, lass meinen Jungen in Ruhe!«

»Keine Sorge, du kommst *als volgende* dran«, heißt es stets.

Danach vergeht er sich an Johanna, während Jeroen sich in einer Ecke der Hütte zusammenkrümmt, die Hände vor den Augen, um nicht sehen zu müssen, wie seine Mutter stöhnend unter dem schweren Mann liegt, der immer wieder brutal in sie hineinstößt.

Das alles ist seine, Jeroens, Schuld. Wäre er nicht auf der Welt, wäre alles besser. Das hat ihm Maarten immer wieder gesagt. Maarten bestraft Johanna dafür, dass sie sich mit einem »dreckigen Wilden« eingelassen hat, wie er die Papua nennt. Dass das einzige Kind, das sie ausgetragen hat, diese Mischlingsbrut war. Dass sie seitdem nur noch Fehlgeburten hatte.

*

Jeroen wächst mit drei Sprachen auf. Mit Maarten spricht er Holländisch. So fällt es ihm leichter, sich vorzustellen, das rotbärtige Scheusal gehöre nicht zu ihnen. Auf Holländisch siezt er ihn und nennt ihn *meneer*, mein Herr, weil Maarten das verlangt. Immer muss er sagen: *Ja, meneer. Nee, meneer.*

Mit sechs Jahren spricht Jeroen besser Holländisch als Johanna und besser Deutsch als Maarten. Außerdem kann er sich mühelos mit den Towei verständigen, denen er immer wieder heimliche Besuche abstattet. Er sucht nach Gemtausu, seinem leiblichen Vater. Noch hat er keinen Erfolg gehabt. Aber eines Tages, das hofft Jeroen, wird er Gemtausu finden. Dann wird er mit Johanna zu ihm gehen, fort von Maarten.

Denn Maartens Brutalität wird immer schlimmer.

»Wenn ihr wegläuft, ich finde euch! Und dann ich bringe euch um!«, droht er Johanna immer wieder.

Jeroen weiß, dass Maarten es ernst meint. Einmal, als Jeroen sich wieder zu lange herumgetrieben hat, hätte er ihn fast im Wasserfass ertränkt.

*

Jeroen ist zehn Jahre alt, als Johanna beschließt, Maarten trotz aller Drohungen zu verlassen. Sie kann nicht mehr. Das Leben an Maartens Seite ist schlimmer als der Tod.

Der Regen hat aufgehört. Johanna hat abgewartet, bis Maarten sein Gewehr genommen hat und aufgebrochen ist, um zu jagen. Weitere wunderschöne Paradiesvögel. Dann packt sie hastig ein paar Sachen ein, während sie ihren Sohn in ihren Plan einweiht.

Sie will die Handelsstation erreichen, bei der Maarten die Vogelbälge verkauft und Proviant besorgt. Obwohl sie den Weg nicht kennt, ist sie entschlossen, es gemeinsam mit Jeroen zu versuchen. Maarten hat ihr nie erzählt, wo genau die Handelsstation liegt. Aber sie war schon einmal dort – vor vielen Jahren, mit Sander. Sie will Maartens Boot nehmen und dem Fluss folgen, um irgendwann auf die Station zu treffen. Sie kann nur hoffen, dass man ihr dort weiterhelfen wird – und nicht etwa Maarten verständigt.

Leise schleichen sie sich aus der Hütte. Jeroen hat keine Angst. Die Aussicht, zusammen mit seiner Mutter endlich diesem Scheusal zu entkommen, lässt sein Herz vor Freude aufgeregt schlagen.

Aber Maarten ist nicht auf der Jagd. Er muss Verdacht geschöpft haben und ist zurückgekommen. Johanna schreit vor Schreck auf, als er ihnen den Weg verstellt. Und nach Jeroen greift.

»Nein«, stammelt sie. »Bitte, Maarten, tu ihm nichts! Er ist doch noch ein Kind!«

Maartens Hand krallt sich in Jeroens Schulter.

Mit der Kraft der Verzweiflung tritt Johanna ihm plötzlich gegen das Schienbein.

»Lauf!«, ruft sie. »Lauf, Jeroen, lauf weg!«

Er reißt sich los, rennt. Die Panik verleiht seinen Beinen Flügel. Er ist zwar bei weitem nicht so stark wie Maarten, aber er ist schneller als er. Das Blut rauscht in seinen Ohren, Zweige und nasse Blätter schlagen ihm ins Gesicht.

Dann hallt ein Schrei durch den Urwald. Und noch einer, voller Schmerz und Todesangst. Jeroen bleibt keuchend stehen. Weitere Schreie, grauenhafte Schreie, sie schrauben sich hoch und immer höher, dann brechen sie ab. Angst schießt heiß durch Jeroens Adern. Er dreht sich um und rennt zurück.

Als er durch das Dickicht bricht, erstarrt er vor Entsetzen: Maarten steht vor einem Baum und schlägt Johannas Kopf wie von Sinnen immer wieder gegen den dicken Stamm.

Mit einem verzweifelten Schrei wirft Jeroen sich gegen ihn, versucht, seine Mutter von Maarten wegzuziehen. Ihr Körper ist schlaff und voller Blut, sie rührt sich nicht mehr.

Maarten hält schwer atmend inne. Johannas Körper fällt leblos in sich zusammen. Jetzt erst scheint Maarten zu begreifen. Er sinkt auf die Knie, schüttelt sie mit beiden Händen, immer wieder.

»O mein Gott, Johanna!«, schluchzt er auf Holländisch. »Was habe ich getan?« Dann richten sich seine Augen auf Jeroen, weiten sich. »Daran bist nur du schuld!« Mühsam kommt Maarten auf die Beine. »Wir ... wir müssen sie begraben.« Er verschwindet in der Hütte.

Lauf, Jeroen, lauf! Noch immer scheint Johannas Stimme in der Luft zu schweben.

Aber er kann nicht weglaufen, auch wenn alles in ihm danach schreit. Er ist wie gelähmt. Und er kann die Mutter doch nicht allein lassen.

Maarten tritt mit zwei Schaufeln aus der Hütte. »He, *bastaard*, komm her!«

Wie in Trance gehorcht Jeroen. Packt mechanisch mit an, als Maarten ihm eine der Schaufeln reicht und ihm befiehlt, zusammen mit ihm hinter der Hütte ein Grab auszuheben.

Erneut setzt Regen ein, stürzen Wassermassen vom Himmel wie eine unendliche Tränenflut. Das Gewehr hat Maarten an einen Baumstamm gelehnt, wo es vor dem Wolkenbruch geschützt ist.

Die Erde ist weich, es ist nicht besonders schwer, im strömenden Regen ein Grab auszuheben. Neben Maarten arbeitet Jeroen stumm, wie betäubt. Er fühlt weder Nässe noch Schmerz. Er fühlt einfach gar nichts, während er Schaufel um Schaufel feuchter Erde auftürmt. Bald steht er bis zur Brust in der Grube.

Maarten hat zu graben aufgehört und sieht ihm zu, auf seine Schaufel gestützt.

»Mach es breiter«, weist Maarten ihn an.

Erst bei diesen Worten erwacht Jeroen aus seiner Erstarrung.

Maarten hat seine Mutter umgebracht, und er wird auch ihn umbringen! Jeroen soll das Grab breiter machen, damit auch Platz für ihn darin ist!

In plötzlicher Panik lässt er die Schaufel fallen und will aus der Grube klettern. Aber damit hat Maarten gerechnet.

Ein heftiger Schmerz flammt in Jeroens Hinterkopf auf. Benommen geht er auf die Knie, Sterne tanzen vor seinen Augen, ihm ist schwindelig.

Maarten hat ihn niedergeschlagen! Von hinten, mit der Schaufel! Aber er hat ihn nicht richtig getroffen – aus dem Augenwinkel erkennt er, wie Maarten erneut die Schaufel hebt. Er wirft sich zur Seite. Der zweite Schlag geht ins Leere.

Irgendwie gelangt er aus der Grube. Bekommt das Gewehr zu fassen, stützt sich darauf und kommt stolpernd auf die Beine. Dann rennt er los, die Waffe fest umklammert, ohne zu wissen, wohin, nur weg von hier, fort von diesem Ungeheuer!

Er kann nur noch verschwommen sehen, vor seinen Augen funkeln Sterne, Übelkeit drängt sich in seine Kehle. Vor sich hört er den Fluss rauschen. Jeroen läuft um sein Leben. Das Boot! Er muss das Boot erreichen, dann ist er in Sicherheit!

Doch kurz vor dem Wasser wird seine Flucht jäh gestoppt.

»Hiergeblieben!« Eine riesige Hand greift nach ihm, zerrt ihn zurück. Jeroen wehrt sich voller Angst. Reißt das Gewehr hoch, um sich zu schützen. Maarten fasst nach dem Lauf, will dem Jungen die Waffe aus der Hand winden.

Ein Schuss hallt durch den Urwald. Maarten taumelt zurück, auf seinem Hemd breitet sich ein roter Fleck aus. Er schwankt, sucht Halt, dann stürzt er wie ein gefällter Baum bäuchlings in das knöcheltiefe Wasser am Ufer.

Jeroen kann sich nicht rühren vor Schreck.

Ist er tot? Ist Maarten tot?

Ihm ist übel, und in seinem Kopf rauscht es. Alles dreht sich. Was hat er getan? Hat er Maarten ... erschossen?

Seine Beine geben unter ihm nach, er geht auf die Knie, erbricht sich ins Gebüsch. Er sieht alles wie durch einen roten Schleier, fasst an seinen schmerzenden Hinterkopf. Seine Hand ist voller Blut. Vielleicht ist er auch schon tot, und was er hier erlebt, ist der Himmel? Aber nein, jemand wie Maarten kommt sicher nicht in den Himmel. Dann ist er also in der Hölle? Er will nicht in der Hölle sein. Die Hölle ist ein grausiger Ort.

Ein ersticktes Gurgeln schreckt ihn auf: Maarten hebt mühsam den Kopf, Wasser schwappt über seinen roten Bart. Er hustet gurgelnd, schaumiges Blut dringt aus seinem Mund, tropft ins Wasser.

»Hilf ... mir ...«, keucht er kaum verständlich.

Jeroen schiebt sich erschrocken zurück. Maarten versucht sich aufzurichten, hustet roten Schaum, dann fällt sein Kopf zurück ins Wasser. Sein Körper zuckt, krümmt sich. Erschlafft schließlich ganz.

Jeroens Kopf droht zu platzen, ihm ist entsetzlich schwindelig. Auf Händen und Füßen weicht er immer weiter zurück, fort von der schrecklichen Szene, dem Toten, dem Blut, bis er mit dem Rücken gegen etwas Hartes stößt. Das Boot! Mit letzter Kraft gelingt es ihm, das Boot zu Wasser zu lassen. Er lässt sich hineinsinken.

Dann umfängt ihn Dunkelheit.

*

Ab hier wird seine Erinnerung bruchstückhaft. Später erfährt er, dass ihn die Kandangai gefunden haben, blutüberströmt und bewusstlos in einem Kanu auf dem Sepik treibend. Er muss mit der Strömung nach Osten getrieben sein, vorbei an der Handelsstation, fort aus dem niederländischen Teil.

Als er wieder zu sich kommt, weiß er nicht mehr, wer er ist. Er hat keine Erinnerung daran, wo er herkommt. Weder an seinen Namen noch an seine Familie. Keiner der Kandangai versteht die Worte, die er im Fieber hervorbringt, und er versteht keine der fremden Männer und Frauen, die immer wieder auf ihn einreden.

Sein Kopf tut so weh! Niemand kann ihm erklären, was mit ihm geschieht, als man ihn auf den Dorfplatz trägt, wo der Schamane auf ihn wartet.

Hände, die ihn halten. Stimmen, die einen fremdartigen Singsang anstimmen, Gesichter, die sich über ihn beugen. Er hat große Angst, dennoch versucht er, tapfer zu sein, als man in seine Kopfhaut schneidet, die kaum verheilte Wunde wieder öffnet. Aber dann wird der Schmerz zu groß. Erneut schwinden ihm die Sinne.

Von dem Eingriff erholt er sich schnell. Schon wenige Tage später kann er wieder herumlaufen, den Männern beim Fischen zusehen und den Frauen bei der Sagozubereitung. Nur seine Erinnerung an alles, was vor dem Tag passierte, als man ihn fand, scheint für immer verloren.

Eines der kinderreichen Paare nimmt ihn bei sich auf und nennt ihn Asemou, den Namenlosen. Er erlernt die Sprache der Kandangai, gliedert sich in ihre Gemeinschaft ein und bemüht sich, das Loch in seinem Leben zu vergessen.

Bis eines Tages nach fünf Jahren ein deutscher Forscher namens Otto Finsch zu den Kandangai kommt und ihn mitnimmt in die Missionsstation Simbang.

20.

Sacht schwappte das Wasser an die Bordwand, und durch das geöffnete Fenster der Kabine drang entferntes Zikadengezirpe, ansonsten war es still. Beim Schein einer kleinen Petroleumlampe hatte Isabel atemlos Noahs leiser Erzählung gelauscht und nicht gewagt, ihn zu unterbrechen, um ihn nicht aus seiner Erinnerung zu reißen. Zu keinem Moment hatte sie den Eindruck gehabt, er würde das alles erfinden. Jetzt war keine Zeit für Lügen.

»Es tut mir so leid«, flüsterte sie schließlich.

Nun erst merkte sie, dass ihre Wangen nass waren. Sie weinte um das Leid, das dieser kleine, tapfere Junge so lange hatte ertragen müssen, um den schrecklichen Tod seiner Mutter und um die vielen verlorenen Jahre.

So viel Gewalt. So viel Schmerz.

»Ich habe Maarten umgebracht.« Er sagte es ganz ruhig, aber Isabel spürte, wie es in ihm arbeitete. Noch immer lag er, aber seine Lähmung schien weiter abzunehmen.

»Das hast du nicht. Es war ein Unfall.«

»Aber danach habe ich einfach zugesehen, wie er … verreckt ist.«

»Du warst ein Kind! Er hat deine Mutter getötet. Und dich wollte er auch töten.«

Er nickte, dann gab er einen erstickten Laut von sich und hob seine linke Hand vors Gesicht. Er atmete krampfhaft, und sie befürchtete schon, er würde wieder keine Luft bekommen. Sie wollte gerade alarmiert aufstehen, als er sich bereits wieder unter Kontrolle hatte.

»Da sind noch ... so viel mehr Erinnerungen.« Seine Stimme klang gedämpft, dann nahm er seine Hand wieder herunter.

»Du musst nicht alles auf einmal erzählen. Es ist schon spät. Du solltest dich ausruhen.«

»Doch. Ich will. Ich muss. Ich ... habe Angst, es wieder zu vergessen. *Sie* wieder zu vergessen.« Sein Blick verschleierte sich.

»Das wirst du nicht.«

Ihr Herz zog sich vor Liebe und Mitleid zusammen, ihre Hand drückte seine. In diesem Moment kam er ihr vor wie der kleine, verlorene Junge von damals. Am liebsten hätte sie ihn umarmt, ihn an sich gedrückt, aber das wagte sie nicht. Was würde er dann wohl von ihr denken? Und so blieb sie einfach nur stumm bei ihm sitzen und strich immer wieder über seinen Handrücken.

»Dann ist dein richtiger Name also Jeroen van Dreyke«, brach sie schließlich die Stille.

Er schüttelte kaum merklich den Kopf.

»Jeroen gibt es nicht mehr«, sagte er leise. »Er ist vor zehn Jahren gestorben. Jetzt gibt es nur noch Noah.«

Erneut schwieg sie, dachte an all das, was er ihr erzählt hatte, und versuchte, eine Verbindung zu schaffen zwischen damals und heute. Konnte es tatsächlich der holländische Akzent des Pflanzers gewesen sein, der Noah am Vorabend von Herrn Konings' Tod so reizbar gemacht hatte? Und reichte das aus, um einen Mord zu begehen?

Sie musste es einfach wissen. »Kannst du dich vielleicht auch an etwas anderes erinnern? Ich meine die Nacht, als Herr Konings ... gestorben ist.«

Er schloss für einen Moment die Augen, dann öffnete er sie wieder und schüttelte den Kopf.

»Wirklich gar nichts mehr? Denk nach. Was ist passiert, nachdem du vom Tisch aufgestanden bist?«

»Da sind Bilder. Geräusche. Aber immer, wenn ich versuche, sie zu greifen, verschwinden sie wieder.«

Er wirkte erschöpft, das lange Sprechen hatte ihn angestrengt. Isabel biss sich auf die Lippe. Wie konnte sie nur vergessen, was er alles hinter sich hatte, und ihn mit ihren Fragen quälen?

»Du solltest jetzt schlafen. Vielleicht fällt es dir morgen wieder ein.«

»Ich kann nicht schlafen. Nicht, solange dieses Ding in meinem Arm steckt.«

Isabel warf einen Blick auf den Glasbehälter. Er war leer, die Kochsalzlösung durchgelaufen.

»Dann sollte ich wohl besser Doktor Timm holen.« Sie machte Anstalten, sich zu erheben.

»Nein, bleib«, bat Noah.

»Ich dachte, du wolltest die Nadel loswerden.«

»Aber nicht dich.« Ihr Herz schlug schneller bei diesen Worten. »Kannst du es nicht auch tun?«

Sie nickte zögernd. »Ich denke ja. Ich habe schon dabei zugesehen.«

Neben dem Glasbehälter hatte Dr. Timm etwas Verbandwatte und ein paar aufgerollte Leinenstreifen liegen gelassen. Noah wandte den Kopf ab, als sie behutsam die Kanüle aus seiner Vene zog. Gleich darauf drückte sie mit der Watte fest darauf und legte die blutige Nadel mit dem Gummischlauch neben den Glasbehälter. Noah seufzte erleichtert auf.

»Ich wusste doch, dass du das kannst«, murmelte er, während er ihr zusah, wie sie die kleine Wunde verband. »Du siehst übrigens sehr … gut aus in dieser Hose.«

Hitze schoss in ihre Wangen. Erst jetzt kam ihr zu Bewusstsein, dass das geliehene Kleidungsstück ihre Beine auf geradezu unanständige Weise teilte und zur Schau stellte.

Er hielt still, bis sie fertig war, dann schloss sich seine Hand um ihre. Diesmal schon etwas fester, als wollte er sie nie wieder gehen lassen.

»Ich würde dich gerne küssen«, flüsterte er. »Aber ich weiß nicht, ob du das auch willst.«

Ihr Herz tat einen Satz, dann klopfte es umso schneller weiter. Sie nickte, unfähig, auch nur ein Wort herauszubringen, und beugte sich über ihn. Seine Hand legte sich zärtlich um ihren Hinterkopf und zog sie näher zu sich.

*

Noah beobachtete, wie die Helligkeit des frühen Morgens durch das kleine Fenster langsam in die Kabine kroch. Er hatte nur wenig geschlafen. Die Pfeilwunde in seinem Unterschenkel pochte leicht, und noch immer fühlten sich seine Glieder so kraftlos und schwach an, als wären sie aus Sagobrei. Aber immerhin konnte er wieder problemlos atmen. Nicht mehr wie in jenen entsetzlichen Stunden, als das Schlangengift seinen Körper fast vollständig gelähmt hatte.

Schon kurz nach dem Biss hatten die ersten Krämpfe eingesetzt, gepaart mit Schwindel, Zittern und einem großen Schwächegefühl. Korua-Kolta war außer sich vor Wut gewesen, als er bemerkt hatte, dass sein Gefangener ihm einen Strich durch die Rechnung gemacht hatte. Kurz sah es aus, als wollte er Noah den Arm abschneiden, um wenigstens den Rest genießen zu können, bis ihn einer der Krieger davon überzeugte, dass es dafür schon zu spät sei und das Gift sich bereits in Noahs gesamten Körper verteilt habe. Doch falls Noah den Biss überlebe, könne man ihn nach ein paar

Tagen, wenn das Gift aus seinem Körper verschwunden sei, immer noch töten. Daraufhin brachte man Noah in den abgetrennten Teil des Kasuargeheges, wo die Frauen Farnwedel über ihn deckten, um ihn vor der Sonne und den Fliegen zu schützen.

Dem Schlachtfest fürs Erste entronnen, sah es allerdings tatsächlich so aus, als würde er an dem Schlangenbiss sterben. Panik stieg in ihm auf, als er merkte, dass er keinen Finger mehr rühren konnte und kaum noch Luft bekam. Über Stunden lag er da, vollkommen unfähig, sich zu bewegen, nur darauf bedacht, seine Lungen dazu zu bringen, Atem zu holen, Luft zu schöpfen. Bis sein Bewusstsein sich immer mehr eintrübte und er in gnädige Umnachtung glitt. Erst hier, in dieser Kabine, war er wieder zu sich gekommen, mit diesem wunderbaren Mädchen an seiner Seite, das ihn gerettet hatte.

Sein Blick richtete sich auf Isabel. Sie sah sehr hübsch aus, wie sie da mit halb aufgelösten Haaren schlief. Ihre Hand war aus seiner geglitten, und sie hing in einer ziemlich unbequem aussehenden Haltung auf dem Stuhl, der neben seiner Koje stand. Er hatte sich tatsächlich in sie verliebt. Am liebsten hätte er sich aufgesetzt und sie an sich gezogen, aber das war ihm in seinem Zustand noch nicht möglich. Bei dem Gedanken daran, wie innig sie ihn in der vergangenen Nacht geküsst hatte, spürte er, wie sich etwas bei ihm regte. Das zumindest funktionierte wieder, registrierte er erleichtert.

Das Schiff erwachte. Schritte erklangen an Deck, irgendwo unter ihm ertönte ein Zischen. In der Luft, die durch die geöffnete Luke drang, war ein Hauch verbrannter Holzkohle zu riechen. Ein leichter Ruck war zu spüren, als der Anker gelichtet wurde und das Schaufelrad sich in Gang setzte. Sein Magen zog sich zusammen, als ihm klarwurde, dass jetzt das passierte, was er um alles auf der Welt hatte vermeiden wollen: Man brachte ihn nach Finschhafen. Und in seiner momentanen Verfassung konnte er noch keinen einzigen Schritt machen, geschweige denn erneut entkommen.

Isabel schlug die Augen auf, sah ihn an und lächelte. Ihr zärtlicher Blick verdrängte seine unerfreulichen Gedanken.

»Du bist ja schon wach«, murmelte sie und streckte sich verhalten, um ihre Muskeln zu lockern. Ihre Hände fuhren über ihr Gesicht und zu ihrem halb aufgelösten Zopf. »Oje, ich muss furchtbar aussehen.«

»Ganz und gar nicht.«

Röte überzog ihre Wangen. »Du sollst mich doch nicht mehr anlügen.«

»Das tue ich auch nicht.« Wie sie wohl auf seine nächste Eröffnung reagieren würde? »Mir ist noch etwas eingefallen.«

Sie ließ ihre Hände wieder sinken. »Was denn?«

Er zögerte. Aber er musste es ihr sagen. Jetzt. Wer wusste schon, wann er wieder die Gelegenheit dazu bekommen würde. Und vielleicht trug es ja dazu bei, seine mögliche Unschuld zu beweisen.

»In der Nacht, als Konings erschlagen wurde … Ich weiß wieder, wo ich gewesen bin.« Er kam sich plötzlich vor wie ein Lump. »In der Hütte der Brüder. Bei … Henriette.«

Isabels Augenbrauen zogen sich zusammen. »Bei Henriette? Frau Thilenius, Bertholds Schwester?«

Er nickte.

»Aber … wieso? Was wolltest du dort?«

Er fühlte sich noch kraftloser als vorher. »Kannst du dir das nicht denken?«

Isabel sah ihn an, erst verwirrt, dann malte sich langsam Begreifen auf ihre Züge. Ruckartig erhob sie sich. »Du meinst, du und Henriette, ihr seid ... ihr habt ... Nein. Nein, das ist nicht wahr!« So fassungslos und verletzt hatte er sie noch nie erlebt.

»Wann hattest du vor, mir das zu sagen?«, brachte sie schließlich gepresst hervor. Sie stand vor ihm, ihr Körper angespannt wie ein Brett, jede Faser ihres Körpers voller Abwehr.

»Isabel, ich ...«

»Nein, du musst mir nicht antworten. Du kannst tun und lassen, was du willst«, gab sie mühsam beherrscht zurück, in ihren Augen glitzerten Tränen. »Du bist mir keine Rechenschaft schuldig.«

»Doch! Isabel, bitte, es ist wichtig ... Ich wünschte, ich müsste dich nicht darum bitten, aber ...«

»Was?«

»Vielleicht könntest du mit ihr sprechen. Sie darum bitten, für mich auszusagen.« Er hatte sich noch nie so schäbig gefühlt.

Sie sah ihn nur wortlos an, dann drehte sie sich um. Sie war schon auf dem Weg zur Kabinentür, als ein kurzes Klopfen ertönte. Gleich darauf öffnete sich die Tür, und ein Mann kam herein. Seiner Stimme nach war es der Arzt, der gestern Abend bereits einmal nach ihm gesehen hatte.

»Guten Morgen, Fräulein Maritz«, begrüßte er sie. »Ich habe ein furchtbar schlechtes Gewissen, dass Sie sich hier die Nacht um die Ohren geschlagen haben, während ich geschlafen habe.«

»Sie haben genug getan, Doktor Timm.« Isabels Stimme schwankte verdächtig. »Wie Sie sehen, ist ... Ihr Patient schon wieder bei Kräften.«

»Tatsächlich? Das ist ja höchst erfreulich. Und wie ich sehe, haben Sie die Infusion bereits entfernt. Ach, Fräulein Maritz, könnten Sie vielleicht in einer guten halben Stunde an Deck kommen? Kapitän Pahnke lädt uns beide ein, mit ihm und Herrn Lauterbach zu frühstücken.«

»Sehr gern. Wenn Sie mich jetzt bitte entschuldigen.« Isabel ging eilig an ihm vorbei, dann war sie aus Noahs Blickfeld verschwunden.

Dr. Timm trat in die Kabine, beugte sich über Noah und sagte langsam und recht laut: »Kannst du reden? Verstehst du mich?«

»Sie müssen nicht so schreien«, gab Noah zurück. »Ich verstehe Sie sehr gut.«

»Oh.« Dr. Timm sprach wieder leiser. »Das ist gut. Sehr gut. Wie fühlst … Wie fühlen Sie sich?« Offenbar hatte er Schwierigkeiten, Noahs äußeres Erscheinungsbild mit seiner Sprache zu vereinbaren. Immerhin siezte er ihn jetzt.

»Nicht so gut.« Was reichlich untertrieben war. Noah fühlte sich furchtbar. Aber das hatte nichts mit den Nachwirkungen des Schlangengifts zu tun.

»Na, das wird schon wieder. Wäre Fräulein Maritz nicht gewesen, dann wären Sie jetzt tot. Sie können wirklich stolz auf Ihre Schwester sein.«

Seine *Schwester*? Hatte er das richtig verstanden – Isabel hatte behauptet, sie sei seine Schwester? Und er hatte sich schon gewundert, dass man sie beide hier so selbstverständlich alleine gelassen hatte.

Mit keiner Faser verriet er seine Überraschung. »Das bin ich auch. Sehr.«

Dr. Timm untersuchte ihn kurz. »Der Muskeltonus ist noch etwas schwach«, konstatierte er dann und begann, in seiner Arzttasche zu kramen. »Ich gebe Ihnen etwas Stärkendes.«

Noah brach der Schweiß aus, als er sah, was Dr. Timm tat.

»Muss das sein?«, fragte er beunruhigt. Der Anblick der

langen, spitzen Nadel, die Dr. Timm auf den schmalen Glaskolben schraubte, verursachte ihm Übelkeit.

»Es bringt Sie schneller wieder auf die Beine.« Dr. Timm hatte die Spritze aufgezogen und griff nach seinem Arm. Noah musste sich zusammenreißen, um nicht zurückzuschrecken.

»Nicht bewegen!«, sagte Dr. Timm, dann stach er die Nadel in Noahs Arm.

*

Eine halbe Stunde später saß Isabel frisch gekämmt und gewaschen mit den Herren Lauterbach, Pahnke und Timm an einem kleinen Tisch an Deck beim Frühstück. Vom Heck erklang das leise Rauschen des Schaufelrads, das die *Herzogin Elisabeth* langsam vorantrieb. Sie brachte kaum einen Bissen herunter. Ständig kreisten ihre Gedanken um diese eine Sache. Wie hatte sie nur so dumm sein können? Hatte sie wirklich geglaubt, Noah hätte Interesse an ihr? An ihr, dem unscheinbaren Fräulein Maritz mit dem lahmen Bein? Er hatte es ja nicht einmal für nötig befunden, ihr von seiner Affäre zu erzählen, und dabei hatte er genug Gelegenheit gehabt, während sie tagelang unterwegs gewesen waren. Wieso rückte er erst jetzt, da es brenzlig für ihn wurde, damit heraus?

Und wieso ausgerechnet Henriette, die gut und gerne seine Mutter sein könnte?

Weil Bertholds Schwester immer noch eine wunderschöne und begehrenswerte Frau war, gab sie sich unerbittlich selbst die Antwort. Weil sie, Isabel, niemals mit einer solchen Dame von Welt mithalten konnte. Weil Noah so viel weiblicher Schönheit und Grazie natürlich nicht abgeneigt war.

Dabei ging Henriette mit dieser Affäre ein beträchtliches

Risiko ein. Sie war schließlich eine verheiratete Frau, auch wenn ihr Ehemann irgendwo fernab weilte. Aber wer sollte ihnen schon auf die Schliche kommen, wenn sie vorsichtig waren? Isabel hatte es ja auch nicht für möglich gehalten.

Jetzt erinnerte sie sich wieder an die geflüsterte Unterhaltung, die sie kurz nach ihrer Ankunft in Finschhafen vor ihrem Fenster mitbekommen hatte. Eine der Stimmen hatte sie als Henriettes erkannt, die andere hatte sie nicht verstehen können. Vermutlich war das Noah gewesen.

Vergeblich versuchte sie, die Vorstellung aus dem Kopf zu bekommen, wie die beiden …

»Fräulein Maritz, sind Sie noch bei uns?«

Sie schreckte auf. »Wie bitte?«

Herr Lauterbach sah sie an. »Ich sagte gerade, ich freue mich, dass es dem jungen Mann wieder bessergeht. Aber ich habe doch starke Zweifel daran, dass er wirklich Ihr Bruder ist.«

Isabel senkte den Kopf, Hitze stieg ihr ins Gesicht, ihr Herz schlug laut.

»Nein, das ist er nicht«, bekannte sie. Unter Lauterbachs forschendem Blick kam sie sich vor wie eine Verbrecherin. »Es … es tut mir ausgesprochen leid, meine Herren, Sie angelogen zu haben.«

Lauterbachs Gesicht blieb unbewegt, nur ein Muskel in seiner Wange zuckte.

»Er ist nicht Ihr Bruder?« Dr. Timm wirkte ehrlich bestürzt. »Nicht einmal Ihr Halbbruder?«

»Nein«, murmelte Isabel. »Ich wusste mir einfach nicht anders zu helfen. Ich … ich hatte befürchtet, wenn ich die Wahrheit sage, würden Sie ihn nicht befreien.«

»Und was ist die Wahrheit, Fräulein Maritz?«, fragte Kapitän Pahnke, dessen Kinn ein fusseliger Spitzbart zierte, mit einem Stirnrunzeln. »Wer sind Sie, und wer ist der junge

Mann? Was machen Sie hier? Und in welchem Verhältnis stehen Sie zueinander?«

Isabels Gesicht wurde erneut glühend heiß. »Es ... es ist nicht so, wie Sie vielleicht denken.« Wirklich nicht? Immerhin hatte sie mit Noah geschlafen, wenn auch nur einmal und unter mehr als ungewöhnlichen Umständen. Aber das war jetzt sowieso alles vorbei.

»Ich komme aus Zirndorf in Franken«, begann sie. »Ich bin vor einigen Wochen in dieses Land gereist, um einen deutschen Missionar zu heiraten. Aber mein Verlobter ist kurz vor meiner Ankunft gestorben.«

»Mein Beileid«, sagte Dr. Timm. »Und der junge Mann?«

»Sein Name ist Jeroen van Dreyke. Er ist ...«

»Jeroen van Dreyke?«, unterbrach Lauterbach sie. »Sagten Sie nicht, sein Name sei Noah?«

»Ja. Auch. Aber das ist eine lange Geschichte.« Sie merkte selbst, wie unglaubwürdig sie klang. »Er ist Dolmetscher. In der Missionsstation Simbang. Dort, wo mein Verlobter lebte.«

»Simbang?«, meldete sich Kapitän Pahnke zu Wort. »Das ist an der Küste, ganz in der Nähe von Finschhafen. Wie um alles in der Welt hat es Sie dann so weit ins Landesinnere verschlagen?«

»Und ich wäre Ihnen sehr verbunden, wenn Sie uns diesmal keine Märchen mehr auftischen würden«, ergänzte Lauterbach.

Isabel schluckte. Sie konnte nicht länger lügen. Sie hätte auch gar nicht gewusst, was sie hätte sagen sollen. »Ich ... wurde entführt«, murmelte sie. Das war bereits bekannt.

Dr. Timm nickte. »Zusammen mit Ihrem ...« Bruder, wollte Dr. Timm wohl sagen, hielt das Wort aber im letzten Moment zurück. »Zusammen mit diesem Dolmetscher.«

»Nein.« Isabels Stimme war so leise, dass sie sich selbst

kaum hörte. »*Von* ihm.« Sie hob den Kopf, holte tief Luft. »Aber er war immer gut zu mir. Er hat mir kein Haar gekrümmt.«

Für ein paar Herzschläge waren nur das leise Rauschen des Schaufelrads und ein paar Vogelrufe zu hören.

Herr Lauterbach war der Erste, der das verblüffte Schweigen brach. »Habe ich das richtig verstanden? Sagten sie, *er* habe Sie entführt?«

Sie nickte.

»Wieso?«

Es überlief sie heiß und kalt, als ihr klarwurde, dass sich die Schlinge um Noah immer fester zuzog. »Um dem Gefängnis zu entgehen.«

»Sprechen Sie weiter«, forderte Lauterbach sie auf, als sie erneut verstummte.

»Weil ...« Verzweifelt suchte sie nach einer Lösung, aber ihr fiel keine ein. Sie musste es sagen. Spätestens in Finschhafen würde es sowieso herauskommen.

Sie ließ die Schultern sinken, die sie in unbewusster Abwehr hochgezogen hatte. »In Simbang wurde ein holländischer Pflanzer ermordet. Noah ... Er steht im Verdacht, ihn getötet zu haben.«

»Er hat einen Pflanzer *ermordet?*« Die drei Männer erhoben sich fast gleichzeitig, jede Freundlichkeit war aus ihrem Blick gewichen.

»Nein!«, widersprach Isabel. Auch sie war aufgestanden, ihr Herz klopfte schmerzhaft laut, ihr war schwindelig. »Er steht nur unter Verdacht. Aber er ... er war es nicht! Ich bin ganz sicher, dass er es nicht war!«

Niemand achtete auf sie.

»Sterz!«, rief Pahnke den Ersten Steuermann zu sich. »Der junge Mann in der Krankenkabine ist des Mordes verdächtig. Sorgen Sie dafür, dass er keinen Schaden anrichten kann. Die Kabine wird von außen abgeschlossen, und es wird immer ein Bewaffneter vor der Tür Wache halten. Bis wir in Finschhafen sind, darf niemand alleine zu ihm.« Er sah Isabel streng an. »Schon gar nicht Fräulein Maritz!«

21.

Ein fliederfarbener Reiher flog auf, zwei weitere folgten und glitten mit langsamen Flügelschlägen nahezu geräuschlos über den Fluss, der inzwischen eine stattliche Breite aufwies. Am Ufer zeichneten sich die Umrisse eines Krokodils ab.

Auf den beiden Decks der *Herzogin Elisabeth* stapelten sich Kisten mit geologischen und botanischen Instrumenten, mit Taroknollen und Kokosnüssen, eingetauschten Töpferwaren und Kunstgegenständen. Dazwischen lagen die aufgewickelten Hängematten der einheimischen Träger und Schiffsleute.

Isabel stand auf dem oberen Deck, das nach dem heftigen Regenguss vom Morgen wie blankgewaschen glänzte. Sie hatte den Strohhut abgenommen und ließ den leichten Wind durch ihre Haare wehen. Eigentlich hätte sie sich vor der Sonne schützen müssen, aber sie wollte wenigstens etwas spüren, nachdem sie sich in den vergangenen Tagen wie betäubt gefühlt hatte. Gestern hatte sie sich in einem kleinen Handspiegel betrachtet, den ihr Dr. Timm geliehen hatte. Im ersten Moment war sie erschrocken darüber gewesen, wie sie aussah: Nicht mehr viel erinnerte nun noch an die blasse junge Dame, die vor einigen Wochen in dieses Land gekommen war. Jetzt war ihr Gesicht, ähnlich wie ihre Arme und Beine, zart gebräunt. Sie kam sich fast vor wie eine Bäuerin. Doch je länger sie sich betrachtete, desto besser gefiel sie sich. Sie sah viel gesünder aus als früher. Nur ihre traurigen Augen passten nicht dazu.

Feuchtigkeit lag in der dampfenden Luft und vermischte sich mit dem Geruch verbrannter Holzkohle. Unter ihr schwappte das braun-trübe Wasser des Ottilienflusses. Aus dem Dampfrohr hinter ihr drang dicker schwarzer Rauch und wehte über die schwarz-weiß-rote Reichsflagge am Heck. Das Stampfen der Kolben und das Zischen des Dampfkessels bildete zusammen mit dem beständigen Rauschen der hölzernen Schaufelräder eine monotone Geräuschkulisse.

Hier und da kamen ihnen Kanus mit Einheimischen entgegen. Einmal hatte ein kleines Grüppchen den Dampfer mit Pfeilen beschossen, aber nachdem Herr Lauterbach ein paar Warnschüsse abgegeben hatte, hatten sich die kriegerischen Wilden schnell wieder verzogen.

Wie fast alle anderen auch verbrachte Isabel die meisten Stunden des Tages an Deck. Sich länger als unbedingt nötig in der engen Kabine des Kapitäns, die dieser nun doch für sie geräumt hatte, aufhalten zu müssen war ihr ein Graus. Sie sah den einheimischen Schiffsleuten und Trägern zu, wie sie Fische angelten oder Kohlen nach unten trugen, und den Forschern, wie sie Wasserstand und Lufttemperatur maßen oder die gepressten Pflanzenproben sortierten und beschrifteten. Sie hatte angeboten, den Herren bei den Messungen und Aufzeichnungen zur Hand zu gehen, aber bis auf Dr. Timm hatten alle dankend abgelehnt. Sie wussten offenbar nicht, wie sie sich ihr gegenüber verhalten sollten. Nicht nur, dass sie die einzige Frau an Bord war, sie hatte der Forschergruppe auch noch einen mutmaßlichen Verbrecher mitgebracht.

Kapitän Pahnke hatte ernst gemacht. Seit ihrem Gespräch mit den drei Herren hatte sie Noah nicht mehr gesehen. Vor seiner Tür wechselten sich bewaffnete Träger ab, und das kleine Lukenfenster hatte man mit Brettern vernagelt.

Wie sich Noah jetzt wohl fühlte, eingesperrt in der Krankenkabine? Nur ganz selten, wenn er mit jemandem sprach, hörte sie seine Stimme. Hatte er sich mit seiner Lage abgefunden? Oder war er noch immer so geschwächt, dass er zu irgendeiner Form von Widerstand einfach noch nicht imstande war?

Einmal hatte sie sich ein Herz gefasst und Dr. Timm nach seinem Befinden gefragt.

»Wir haben dafür gesorgt, dass er sich ruhig verhält«, hatte er nur gesagt. Was immer das auch bedeuten mochte. Möglicherweise hatten sie ihm ein Beruhigungsmittel gegeben. Oder ihn gefesselt. Oder beides.

Er war so nah und doch so fern.

Nein! Sie schüttelte den Kopf. Sie wollte nicht schon wieder an Noah denken. Dennoch konnte sie nicht verhindern, dass ihre Gedanken beharrlich zu ihm zurückkehrten. Ihre Finger sehnten sich danach, über seine Haut zu streichen, in seine gedrehten Haarsträhnen zu greifen, noch einmal die vernarbte Stelle auf seiner Kopfhaut zu spüren. Begehren ballte sich in ihrem Unterleib, als sie sich daran erinnerte, wie er in sie eingedrungen war. Den kurzen Schmerz hatte sie schon fast vergessen – sie erinnerte sich nur noch an das köstliche Gefühl danach.

Henriette war sicher schon öfter in diesen Genuss gekommen. Verstohlen wischte Isabel sich über das Gesicht. Es war bestimmt nur der Rauch, der ihr die Tränen in die Augen trieb. Nicht der Gedanke an Henriette und Noah. Oder die Mordanklage. Oder die ganze vertrackte Situation insgesamt.

Der klobige, kleine Dampfer machte gute Fahrt. Vermutlich schon morgen würden sie das Meer erreichen. Dann noch ein paar Tage die Küste entlang nach Süden, und sie wären in Finschhafen. Wie oft hatte sie sich genau das am Anfang ihrer Entführung gewünscht. Aber jetzt fühlte es sich falsch an. Im Moment wollte sie nichts mehr, als sich irgendwo ganz allein zu verkriechen und ihre Wunden zu lecken. Doch das konnte sie sich nicht erlauben. Stattdessen würde sie ihre verletzten Gefühle beiseiteschieben und mit Henriette reden müssen, um sie zu bitten, Noah zu entlasten, denn natürlich konnte sie es nicht verantworten, ihn falsch verurteilt zu wissen.

Ein leichter Kopfschmerz hatte sich in ihren Schläfen festgesetzt, und jetzt ging auch noch ein Schauer durch ihren Körper. Inzwischen kannte sie die Anzeichen eines nahenden Malariaanfalls. Wenn man früh genug etwas dagegen einnahm, konnte man meist Schlimmeres verhindern.

Als sie das letzte Mal Schüttelfrost bekommen hatte, hatte Noah sie gehalten. Nein, nicht schon wieder diese Gedanken! Sie stieß sich vom Geländer ab, drehte sich um und machte sich auf die Suche nach Dr. Timm, um ihn um eine Dosis Chinin zu bitten.

*

Die Fahrt die Küste entlang war ruhig und auch für den kleinen Dampfer mit seinem geringen Tiefgang problemlos zu bewerkstelligen. Die meisten der Träger und ein Teil der Forscher, darunter auch Dr. Timm, waren bereits in der kleinen Siedlung Stephansort von Bord gegangen. Dort würden sie auf die Rückkehr der *Herzogin Elisabeth* warten. Da der Landweg noch nicht erschlossen war, fuhr der Rest der Mannschaft mit Herrn Lauterbach, Isabel und Noah auf dem Seeweg weiter bis nach Finschhafen, dem Hauptort von Kaiser-Wilhelms-Land.

Der Himmel war bedeckt, als der Dampfer am Landungssteg festmachte. Kapitän Pahnke schickte einen der Träger los, um ihre Ankunft zu melden. Nur wenige Minuten später eilten einige mit Seitengewehren bewaffnete Polizeisoldaten heran. Jeder der eingeborenen Männer trug eine khakifarbene Schirmmütze mit großer Reichskokarde und einen Gürtel mit breiter Tasche über dem roten Lendentuch. Sie wurden von einem deutschen Polizeimeister in heller Tropenuniform angeführt, der sogleich von Kapitän Pahnke begrüßt wurde.

Kaum waren die Männer an Bord gegangen, schnaufte eine vertraute einarmige Gestalt heran: Berthold von Faber. Er stolperte auf dem Fallreep, so eilig hatte er es, an Bord zu kommen, konnte sich aber im letzten Moment noch halten.

»Isabel!«, keuchte er. Schweiß floss ihm von Stirn und Schläfen, seine Haare klebten platt und feucht an seinem Kopf. »O Isabel, ich ... ich konnte es nicht glauben, dass Sie wirklich ...« Täuschte sie sich, oder sah sie tatsächlich Tränen in seinen Augen? »Liebste Isabel, ich ... ich bin ja so glücklich ...«

Für einen Moment schien es, als wollte er sie an sich ziehen, doch dann nahm er lediglich ihre Hand in seine.

»Ich habe mir solche Sorgen um Sie gemacht. Geht es Ihnen gut?«

Isabel nickte wortlos. Schlaff lag ihre Hand in seinen feuchten Fingern, am liebsten hätte sie sie sofort zurückgezogen, um sie abzuwischen.

»O Gott, Isabel, ich war so verzweifelt. Ich hatte einen Suchtrupp losgeschickt, aber die Männer haben keine Spur von Ihnen gefunden. Ich ... ich habe schon das Schlimmste befürchtet. Ich ... wir alle dachten, Sie wären womöglich tot, ermordet von diesem ... diesem braunen Teufel.«

Sein Hemd war zerknittert und wies große, feuchte Flecken

auf, seine Weste war nur halb zugeknöpft, und er verströmte einen durchdringenden Schweißgeruch.

Isabel kam sich vor wie abgestorben. Außer einer kurzen, verhaltenen Freude über seinen Anblick fühlte sie – nichts. Sie zog ihre Hand aus seiner.

Herr Lauterbach, der die ganze Zeit neben Isabel gestanden hatte, räusperte sich leise. Jetzt erst schien Berthold sich darauf zu besinnen, dass sie nicht alleine waren. Wie durch eine dicke Watteschicht vernahm Isabel, wie er sich vorstellte, sowie seine gestammelten Worte des Dankes und der Freude, dass man Fräulein Maritz aus den Händen dieses Mordbuben gerettet habe. Isabel hielt den Kopf gesenkt und sagte nichts. Später würde sie einiges aufzuklären haben, aber nicht jetzt.

»Seien Sie vorsichtig, der Kerl ist gefährlich!«

Erst bei diesen Worten Bertholds hob sie den Kopf.

Sie fühlte sehr wohl etwas. Als sie sah, dass Noah von den Polizeisoldaten abgeführt wurde, begann ihr Herz zu rasen.

Er trug jetzt ein knielanges Hüfttuch und hatte den Schlangenbiss offenbar gut überstanden. Nur die Handschellen, die seine Hände auf den Rücken fesselten, hemmten seine Bewegungen. Kurz trafen sich ihre Blicke.

Berthold trat vor sie. »Sehen Sie nicht hin, liebste Isabel. Es ist vorbei. Es ist endlich vorbei.« Der Seufzer, den er dabei ausstieß, zeugte von seiner Erleichterung.

»Ja«, murmelte Isabel tonlos. »Das ist es.«

Diese ganze Situation kam ihr verzerrt vor wie in einem schlechten Traum. Sie erinnerte sich, wie sie schon einmal an diesem Landungssteg gestanden hatte. Wie Bruder Lorenz sie in Empfang genommen hatte. Mit einem Mal überkam sie heftige Sehnsucht nach dem hageren, gütigen Mann.

»Ich möchte nach Simbang«, murmelte sie. »Bitte, Berthold, können Sie mich nach Simbang bringen?«

Berthold schüttelte langsam den Kopf. »Liebste Isabel, ich glaube nicht, dass das jetzt der richtige Ort für Sie wäre. Nicht nach all diesen schlimmen Ereignissen, die sich dort abgespielt haben. Nein, nein, Sie kommen erst einmal mit in mein Haus. Henriette wird außer sich vor Freude sein, Sie wiederzusehen.«

Ausgerechnet Henriette. Sie wollte widersprechen, aber plötzlich fühlte sie sich zu schwach dazu. Zu schwach, um nur irgendetwas zu entscheiden. Stumm ergriff sie den Arm, den er ihr reichte, und ließ sich von ihm an Land führen.

*

Es war tatsächlich fast alles wie bei ihrer ersten Ankunft. Henriette, schön und makellos wie immer, die sie mit unterkühlter Freundlichkeit begrüßte. Dasselbe Zimmer in Bertholds Haus, das man ihr zur Verfügung stellte. Dasselbe unwirkliche Gefühl. Und dennoch war alles anders.

Mit einem vielsagenden Blick auf Isabels Hosen entschied Bertholds Schwester, ihr eines der eigenen Kleider zu überlassen. Da Kiso, die schwarze Hausangestellte, heute ihren freien Nachmittag hatte, sorgte Henriette selbst für die Auswahl.

Als Isabel nach einer lang ersehnten Wäsche in ihr Zimmer trat, hatte Henriette bereits eine komplette Garderobe herausgesucht: Unterkleidung sowie ein Kleid in hellem Grau, elegant geschnitten, ein Korsett und sogar ein Paar leichter Schnürschuhe.

»Kommen Sie alleine zurecht?«

Trotz ihrer vollendeten Erscheinung wirkte Henriette irgendwie verändert. Außerdem roch sie nach Gin. Hatte sie etwa getrunken?

»Ja. Vielen Dank, Henriette.«

»Beeilen Sie sich. Berthold will noch einmal mit Ihnen reden.« Es hörte sich an, als würde sie einem Dienstmädchen Befehle erteilen. Dann rauschte sie hinaus.

Für ein paar Sekunden stand Isabel reglos da und versuchte sich zu sammeln, bevor sie begann, sich anzukleiden.

Sie fühlte sich unpassend. Fremd. Obwohl sie abgenommen hatte, drückte das Korsett unangenehm, der Stoff auf ihrer Haut fühlte sich falsch an, und auch die Schuhe waren zu klein.

Kurze Zeit später klopfte es an der Zimmertür. Sie öffnete; Berthold stand vor ihr.

»Sie haben sicher Furchtbares hinter sich«, sagte er, sobald sie ihn hereingebeten hatte. Er zögerte, dann fasste er nach ihrer Hand. Seine Finger waren immer noch schweißnass. »Es … es gehört sich nicht, so etwas zu fragen, aber ich muss es wissen. Hat er … hat dieser Verbrecher Ihnen … weh getan?«

Isabel senkte den Kopf. Sie wusste, worauf Bertholds Frage abzielte: Ob Noah sich an ihr vergangen hatte, oder ob sie noch unberührt war. Was sollte sie darauf nur erwidern?

Berthold verstand ihr Zögern falsch. »O mein Gott«, murmelte er, Verzweiflung in der Stimme. »Ich werde sofort Doktor Weinland rufen lassen!«

»Nein, bitte«, wehrte Isabel ab. »Das ist nicht nötig.«

»Doch, das ist es. Sie müssen jetzt nicht mehr tapfer sein, liebste Isabel. Ich will einfach sichergehen, dass er Ihnen nicht … geschadet hat.« Sein Kopf war so rot, dass Isabel befürchtete, er werde gleich platzen.

»Nein, Berthold, bitte! Ich … Das möchte ich nicht.«

»Vielleicht möchten Sie ja lieber mit meiner Schwester darüber sprechen …?«

Bloß das nicht. Sie schüttelte den Kopf. »Nein. Danke, Berthold.«

»Gut«, sagte er schließlich zögernd. »Ich lasse Sie nur höchst ungern allein, aber die Pflicht ruft. In Finschhafen ist es zurzeit ein wenig chaotisch. Wir hatten hier ein paar ungewöhnlich heftige Fälle von Schwarzwasserfieber. Erst letzte Woche sind zwei Beamte der Neuguinea-Kompagnie verstorben, was zusätzliche Verwaltungsarbeit bedeutet. Und auch um den Verbrecher muss ich mich kümmern.« Er zuckte über seinen eigenen Worten zusammen. »Oh, bitte entschuldigen Sie, Isabel. Am besten ... denken Sie nicht mehr daran. Sie sind jetzt in Sicherheit. Er kann Ihnen nichts mehr tun.«

Sie nickte. »Gehen Sie nur, Berthold. Ich komme schon zurecht.«

Er verabschiedete sich hastig, dann eilte er davon, sichtlich froh, diesem unangenehmen Thema fürs Erste entkommen zu sein.

Ein Räuspern schreckte sie auf, dann schob sich Henriette durch die nur angelehnte Tür. Sie hielt zwei gefüllte Gläser in der Hand.

»Berthold meinte, ich solle noch einmal nach Ihnen sehen.« Sie reichte Isabel ein Glas. »Gin mit Limettensaft und einer ordentlichen Dosis Chinin. Nur so kann man diesem grassierenden Fieber Einhalt gebieten. Trinken Sie.«

Isabel nahm das Getränk dankbar an und nippte daran. Säuerlich, bitter und erfrischend. Auch Henriette trank.

»Wissen Sie, dass vor zwei Tagen ein Gerichtsbeisitzer gestorben ist? Und vorige Woche der Hafenmeister? Nein, wie können Sie das auch wissen, Sie waren ja nicht hier.« Henriette ließ sich ungefragt in den Stuhl sinken, der vor der Frisierkommode stand, und nahm einen neuerlichen tiefen Schluck. Es war offenkundig nicht ihr erstes Glas.

Isabel schwieg. Sie fühlte sich nicht wohl, allein mit Bertholds Schwester. Ständig musste sie daran denken, was zwischen Noah und Henriette war. Wie sie sich liebten.

»Die Ersten siedeln bereits über nach Stephansort«, fuhr Henriette fort. »Ich habe Berthold gebeten, Finschhafen ebenfalls zu verlassen. Ich … ich will nicht in diesem Malarialoch festsitzen. Aber Berthold sagt, er müsse hierbleiben. Er sei schließlich der stellvertretende Stationsleiter«, sie äffte den bedeutungsschweren Tonfall ihres Bruders nach, »da könne er sich nicht vor der Verantwortung drücken. Und jetzt, wo man den … den Verbrecher gefasst hat, muss er auch noch dafür sorgen, dass der Bursche seine gerechte Strafe bekommt.«

»Seine gerechte Strafe?« Isabel ließ ihr Glas sinken, ihr Herz schlug plötzlich schmerzhaft laut. »Halten Sie Noah tatsächlich für einen Mörder?«

Henriette wirkte kurzfristig verwirrt. »Sie etwa nicht?«

»Nein. Und Sie wissen ebenfalls, dass er Herrn Konings nicht umgebracht hat.«

»Wie kommen Sie darauf?« Ein misstrauisches Funkeln war in Henriettes Augen zu sehen, sie richtete sich im Stuhl kerzengerade auf.

In Isabels Magen saß ein Knoten, Übelkeit breitete sich in ihr aus. Womöglich kam es auch vom Chinin. Aber es half ja nichts. Wenn sie Noahs Unschuld beweisen wollte, musste sie es jetzt ansprechen.

Sie schluckte, dann hob sie den Kopf. Es kam ihr vor, als würde sie auf dünnem Eis stehen. »Noah hat es mir erzählt. Er sagt, er sei in der Mordnacht mit … mit Ihnen zusammen gewesen.«

Jetzt war es heraus. Gleich würde Henriette aufstehen und sie beschimpfen. Oder sie aus dem Haus werfen.

Henriettes Wangen überzogen sich mit einem rosigen

Schimmer. Sie kippte den Rest ihres Getränks in einem Zug hinunter.

»Das hat dieser Halunke Ihnen also erzählt?« Ihre Stimme schwankte; sie war eindeutig nicht mehr nüchtern. »Dieser Mischlingsbursche, der offenkundig sein Wort nicht halten kann? Der glaubt, mit seinen blauen Augen jede Frau um den Finger wickeln zu können?«

Jedes ihrer Worte war ein Schlag in Isabels Magengrube. Die beiden hatten also wirklich ein Verhältnis miteinander.

Henriettes schönes Gesicht verzog sich hochmütig. »Hat er Ihnen auch erzählt, dass ich ihn zurückgewiesen habe? Dass ich kein Interesse mehr an ihm hatte?«

Isabel blickte auf. Was sagte Henriette da? Es war aus zwischen den beiden? Für einen Moment überwog die Erleichterung jedes andere Gefühl. Stumm saß sie auf ihrem Bett, mit beiden Händen umfasste sie das Glas, während Henriette sich weiter in Beschimpfungen über Noah erging. Nie hätte Isabel für möglich gehalten, wie viel unterdrückte Wut, wie viel Leidenschaft sich hinter dieser schönen, kalten Fassade verbarg. Ob es wirklich so gewesen war, wie Henriette jetzt behauptete – dass sie ihm den Laufpass gegeben hatte? So, wie sie über ihn herzog, war es wohl eher andersherum gewesen, und sie redete es sich jetzt schön, um nicht als verlassene Geliebte dazustehen.

»Aber ... wieso?«, flüsterte Isabel schließlich. »Wieso Noah? Sie sind doch ...« Eine verheiratete Frau, hatte sie sagen wollen, aber Henriette verstand sie auch so.

»Wieso?« Sie hob ihr Glas erneut, sah, dass es leer war, und ließ es wieder sinken. »Was glauben Sie, was hier los ist, fernab der tugendhaften deutschen Heimat? Die Männer, die hierherkommen, haben fast alle eine einheimische Geliebte, manche sogar mehrere. Auch die verheirateten. Und glauben Sie bloß nicht, dass Berthold davon ausgenommen ist. Das nur als Warnung, falls Sie immer noch gedenken, ihn zu ehelichen. Ja, Sie müssen gar nicht so bestürzt schauen, Isabel, dieses Land bringt das Schlechteste im Menschen hervor. Nehmen Sie meinen geschätzten Herrn Gemahl. Er war kaum ein paar Wochen hier, als er sich auch schon Hals über Kopf in ein Samoa-Mädchen verliebte, mit ihr auf irgendeine Insel zog und mich hier zurückließ. Nur Berthold habe ich es zu verdanken, dass ich nicht in Schimpf und Schande als verlassene Ehefrau nach Deutschland zurückkehren musste.«

Sie stieß einen zornigen Ton aus. »Aber ich bin noch keine alte Frau! Ich habe gewisse ... Bedürfnisse. Und Noah hat mich endlich wieder spüren lassen, wie es ist, begehrt zu werden.«

In diesem Moment fühlte Isabel fast Mitleid für sie – und schöpfte gleichzeitig neue Hoffnung. Wenn Henriette noch immer so viel für Noah empfand, dann würde sie ihn vielleicht wirklich vor der Mordanklage retten können.

»Bitte, Henriette, Sie müssen ihm helfen! Wenn Sie ihn lieben, dann müssen Sie –«

»Ihn *lieben*?« Henriette betonte das Wort, als wäre es etwas Schmutziges. »Noah? Diesen Bruder Leichtfuß? Ja, ich muss zugeben, er ist ein hübscher Bursche, und er war für eine gewisse Zeit ein recht angenehmer Zeitvertreib, aber ... Er ist ein Halbweißer, ein Mischling! Noch dazu einer, der keine Ahnung hat, welcher der weißen Kolonialherren sein Vater war!«

»Nein, nicht sein Vater«, gab Isabel mit plötzlichem Widerspruchsgeist zurück. Dieses Wissen immerhin hatte sie Henriette voraus. Sie stellte ihr Glas auf den Nachttisch. »Es war seine Mutter.«

»Wie bitte?«

Für einen Augenblick genoss Isabel es, Henriette verwirrt zu sehen. »Seine Mutter war Deutsche. Nicht sein Vater.«

Henriette zog die fein geschwungenen Brauen hoch. »Woher wissen Sie das? Hat er es Ihnen erzählt? Und Sie glauben ihm? Isabel, meine Liebe, Sie müssen noch viel lernen.«

Isabel ballte die Fäuste und versuchte, wieder ruhiger zu werden, sich ihren inneren Aufruhr nicht anmerken zu lassen. Es ging hier nicht um sie.

»Henriette, bitte. Wollen Sie, dass er gehängt wird? Für einen Mord, den er nicht begangen hat?«

»Das ist bedauerlich, aber vermutlich nicht zu vermeiden.« Henriette hatte sich wieder vollkommen unter Kontrolle.

»Doch, das ist es! Sie ... Sie müssen einfach nur aussagen, dass er in der Nacht bei Ihnen war.«

»Sie glauben doch wohl nicht, dass ich dermaßen meinen Ruf ruiniere!«

Isabels Herz sank, Kälte machte sich in ihr breit. Unter Henriettes forschendem Blick kam sie sich plötzlich vor wie ein seltenes Insekt.

Dann lachte Henriette schrill auf. »Sagen Sie bloß, Sie haben sich in ihn verguckt? Herrje, das ist ja schlimmer als in diesen billigen Kolportageromanen. Isabel, er ist ein Mischling! Und er hat Sie entführt!« Sie schüttelte tadelnd den Kopf. »Machen Sie sich nichts daraus, Sie werden darüber hinwegkommen. Aber lassen Sie es bloß nicht Berthold wissen!« Sie blickte in den Spiegel der Frisierkommode und strich sich anmutig über das aufgesteckte blonde Haar. »Außerdem war er nicht die ganze Nacht bei mir, sondern nur für ungefähr eine Stunde. Dann habe ich ihn hinausgeworfen. Er hätte den armen Herrn Konings danach also immer noch umbringen können.« Sie erhob sich aus dem Stuhl, stand für einen Augenblick leicht schwankend da und wandte sich dann zur Tür. »Ich gehe davon aus, dass mein Name nicht mit ihm in Verbindung gebracht wird. Falls doch, dann werde ich alles leugnen und behaupten, er habe mir Gewalt angetan. Nachdem er Sie entführt hat, wird mir das jedes Gericht der Welt glauben.«

Isabel starrte sie fassungslos an. Hatte sie das richtig verstanden?

Henriette drehte sich noch einmal um, ein spöttisches Lächeln verzog ihr Gesicht. »Aber wenn Sie so viel für ihn empfinden, dann können Sie ja für ihn aussagen.«

»Gehen Sie«, murmelte Isabel. »Lassen Sie mich allein.«

Sie ließ sich rücklings auf das Bett sinken, das ihr unangenehm weich vorkam, und zog sich das Kopfkissen über das Gesicht.

22.

Isabel lag auf dem Bett und starrte das feine, helle Geflecht des Moskitonetzes über sich an. Aus der Küche hörte sie Kiso, Bertholds eingeborene Hausangestellte, mit Töpfen scheppern. Aus dem Salon, wie Henriette das Speisezimmer nannte, erscholl lautes Männergelächter. Außer Isabel wohnte noch immer Baron de Wolff, der Kompagnon des ermordeten Herrn Konings, bei Berthold und seiner Schwester. Solange der Fall nicht aufgeklärt sei, so Berthold, habe er dem Baron jegliche Unterstützung zugesichert.

Obwohl Baron de Wolff sie mit warmen Worten begrüßt und seiner Erleichterung Ausdruck verliehen hatte, dass sie gesund zurückgekehrt sei und man den Verbrecher endlich gefasst habe, war ihr der Mann nicht wirklich sympathisch. Sein Auftreten war ihr zu laut und zu selbstherrlich, sein Geruch nach Tabakrauch zu intensiv. Zumindest heute Abend. Heute Abend war ihr alles und jeder zuwider. Sie hatte kaum etwas gegessen, sich gleich danach entschuldigt und in ihr Zimmer zurückgezogen.

Vermutlich war sie nach all ihren Erlebnissen überempfindlich, aber es kam ihr vor, als würde Henriette und den Baron mehr verbinden als bloße Freundlichkeit zwischen Gast und Gastgeber. Und wenn schon. Wenn Bertholds Schwester meinte, sich den Nächsten angeln zu müssen, dann ging sie das nichts an.

Wieso hatte Noah ihr nichts davon erzählt, dass es vorbei war zwischen ihm und Henriette? Weil er sich nicht daran erinnerte? Oder weil er es nicht wahrhaben wollte?

Isabel schloss die Augen und versuchte, die Geräusche aus dem Salon auszublenden. Sie sehnte sich zurück in die friedliche Stille von Simbang, zu Bruder Lorenz und den anderen Missionsbrüdern, zu Gesang aus der einfachen Kirche und den lachenden Jabim-Frauen. An den feinsandigen Strand, an den sanfte Wellen rollten. An den schattigen Platz unter Conrads Pfahlhütte, mit Noah an ihrer Seite.

Aber das würde nie wieder so sein.

Henriette würde nicht für ihn aussagen. Sie hatte auch keinen Grund dazu, da er ihrer Behauptung nach in der fraglichen Nacht ja nur eine Stunde bei ihr gewesen war. Folglich würde man ihn wegen des Mordes an Herrn Konings anklagen und verurteilen. Und ihn vermutlich hinrichten. Isabels Herz krampfte sich bei diesem Gedanken schmerzhaft zusammen.

Doch. Eine Möglichkeit gab es noch. Henriette hatte ihr den Schlüssel dazu gegeben: Isabel selbst konnte für Noah aussagen und ihm ein falsches Alibi geben.

Nein. Nein, das konnte sie unmöglich tun. Das widersprach all ihren ethischen und moralischen Überzeugungen. Außerdem machte sie sich damit selbst strafbar.

Aber wenn sie es nicht tat, dann würde man Noah hinrichten.

Sie würde auf die Heilige Bibel schwören müssen. Und dann einen Meineid leisten. Früher einmal, im Mittelalter, wurde dem falsch Schwörenden die Zunge herausgeschnitten oder die Schwurhand abgeschlagen. Das musste sie natürlich nicht mehr befürchten. Wie war heute die Strafe für Meineid?

Aber das war nun wirklich ihre geringste Sorge. Schlimmer

wog, dass sie vollkommen ihren Ruf verlieren würde. War sie bereit, das auf sich zu nehmen? Für einen Mann, der sie wiederholt angelogen hatte, der sie entführt und gefesselt hatte? Der ihr seine Affäre mit Henriette verschwiegen hatte?

Der sich den Donowai entgegengestellt hatte, damit sie fliehen konnte. Der für sie fast gestorben wäre.

In den sie sich hoffnungslos verliebt hatte.

Sie drehte sich auf die Seite und umfing ihr Kissen mit beiden Armen.

Und wenn er Herrn Konings doch ermordet hatte? Im Rausch, ohne zu wissen, was er tat? Dann war er schuldig.

Konnte sie das wirklich verantworten?

*

Isabel nippte an ihrer Zitronenlimonade. Heute Mittag hatte sie erneut Chinin genommen, und jetzt war ihr noch immer leicht übel. Aber dieser Abendveranstaltung durfte sie nicht fernbleiben, denn um ihre glückliche Rückkehr zu feiern, hatte Berthold offenbar alle Personen eingeladen, die in Finschhafen Rang und Namen hatten. Und so lächelte sie pflichtschuldig und ließ die besorgten oder neugierigen Nachfragen der versammelten Gäste über sich ergehen. Ja, sie sei sehr glücklich, wieder hier in Finschhafen, in der Zivilisation zu sein. Nein, ihr sei nichts geschehen. Ja, es gehe ihr gut. Und so weiter und so fort.

Zu Isabels Bedauern zeigte sich keiner der Missionsbrüder aus Simbang. Dafür war Herr Wissmann gekommen, der Generaldirektor der Neuguinea-Kompagnie, ein kurzgewachsener, freundlicher Mann mit Glatze, sowie der redefreudige Hans von Kosse, der sogleich begann, einigen Damen und Herren von seiner Käfersammlung zu erzählen.

Auch die Herren Lauterbach, Pahnke und Sterz waren anwesend. Sie hatten ihr Quartier auf der *Herzogin Elisabeth* aufgeschlagen und wollten morgen wieder in Richtung Norden abreisen. Als Isabel sah, dass Berthold mit einem Glas in der Hand bei ihnen stand, breitete sich ein ungutes Gefühl in ihr aus. Würden sie ihm jetzt von Isabels Lügengeschichten erzählen – dass sie behauptet hatte, Noah sei ihr Bruder, woraufhin die Herren ihr Leben riskiert hatten, um ihn aus den Händen eines eingeborenen Kannibalenstamms zu retten? Offenbar nicht, denn Bertholds Miene blieb unverändert freundlich, und ab und zu nickte er zustimmend.

Er hatte sich nicht lumpen lassen. Auf einer Anrichte im Salon waren verschiedene Speisen aufgetragen worden – Schildkrötensuppe, Langusten mit Petersilienbutter, Buschtaubenbrust auf Reis mit gedünsteten Eierfrüchten, Stangenspargel mit Butter, Salat aus Süßkartoffeln, gebratene Taroknollen und geröstete Bananenscheiben. Dazu gab es Limonade, Tee, Kaffee und Mangosaft. Neben Kiso huschten noch zwei weitere eingeborene Bedienstete umher und sorgten für Nachschub.

Im Salon und auf der Veranda drängten sich die Gäste, Tabakrauch wehte durch die drückend warme Dunkelheit. Die beiden niedrigen Rattantische auf der Veranda waren mit toten Insekten übersät, die sich an den Petroleumlampen verbrannt hatten. Trotz der späten Stunde war es noch immer feuchtwarm, keine noch so leichte Brise war zu spüren. Die Herren hatten vor Schweiß glänzende Gesichter, die wenigen anwesenden Damen fächelten sich unauffällig Luft zu. Auch Isabel schwitzte in ihrem engen Kleid. Neben Henriette, die aussah wie eine Königin und sichtbar die Feier und die Aufmerksamkeiten der Gäste genoss, fühlte sie sich wie Aschenputtel. Das geliehene Korsett drückte und presste ihr die Luft ab, dabei hatte sie es schon so weit offen gelassen wie möglich. Zum wiederholten Mal fragte sie sich, wie Bertholds Schwester diese enge Schnürung aushalten konnte.

Neben Isabels Rückkehr war die große Zahl der erkrankten Europäer in Finschhafen das beherrschende Thema. Sobald der junge Dr. Weinland eintraf, wurde er von besorgten Finschhafener Bürgern umlagert, die ihn mit Fragen bestürmten.

»Es ist eine Form der Malaria, die ich noch nicht kenne«, hörte sie ihn sagen. Obwohl er erschöpft und übernächtigt aussah, strahlte er wohltuende Ruhe aus. »Ich kann mir die Ursache auch nicht erklären. Man sagt ja, es käme von den Dämpfen, die aus den Sümpfen aufsteigen, aber einen dermaßen heftigen Verlauf habe ich noch nie erlebt. Möglicherweise sind infolge abnormer Winde, die das Wasser vom Ufer weg seewärts trieben, Teile des Ufergeländes sehr rasch abgetrocknet. Dann sind Tierkadaver und Pflanzenreste gefault und haben dieses schreckliche Schwarzwasserfieber hervorgerufen.« Er fuhr sich über sein leicht eingefallenes Gesicht. »Auch Pater Lorenz hat es vor einigen Tagen erwischt, als er hier in Finschhafen war. Aber kaum hatte ich ihn in unser kleines Hospital gebracht, bestand er auch schon darauf, nach Simbang zurückzukehren. Mit dem Ochsenwagen haben die beiden anderen Patres ihn dann abgeholt.«

Isabel trat besorgt näher. »Bruder Lorenz ist ebenfalls erkrankt?«

Dr. Weinland lächelte ihr zu. »Ich habe ihn heute Morgen erst besucht, er ist schon wieder auf dem Weg der Besserung. Als ich ihm erzählte, dass Sie wieder wohlbehalten zurückgekehrt sind, war er außer sich vor Freude.«

Isabel nickte erleichtert. Morgen würde sie nach Simbang reisen, mochte Berthold sagen, was er wollte.

Die Gespräche verstummten, als Berthold zwischen die Anwesenden trat, sein Glas hob und allen in vollmundigen Worten für ihr Kommen dankte. »Und vor allem den Herren, die Fräulein Maritz«, er räusperte sich, »meine Verlobte, aus den Händen ihres Entführers gerettet und sicher wieder nach Finschhafen gebracht haben.«

Isabel runzelte die Stirn. Was erzählte Berthold da? Hatte sie bei diesem Thema nicht auch noch ein Wörtchen mitzureden? Sie kam nicht dazu, länger darüber nachzudenken, da ihr nun plötzlich jeder gratulieren wollte. Dabei war ihr eher zum Heulen zumute.

Als sich Berthold kurz darauf entschuldigte und einen Nebenraum aufschloss, um weitere Getränke zu holen, folgte sie ihm.

»Ich bin also Ihre Verlobte?«

Er ließ den Arm sinken, stellte die Flasche Gin ab, nach der er eben gegriffen hatte, und sah sie leicht zerknirscht an. Sein fülliges Gesicht glänzte vor Schweiß. »Entschuldigen Sie bitte, Isabel, ich hoffe, Sie nehmen mir das nicht übel. Aber ... im Überschwang meiner Gefühle – und nach diesen schrecklichen Wochen, die wir beide hinter uns haben –, da ist es doch nur eine Frage der Zeit, bis Sie mich erhören, nicht wahr? Und Sie brauchen doch jetzt einen starken Arm.« Er hob seinen unversehrten rechten Arm und lachte ein wenig unsicher über seinen eigenen Scherz, dann trat er zögernd näher. Seine schiere Masse schien Isabel zu erdrücken. Unwillkürlich wich sie einen Schritt zurück.

»Isabel, falls Sie Bedenken haben wegen dem, was Ihnen zugestoßen ist ... darüber kann ich hinwegsehen.«

Er kratzte sich am Ohr, als sie nicht antwortete, und räusperte sich.

»Zum Glück ist heute Abend auch Doktor Weinland anwesend. Möchten Sie schon einmal voraus in Ihr Zimmer gehen? Dann kann er gleich einmal ... nach Ihnen schauen.«

»Berthold, bitte. Ich hatte doch schon gesagt, dass ich das nicht möchte.«

Er schüttelte den Kopf. »Es tut mir leid, aber ich bestehe darauf. Ich muss einfach sichergehen, dass ... dass dieser Verbrecher Ihnen nicht geschadet hat.«

Sie blickte zu Boden. »Das hat er nicht.«

Bertholds Seufzen konnte man sicher bis nach draußen hören. »Großer Gott, wie sehr erleichtert mich das. Dann sind Sie also doch noch ...« Unberührt, lautete das nicht ausgesprochene Wort.

»Nein, das bin ich nicht«, murmelte sie.

»Nicht?« Bertholds Stimme klang plötzlich etwas piepsig. »Aber Sie sagten doch gerade ...«

Sie hob den Kopf. Bald würde es ohnehin ganz Finschhafen wissen. »Ich bin nicht mehr unberührt. Aber Noah hat ... er hat mich nicht gezwungen.«

»Dann ... Wie ... Ich verstehe nicht.« Berthold sah sie verwirrt an. Mit einem Mal veränderte sich sein Ausdruck, wurde nachgiebig wie einem kleinen Kind gegenüber. »Isabel, Liebste, was hat dieser entsetzliche Mensch Ihnen bloß angetan, dass Sie solche Dinge sagen?«

»Er hat mir überhaupt nichts angetan.« Ihr Herz raste plötzlich, ihre Beine zitterten. Bis jetzt hatte sie nicht gelogen. Aber das würde sich gleich ändern. Sie schluckte. »Und – Berthold – das ist nicht das Einzige, was ich Ihnen sagen muss.«

Konnte sie es wirklich tun? Konnte sie Berthold gegenüber behaupten, Noah sei schon in der Mordnacht bei ihr gewesen, und ihm damit ein falsches Alibi geben?

Von der Veranda erhoben sich Stimmen.

»Ah, der Baron!«

»Herr Baron de Wolff ist da!«

»Herr von Faber, wo stecken Sie?«

Berthold stand noch immer vor ihr, wartete. »Was, Isabel? Was müssen Sie mir sagen?«

Isabels Mund war ganz trocken. Aber jetzt war nicht der richtige Zeitpunkt. »Das ... das hat Zeit. Man wartet auf Sie.«

Als sie hinter Berthold aus dem Vorratsraum ging, spürte sie, wie sie zitterte.

Baron de Wolff wurde bereits von etlichen Gästen auf der Veranda umringt. Wie ein König, der Hof hielt, kam es Isabel in den Sinn. Mit seinen hochgezwirbelten Schnurrbartspitzen, dem Degen an seiner Seite und seinem stattlichen Äußeren hatte er ja auch tatsächlich Ähnlichkeit mit dem Kaiser.

Der Baron ließ sich von Berthold jedem der Anwesenden vorstellen, erst auf der Veranda, dann im Salon, begrüßte die wenigen Damen mit einem galanten Handkuss und schüttelte den Herren die Hand. Auch Herr Lauterbach und Kapitän Pahnke wurden ihm vorgestellt, und zu jedem von ihnen sagte der Baron ein paar freundliche Worte.

Als die Reihe an Herrn Sterz, den Steuermann der *Herzogin Elisabeth*, kam, verharrte der Baron kurz. Isabel konnte sehen, wie seine sonst so gesunde Gesichtsfarbe einen fahlen Ton annahm. Dann hatte er sich wieder im Griff und reichte dem Steuermann die Hand. »Sehr erfreut, Herr Sterz.«

Sterz schüttelte seine Hand und sah den Baron genau an. »Gründler?«, fragte er schließlich. »Wilhelm Gründler? Wo kommst du denn her? Bist du in Stellung an Bord der *Stettin*? Ich habe unseren schönen Reichspostdampfer gar nicht im Hafen liegen sehen.«

»Sie irren, werter Herr«, erwiderte der Baron lächelnd.

»Mein Name ist de Wolff. Baron Ferdinand de Wolff. Ich wüsste nicht, dass wir uns kennen.«

»Aber natürlich tun wir das! Wilhelm, ich bin's, Gustav Sterz! Wir fuhren zusammen auf der *Hyäne*. Du als Steward, ich als Maschinist.«

»Ich weiß nicht, wovon Sie reden.« Der Baron wirkte äußerlich gelassen, aber Isabel sah ein paar feine Schweißtropfen auf seiner Stirn. Ein paar weitere Gäste waren hinzugekommen und verfolgten das Gespräch interessiert.

»Wieso verleugnest du mich?«, fragte Sterz. »Wir waren doch lange zusammen an Bord der *Hyäne*. Und, mein lieber Gründler, du hast mir oft genug mein schönes Geld beim Kartenspielen abgenommen. Ach ja, du schuldest mir übrigens noch einige Mark. Und seitdem du von Bord gegangen bist, vermisse ich auch meine Kette mit dem silbernen Anhänger.«

»Entschuldigen Sie, Herr Sterz«, mischte sich nun Berthold ein. »Aber Sie können nicht einfach solche Behauptungen aufstellen. Das ist Baron de Wolff, ein Plantagenbesitzer aus Stephansort!«

»Baron de Wolff – dass ich nicht lache!« Sterz geriet zunehmend in Rage. »Nein, dieser Mann ist nichts weiter als ein Hochstapler! Als ich ihn vor ein paar Jahren kennenlernte, war er Steward auf der *Hyäne*. Ich bin willens zu beschwören, dass es sich bei diesem Mann um Wilhelm Gründler handelt.«

Es war totenstill geworden. Nur das Ticken der Wanduhr und das ferne Rauschen des Meeres waren zu hören.

»Ich kann es beweisen«, fuhr Sterz fort. »Sehen Sie sich seine Füße an! Er hat auf dem linken Knöchel ein Schwein und auf dem rechten ein Huhn tätowiert! Eine alte Seemannstradition, die vor dem Ertrinken schützen soll.«

»Baron de Wolff.« Berthold war es sichtlich unangenehm,

seinen Gast derart attackiert zu sehen. Aber als stellvertretender Stationsleiter musste er ihm diese Frage stellen. »Was sagen Sie zu diesen Vorwürfen?«

De Wolff lachte verächtlich auf. »Glauben Sie diesem Mann kein Wort! Ich bin Baron Ferdinand de Wolff.«

Der Polizeimeister von Finschhafen, Wilhelm Piering, trat an seine Seite. »Nun, das können wir leicht feststellen. Baron, wenn Sie erlauben, würden Sie uns Ihre Knöchel zeigen?«

»Ich denke ja nicht daran!« Plötzlich war der Degen in de Wolffs Hand. »Zurück! Zurück mit Ihnen allen!« Er fuchtelte mit der Waffe herum, richtete sie ziellos erst auf den einen, dann auf den anderen von Bertholds Gästen.

Ein paar leise Schreckenslaute ertönten, die versammelten Gäste wichen zurück. De Wolff bemerkte nicht, dass sich ihm Sterz und Piering in einem weiten Kreis von hinten näherten. Als sie sich auf ihn stürzten, versuchte er, sich zur Wehr zu setzen und mit dem Degen zuzustoßen, fegte dabei aber nur eine hohe Porzellanvase von der Anrichte, die in tausend Stücke zersprang. Ein vielstimmiger, entsetzter Aufschrei erscholl. Im nächsten Moment hatten die Männer ihn zu Boden gerungen. Polizeimeister Piering nahm ihm die Waffe ab.

»Schauen wir uns seine Knöchel an!«, bestimmte er.

Drei Männer hielten de Wolff trotz seines Strampelns fest, während Sterz ihm das rechte Hosenbein bis zum Knie hochschob, den Strumpfhalter öffnete, den Strumpf hinunterstreifte und eine behaarte Wade entblößte. Wie Sterz gesagt hatte, war auf dem Knöchel die grob ausgeführte Tätowierung eines Huhns zu sehen.

Henriette stieß einen leisen Schrei aus und schlug die Hände vor das Gesicht.

»Wie, sagten Sie, heißt der Mann?«, wandte sich Piering, den Degen noch in der Hand, schwer atmend an Sterz.

»Gründler. Wilhelm Gründler aus Österreich.«

Polizeimeister Piering richtete sich auf. »Herr Gründler«, sagte er, »Sie sind festgenommen.«

*

»Uitgescheten kouwe drol!« Du ausgekackter kalter Misthaufen!

Erst als es über Noahs Lippen kam, merkte er, dass es Holländisch war, was er da vor sich hin murmelte. Auch wenn sein verhasster Stiefvater schon lange tot war und nie etwas davon hören würde: Es tat gut, Maarten zu beschimpfen, seiner Wut und seiner Trauer auf diese Weise Ausdruck zu verleihen. Außerdem lenkte es ihn von seiner derzeitigen Lage ab.

Diese kleine Zelle, in der man ihn jetzt schon seit zwei Tagen festhielt, war zwar auch kaum schlimmer als die enge Kabine an Bord der *Herzogin Elisabeth*. Aber inzwischen war er wieder gesund. Er war es gewohnt, durch die Wälder zu streifen und zu kommen und zu gehen, wann er wollte, und nicht, in einer Gefängniszelle auf seine Verhandlung zu warten.

Er ballte die Fäuste und ließ sie wieder locker. Einmal damit angefangen, erinnerte er sich an immer mehr holländische Schimpfworte.

»Je kop is net een blote kont!« Dein Kopf sieht aus wie ein nackter Hintern!

»Rotzak!« Drecksack!

»Smerige nageboorte!« Dreckige Nachgeburt!

»Lelijke sjembek!« Hässliche Pferdefresse!

»Klootzak!« Scheißkerl!

Seine wütenden Beschimpfungen vermischten sich mit Bildern aus einer lange vergangenen Zeit. Bilder aus seiner

Kindheit, von seiner Mutter, von den seltenen Momenten ungetrübten Glücks. Es war seltsam – fremd und doch beglückend –, sich endlich an sie erinnern zu können. Und gleichzeitig unglaublich traurig. Er hatte seine Mutter wiedergefunden – und im selben Moment verloren. Immer wieder sah er vor sich, wie Maarten ihren Kopf an den großen Baumstamm schlug, wie das Blut über ihr Gesicht lief und sie leblos wie eine Puppe zu Boden sank.

Wie jedes Mal, wenn er an seine Mutter und ihren grauenhaften Tod dachte, ballte sich etwas in seinem Brustkorb zusammen, und er war wieder der kleine zehnjährige Junge von damals. Er wollte weinen und konnte es nicht. Bei den Towei, dem Stamm seines leiblichen Vaters, erinnerte er sich wieder, war es Brauch, dass man sich mit weißer Farbe einrieb und weinend und tanzend der Trauer hingab, um den Geist des Toten zu ehren.

Noch etwas machte ihm zu schaffen: Das Grab war zwar ausgehoben worden, aber niemand hatte seine Mutter beerdigt. Vermutlich hatten sich Tiere über ihre Gebeine hergemacht und sie überall verstreut. Ob ihre Seele jetzt trotzdem ihren Frieden gefunden hatte? Wie gern hätte er mit Paul Lorenz darüber gesprochen. Aber der Missionsbruder hatte sich bislang noch nicht bei ihm blicken lassen. Wusste er denn nicht, dass Noah hier war? Paul hatte immer zu ihm gehalten, egal, was er angestellt hatte. Bis zu dem Mord an Konings. Wahrscheinlich hatte auch er sich längst von seinem Schützling abgewandt.

Die schwere Zellentür schien Noah höhnisch anzugrinsen, und die erzwungene Untätigkeit machte ihn fast rasend. In Finschhafen gab es zwei Gefängnisse; eines für die Europäer, eines für die Einheimischen. Ihn hatte man in das für Einheimische gebracht. Immerhin behandelte man ihn ordentlich. Zum Schlafen dienten ihm eine hölzerne Pritsche mit Moskitonetz und eine wollene Decke sowie ein Kopfkissen. Außerdem waren eine gefüllte Wasserflasche und ein Nachteimer vorhanden. In einem Nebenraum hatte er sich heute Morgen unter Aufsicht waschen dürfen, dann hatte man ihm neue, westliche Kleidung zur Verfügung gestellt. Später hatte es Tee und einen Kanten altbackenes Brot gegeben und am Mittag einen Teller Gemüse mit etwas Fleisch und Brot.

Auf der Gefängnisordnung, die auf einem eingerissenen, durch die Feuchtigkeit gewellten Blatt in der Zelle hing, konnte er lesen, wie er sich zu benehmen hatte. Lautes Sprechen war ihm verboten, aber das kümmerte ihn nicht. Schlimmer als jetzt konnte es ohnehin kaum kommen. Ebenso verboten waren Pfeifen, Singen, Lärmen oder Rauchen. Zuwiderhandlungen würden durch Entziehung der Schlafdecke oder Einschränkung der Verpflegung bestraft. Alles hatte hier seine gründliche deutsche Ordnung.

Und mit genau derselben deutschen Gründlichkeit würde man ihn demnächst vermutlich verurteilen und dann aufhängen oder erschießen. Das war auch nur unwesentlich besser, als in der Gargrube der Donowai zu enden.

Seine ganze Hoffnung ruhte jetzt auf zwei Frauen. Würde Isabel mit Henriette reden? Und würde diese für ihn aussagen? Aber nach Isabels Reaktion auf seine Affäre mit Henriette konnte er das vermutlich vergessen.

Henriette, die er Jetty nannte. Henriette klang so streng und passte nicht zu der ungestümen Leidenschaft, die sie entwickeln konnte, sobald sie alleine gewesen waren.

Daran konnte er sich erinnern. Und an so viele andere Dinge inzwischen auch. Wieso nur wusste er dann kaum mehr etwas von der Nacht, in der Konings umgebracht worden war?

Er schloss die Augen und versuchte, jene Stunden wiederaufleben zu lassen.

Er wusste noch, dass er Konings beschimpft hatte, sich eine Flasche Rum geschnappt und sich an den Strand außerhalb der Sichtweite der Tischgesellschaft zurückgezogen hatte, um sich zu betrinken. Kurz danach war Jetty bei ihm erschienen. Sie wolle noch einmal mit ihm reden, hatte sie gesagt, und ihn mit ins Haus der Brüder genommen, wo sie ihr Nachtquartier bezogen hatte. Dort hatte sie ihn genötigt, sich auf das Bett zu setzen, und ihn angefleht, sie nicht zu verlassen.

Sie nicht zu verlassen? Ja, jetzt erinnerte er sich wieder! Er hatte schon Tage vorher mit Jetty geredet und ihr erklärt, dass es aus sei zwischen ihnen. Sie hatte das allerdings nicht einsehen wollen.

Ihre Stimme nimmt einen weinerlichen Ton an. »Bitte, Noah, ich brauche dich!«

Sie kniet sich hinter ihn auf das Bett. Beginnt, an seinem Ohrläppchen zu knabbern, taucht dann ihre Zunge in sein Ohr.

Er zuckt zurück. »Hör auf!«

Sie schlingt ihre Arme um ihn. »So einfach lasse ich dich nicht gehen«, flüstert sie und schmiegt sich von hinten an ihn. Ihre Hand gleitet zwischen seine Beine. »Überleg es dir noch einmal.«

Der beginnende Rausch und Jettys Verführungskünste hatten ihn ein letztes Mal schwach werden lassen. Dabei wollte er sich doch nicht mehr von ihr gängeln lassen und ein für alle Mal die Sache beenden.

O ja, es hatte Spaß gemacht. Anfangs. Wenn Jettys sonst so kühle Fassade der Lust gewichen war. Wenn diese wunderschöne Frau die Beine um seine Hüften schlang und sich an ihn klammerte, während das schmale Bett aus Bambusrohr unter ihnen wackelte. Wenn sie ihm immer wieder ins Ohr flüsterte, was für ein wundervoller Liebhaber er sei.

Stets trafen sie sich in einer Pfahlhütte zwischen Finschhafen und Simbang, die zu einem verlassenen Eingeborenendorf gehört hatte. Nie bei ihr zu Hause, wo nicht nur Berthold, sondern auch die Hausangestellten etwas davon mitbekommen konnten. Noah hatte sich schon manches Mal gefragt, wieso Jetty überhaupt dieses Risiko auf sich nahm. Aber spätestens, wenn sie stöhnend vor Wollust unter ihm lag, reichte ihm das als Erklärung.

Doch bald schon hatte er sich immer mehr erdrückt gefühlt von ihrem Besitzanspruch und ihrer Kontrolle. Und als dann Isabel in Simbang aufgetaucht war, war ihm endgültig klargeworden, dass Jetty nicht das war, was er wollte.

Dennoch. Diese letzte Nacht mit ihr könnte ihm jetzt das Leben retten.

Ein kalter Schauer rann über seinen Rücken, als ihm etwas einfiel: Er war nicht die ganze Nacht bei ihr gewesen!

Nachdem er mit ihr geschlafen hatte, hatte er sich noch schlechter gefühlt. Jettys kurzer Triumph hatte sich in Zorn verwandelt, als er ihr vor lauter Ärger über sich selbst Dinge an den Kopf geworfen hatte, an die er sich lieber nicht so genau erinnern wollte. Kein Wunder, dass sie ihn hinausgeworfen hatte.

Danach war er zu seiner angebrochenen Flasche Rum zurückgekehrt. Und dann – nichts mehr.

Hatte er Konings doch umgebracht?

Er wusste es nicht. Er würde es vermutlich nie wissen.

Rötlich fiel das Licht des Sonnenuntergangs durch das vergitterte Fenster in seiner Zelle. Die Gitter bildeten ein Kreuz. Fast wie das Kreuz, das in der kleinen Missionskirche von Simbang hing. Er hatte nie viel vom Beten gehalten – der Gott seiner Mutter und der Missionare war ihm fremd geblieben und hatte ihm noch nie geholfen. Aber es konnte ja nicht schaden, es noch einmal zu versuchen.

23.

Dr. Weinland hatte seinen leichten Einspänner kaum zum Halten gebracht, als Isabel auch schon hinaussprang. Sie musste die Tränen zurückhalten, als Bruder Lorenz sich von einem Stuhl im Schatten unter seiner Pfahlhütte erhob und ihr langsam entgegenkam. Die hagere Gestalt in dem hellen, abgetragenen Tropenanzug schien noch knochiger geworden zu sein und sein langer Bart noch struppiger.

»Schwester Maritz!«, sagte er ein ums andere Mal, während er ihre Hand mit beiden Händen schüttelte und sie aus feuchten Augen anschaute, »gepriesen sei der Herr, dass Sie gesund zurückgekehrt sind.«

»CoRRRad! Isa, Isa!« Ein lautes Kreischen ertönte, dann sah sie auch schon den weißen Kakadu mit wilden Flügelschlägen heranflattern und elegant auf einem Palmwedel neben der Missionarshütte landen.

»Koki!« Sie lachte auf. »Wie hast du mir gefehlt!«

Der Vogel schlug aufgeregt zeternd mit den Flügeln, stolzierte kopfnickend den Wedel entlang und erhob sich dann wieder in die Luft. Auf sein Geschrei hin kamen einige der Jabim näher, und bald war Isabel umringt von den dunkelhäutigen, kraushaarigen Menschen. Wie hatte sie das alles vermisst – die einfachen Pfahlhütten der Mission, die Meeresbrise und die freundlichen Menschen von Simbang.

»Wenn Sie es wirklich wünschen«, hatte Berthold zweifelnd gesagt, als Isabel ihm heute Morgen mitgeteilt hatte, mit Dr. Weinland zur Missionsstation zu fahren. »Vielleicht ist es ja tatsächlich besser so. Hier in Finschhafen holen Sie sich sonst womöglich auch noch dieses schreckliche Fieber.«

Henriette war gar nicht erst zum Frühstück erschienen – sie fühle sich nicht gut, hatte sie ausrichten lassen. Vermutlich war sie noch immer entsetzt über ihre Liaison mit dem falschen Baron. Auch Berthold war es sichtlich peinlich, diesem Hochstapler vertraut und so lange Obdach gewährt zu haben. Aber angesichts der vielen Fälle von Schwarzwasserfieber war das alles zur Nebensache geworden. Allein auf den an Finschhafen angrenzenden Plantagen seien Dutzende chinesischer Arbeiter an dieser schweren Form der Malaria gestorben, hatte Isabel gehört.

»Ich weiß nicht, was ich noch dagegen unternehmen soll«, gestand Dr. Weinland auf Bruder Lorenz' besorgte Nachfrage. »Mehr, als den Leuten zu hohen Chinindosen und genug Flüssigkeit zu raten, bleibt mir nicht. Und unser kleines Europäer-Hospital ist mit acht Patienten voll belegt; wenn noch mehr Menschen erkranken, weiß ich nicht, wo ich sie noch unterbringen soll. Und viele Kranke überleben nicht. In Finschhafen sind schon fünf Deutsche gestorben.«

Bei diesen Worten krampfte sich etwas in Isabel zusammen. Ob Noah womöglich auch …

»Nur die Einheimischen scheinen so gut wie nicht davon betroffen«, fuhr der junge Arzt fort, als hätte er ihre Gedanken gelesen. Noah hatte einmal Ähnliches behauptet, erinnerte sie sich. »Im Gegensatz zu den Europäern oder den chinesischen Kulis erkranken sie nur sehr selten an Malaria, und wenn, dann in weitaus schwächerer Form. Sobald wieder ruhigere Zeiten eingekehrt sind, werde ich ein paar vergleichende Untersuchungen anstellen. Mich würde interessieren, ob es sich dabei um eine angeborene oder eine erworbene Immunität handelt. Möglicherweise kann man daraus ein Heilmittel ableiten und diese schreckliche Krankheit bekämpfen.«

Er sprach noch weiter von seinen Plänen, dann zogen sich die beiden Männer in die Missionshütte zurück, da Dr. Weinland Bruder Lorenz noch einmal gründlich untersuchen wollte. Auch die Jabim zerstreuten sich allmählich.

Isabel zog es an den Strand. Lange stand sie dort, den Blick aufs Meer gerichtet, auf die ferne Weite, den dunstigen Horizont. Was sich derzeit in Finschhafen abspielte, schien weit weg zu liegen. Die Wirklichkeit war hier, hier in Simbang, wo sich die Wellen am Strand brachen, die Seevögel schrien und die Palmen rauschten.

Und dennoch: Das Gefühl, auf das sie so lange gewartet hatte, wollte sich nicht einstellen. Das Gefühl von Heimat und Verbundenheit.

Etwas fehlte. Jemand.

Wie von selbst lenkte sie ihre Schritte den Strand entlang und dann zu Noahs Pfahlhütte, die hinter Gebüsch und Palmen fast verborgen war. Hierher, auf den erdigen Platz davor, hatte er sie damals getragen, als sie in den Seeigel getreten war, hatte ihren Fuß über ein Feuer gehalten, um das vermutete Gift abzuschwächen, und danach hingebungsvoll massiert.

Kurz zögerte sie, dann kletterte sie die aus Bambus zusammengebundene Leiter hinauf. Auf der schmalen Veranda standen noch immer die geschnitzten Menschen- und Krokodil-Figuren in verschiedenen Größen, an die sie sich von damals erinnerte.

Sie war noch nie in Noahs Hütte gewesen, und es erschien ihr wie ein Sakrileg, jetzt hier einzudringen. Aber sie konnte nicht anders. Sie drückte die Tür auf. Die Hütte bestand aus einem einzigen Raum, in dem sich eine schmale Bambuspritsche mit Moskitonetz, etwas Kochgeschirr und eine einfache Holztruhe befanden, auf der weitere kleine, geschnitzte Figuren sowie mehrere bemalte hölzerne Schüsseln von der Insel Tami standen. An der Wand hing ein großer Bogen. Feiner sandiger Staub lag über allen Dingen. Die geflochtenen Bastmatten, die den Boden bedeckten, waren an einer Stelle dunkel verfärbt. Isabel trat näher. Es sah aus wie Blut. Getrocknetes Blut, das in die Matten gesickert war. Hatte Noah sich irgendwann einmal verletzt? Oder – ein Schauer überlief sie – war das das Blut von Herrn Konings? War der Holländer womöglich hier erschlagen worden?

Sie versuchte, diesen fürchterlichen Tag zu rekapitulieren. Die beiden Besucher hatten hier in Noahs Hütte geschlafen – einer auf der Pritsche, der andere vermutlich in einer Hängematte, denn sie sah an zwei Balken Haken, die wohl dafür vorgesehen waren. Nachdem Konings' Leiche gefunden worden war, hatte Baron de Wolff – nein, Herr Gründler, berichtigte sie sich – hatte Gründler behauptet, Herr Konings sei in der Nacht aufgestanden, vermutlich, um sich zu erleichtern. Kurz darauf habe Gründler Noah gesehen, der in die Hütte geschlichen sei, sein Gewehr genommen habe und wieder verschwunden sei. Und dann angeblich Herrn Konings damit erschlagen habe.

Aber das konnte nicht stimmen. Wenn Konings irgendwo draußen umgebracht worden war – was machten die Blutflecken dann hier in Noahs Hütte? War der falsche Baron womöglich nicht nur ein Hochstapler, sondern auch ein Mörder?

Vielleicht war Konings ja hinter Gründlers Geheimnis gekommen, oder er stand dem falschen Baron bei irgendetwas im Weg. Dann hatte sich an diesem Abend durch Noahs feindseliges Verhalten Konings gegenüber für ihn eine denkbar günstige Gelegenheit ergeben.

Konnte Gründler seinen Kompagnon getötet, den Toten hinausgetragen und bis zum Strand geschleift haben? Und das Ganze dann Noah angelastet haben?

Es war Gründler gewesen, der am lautesten Noahs Schuld herausgerufen und ihn als Mörder und Kannibalen bezeichnet hatte. Jemand, der skrupellos genug war, einen Mord zu begehen, hatte sicher wenig Bedenken, einen anderen dieses Verbrechens zu beschuldigen.

Konnte es wirklich so gewesen sein? Das waren immerhin schwere Anschuldigungen. Andererseits würde es vieles erklären – und Noah entlasten.

Sie musste unbedingt mit jemandem reden, aber wem konnte sie sich anvertrauen? Am besten wohl Bruder Lorenz.

Aufgeregt kletterte sie die Bambusleiter wieder hinunter und stieß fast mit dem hageren Missionsbruder zusammen.

»Sabiam hat mir gesagt, wo ich Sie finden kann«, erklärte er. »Ich konnte nicht glauben, was mir Doktor Weinland soeben erzählt hat: Baron de Wolff ein Betrüger! Ich hatte zwar von Anfang an ein ungutes Gefühl bei dem Mann, doch so etwas hätte ich nicht für möglich gehalten! Aber jetzt erscheint mir so einiges in neuem Licht.«

»Ja!«, stieß sie hervor und berichtete ihm aufgewühlt von dem getrockneten Blut auf den Bastmatten. Allerdings schien Bruder Lorenz darüber nicht sonderlich überrascht.

»Das ist mir auch schon aufgefallen«, sagte er. »Und ich habe diese Beobachtung kurz nach Ihrer ... nach dieser ganzen Sache auch den zuständigen Stellen in Finschhafen mitgeteilt. Aber niemand hat sich dafür interessiert. Alle hielten Noah für den Mörder, der seine Schuld spätestens durch Ihre Entführung und seine Flucht eingestanden hatte.«

»Aber Sie glauben nicht, dass er ... dass er es getan hat?«

Bruder Lorenz schüttelte den Kopf. »Nein«, gab er zurück. »Das kann ich einfach nicht glauben.«

»Ich auch nicht«, murmelte Isabel. »Ich auch nicht.«

Plötzlich, ohne Vorwarnung, schossen ihr Tränen in die Augen. Sie presste die Hand auf den Mund und begann zu schluchzen.

»Ach je, liebe Schwester Maritz, Sie sollten sich jetzt nicht auch noch damit belasten. Sie haben genug durchgemacht. Kommen Sie erst einmal wieder zur Ruhe.«

Bruder Lorenz legte seinen knochigen Arm um sie, und sie lehnte sich an ihn, froh über seine tröstliche Gegenwart.

Er tätschelte sie ungelenk. »›Die Liebe erträgt alles, sie glaubt alles, sie hofft alles und hält allem stand‹«, zitierte er leise aus dem ersten Brief an die Korinther.

Sie hörte auf zu weinen und sah ihn ertappt an, Blut schoss ihr ins Gesicht. »Wie kommen ... Ich habe doch gar nicht ...«, stammelte sie.

»Das müssen Sie auch nicht.« Er lächelte hinter seinem zerrupften Bart. »Möchten Sie mir erzählen, was Sie erlebt haben?«

Sie nickte, und ein kleines Lächeln stahl sich in ihre Mundwinkel. »Ja, Bruder Lorenz, das würde ich sehr gerne.«

*

Die Freude über Isabels Rückkehr war groß. Es war fast, als wäre sie nie fort gewesen, so schnell gewöhnte sie sich wieder an das Leben in Simbang. An die täglichen Messen, bei denen Isabel auf dem Harmonium spielte, an die vielen kleinen, aber notwendigen Arbeiten und an die mit Händen und Füßen geführten Unterhaltungen mit den Jabim-Frauen, allen voran Yerema. Doch wie ein schwarzer Schatten hing der Schrecken des Schwarzwasserfiebers über dem nahe gelegenen Finschhafen. Da Bruder Schwarz auf Tami weilte und Bruder Lorenz sich nach seiner Genesung weiterhin schonen musste, war es Bruder Laumer, der täglich mit dem Ochsenwagen nach Finschhafen fuhr, um dort Kranke zu besuchen und den Toten das letzte Geleit zu geben. Isabel half derweil Bruder Lorenz bei der Vorbereitung der heiligen Messe und beim Unterricht für die Knaben.

Die Lage in Finschhafen wurde immer dramatischer. Inzwischen waren schon acht deutsche Einwohner dem Fieber erlegen, weitere waren erkrankt.

»Das öffentliche Leben steht geradezu still«, erzählte Bruder Laumer beim Abendessen. Der sonst so vergnügt wirkende Mann war gedrückter Stimmung. »Der Betreiber der Speiseanstalt hat die Stadt bereits verlassen, und jetzt ist auch noch der Richter erkrankt. Unser guter Doktor Weinland arbeitet Tag und Nacht, aber auch er kann dieser Epidemie keinen Einhalt gebieten.« Er starrte ins Leere. »Heute erst musste ich Herrn Wissmann beerdigen.«

»Den Generaldirektor der Neuguinea-Kompagnie?« Isabel blieb der Bissen Süßkartoffel fast im Halse stecken. Noch vor wenigen Tagen hatte sie sich mit dem kleinen, kahlköpfigen Mann unterhalten.

Bruder Laumer nickte bedrückt. »Seine Gattin konnte nicht daran teilnehmen, weil sie selbst schwer erkrankt ist. Und als ich gerade den Segen sprechen wollte, ist Herr Ritzer, ein Berliner Kaufmann, fiebernd neben dem offenen Grab zusammengebrochen. – Aber keine Sorge, Schwester Maritz«, wandte er sich an sie, »Herrn von Faber geht es gut. Es war sehr verantwortungsvoll von Ihrem Verlobten, Sie nach Simbang bringen zu lassen. Hier tritt dieses schlimme Fieber viel seltener auf.«

Isabel wechselte einen schnellen Blick mit Bruder Lorenz.

Nur mit ihm hatte sie über alles gesprochen. »Das ... ist ein Irrtum«, presste sie schließlich heraus. »Ich bin nicht verlobt.«

»Nicht?« Bruder Laumer hob erstaunt die Brauen und griff nach einem weiteren Stück Fisch. »Nun, dann muss ich etwas falsch verstanden haben. Wie auch immer, inzwischen überlegt man allen Ernstes, Finschhafen zu evakuieren und den Regierungssitz nach Stephansort zu verlegen.«

Er erzählte noch weiter, aber Isabel hörte kaum mehr zu. Offenbar war noch nicht einmal Anklage erhoben worden – weder gegen den falschen Baron noch gegen Noah. Es war einfach niemand mehr da, der dafür zuständig war.

Ein wenig beruhigte sie das. Solange es keine Verhandlung gab, konnte man Noah auch nicht verurteilen.

*

An einem der nächsten Vormittage erschien Dr. Weinland erneut in Simbang und bat um eine Unterredung mit Bruder Lorenz und Isabel.

»Sie wollen uns wirklich verlassen?« Bruder Lorenz strich sich über seinen langen Bart. Zu dritt saßen sie im von einer leichten Seebrise umwehten Missionshaus. Die Kostschüler vergnügten sich am Strand oder lungerten im Schatten unter den Pfahlhütten herum.

Der junge Arzt nickte traurig. »Ich will nicht, ich muss. Sosehr ich es auch bedaure, Pater, aber die vielen Krankheitsfälle machen es leider nötig. Finschhafen wird geräumt. Heute fährt der letzte Dampfer nach Stephansort.«

»Ja ...« Bruder Lorenz war sichtlich betroffen. »Wir hatten so etwas schon befürchtet, aber dass es jetzt doch so schnell geht ... Nun, es wird sicher das Beste sein, bevor noch mehr Menschen erkranken.«

»Sie sagen es«, gab Dr. Weinland zurück. »Ich bin hier, um mich von Ihnen zu verabschieden und um«, er kramte umständlich in seiner Arzttasche, »um Fräulein Maritz diesen Brief von Herrn von Faber zu überreichen.«

Erstaunt nahm Isabel den Umschlag in Empfang und öffnete ihn.

Liebste Isabel,

die Liebe und die Sorge um Sie drängen mich mit aller Macht, Sie endlich an meiner Seite zu wissen. Bitte verzeihen Sie mir meinen knappen Stil, aber die Epidemie zwingt uns zum Handeln. Reichskommissar Rose hat beschlossen, Finschhafen aufzugeben, der Regierungssitz wird nach Stephansort verlegt, die Bevölkerung evakuiert. In diesen Minuten, da ich diesen Brief in aller Hast schreibe, wird bereits der Großteil meiner Habseligkeiten zusammengepackt. Noch heute Mittag brechen wir auf. Ich möchte Sie daher bitten, ebenfalls zu packen und sich bereitzuhalten: Die *Herzogin Elisabeth* von Kapitän Pahnke, die uns nach Stephansort bringt, wird einen Umweg über Simbang machen und Sie abholen. Liebste Isabel, ich bin in wenigen Stunden bei Ihnen, um Sie mitzunehmen in unsere gemeinsame Zukunft.

In Liebe und vorfreudiger Erwartung

Ihr ergebenster Diener Berthold von Faber

Isabel ließ den Brief sinken. Die Buchstaben tanzten vor ihren Augen, ihr war schwindelig. Berthold wollte sie mitnehmen nach Stephansort? Weg von Simbang? Sicher, er war besorgt um sie, aber dass er sie derart bedrängte und schon wieder über sie bestimmte, ohne sie auch nur zu fragen, ob es ihr recht sei, stieß ihr bitter auf.

»Ist Ihnen nicht gut, Schwester Maritz?«, fragte Bruder Lorenz besorgt.

»Doch«, murmelte sie. »Aber ... Berthold ... Herr von Faber will, dass ich mitkomme nach Stephansort.«

»Ein vernünftiger Vorschlag«, sagte Dr. Weinland. »Ich würde Ihnen sehr ans Herz legen, Fräulein Maritz, darauf einzugehen. Und auch Sie und Ihre Mitbrüder, Pater Lorenz, möchte ich dringend bitten, sich uns anzuschließen und mit uns nach Stephansort überzusiedeln. Denn bedenken Sie: Sobald Finschhafen verlassen ist, wird Ihre Missionsstation vollkommen auf sich allein gestellt sein, ohne Arzt oder sonstigen Schutz. Sie werden nicht einmal eine Schiffs- oder Postverbindung haben.«

Bruder Lorenz nickte bedächtig.

»Das ist uns bewusst«, sagte er schließlich. »Und wir haben bereits darüber beraten. Aber wir vertrauen auf den Schutz und den Beistand Gottes. Wir haben so viel Vorarbeit geleistet. Jetzt geht es darum, die Saat aufgehen zu sehen, die wir gepflanzt haben. Nein, Doktor Weinland, wir werden hierbleiben.«

Der junge Arzt schüttelte bedauernd den Kopf. »Dann wünsche ich Ihnen alles Glück dieser Welt. Und nun muss ich schnellstens zurück. Das Hospital muss schließlich noch geräumt werden.« Er schloss seine Tasche und erhob sich, dann hielt er inne. »Ach, das wird Sie sicher noch interessieren: Gründler hat es auch erwischt – der Mann, der sich als Baron de Wolff ausgegeben hat.«

In Isabel schien alles zu gefrieren. Würden sie jetzt nie erfahren, was in jener Nacht geschehen war? »Ist er tot?«, brachte sie kaum hörbar über die Lippen.

Dr. Weinland bejahte. »Er ist gestern gestorben. Aber in seinen letzten klaren Momenten war es ihm offenbar ein Bedürfnis, seine Seele zu erleichtern. Er hat zugegeben, seinen Kompagnon umgebracht zu haben.«

»Der Herr sei gepriesen!«, stieß Bruder Lorenz aus.

»O Gott …« Sie konnte nur noch flüstern. Das hieß … Noah hatte den Mord tatsächlich nicht begangen! Er war unschuldig!

»Aber was … wieso hat Gründler es getan?« Bruder Lorenz wirkte verwirrt.

»Um zu verhindern, dass sein Betrug aufflog, wenn ich es richtig verstanden habe«, sagte Dr. Weinland. »Er hatte wohl so einiges auf dem Kerbholz. Unter anderem wurde er wegen Scheckbetrugs, Urkundenfälschung und Raub gesucht.«

Isabel war schwindelig vor Erleichterung. »Was ist mit Noah? Wie … wie geht es ihm? Was passiert jetzt mit ihm? Wird er freigelassen?«

Dr. Weinland hob die Schultern. »Freigelassen? Nein, das glaube ich nicht. Ich vermute, er wird sich noch wegen Ihrer Entführung verantworten müssen. Aber so leid es mir tut, jetzt muss ich mich wirklich verabschieden …«

Sie erhob sich. »Würden Sie mich mitnehmen? Ich muss dringend mit Herrn von Faber reden.«

24.

Noahs nackte Zehen fanden kaum Halt auf dem winzigen Mauervorsprung, während er sich mit beiden Händen an den Gitterstäben festhielt, um einen Blick durch das Zellenfenster zu werfen. Er sah nicht mehr als einen wolkenlosen Himmel, ein paar wogende Palmkronen und einen verlassenen Hof, der als Exerzierplatz für die Polizeisoldaten von Finschhafen genutzt wurde.

Er stieß sich von der Wand ab und sprang hinunter auf den Boden. Hatten sie ihn hier vergessen? Nicht, dass er unbedingt wild darauf wäre, einen weiteren Vertreter der deutschen Justiz zu sehen, aber allmählich wurde es ungemütlich. Heute Morgen war nicht wie sonst ein Polizeisoldat gekommen, um ihm Brot und Tee zu bringen, und die Flasche Wasser, die man ihm gestern zugeteilt hatte, war auch schon lange geleert. Der Soldat hatte ihm erzählt, unter der Finschhafener Bevölkerung sei es zu mehreren schweren Krankheitsfällen gekommen. Hing es damit zusammen, dass man ihn hier ignorierte? Er hatte Durst, verdammt noch mal! Wenigstens etwas zu trinken brauchte er! Er hatte mehrmals versucht, durch Rufen auf sich aufmerksam zu machen, aber niemand hatte darauf reagiert.

Vor der Tür waren Geräusche zu vernehmen. Na endlich! Er wartete darauf, dass sich die Klappe in der schweren Zellentür öffnete und man ihm etwas hineinreichte. Stattdessen hörte er, dass jemand einen Schlüssel in die Tür steckte und aufschloss. Sechs einheimische Polizeisoldaten mit rotem Lendentuch und Schirmmütze betraten seine Zelle, jeder von ihnen mit einem Seitengewehr bewaffnet. Hinter ihnen drängte sich zu Noahs Überraschung auch noch der einarmige Stationsleiter Berthold von Faber, verschwitzt wie stets. In seiner Hand hielt er einen Revolver.

Noah blieb an der Wand stehen. Diese Männer waren sicher nicht hier, um ihm etwas zu essen zu bringen.

»Was soll das?«, fragte er misstrauisch.

Obwohl alle Polizeisoldaten Deutsch verstanden und er die Frage auch auf Tok Pisin wiederholte, hielt niemand es für nötig, ihm zu antworten.

»Nicht vorne!«, sagte von Faber, als einer der Männer vortrat, um Noah Handschellen anzulegen. »Auf dem Rücken!« Offenbar hatte er aus den Fehlern der Vergangenheit gelernt.

Ein ungutes Gefühl machte sich in Noahs Magen breit. »Werde ich jetzt dem Richter vorgeführt?«

»Der Richter ist gestorben«, sagte von Faber und nickte den Männern zu. »Abführen!«

Mit jeweils drei Soldaten vor und hinter ihm brachte man Noah aus der Zelle hinaus ins Freie und brachte ihn hinter das Gebäude.

»Stehen bleiben!«

Sie waren auf dem staubigen Exerzierplatz angekommen. Hinter Noah erhob sich die Wand des Gefängnisses, über sich konnte er vergitterte Fenster ausmachen. Aus einem davon hatte er gerade noch hinausgeschaut.

Bevor er wusste, wie ihm geschah, hatte einer der Polizisten ihm ein Tuch um die Augen gebunden. Sein Herz begann, laut zu pochen.

»Was haben Sie vor?«

»Finschhafen wird evakuiert. Und nachdem niemand mehr

hier ist außer mir, der das Gesetz vertritt, bleibt mir keine andere Wahl, als dich erschießen zu lassen.«

»Was?« Noahs Herz setzte einen Schlag aus, bevor es loshämmerte. Mühsam würgte er den Klumpen Angst in seiner Kehle hinunter, sein Mund war staubtrocken. »Das ... geht nicht. Sie können mich nicht so einfach ... hinrichten lassen«, brachte er stockend hervor. »Ich bin noch nicht vor Gericht gestellt worden. Das ist gegen das Gesetz!«

»Tatsächlich?« Von Fabers Stimme triefte vor Selbstgerechtigkeit. »Auf einmal berufst du dich auf das Gesetz? Ausgerechnet du?«

Seiner Sicht beraubt und seltsam benommen, hörte Noah Füße über den staubigen Boden huschen und das leise Klingen von Metall. Seine Eingeweide zogen sich zusammen, Übelkeit stieg in ihm auf. Klebriger Schweiß sickerte seinen Rücken entlang. So sollte er also enden? Wie ein räudiger Hund hinter dem Gefängnis erschossen?

»Hast du noch etwas zu sagen?«, hörte er dann von Fabers Stimme.

Noah grub die Nägel in die Handflächen, seine hinter dem Rücken gefesselten Hände waren feucht. »Wo ist Isabel?«

»Für dich immer noch Fräulein Maritz!«, gab von Faber erbost zurück. »Und glaub nicht, dass du mit ihr reden könntest. Sie ist in Simbang.«

»Dann sagen Sie ihr, dass –«

»Ich werde ihr überhaupt nichts von dir sagen!«, unterbrach von Faber ihn rüde. »Gewehre anlegen!«

Noah erstarrte. In seinen Ohren rauschte es plötzlich so laut, dass er nicht einmal hörte, wie die Polizeisoldaten ihre Waffen auf ihn richteten. Nur seinen eigenen, rasenden Herzschlag, der in seinem Kopf widerhallte. Mit angehaltenem Atem, jeden Muskel seines Körpers angespannt, wartete er auf den nächsten Befehl, der sein Leben auslöschen würde.

Der nicht kam.

Die Zeit dehnte sich, wurde zähflüssig wie Sirup, die Luft schien zu vibrieren. Dann hörte er von Faber lachen. »Ich muss sagen, es verschafft mir eine gewisse Befriedigung, dich so zu sehen. Aber jetzt reicht es.«

Die Binde wurde ihm abgenommen. Er taumelte leicht, als er die feixenden Soldaten sah, die ihre Gewehre noch immer an der Seite trugen.

»Wie fühlt sich das an, wenn man selbst einmal hereingelegt wird?«, fragte von Faber.

Nur langsam verschwand seine Benommenheit. »Ich werde nicht erschossen?«

»Nein, du kommst nach Stephansort ins Gefängnis.« Von Faber räusperte sich. »Der Mordvorwurf gegen dich wurde fallen gelassen. Zu meinem großen Bedauern hat sich jemand anderes als Mörder von Bent Konings entpuppt.«

*

»Nehmen Sie auch regelmäßig Chinin, Fräulein Maritz?«, fragte Dr. Weinland.

Isabel bejahte. Heute Morgen hatte sie erneut ein Gramm von dem Malariamittel genommen, und jetzt war ihr noch immer leicht übel und schwindelig, und ihre Ohren klangen. Obwohl der Einspänner auf dem Dschungelpfad nur langsam vorankam, hatte sie den Eindruck, auf einem schwankenden Schiff zu sitzen, und sie war froh, als sie endlich Finschhafen erreichten.

Die kleine Stadt war von fiebriger Aufbruchsstimmung erfüllt. In den ungepflasterten, von dunkler schlammiger Erde bedeckten Straßen sahen sie einheimische Dienstboten, die für ihre weißen Herren Gepäck schleppten und Kutschen mit Koffern und Taschen beluden. Einige waren bereits auf dem Weg zum Hafen.

An einer Kreuzung hielt Dr. Weinland an. »Kann ich Sie wirklich alleine lassen?«

Isabel versicherte ihm, dass er das durchaus könne, und reichte ihm die Hand, als sie abgestiegen war.

»Vielen Dank, Doktor.«

Er lächelte zerstreut, mit seinen Gedanken offenbar schon wieder bei seinen Patienten und der Evakuierung des Hospitals.

»Herrn von Fabers Haus liegt dort hinten«, sagte er noch und deutete eine Straße hinunter, dann verabschiedete er sich von ihr und fuhr eilig weiter zum Hospital.

Zögernd schlug sie den Weg ein, den er ihr gewiesen hatte. Oder sollte sie lieber zum Gefängnis gehen? War Noah noch dort? Hatte er sich womöglich auch dieses schreckliche Fieber zugezogen? Der Doktor hatte zwar gesagt, die Einheimischen erkrankten selten daran, aber Noah war immerhin zur Hälfte Deutscher.

Nach dem morgendlichen Regen waren die Straßen matschig und voller Pfützen, aber das kümmerte Isabel nicht. Sie hob ihren langen Rock und eilte die von Bananenpalmen gesäumte Straße voran, so schnell es ihr schwaches Bein erlaubte.

Kurz bevor sie Bertholds Haus erreicht hatte, sah sie ein paar Einheimische, die eine aus Brettern zusammengenagelte Hütte mit Wellblechdach auseinandernahmen und auf einem Ochsenwagen verstauten. Zögernd blieb sie stehen. Ob sie die Männer nach dem Weg zum Gefängnis fragen sollte? Sie legte sich gerade die passenden Worte in Tok Pisin zurecht, als sie einen kleinen Trupp dunkelhäutiger Polizeisoldaten erblickte, der in ihre Richtung marschierte. Sie erkannte Bertholds einarmige Gestalt, der den Trupp anführte, und ihr Herz machte einen Sprung, als sie sah, dass sie Noah in ihrer Mitte hatten. Er trug Hemd und Hose aus hellem, nicht mehr ganz sauberem Leinen, und seine Hände waren mit Handschellen auf den Rücken gefesselt. Als sein Blick sie traf, wurden ihre Knie weich.

»Isabel!« Über Bertholds fülliges Gesicht ging ein Strahlen, während er auf sie zueilte. »O Isabel, ich freue mich ja so! Ich hatte zwar geschrieben, ich hole Sie in Simbang ab, aber so ist es natürlich noch viel besser!«

Die Polizeisoldaten waren ein paar Schritte hinter Berthold stehen geblieben. Jetzt gab es einen kleinen Aufruhr, als sie Noah daran zu hindern versuchten, an ihnen vorbeizukommen.

»Ich will nur mit ihr reden!«, hörte sie ihn sagen.

Berthold drehte sich um. »Untersteh dich!«, herrschte er ihn an. »Du wirst dich von ihr fernhalten!« Er wandte sich an die Polizeisoldaten. »Bringt ihn aufs Schiff und lasst ihn –«

»Warten Sie, Berthold«, unterbrach ihn Isabel. »Doktor Weinland sagte, Sie ... man hätte den wahren Mörder von Herrn Konings gefunden?«

»Was?« Berthold schob sich mit seiner verbliebenen Hand den Tropenhelm aus der Stirn und fuhr sich über das Gesicht. »Ach ja, das. Dieser Halunke Gründler hat es gestanden, kurz bevor er gestorben ist.«

»Und was geschieht jetzt mit ... mit Ihrem Gefangenen?«

Bertholds Gesicht nahm wieder einen gönnerhaften Ausdruck an. »Das muss Sie nicht weiter beunruhigen, Isabel. Denn auch wenn sich herausgestellt hat, dass er nicht der Mörder war, so muss er sich auf jeden Fall noch wegen Ihrer Entführung verantworten. Wir bringen ihn nach Stephansort. Dort wird er dann vor Gericht gestellt.«

Er nahm ihre Hand in seine. Er schien völlig vergessen zu haben, dass sie nicht alleine waren. »Und sobald wir beide in Stephansort angekommen sind, werden wir heiraten, nicht wahr, meine Liebste?« Er sprach weiter, ohne ihr Zeit zum Antworten zu lassen. »Dann wird alles gut. Ich passe schon auf Sie auf.«

»Na, da kann sie sich aber glücklich schätzen, bei so einem Ehemann«, mischte Noah sich ein, ohne sich um die Polizeisoldaten zu kümmern. »Isabel, er hat mich gerade fast erschießen lassen!«

Berthold runzelte unwillig die Stirn. »Hören Sie nicht auf ihn, Liebste, ich habe ihn nur ein bisschen erschreckt. Und nun kommen Sie. Henriette wartet sicher schon.«

Er setzte sich wieder in Bewegung. Isabel ließ sich widerstandslos mitziehen. Ihr war immer noch leicht schwindelig, und sie war froh über seinen Arm. Die Soldaten mit Noah in ihrer Mitte folgten ihnen, offenbar unschlüssig, was sie tun sollten. Berthold achtete nicht auf sie.

Die Tür zu Bertholds Haus war geöffnet, und auf der Straße wartete eine Kutsche, hoch beladen mit Gepäckstücken und kleineren Umzugsgütern. Kiso und zwei andere eingeborene Helfer eilten hin und her, um weiteres Gepäck darauf zu verstauen.

»Das ist zu viel, Henriette!«, rief Berthold. »Das können wir nicht auch noch mitnehmen!«

»Natürlich können wir das.« Seine Schwester erschien in einem eleganten, blütenweißen Kleid auf der Schwelle. »Ich denke nicht daran, auch nur ein einziges meiner Kleider zurückzulassen. Wer weiß, wann wir wiederkommen. Guten Tag, Isabel.«

Isabel nickte ihr zu. Henriette erstarrte kaum merklich, als sie Noah inmitten der Polizeisoldaten erblickte. Auch in Isabel verkrampfte sich etwas. Dann hatte Henriette sich wieder gefangen und tat so, als wären die Männer nicht vorhanden.

Berthold hatte von alldem nichts mitbekommen. »Wo haben Sie Ihr Gepäck, Isabel? Oder muss das Schiff doch noch einen Umweg über Simbang machen?«

Isabel löste sich von seinem Arm. Sie fühlte sich seltsam wattig im Kopf, und ihr Herzschlag ließ ihren Körper dermaßen vibrieren, dass sie sich kaum auf den Beinen halten konnte.

»Ich komme nicht mit«, sagte sie leise.

»Wie bitte?«

»Ich komme nicht mit nach Stephansort«, wiederholte sie, nun schon etwas lauter.

»Aber selbstverständlich werden Sie das. Ich kann schließlich nicht verantworten, dass meine Zukünftige in diesem Malarialoch bleibt!« Erst jetzt schien er die wartenden Soldaten zu bemerken und winkte ihnen hektisch mit der Hand. »Los, los, was macht ihr denn noch hier? Geht schon einmal vor und bringt ihn an Bord.«

»Nein!« Isabel schüttelte den Kopf. »Warten Sie, bitte, Berthold ... Sie ... Es ist nicht nötig, ihn mitzunehmen.«

»Aber natürlich ist es das.«

In ihrem Magen war plötzlich ein Zittern. Sie schluckte krampfhaft und bemühte sich, Berthold in die Augen zu sehen, als sie sagte: »Er ... er hat mich nicht entführt. Ich bin ... freiwillig mitgegangen.«

Noah gab einen Laut von sich, der wie ein verschlucktes Husten klang.

»Wie bitte?« Berthold lachte auf. »Was erzählen Sie denn da? Ich war doch dabei! Ich habe doch gesehen, was vorgefallen ist! Er hat Sie mit einem Messer bedroht und Sie in den Urwald verschleppt!«

»Nein, so war es nicht«, gab Isabel mit fester Stimme zurück. Sie wagte nicht, Noah anzusehen. »Und ich … Berthold, es tut mir leid, aber ich werde Sie nicht heiraten.«

Berthold blinzelte, dann ließ ein verlegenes Lächeln sein Gesicht noch breiter werden. »Oje, da war ich wohl mal wieder ein bisschen zu voreilig. Isabel, Liebste, wenn Sie mehr Zeit brauchen, können wir mit der Heirat natürlich auch noch warten, und ich –«

»Nein«, entfuhr es ihr. Allmählich wurde ihr das alles zu viel. Wieso konnte er sie nicht endlich verstehen? »Ich werde Sie überhaupt nicht heiraten. Nicht jetzt, und auch nicht später. Und Noah hat mich nicht entführt.« Sie blickte zu Boden, dann sah sie wieder auf. »Er hat auch sonst nichts gegen meinen Willen getan«, setzte sie leise hinzu.

Berthold sah sie lange an, während sich die Zeit unnatürlich zu dehnen schien. Natürlich wusste er, dass sie log. Und dann endlich begriff er auch das andere. Alle Farbe wich aus seinem Gesicht.

»Sie … Sie wollen damit doch nicht wirklich andeuten … dass Sie … und dieser … dieser …«

»Doch«, sagte Isabel leise. »Das will ich.«

»Das … das glaube ich einfach nicht!« Berthold wirkte vollkommen erschüttert. »Ich erkenne Sie nicht wieder, Isabel.«

Das tat sie ja selbst kaum. Für einen Moment befürchtete sie, Berthold würde seinen Revolver ziehen. Aber er stand nur da und starrte sie an wie ein waidwundes Tier.

»Das ist Ihr letztes Wort?«, presste er schließlich hervor.

Isabel nickte stumm. Sie brachte keinen Ton mehr heraus.

Seine Züge wurden hart. »Dann sehe ich unsere Verlobung hiermit als gelöst an. Leben Sie wohl, Fräulein Maritz.«

Henriette, die bis jetzt auf der Veranda gewartet hatte, schloss die Haustür ab und kam langsam die Treppe herunter. Sie wirkte nicht sonderlich erschüttert. »Nun, dann haben wir auch das geklärt«, sagte sie kühl. »Gib ihnen den Schlüssel für die Handschellen, Berthold, und dann lass uns aufbrechen.«

Berthold sah sie verstört an, dann griff er in seine Westentasche, beförderte einen kleinen Schlüssel heraus und warf ihn vor Noah in den Schlamm. »Ich hätte dich wirklich erschießen lassen sollen!«

Henriette war am Fuß der Treppe angelangt. »Sie sind sehr mutig, Isabel«, sagte sie vernehmlich. »Oder sehr töricht. Ich hoffe, Sie wissen, was Sie tun.«

Sie wartete, bis die Polizeisoldaten ihr Platz machten, und blieb vor Noah stehen. In Isabel zog sich etwas zusammen, als sie sah, wie er Henriette anlächelte.

Im nächsten Moment schlug ihm Henriette mit der flachen Hand ins Gesicht. »Freu dich nicht zu früh! Hoffentlich krepierst du an dieser Seuche!« Dann drehte sie sich um. »Komm, Berthold. Die beiden sind es nicht wert, dass man sich länger mit ihnen abgibt.«

Sie ließ sich von ihrem Bruder in die Kutsche helfen, dann fuhren sie gemeinsam davon in Richtung Hafen. Kiso, die beiden anderen Angestellten und die Soldaten folgten ihnen in geringem Abstand.

Isabel sah ihnen nach, bis sie um eine Ecke verschwunden waren. Ihr Kopf schmerzte, und plötzlich hatte sie das Gefühl, kaum noch Luft zu bekommen.

Sie war allein. Allein mit Noah.

»Du bist unglaublich.« Er sah sie an, seine blauen Augen leuchteten. »Wieso bist du nicht mit ihm gegangen? Wieso hast du für mich gelogen?«

Was sollte sie darauf schon antworten? *Weil ich dich liebe?* Wie konnte sie sicher sein, dass sie ihm überhaupt etwas bedeutete?

Noch immer hatte sie das Bild vor Augen, wie er Henriette angelächelt hatte, und dieses Bild vermischte sich mit der Vorstellung, wie die beiden miteinander schliefen. Plötzlich war sie sich ganz und gar nicht mehr sicher, ob sie das Richtige getan hatte. Ob es nicht doch Henriette war, der sein Herz gehörte. Vielleicht wäre es doch besser gewesen, mit Berthold nach Stephansort zu gehen.

»Liebst du sie noch?«, brachte sie leise hervor.

»Wen?«

»Henriette natürlich.«

»Ich liebe sie nicht! Das habe ich nie. Und es war vorbei zwischen uns, noch bevor – bevor diese ganze Sache passiert ist.«

Mehr sagte er nicht. Kein Wort von seinen Gefühlen für sie, Isabel.

Vom Hafen erklangen das Tuten eines Schiffshorns und das Schreien einiger Vögel. Isabel schüttelte den Kopf. Sie fühlte sich entsetzlich erschöpft und ausgelaugt.

»Bevor wir weiterreden – könntest du vielleicht ...« Noah deutete mit dem Kopf auf den kleinen Schlüssel zu seinen Füßen, der halb im dunklen Schlamm versunken war. »Wenn du willst, kannst du natürlich auch eine Haarnadel nehmen.«

Isabel war nicht nach Scherzen zumute. Sie bückte sich schwerfällig. Es brauchte einige Anläufe, bis es ihr gelang, die Handschellen aufzuschließen. War es Noahs unmittelbare Nähe oder die drückende, feuchte Hitze, die ihre Hände zittern ließ?

»Isabel?« Noahs Stimme klang auf einmal wie aus weiter Ferne. »Isabel, was ist denn los?«

»Lass mich ...«

Sie wehrte seine Hand ab, wankte ein paar Schritte bis zur untersten Stufe der Treppe, die zu Bertholds Haus führte, und setzte sich. In ihrem Kopf drehte sich alles, ihre Ohren klangen, die Umgebung verschwamm.

»Mir ist ... nicht gut ...«, murmelte sie. Ein Schauer überlief sie, sie schloss die Augen.

Plötzliche, heftige Übelkeit überkam sie. Sie beugte sich vor und begann zu würgen, zitternd und mit kaltem Schweiß bedeckt, bis sie sich auf die Straße erbrach.

O Gott, war ihr das peinlich! Sie wollte Noah fortschieben, der schon wieder an ihrer Seite war, aber ihr fehlte die Kraft, und er ließ sich sowieso nicht vertreiben. Und schon kam die nächste Welle von Übelkeit.

Sie würgte selbst dann noch, als sie längst nichts mehr im Magen hatte. So lange, bis sich die dunklen Schleier einer Ohnmacht über sie senkten. Halb bewusstlos spürte sie noch, wie Noah sie hochhob und die Treppe hinauftrug, dann schwanden ihre Sinne.

*

Als sie wieder zu sich kam, schmerzten ihr alle Glieder, und ihr war entsetzlich kalt. Ihr Körper bebte, ihre Zähne schlugen laut aufeinander. Unter ihren zitternden Fingern spürte sie Rattangeflecht. Blinzelnd öffnete sie die Augen und sah eine Blumentapete mit hellen Flecken, wo einmal Bilder gehangen hatten. Sie ruhte in Bertholds Salon, in einem ausladenden Schaukelstuhl aus Rattan. Bis auf die Möbel und ein paar spärliche Reste von Nippes war der Raum leer; ohne die Bilder an den Wänden wirkte das Zimmer trostlos.

»Noah?«

»Ich bin hier.«

»Wo ... Wie sind ...?«

»In von Fabers Haus. Ich habe die Tür eingetreten«, sagte er entschuldigend.

Als ein kolikartiger Krampf ihren Leib durchfuhr, krümmte sie sich stöhnend zusammen und schlug sich die Hand vor den Mund. Noah griff nach einer breiten, mit Hibiskus gefüllten Vase, die auf der Anrichte stehen geblieben war, kippte das Wasser samt Blumen auf den Boden und hielt Isabel die Vase hin. Keine Sekunde zu früh, denn schon würgte sie erneut und erbrach eine dunkelgrüne, zähe Masse.

Danach sank sie erschöpft in den Schaukelstuhl zurück, ihr ganzer Körper zitterte vor Kälte.

Noah sah sie besorgt an. »Ich schaue, ob ich irgendwo noch eine Decke finde.«

Isabel schloss die Augen. In ihren Schläfen dröhnte und hämmerte es, sie fühlte sich elend. Wieso bekam sie ausgerechnet jetzt einen Malariaanfall? Sie hatte doch erst heute Morgen ein Gramm Chinin genommen! Aber so schlimm war es noch nie gewesen.

Aus einem der angrenzenden Zimmer hörte sie, wie Noah Schubladen aufzog und wieder zuschlug. Urplötzlich verspürte sie starken Harndrang, und bevor sie es verhindern konnte, hatte sie sich auch schon eingenässt.

Sie schluchzte vor Schreck und Scham auf. So etwas war ihr noch nie passiert, sie konnte doch nicht … Bebend zerrte sie an ihrem Rock, um sich die Bescherung anzusehen.

Dann erstarrte sie. Vor Furcht konnte sie kaum atmen.

»Noah …« Sie wollte es rufen, brachte aber nur ein zittriges Hauchen zustande.

Der hellblaue Stoff ihres Rocks sah aus, als hätte man ihn in Kirschsaft getaucht, ihr Urin hatte ihn dunkelrot, fast schwarz durchtränkt.

Die Färbung, von der die Krankheit ihren Namen hatte.

Schwarzwasserfieber.

25.

Isabel schlug die Augen auf. Nach dem Schüttelfrost war das Fieber gekommen, heftig und glühend, gepaart mit trockenem Würgen, das ihren ganzen Körper erbeben ließ, und jetzt hatte sie schrecklichen Durst. Ihre Glieder schmerzten, ihr Kopf, ihr ganzer Körper tat weh.

Es war Nacht geworden, die Flamme einer einzelnen Kerze flackerte unruhig auf dem kleinen Nachttisch. Sie fuhr zusammen, als ein wehender heller Schemen auf sie zukam. Ein ... Geist? Dann erkannte sie es: Es war nur der Gazevorhang, der sich vor dem geöffneten Fenster bewegte und den man sonst wegen des Moskitonetzes nicht sah. Jetzt fehlte das Netz, genauso wie das Bettzeug.

Sie erinnerte sich, dass Noah ihr die urindurchtränkten Sachen ausgezogen und sie gewaschen hatte. Normalerweise wäre ihr die Tatsache, dass er ihren nackten Körper sah und berührte, entsetzlich peinlich gewesen, aber dafür war es ihr zu schlecht gegangen. Danach hatte er sie in eine muffig riechende Leinendecke gehüllt, in ein anderes Zimmer getragen und auf ein breites Bett gelegt.

Über der Lehne eines Rattansessels lag ein vergessenes Paar Strümpfe, ein Hauch von Parfüm schwebte im Zimmer. Henriettes Zimmer.

Eine Schale wurde ihr an die Lippen gehalten, durstig schluckte sie das Wasser.

»Mehr ...«, flüsterte sie, als nichts mehr kam.

Noahs Hand strich über ihr erhitztes Gesicht. »Noch nicht. Erst, wenn du es bei dir behältst.«

Sie drehte den Kopf, als er sich erheben wollte. »Geh nicht weg, Noah! Lass mich nicht allein!«

»Ich bin hier. Ich lass dich nicht allein.«

Hatte er ihr wirklich geantwortet? Oder hatte sie das nur geträumt?

Insekten und Käfer umschwirrten die einsame Kerze, flogen in die Flamme und fielen mit versengten Flügeln auf die kleine Tischplatte. Starben.

So viele Tote.

Nach und nach tauchten immer mehr Verstorbene auf.

Conrad, ihr Verlobter, der sie mit ernstem Blick von der Photographie aus ansah. Seinetwegen hatte sie überhaupt nur diese lange Reise hierher auf sich genommen.

Herr Konings, der rothaarige Holländer, mit eingeschlagenem Schädel tot am Strand von Simbang.

Johanna van Dreyke, Noahs Mutter, die mit so viel Hoffnung in dieses Land gekommen war und die ein so furchtbares Ende gefunden hatte.

Herr Wissmann, der nette, kleine Direktor der Neuguinea-Kompagnie.

Korua-Kolta mit seinem martialisch anzusehenden Eberzahnschmuck, von mehreren Schüssen durch die Brust getroffen.

Wilhelm Gründler, der falsche Baron de Wolff, der sie alle so lange getäuscht hatte.

Viele gesichtslose chinesische Kulis, mit langem schwarzem Zopf unter dem kegelförmigen Hut.

Immer rascher drehten sie sich, immer mehr Tote kamen dazu, formten sich zu einem Kreis, einem unheimlichen Reigen, schneller und immer schneller werdend, zogen Isabel hinab in einen vernichtenden Strudel.

Sie weinte vor Verzweiflung und Erschöpfung. Und Angst.

Dann sank sie zurück in fiebrige Umnachtung.

*

»Du musst auch einmal schlafen, Noah!«, drängte Paul. Der hagere Missionar ließ das Moskitonetz hinter sich sinken.

Noah schüttelte nur den Kopf, obwohl seine Lider vor Müdigkeit brannten. Wie konnte er schlafen, wenn es Isabel so schlecht ging?

Seit gestern Nachmittag war er mit ihr zurück in Simbang. Nur hier hatte Isabel noch eine Chance, gesund zu werden. In Finschhafen gab es keine Rettung.

Niemand hatte ihm geöffnet, als er am gestrigen Morgen an verschiedene Haustüren geklopft hatte. Alle Einwohner waren entweder gestorben oder nach Stephansort geflüchtet. Er zögerte nur kurz, bevor er die Türen aufbrach – niemand würde ihn jetzt noch dafür belangen. Bis auf die Möbel waren die Zimmer fast vollständig ausgeräumt. Hektisch durchwühlte er Schränke und Schubladen nach vergessenen Sachen und fand in einem Haus endlich ein paar weiße Chinintabletten.

Es nützte nichts. Isabel erbrach die in Wasser aufgelösten Tabletten fast sofort, nachdem sie sie geschluckt hatte.

Er hatte sie schließlich zum Hafen getragen, in der Hoffnung, dort Hilfe zu finden. Aber kein Schiff war zu sehen, nicht einmal eine kleine Dampfbarkasse. Nur ein paar Jabim fischten in ihren Auslegerkanus. Mit viel Überredungskunst und dem Versprechen, ihm dafür eine Axt und ein Messer aus Eisen zu geben, hatte Noah einen der Männer davon überzeugen können, Isabel und ihn mit dem Kanu nach Simbang zu bringen.

Das war gestern gewesen, und seitdem hatte sich ihr Zustand weiter verschlechtert. Jetzt lag sie im Bett in der Hütte, die ehemals Conrad gehört hatte, und bewegte sich unruhig hin und her.

Erneut hob er ihren Kopf behutsam an und setzte ihr einen Löffel Wasser an die aufgesprungenen Lippen, wie er es schon die ganze Nacht lang und auch die davor getan hatte. Sah zu, wie sie schluckte. Wartete, ob sie sich erbrach.

Von Zeit zu Zeit murmelte sie Worte vor sich hin, die er meist nicht verstand. Dann wieder rief sie nach ihrer Mutter oder ihrem Vater. Und manchmal auch nach ihm, Noah.

Inzwischen ließ sie keinen einzigen Tropfen Urin mehr. Ihre Haut war fieberheiß und hatte eine fast zitronengelbe Färbung angenommen, und ihr Körper verströmte einen säuerlichen, harnähnlichen Geruch. Ganz ähnlich war es bei Conrad gewesen. Und bald darauf war der junge Missionar gestorben.

Noah blickte kurz auf, als Paul ihm die Hand auf die Schulter legte, dann wandte er sich wieder Isabel zu.

So vieles hatte sich für ihn unerwartet zum Guten gewendet: Er war kein Mörder. Er hatte den Holländer nicht getötet. Und dank Isabels dreister Lüge gegenüber Berthold von Faber musste er sich nicht einmal für ihre Entführung verantworten. Er war frei.

Aber was hatte er von seiner Freiheit, wenn er Isabel verlor?

*

Der Urwald war erfüllt vom würzigen Duft des frühen Abends, von Keckern und Pfeifen in den Bäumen und dem hellen Sirren der Zikaden. Im wuchernden Unterholz knackte und raschelte es. Noah kniete vor einem abgeflachten, mit Flechten bedeckten Stein. Hier war er weit genug entfernt vom Dorf und der Missionsstation, um nicht gestört zu werden.

Zwei der Missionare, Paul und Maximilian, kümmerten sich um Isabel. Paul hatte gehofft, Noah würde sich endlich ein wenig ausruhen. Aber er war nicht hier, um sich auszuruhen.

Er öffnete die Flasche Gin, die er aus dem Vorratsschuppen genommen hatte, und nahm einen tiefen Schluck. Und noch einen. Vor ihm, auf dem Stein, stand ein handtellergroßer, grob aus Holz geschnitzter Götze, den er erst vor wenigen Minuten fertiggestellt hatte und der die stilisierte Figur eines Menschen mit riesigem Kopf zeigte.

»Wir werden für sie beten«, hatte Paul gesagt, als Noah gegangen war.

Aber das taten sie nun schon seit Tagen, und Isabel ging es immer schlechter. Der Gott der Missionare konnte ihr nicht helfen. Er hatte auch Conrad nicht geholfen.

Manchmal konnten die schädigenden Geister, die sich an einen Menschen hefteten und ihn ins Totenreich ziehen wollten, durch ein Opfer besänftigt werden und sich wieder von dem Todgeweihten abwenden. Aus diesem Grund hatten die Jabim für Isabel bereits ein Schwein geschlachtet, mit speziellen Ritualpflanzen gegart und in einer feierlichen Zeremonie verspeist, hatte Sabiam ihm erzählt. Es hatte nicht gewirkt. Isabel war inzwischen in tiefe Bewusstlosigkeit gefallen.

Noah ballte seine linke Hand zur Faust, dann öffnete er sie wieder. Jetzt gab es nur noch eine Sache, die er tun konnte. Er würde sein eigenes Opfer bringen. Auf die Weise, wie es die Towei, der Stamm seines leiblichen Vaters, in solchen Fällen taten.

Er nahm einen weiteren Schluck Gin, schob sich ein Stück Holz zwischen die Zähne und legte seine linke Hand mit gespreizten Fingern auf den flachen Stein, direkt vor den Götzen. Dann griff er nach seinem Messer.

*

Brennende Hitze erfüllte sie, ihr Atem flog. Die Zeit verstrich in einem ständigen Wechsel von leichtem Dahindämmern und Schlafen. Immer wieder tauchte sie kurz aus den Tiefen des Fiebers auf, trank etwas, dann fiel sie zurück. Wachte wieder auf. Schlief wieder ein.

Einmal glaubte sie, einen Wust gedrehter schwarzer Haarsträhnen neben ihrer Hand zu sehen. War das Noah, der da neben ihrem Bett kniete, den Kopf auf die Decke gelegt? Schlief er? Sie versuchte, die Hand zu heben, wollte ihn berühren, sich vergewissern, dass er es wirklich war, aber sie war zu schwach. Erneut dämmerte sie weg.

Als sie das nächste Mal erwachte, fühlte sie sich bedeutend besser. Helligkeit blendete sie. Sie schloss die Lider. Und öffnete sie gleich darauf blinzelnd wieder.

Sie war allein. Über sich sah sie das feine Gewebe eines fadenscheinigen Moskitonetzes, sie hörte Meeresrauschen und Vogelstimmen.

Es dauerte, bis sich all ihre Eindrücke und Erinnerungen zu einem Ganzen fügten.

Moskitonetz. Wasser. Finschhafen. Evakuierung. Bertholds Haus. Kerzenflamme. Fliegende Insekten. Henriette. Berthold. Dr. Weinland. Schwarzwasserfieber. Noah.

War sie noch immer in Finschhafen?

»Hal...lo?« Ihre Stimme klang krächzend und rostig und hatte keine Kraft.

Ein Schatten bewegte sich, dann wurde das Moskitonetz hochgehoben, und der schmale braune Körper von Sabiam erschien.

»*Tisa* Isa!« Das dunkle Gesicht musterte sie besorgt. »*Yu stap gut?*«

Sie schaffte es, leicht zu nicken. Wenn Sabiam hier war, war sie dann wieder in Simbang? Bevor sie den Jungen danach fragen konnte, hatte er das Netz auch schon wieder sinken lassen und war verschwunden.

»*Misa* Lores, *misa* Lores, *tisa* Isa wach, *tisa* Isa wach!«, hörte sie ihn draußen aufgeregt rufen.

Bald schon tauchte die hagere Gestalt von Bruder Lorenz neben ihr auf.

»Schwester Maritz!« Ein erleichtertes Lächeln ging über sein Gesicht. »Endlich! Wie geht es Ihnen?«

Sie versuchte, ebenfalls zu lächeln. Ihr Mund war vollkommen ausgetrocknet, und sie fühlte sich noch immer sehr schwach. »Ganz ... gut. Ich ... Könnte ich ... etwas trinken ...?«

»Natürlich.« Er füllte einen Becher mit Wasser und half ihr beim Trinken.

»Wie ... lange ...?«

»Vier Tage«, gab er zurück. »So lange sind Sie schon wieder hier in Simbang.«

»Simbang ...«, flüsterte sie. Sie war wirklich wieder in Simbang. Es war ein wunderbares Gefühl. Fast wie Heimat. »Noah ... Wo ist er ...?«

Bruder Lorenz zögerte merklich. »Schlafen Sie erst einmal, Schwester Maritz. Er wird später zu ihnen kommen.«

Später? Wieso nicht jetzt? »Ist er auch ...?« Erschrocken wollte sie sich aufrichten, fiel aber kraftlos wieder zurück.

»Nein, nein, es geht ihm schon wieder gut. Es war nur eine kleine ... Unpässlichkeit. Nichts Gravierendes.«

Er blickte auf, als von draußen Noahs Stimme zu hören war.

»Isabel? Ist sie wirklich aufgewacht?«

»Ich hatte ihm doch gesagt, er solle sich schonen.« Bruder Lorenz' Mund hinter dem zerzausten Bart verzog sich zu einem verschmitzten Lächeln. »Aber euch beide kann man offenbar nicht lange trennen.«

*

»Du bist vollkommen verrückt, weißt du das?« Isabel strich über den Verband, der sich um den kleinen, jetzt deutlich kürzeren Finger von Noahs linker Hand wand. Sie lagen auf dem Bett in Isabels Hütte, nur ein Laken über ihrer Mitte. »Sich einen Finger abzuschneiden!«

»Es war ja kein ganzer Finger. Nur das oberste Stück.«

»Hast du wirklich geglaubt, dass ich davon gesund werde?«

Er hob die Schultern. »Ich wusste nicht, was dir sonst noch helfen könnte. Und es hat ja geklappt. Auch wenn Paul das natürlich anders sieht. Er hält das für heidnischen Unfug.«

Bruder Lorenz war über Noahs abgetrenntes Fingerglied genauso fassungslos wie sie selbst gewesen. Zwei Wochen lag das jetzt zurück. Auch jetzt noch wusste sie nicht, ob sie lachen oder weinen sollte.

»Was hast du damit gemacht? Gegessen?«

»Wie bitte?« Er sah sie empört an. »Ich bin doch kein Kannibale! Nein, ich habe es im Wald vergraben.«

Aus dem Schulhaus erklangen die Stimmen der Kostschüler, die von Bruder Lorenz unterrichtet wurden. Die beiden anderen Missionare waren unterwegs.

»Hat das nicht schrecklich weh getan?«

»Es war auszuhalten.« Von Bruder Lorenz wusste sie allerdings, dass sich die Wunde entzündet und ihm Fieber und höllische Schmerzen beschert hatte. Aber davon sagte er nichts. »Ich würde es jederzeit wieder machen.«

»O nein, bitte nicht! Versprich mir, dass du dir nichts mehr abschneidest! Ich habe dich lieber in vollständigem Zustand.«

»Tatsächlich?« Ein breites Lächeln ging über sein Gesicht. »Den Eindruck hatte ich allerdings auch.«

Ihr Körper glühte noch immer von dem, was sie gerade erst getan hatten. Diesmal hatte er sich mehr Zeit gelassen als bei ihrem erzwungenen ersten Mal bei den Donowai. Sehr viel mehr. Auf immer neue Arten hatte er ihren Körper liebkost und erforscht und zum Schmelzen gebracht, bis ihr Sehnen übermächtig wurde und sie darum bettelte, endlich erlöst zu werden. Nie, niemals hätte sie gedacht, dass es dermaßen himmlisch sein könnte. Dass sie zu einer solchen Ekstase fähig war. Dass es Gefühle gab, die in Wellen durch ihren Körper rauschten und alles mit sich rissen.

Jetzt schob Noah das Laken fort und strich mit seiner unversehrten Rechten sanft über Isabels Bein. Das rechte, das schwache Bein. Plötzlich fühlte sie sich eigenartig verwundbar.

»Nicht.« Sie versuchte, das Laken wieder über ihre Beine zu ziehen.

Er hielt es fest. »Wieso nicht?«

»Weil … Ich habe es immer versteckt. Mich immer dafür geschämt.«

»Das solltest du nicht. Es gehört zu dir. Und es ist wunderschön.«

Sie lachte auf. »Ja, natürlich.«

»Ich liebe dich so, wie du bist. Mit all deinen vermeintlichen Makeln.«

Ihr Herz machte einen freudigen Hüpfer. »Sag das noch mal!«

»So, wie du bist«, wiederholte er. »Mit all –«

»Nein, nicht das! Was du davor gesagt hast.«

Er sah sie an und strich erneut über ihren Oberschenkel.

»*Nindi anggolo*«, murmelte er, »heißt es bei den Kandangai.«

Seine Hand wanderte ihre Hüfte hinauf.

»*Ik hou van jou*, sagen die Holländer.«

Ein sanfter Kuss auf ihre Schulter.

»*Mi lavim yu*, heißt es auf Tok Pisin.«

»Und auf Deutsch?«, flüsterte sie, während ihr Herz vor lauter Glück schneller schlug.

Und das sagte er ihr auch. Ganz leise in ihr Ohr.

Nachwort

Von 1884 bis 1919 befand sich der Nordostteil Neuguineas unter deutscher Herrschaft. Mit Ende des Ersten Weltkriegs wurden alle deutschen Kolonien aufgegeben. Heute ist der gesamte Ostteil der Insel, Papua-Neuguinea, unabhängig, der westliche Teil, das ehemalige Niederländisch-Neuguinea, gehört zu Indonesien.

Der Dramaturgie wegen habe ich für diesen Roman einige Daten leicht verschoben, zusammengefasst oder vereinfacht, mich im Großen und Ganzen aber an die Fakten gehalten. Zu einigen von Isabels Erfahrungen habe ich mich von den Lebenserinnerungen verschiedener Missionarsfrauen inspirieren lassen.

In diesem Buch treten einige historisch dokumentierte Personen auf:

- Hans von Kosse (dessen eigentlichen Namen – Stefan von Kotze – ich aus naheliegenden Gründen leicht verändert habe), ein seinerzeit recht bekannter Reiseschriftsteller; die meisten seiner Aussagen sind fast wörtlich von ihm übernommen
- Karl Lauterbach, Botaniker und Expeditionsleiter
- Dr. Weinland, Arzt in Finschhafen
- Eduard Wissmann, Generaldirektor der Neuguinea-Kompagnie.

Für Baron de Wolff gab es ein historisches Vorbild, genau wie für Koki, den Kakadu. Die Donowai dagegen sind erfunden, ihre Lebensweisen und Traditionen (wie Sprungturm, Kannibalismus oder Geschlechtertrennung) sind jedoch aus denen verschiedener echter Papua-Stämme zusammengesetzt.

Auch für Bruder Lorenz existiert ein historisches Vorbild: Johann Flierl, Missionar aus Neuendettelsau, gründete in Simbang die erste Missionsstation der neuen deutschen Kolonie. 1899 ließen sich die ersten Jabim-Schüler in Simbang taufen. Als Flierl 1930 Neuguinea verließ, gab es mehrere zehntausend Christen. Heute ist die Evangelisch-Lutherische Kirche von Papua-Neuguinea eine der größten protestantischen Kirchen im pazifischen Raum. Noch immer gibt es Verbindungen zwischen Neuendettelsau und Neuguinea. In der Nähe der ehemaligen Missionsstation Simbang befindet sich derzeit das Senior Flierl Seminary, ein Ausbildungszentrum für einheimische Pfarrer.

Die Schwarzwasserfieber-Epidemie von Finschhafen raffte innerhalb weniger Wochen dreizehn Deutsche dahin, unter denen sich nahezu das gesamte Personal der Verwaltung der Neuguinea-Kompagnie befand. Auch der junge Dr. Weinland sollte die Epidemie nicht überleben.

Nach der Evakuierung von Finschhafen war Simbang noch zehn Jahre fast völlig auf sich allein gestellt. Für zwei Jahre war Stephansort Verwaltungssitz, danach das neugegründete Friedrich-Wilhelms-Hafen. Nach Finschhafen kehrten die Menschen erst 1901 zurück.

1897 wurde die Anophelesmücke als Auslöser der Malaria erkannt; davor war man der Meinung, die Krankheit werde durch die schlechte Luft der Sümpfe, die *mal aria*, verursacht.

1900, neun Jahre nach der verheerenden Epidemie von Finschhafen, kam der berühmte Bakteriologe Robert Koch für einige Monate nach Stephansort, um über den Erreger der Malaria zu forschen und Reihenuntersuchungen an den Papua vorzunehmen. Dabei entdeckte er das Phänomen der erworbenen Malaria-Immunität. Viele Ärzte hielten auch das Schwarzwasserfieber für eine Form von Malaria und behandelten es mit Chinin. Koch konnte nachweisen, dass diese Hypothese und damit auch die Behandlung falsch waren. Heute gilt Schwarzwasserfieber gerade als eine Folge der Überdosierung mit Chinin.

An die deutsche Kolonialzeit Neuguineas erinnern vor allem sprachliche Spuren, z. B. im Unserdeutsch, einer deutsch basierten Kreolsprache, die um 1900 in der damaligen Provinzhauptstadt Herbertshöhe entstand. Und auch in der Pidginsprache Tok Pisin, eine der meistverbreiteten Sprachen Papua-Neuguineas, finden sich deutsche Einflüsse – und das vor allem in Schimpfwörtern wie *donabeta* (Donnerwetter), *haidenman* (Heide) oder *rintfi* (Rindvieh).

Mein herzlicher Dank geht an:

- Katja, Kerstin und meine Mutter für geduldiges Testlesen, wertvolle Anmerkungen und das Aufspüren logischer Brüche
- Fabio für tatkräftige Unterstützung bei Fragen zu Tragetechniken
- meine Lektoren Carlos Westerkamp und Wiebke Bolliger
- meine Agentinnen Natalja Schmidt und Julia Abrahams
- das Autorenforum Montségur, die Plotgruppe und die Viererbande
- Hermien für Tipps zum Holländischen
- Dr. Robert Meyer für die Bereitstellung eines medizintechnischen Utensils zur Klärung der Frage, was man damit anfangen kann und was nicht

- G. Dornseif und H. Hiery für ihre kenntnisreichen Artikel zu deutscher Kolonialgeschichte und Kaiser-Wilhelms-Land
- und natürlich Stefan; fürs Testlesen und für Besuche in Neuendettelsau und Zirndorf – und dass du es klaglos erträgst, mich so oft mit meinen Protagonisten teilen zu müssen.

Tenkyu tru.

Geschichtlicher Abriss

1828	Die Niederlande nehmen das westliche Neuguinea als Teil Niederländisch-Indiens in Besitz
1871	Der russische Forscher Nikolai Miklucho-Maklai geht im späteren Konstantinhafen für 15 Monate an Land und gewinnt das Vertrauen der Einheimischen
1884	Aufteilung des Ostteils Neuguineas: Deutschland besetzt den Nordostteil (Kaiser-Wilhelms-Land), die Engländer errichten in Port Moresby ein britisches Protektorat
1885	Die Neuguinea-Kompagnie erhält den kaiserlichen Schutzbrief und übt Hoheitsrechte aus
1884/1885	Otto Finsch bereist auf dem Dampfer *Samoa* den Kaiserin-Augusta-Fluss (Sepik)
1885	Gründung von Finschhafen (Sitz der Kolonialverwaltung)
1886	Die neulutherische Neuendettelsauer Mission siedelt sich in Simbang an (im Roman: 1885)

1890/91	Lauterbachs Gogol-Expedition (im Roman: Ottilienfluss-Expedition)
1891	Schwarzwasser-Epidemie in Finschhafen; der Ort wird aufgegeben, Wechsel nach Stephansort
1899	Kaiser-Wilhelms-Land wird zu Deutsch-Neuguinea
1901	Finschhafen wiedergegründet
1918/9	Ende des Ersten Weltkriegs, Aufgabe Deutsch-Neuguineas